Fiona Perrin war Journalistin und Werbetexterin, bevor sie sich eine Karriere als Marketingleiterin aufbaute. Sie ist Mutter von vier Teenagern, an ihren Romanen arbeitet sie in ihrer Freizeit. Daher weiß sie aus eigener Erfahrung, wie es ihrer Protagonistin Amelia ergeht, wenn das Leben mal wieder kopfsteht. Fiona Perrin lebt mit ihrem Mann und ihren Kindern in Cornwall.

Fiona Perrin

Für immer
wäre ja auch viel zu lang

Roman

Aus dem Englischen
von Veronika Dünninger

PENGUIN VERLAG

Die Originalausgabe erschien unter dem Titel *The Story After Us*
bei Aria, London 2018.

FSC www.fsc.org MIX Papier aus verantwortungsvollen Quellen FSC® C014496

Klimaneutral* Druckprodukt ClimatePartner.com/14044-1912-1001

Penguin Random House Verlagsgruppe FSC® N001967

1. Auflage 2021

Redaktion: Sigrun Zühlke
Umschlaggestaltung: Favoritbuero
Umschlagabbildung: Vladimir Godnik / GettyImages;
Gregor Schuster / GettyImages; Vesna Jovanovic / EyeEm/ GettyImages;
Djem / Shutterstock; Butterfly Hunter / Shutterstock;
studioloco / Shutterstock
Satz: Uhl + Massopust, Aalen
Druck und Bindung: GGP Media GmbH, Pößneck
Printed in Germany
ISBN 978-3-328-10579-4
www.penguin-verlag.de

Dieses Buch ist auch als E-Book erhältlich.

Für Alan, Elyse, Sienna, Tom,
Laura, Soppy und Ducky –
euch alle zusammen.

Prolog

Sommer 2010

»Willst du, Amelia, Lars zu deinem Lebenspartner nehmen? Ihn lieben und ehren, bis dass der Tod euch scheidet?«

Ich bemerkte ein schelmisches Funkeln in den hellblauen Augen meines Fast-Ehemanns. Als wir unsere Gelübde geschrieben hatten, hatten wir diese Zeile in »vögeln und ehren« geändert. Wir hatten es auf der Stelle ausprobiert und konnten erst später an unseren Gelübden weiterarbeiten. Viel später.

»Ja, ich will«, kehrte ich mit einem Ruck in die Gegenwart zurück.

»Noch nicht«, flüsterte der Standesbeamte. »Da kommt erst noch ein bisschen mehr.« Lars begann zu lachen, und aus der kleinen Gruppe, die sich im Standesamt von Chelsea versammelt hatte, war vereinzeltes Kichern zu hören, am lautesten von Liv, meiner besten Freundin und Trauzeugin. Sie würde mich damit aufziehen, dass ich die Zeremonie vermasselt hatte, bis dass der Tod auch uns schied.

»Entschuldigung«, flüsterte ich.

»Willst du versprechen, mit ihm zu sprechen, für ihn zu sorgen und mit ihm gemeinsam für eure Träume zu arbeiten?«, fuhr der Standesbeamte fort. »In Reichtum und in Armut, in Krankheit und in Gesundheit, in guten wie in schlechten Zeiten, und allen anderen zu entsagen, bis ans Ende eurer Tage?«

»Ja, ich will«, sagte ich, diesmal im richtigen Moment. »Für immer.«

Dann wiederholte der Standesbeamte das gleiche Gelübde für Lars, der in perfektem Englisch mit dem leichten Singsang seines schwedischen Akzents sagte: »Ja, ich will. Für immer.«

Der Standesbeamte erklärte uns zu Mann und Frau, und unsere Familienangehörigen und Freunde brachen in lauten Jubel aus. Lars und ich knutschten ein bisschen wilder, als es bei einer Trauzeremonie üblich war, und Liv flüsterte: »Verdammt, sucht euch doch ein Zimmer.«

Dad und Mum traten vor und umarmten uns beide nacheinander.

»Verdammt toll«, flüsterte Dad mir ins Ohr. Seine Haare standen, seinen besten Bemühungen zum Trotz, in alle Himmelsrichtungen, als hätte er eben einen höllischen Stromschlag bekommen. »Nun, eine Ehe kann hart sein, aber ihr werdet durch dick und dünn zusammenhalten.«

»Absolut entzückend.« Mum wischte sich mit einem echten Stofftaschentuch die Tränen aus den Augen.

Lars' verwitwete Mutter, Ulrika, stand neben ihnen, ebenso hochgewachsen und schmal wie ihr Sohn. Sie umarmte mich und sagte: »Ich werde an deiner Seite sein, Ami, wenn die Winde warm wehen und wenn sie eisig wehen.« Sie drückte sich mitunter etwas nordisch aus.

Lars und ich trugen uns ins Heiratsregister ein, gefolgt von Liv und Lars' bestem Freund, Thorstein, der mit seinem leuchtend roten Haar und Bart aussah wie ein wikingischer Ed Sheeran.

»Mann, ich glaub's nicht, du bist verheiratet«, sagte Liv, die grundsätzlich nichts für Festes übrighatte. »Ernsthaft erwachsen.« Aber ich fühlte mich nicht erwachsen, ich fühlte mich voller Hoffnung, mit ihm zusammen erwachsen und alt zu werden.

Ich hielt Lars' Hand, während wir in der King's Road auf den Stufen standen und von allen mit zartrosa Rosenblütenblättern beworfen wurden. Selbst Liv war gerührt, während sie an mir herumpusselte und mein weißes Vintage-Babydollkleid glatt strich – ausgewählt als Hommage an die Sechziger- und Siebzigerjahre-Stars, die vor uns hier geheiratet hatten. Wir lachten und küssten uns, während die Kamera des Fotografen klickte.

Wir waren dreißig Leute bei einem ausgelassenen Lunch im Bluebird, das weitaus schicker war als alle anderen Lokale, die unsere Freunde im Allgemeinen besuchten, aber die Rechnung ging schließlich auf meinen Dad. Thor hielt eine Rede darüber, dass Lars ein verdammter Glückspilz sei, der weit außerhalb seiner Liga spielte, und brachte alle dazu, Schnäpse zu kippen und dazu »*Skål*« zu rufen. Livs Rede war gespickt mit Geschichten darüber, wie Lars und ich uns »mitten im tiefsten Winter im eiskältesten aller Keller« kennengelernt und seither aneinander gewärmt hätten; sie beendete die Rede mit einer geräuschvollen Parodie darauf, wie sie uns einmal durch eine dünne Wand beim Vögeln zugehört hatte, weshalb ich entsetzt zu meinen Eltern hinübersah – aber sie lächelten nur, zusammen mit allen anderen.

Wir tranken Champagnercocktails mit Gurkenaroma, die nach Glück schmeckten, und tanzten wie Teenager in ihrer ersten Disco. Als die Nacht durch die Fenster hereinbrach und die House Music langsamer wurde, drückte Lars mich fest an sich. Sein schicker marineblauer Anzug war inzwischen zerknittert, und er flüsterte mir ins Ohr: »*Älskling*, du und ich, auf immer und ewig.«

»Für immer, Lars, für immer.«

Erster Teil

Kapitel 1

2017

Lars verließ mich an einem späten Sonntagnachmittag im Januar. Er warf ein paar Taschen in seinen Wagen und fuhr in einer Abgaswolke davon, die von Walt Disney hätte gezeichnet sein können.

Ich stand auf der obersten Stufe unseres Hauses im Norden Londons, während er um die Straßenecke verschwand. Ich hatte das Gefühl, auf eine schluchzende siebenunddreißigjährige Brünette hinunterzusehen, nicht, sie tatsächlich zu *sein*. Das überwältigende Gefühl, nach zehn Jahren *einfach wieder allein* zu sein.

Aber das war ich natürlich nicht – jetzt hatte ich die Kinder. Ich stürzte ins Haus, spritzte mir an der Küchenspüle etwas kaltes Wasser ins Gesicht und trocknete mich mit einem Geschirrtuch ab, bevor ich die Tür zum Spielzimmer öffnete. Der vierjährige Finn und die sechsjährige Tessa saßen auf dem Sofa, verängstigt von dem Streit und verwirrt von der Tatsache, dass sie sich eine DVD ansehen durften, obwohl ihnen grundsätzlich nur eine Stunde Bildschirmzeit pro Tag erlaubt war, und zwar immer dann, wenn ich vor mich hin jammern und Wein trinken musste.

»Geht es dir gut, Mummy?«, fragte Finn und kam herüber, um mir einen Kuss zu geben. »Jemima kommt am Samstag zu meiner Party. Sie ist meine Freundin und Tallulah auch. Ich werde sie beide heiraten.«

»Man kann nur einen einzigen Menschen heiraten«, spottete seine Schwester. »Stimmt's, Mummy?«

»Na ja …«, meinte ich.

»Außer Heinrich VIII.«, sagte Tessa, die in der Schule gerade diesen feisten, Klöster abfackelnden Tudorkönig behandelte. »Wenn er genug von einer seiner Frauen hatte, hat er ihr den Kopf abgeschlagen. Du könntest Jemima den Kopf abschlagen und dann Tallulah heiraten.«

»Aber Jemima hat so schöne gelbe Haare«, entgegnete Finn und klammerte sich an mich.

»Du hättest ihre Haare immer noch, auch wenn sie tot wäre. Du könntest ihren Kopf in einer Ecke aufbewahren.«

»Das reicht jetzt, Tess.« Das derzeitige Lieblingsspiel meiner Tochter war es, in unserem Garten Puppen zu beerdigen und die Gräber mit Zweigen zuzudecken. Außerdem verbrachte sie viel Zeit damit, auf dem Boden zu liegen und sich tot zu stellen.

»Daddy wird vielleicht nicht rechtzeitig zu deiner Party zurück sein«, sagte ich in einem aufgesetzt fröhlichen Ton. »Er musste wieder für die Arbeit wegfahren.« Die Tatsache, dass Lars die Geburtstagsparty seines Sohns verpassen würde, war der Grund für unseren Riesenkrach an jenem Nachmittag gewesen, als er gesagt hatte, er würde mich und unsere Ehe endgültig verlassen.

»O je«, sagte Finn, der es sehr gewohnt war, dass sein Vater wegen seiner Internet-Firma verreist war.

»Können wir uns noch eine DVD ansehen?«, fragte Tess, die einen winzigen Riss in einer Erwachsenenrüstung auf eine Meile erkennen konnte.

Ich vergrub den Kopf an Finns Hals, damit die beiden mein Gesicht nicht sehen konnten. »Ja«, antwortete ich. Wie würden sie zurechtkommen, wenn wir uns wirklich scheiden ließen? Ich machte mir sowieso schon Sorgen, wie sich unsere ganzen Streitereien der letzten Zeit auf sie auswirkten; Tess war regelrecht makaber geworden, und eine endgültige Trennung von ihrem Vater würde das vermutlich noch verschlimmern.

Am liebsten wäre ich einfach unter meine Bettdecke gekrochen und hätte mich da zusammengerollt, aber der Sonntagabend nahte. Ich musste tun, was jede andere Familie auch tat: Turnbeutel finden, Lunchboxen packen, kläglich dem Montag entgegensehen, während ich dem Samstag noch nachtrauerte.

Ich rief Liv an. »Es war der schlimmste Streit, den wir je hatten«, erklärte ich, »und er sagt, dass er sich scheiden lassen wird.« Sie sagte sofort, sie würde vorbeikommen. Danach machte ich roboterartig Fischstäbchen, badete Tess und Finn, packte ihre Schultaschen, steckte sie ins Bett und las ihnen *Der Kater mit Hut* vor, wobei ich mir mit meiner fauchenden Kater-Stimme extra viel Mühe gab.

»Ihr seid das«, sagte ich. »Ding eins und Ding zwei«, und sie kicherten. Danach schenkte ich mir ein großes Glas Rotwein ein und wartete auf dem Wohnzimmersofa auf Liv, während ich mich hin und her wiegte und die vergangenen paar Stunden noch einmal an mir vorüberziehen ließ.

»Das war's. Wir lassen uns scheiden«, brüllte Lars. Draußen regnete es. Er stopfte Papiere – Rechnungen, Kontoauszüge – von der Küchenanrichte in eine Tasche. Ich wollte an seinem Hemd ziehen und zerren, um ihn aufzuhalten, aber stattdessen stand ich einfach nur da und weinte.

Der Streit war ausgebrochen, weil Lars behauptet hatte, ich

hätte ihm nicht das richtige Datum von Finns Geburtstagsparty gesagt, bis es zu spät war, um seine Russlandreise umzuorganisieren.

Aber es hätte genauso gut um irgendetwas anderes gehen können – unsere Auseinandersetzungen waren in den letzten Monaten immer schlimmer geworden, obwohl wir zur Eheberatung gingen. Sie drehten sich immer um dasselbe: dass Lars so viel Zeit außer Haus mit seiner Arbeit und immer weniger Zeit mit uns, seiner Familie, verbrachte.

Ich wusste, dass ich ihm gesagt hatte, dass die Party am Samstagnachmittag von Finns Geburtstag stattfinden würde. Und warum war es überhaupt mein Job, ihn an so etwas zu erinnern?

»Ich dachte, sie sei am Sonntag, und ich hatte geplant, Samstagabend zu seinem Geburtstag zurück zu sein. Es war offensichtlich ein Missverständnis, aber jetzt ist es zu spät«, meinte Lars. »Ich muss nach Russland.«

»Aber der Tiermann kommt, und wir haben schon alle Einladungen verschickt.«

»Wer ist denn der Tiermann?«

»Was glaubst du denn, wer er ist? Er ist ein Mann mit Tieren. Meerschweinchen, was weiß ich. Er ist der Entertainer.« Ich setzte mich an den Küchentisch und stützte den Kopf in die Hände. Dann holte ich tief Luft. »Sagst du es Finn?«

»Ich werde ihm sagen, dass die Reise seit Wochen gebucht ist, und er wird es zumindest verstehen. Was mehr ist, als man von dir behaupten kann.«

»Es ist der fünfte Geburtstag deines Sohns, Lars. Gib ausnahmsweise einmal deiner Familie den Vorrang. Komm zu seiner Geburtstagsparty.«

»Ich werde da sein, sobald ich vom Flughafen zurückkomme. Ich werde ihn immer noch an seinem Geburtstag sehen.«

»Bis dahin wird die Party vorbei sein.«

»Ami, er wird noch andere Geburtstage haben, mit größeren und besseren Partys. Bei denen werde ich dann sein.«

»Das Problem ist, du weißt verdammt gut, dass du das nicht sein wirst. Du solltest aufhören, so zu tun, als ob du dich je ändern würdest, denn wir wissen beide, dass das Blödsinn ist.«

Meine Ehe hatte mich in jemanden verwandelt, der Galle spuckte wie fauliges Wasser aus einem Wasserspeier. Ihn so sehr zu lieben, hatte mich zu einem hasserfüllten Menschen gemacht.

»Das reicht jetzt«, brüllte er. »Ich habe die Schnauze voll. Du schwafelst in einer Tour davon, wie schlimm dein Leben ist – dann lass es uns einfach vergessen, okay? Wir lassen uns scheiden, dann musst du mir nicht immer sagen, wie schrecklich ich zu dieser Familie bin.«

Wir hatten beide schon früher in der Hitze des Augenblicks das »S«-Wort verwendet, aber es erschien mir immer noch unmöglich, dass es wirklich passieren könnte.

»Wie können wir denn eine Familie sein, wenn du praktisch nie da bist?«, flüsterte ich. »Selbst wenn du da bist, bist du mit deinen Gedanken irgendwo anders.«

»Ich arbeite an einer Zukunft für dich und die Kinder. Aber das reicht dir nicht, oder?«

»Ich möchte, dass wir *gleichberechtigt* sind. Ich habe auch ein Unternehmen zu führen.« Montag hatte ich einen Termin mit dem Finanzchef meiner winzigen Werbeagentur, die ich im Jahr zuvor gegründet hatte, und ich wusste, er würde mir sagen, dass meine Bilanz eindeutig im roten Bereich gelandet war.

»Lars, liebst du mich noch?«, fragte ich, aber er antwortete nicht, sondern stürmte einfach zwei Stufen auf einmal nehmend die Treppe hoch und warf seine Kleider in den Koffer. Ich dachte, ich könnte mit den meisten Dingen umgehen, aber ich wusste nicht, ob ich es ertragen könnte, wenn er mich nicht mehr liebte.

Er wandte sich von der offenen Schranktür um und sagte ganz leise: »Es geht nicht darum, ob wir uns noch lieben – das reicht nicht.« Das war irgendwie noch schlimmer als das Brüllen.

»Bitte geh nicht«, sagte ich, während ich ihm zur Schlafzimmertür folgte. Ich hasste mich für die Würdelosigkeit, mit der ich ihn anflehte zu bleiben.

»Ich halte das nicht mehr aus – wir streiten uns nur noch.«

»Wir könnten versuchen …« Ich konnte diese halbe Ehe nicht länger weiterführen, aber könnte ich es ertragen, ihn endgültig gehen zu sehen?

»Wir haben doch schon alles versucht.« Seine Stimme war so eisig wie der Wintertag draußen. »Es ist Zeit, dass wir aufhören, es noch länger zu versuchen. Ich gehe, Ami, und diesmal gehe ich endgültig.«

Er sagte es entschlossen, so wie immer, wenn er eine Entscheidung getroffen hatte.

Er trug die Taschen hinaus und warf sie in den Kofferraum seines Wagens. Ein leichter, halb gefrorener Regen rieselte auf seine weißblonden Haare und klebte sie ihm ins Gesicht. Dann öffnete er die Wagentür, sprang hinein und fuhr davon.

Er war gegangen, und diesmal sah es so aus, als ob es kein Zurück mehr gab.

Während ich auf dem Sofa saß und auf Liv wartete, schossen mir Bilder durch den Kopf, so wie sie es angeblich tun, wenn man auf dem Sterbebett liegt. Wie Lars und ich uns zum allerersten Mal begegnet waren – wie ich ihm in ein Handtuch gewickelt die Tür geöffnet hatte, weil er an die Tür unserer Mietwohnung gehämmert hatte, als ich im Bad war. Die Art, wie meine Stimme nicht aufhören konnte, auf und ab zu tänzeln, genau wie es seine damals tat, mit seinem starken schwedischen Akzent. Unser erstes Date, als er mir mit derselben Stimme Lou Reeds »Perfect Day« vorsang. Wie wir in den Flitterwochen in Tobago zu Reggae getanzt hatten. Wie wir später – nachdem wir das Haus gekauft hatten, in dem wir jetzt lebten – wieder tanzten, aber diesmal durch unsere neue Küche, weil wir unser Glück kaum fassen konnten. Wie er sich in all den Jahren angefühlt hatte – sauber, liebevoll, entschlossen. Wie ich ihm zugesehen hatte, wie er mit Tessa in einem Tragetuch an seiner Brust herumstolziert war. Wie wir Finn im Himmelbett eines Landhotels gezeugt hatten …

Wie hatte aus all der Hoffnung und Liebe das hier werden können? Ich drückte mir ein Kissen fester an die Brust, und dann hörte ich, wie Liv draußen auf ihrem klapperigen Drahtesel ankam.

Vom Fenster aus, im gelben Licht der Straßenlaterne, konnte ich ihr rotbraunes Haar sehen, das hinter ihr herwehte, und ihre weiße Haut, gerötet von der Kälte. Ich wartete auf der obersten Stufe, während sie ihr Fahrrad abschloss und ihre Tasche aus dem Korb nahm.

Sie kam die Stufen hoch, umarmte mich und drückte mich fest an sich und sagte: »Oh, Ami. Du arme Kleine.«

Ich brach in Tränen aus.

Sie scheuchte mich ins Haus, schlüpfte aus ihrer Jacke und zog mich aufs Sofa, wo sie mich an ihren scharlachroten Pullover drückte, bis ich endlich aufhörte zu schluchzen.

»Schönen Dank auch. Es ist echt schwer, Rotz aus Lambswool rauszukriegen«, meinte sie. Ich schenkte ihr ein mattes Lächeln. »Also, war's das jetzt endgültig?«

»Ich glaube schon«, sagte ich – aber ich wollte es nicht glauben, und noch eine warme Träne kullerte mir übers Gesicht. Ich war wie eine Gewitterwolke, schwer von Regen, der erst noch herausprasseln musste, auch wenn hin und wieder bereits ein dicker Tropfen aus ihr entwich.

Liv holte eine Flasche, die nach einem sehr teuren Châteauneuf-du-Pape aussah, aus ihrer Tasche. »Die hat mir mein Vermieter geschenkt. Ich glaube, er wollte, dass ich sie mit ihm trinke. Aber das hier ist ein Notfall.« Livs Vermieter behauptete, ein Marquis zu sein, aber als wir ihn im Internet recherchiert hatten, konnten wir keine Erwähnung seines Titels finden. Er hatte Liv auf einer Party kennengelernt, war in Lust entbrannt und hatte ihr seine Kellerwohnung zu einem Spottpreis vermietet. Er kam jeden Tag ungefähr zur Teezeit sternhagelvoll vom Pub nach Hause getaumelt.

Sie holte einen Korkenzieher, leerte mein Glas mit billigerem Fusel und schenkte zwei neue sehr großzügig ein. Dann setzte sie sich wieder, und ich berichtete ihr, unterbrochen von Weinkrämpfen, was passiert war.

»Er glaubt, er tut das Richtige für uns alle, indem er so hart arbeitet, und ich kann ihm nicht verständlich machen, dass wir ihn hier brauchen – dass *ich* ihn hier brauche«, sagte ich schließlich. »Er redet in einer Tour davon, wie pleite wir noch immer sind – aber das sind wir nur, weil wir ständig Geld zurück in seine Firma pumpen müssen. Es ist ein Teufelskreis.«

»Ich weiß nur, dass es an der Zeit ist, sich nicht länger damit abzufinden.«

»Es hätte zu keinem schlimmeren Zeitpunkt passieren können. Morgen habe ich dieses wirklich wichtige Meeting. Und

Tess redet ständig vom Sterben – es hat schon jetzt heftige Auswirkungen, dass wir uns die ganze Zeit streiten.«

Liv zog mich eng an sich, und ich schluchzte leise an ihre Schulter, bis sie mich schließlich wegschob, mir ein paar Taschentücher unter die Nase hielt und sagte: »Wer weiß, wozu es gut ist. Er hat dich lange genug unglücklich gemacht.«

»Aber was, wenn ich ihn wieder in den Mann zurückverwandeln könnte, der er früher war? Ich meine, am Anfang lief es so fantastisch zwischen uns, und ich habe einfach das Gefühl, dass das Leben und die Arbeit und die Kinder nach und nach die Kontrolle übernommen haben. Ich will einfach nur den alten Lars wiederhaben.«

»Süße, dieses Gespräch haben wir doch schon *so* oft geführt«, sagte sie sanft. »Und du weißt, zu welchem Schluss wir jedes Mal gekommen sind, oder? Der Lars, den du geheiratet hast, kommt nicht wieder zurück.«

Sie stand auf und lief vor dem Kamin auf und ab. Hinter ihr stand eine Reihe silbern gerahmter Bilder von Lars und mir in den letzten zehn Jahren – zuerst nur wir beide, dann unsere Hochzeitsfotos, umgeben von Familienangehörigen und Freunden, und schließlich mit Tessa und Finn.

»Hör mal.« Liv kam zurück, setzte sich zu mir aufs Sofa und nahm meine Hände. »Das ist ein Typ, der manchmal nicht mal zu eurer verdammten Eheberatung auftaucht. Weißt du, was ich jedes Mal denke, wenn du mir das erzählst?«

Ich nickte, und die vertraute Wut begann wieder, durch meine Adern zu strömen, gefolgt von einer erdrückenden Traurigkeit. »Ich habe geschworen, dass wir immer zusammenhalten, und ich wollte wirklich dafür sorgen, dass meine Kinder ein glückliches Zuhause haben.«

Sie nickte, und ihre hellblauen Augen blickten ungewöhnlich ernst. »Ich weiß, aber es kann nicht sein, dass du die Einzige bist, die daran arbeitet. Er muss es zumindest versuchen.«

Ich lächelte matt.

»Du schaffst das schon«, sagte Liv. »Wirklich. Sich scheiden zu lassen, ist inzwischen richtig schick, weißt du, schmerzlose Trennung und das alles. Die Promis tun es ständig. Und dann machen sie Fotos von sich, als wollten sie sagen: ›Benehmen wir uns nicht zivilisiert, auch wenn wir geschieden sind?‹, und gehen mit den Kindern frühstücken. Neulich habe ich einen Artikel darüber gelesen: ›Schöner scheiden‹ oder so ähnlich.«

Ich schauderte. »Daran ist nichts Schönes. Du solltest jetzt besser gehen, sonst kommst du morgen für die Arbeit nicht aus den Federn.« Liv kam ziemlich oft für die Arbeit nicht aus den Federn. Sie war freie Redakteurin bei einem kleinen Lifestyle-Magazin, das es zu seiner Mission erklärt hatte, alles Originelle zu feiern. Es hieß *Pas Faux*, und sie hatte im vergangenen Jahr angefangen, dort zu arbeiten, in einem Versuch, ihre schwächelnde Schriftstellerkarriere zu retten. Bedauerlicherweise kam ihr dabei häufig ihr hyperaktives Sozialleben in die Quere – das hauptsächlich darin bestand, Jungen zu vögeln, die eben erst ihr Abitur gemacht hatten –.

»Ich kann über Nacht bleiben«, bot Liv an, aber ich wusste, dass sie es hasste, morgens von Kindern geweckt zu werden.

»Ich komme schon klar« erwiderte ich, und schließlich, nachdem ich noch ein bisschen mehr geschluchzt und sie umarmt hatte, eierte sie auf ihrem Fahrrad davon.

Ich schenkte mir noch ein Glas von dem edlen Tropfen ein und rief meine Mutter an.

»Oh, Gott«, sagte Mum in ihrer Küche in Gloucestershire. »Oh, mein armer Liebling. Aber das ist doch sicher nur ein Streit. Er wird zurückkommen.«

»Es ist mehr als das.«

»Willst du herkommen? Ich würde ja zu dir kommen, aber du weißt ja, dein Vater …«

Dad litt an Depressionen, weigerte sich jedoch, sie zur Kenntnis zu nehmen, geschweige denn, sich deswegen behandeln zu lassen. Wenn er in einer seiner düsteren Phasen war, trank er zu viel und stapfte, gefolgt von seinen beiden Spaniels Liver und Bacon, durch die Wälder vor dem Cottage meiner Eltern, seine Haare weiß und wild im Wind.

Wunderte ich mich, dass sie nicht Hals über Kopf nach London stürzte, um mir zur Seite zu stehen, als ich im Begriff war, alleinerziehende Mutter zu werden? Eigentlich nicht. Meine Eltern führten eine fast symbiotische Beziehung – oder zumindest brauchte er sie so wie eines dieser Affenmännchen, die sich darauf verlassen, dass ihre Partnerinnen ihnen die Läuse aus dem Pelz suchen. Wenn es ihm schlecht ging – und er konnte urplötzlich in ein monatelanges Stimmungstief fallen –, würde es ihr nicht im Traum einfallen, von seiner Seite zu weichen. Sie war da und litt mit ihm und verscheuchte die Fliegen von seiner Depression, als könnte nur sie allein ihn retten. Sich um mich zu kümmern, war zweitrangig geworden, seit seine depressiven Verstimmungen in meinen Jugendjahren immer länger und bösartiger geworden waren. Ich wusste das und dachte, ich hätte mich damit abgefunden, aber es tat trotzdem immer noch weh.

»Vielleicht erzählst du ihm besser nichts davon«, sagte ich, um nicht wieder eine seiner düsteren Stimmungen heraufzubeschwören.

»Das muss ich, aber er wird am Boden zerstört sein. Du weißt ja, wie überzeugt er davon ist, dass Leute zusammenbleiben und ihre Kinder an die erste Stelle setzen sollten.«

»Na ja, dann soll er das doch Lars sagen«, brüllte ich. Ich holte tief Luft, und ein Schluchzer entwich. »Entschuldige.«

»Schon gut, Schatz, du stehst unter Schock«, sagte Mum. »Wirst du zurechtkommen?«

Tessa und Finn schliefen oben. »Das muss ich wohl.«

Schließlich ging ich schlafen. Ich legte mich nur auf meine Hälfte des Betts, steif wie ein Brett. Ich trug zwei Pyjamas übereinander, aber es gelang mir trotzdem nicht, meine eiskalte Angst zu verbannen. Ich weinte noch ein bisschen mehr, und meine Tränen waren warm.

Es sind nicht Herzen, die brechen, Lars. Es sind ganze Leute, und ich bin zerbrochen.

Kapitel 2

Im Dämmerzustand eines unruhigen Schlafs träumte ich, dass meine Ehe ein gestaltloses schwarzes Scheusal war, das vor mir wegrannte, an Ecken innehielt, um zu kichern, und dann weiterlief. Ich holte es nie ein.

Um sieben Uhr morgens, als ich mich fühlte, als hätte ich kaum ein Auge zugetan, duschte ich und zog mich für die Arbeit an, als würde mein Leben einfach weiter seinen gewohnten Gang gehen.

Dad rief mich auf dem Festnetz an, als ich eben versuchte, die violetten Schatten unter meinen Augen zu übermalen. »Großer Gott, Mädchen, was für ein verdammter Schlamassel«, donnerte er durch die Leitung. »Aber das Wichtigste ist, geht es dir gut?«

Es ging mir alles andere als gut, aber ich sagte: »Natürlich geht es mir gut, und du darfst dich über diese Sache nicht aufregen.« Ich würde alles tun, um zu verhindern, dass mein Vater wieder in eine seiner Depressionen stürzte und meine Mutter dabei mit sich in den Abgrund riss.

»Mich aufregen? Natürlich nicht. Ich will ihn nur grün und blau prügeln, das ist alles. Kann nicht aufhören, an diese Kinder zu denken.«

War er die ganze Nacht wach gewesen und hatte Whisky

getrunken? Seine Stimme klang etwas verwaschen – entweder vor Wut oder vom Alkohol.

»Jetzt werde ich erst einmal einen Anwalt für dich finden. Du musst wissen, wo du stehst.«

»Ich bin sicher, das hat keine Eile.« Es erschien mir so offiziell und endgültig. »Geht es dir gut, Dad, ganz ehrlich?«

»Herrgott, Mädchen, hör auf, dich nach mir zu erkundigen, und fang an, dich um dich selbst zu kümmern. Also, halt mich auf dem Laufenden.«

In der Küche machte unser schönes, aber sauertöpfisches slowakisches Au-pair-Mädchen Luba den Kindern gerade lustlos das Frühstück. Luba war vor zwei Monaten zu unserem Haushalt gestoßen, und abgesehen davon, dass sie immer gelangweilt und angeödet wirkte, war sie stets zuverlässig ihren Pflichten nachgekommen, seit sie in das Zimmer auf dem Dachboden gezogen war. Die Kinder schienen sie zu mögen, aber sie ignorierte all meine Angebote einer Freundschaft.

»Kannst du die Kinder heute Morgen bitte zur Schule bringen, Luba?«, fragte ich, wobei ich mir alle Mühe gab, mit meinen geröteten Augen nicht in ihre zu sehen. Ich wusste, dass es für sie nichts Ungewöhnliches sein würde, dass Lars nicht da war – er war so häufig nicht da.

Sie warf ihre langen, fast albinoweißen seidigen Haare zurück. »Ja.«

»Hast du an den Vortrag in der Schule heute Abend gedacht, und dass du eine Stunde für mich babysitten musst?« In der Nacht hatte ich mich hin und her gewälzt und darüber nachgedacht, wie ich zu einem Vortrag mit dem Thema »Wie man gute Weltbürger erzieht« in der Schule der Kinder gehen sollte und dass ich vermutlich die Gelegenheit ergreifen müsste, den Schulleiter darüber zu informieren, was bei uns los war. »Ich bin dir wirklich sehr verbunden, Luba. Vielen Dank.«

»Ich hier, um zu helfen«, sagte sie, aber auf ihrem hinreißenden Gesicht zeigte sich kein Lächeln.

Ich küsste die Kinder und ging hinaus in die Welt. Auf dem ganzen Weg mit dem Bus und der U-Bahn fühlte ich mich, als würde ich einen Schritt neben meiner Seele stehen.

Als ich mein winziges Büro in Soho betrat, saß meine einzige Angestellte, Account-Executive Bridget, hinter *meinem* Schreibtisch und tippte auf *meinem* Computer.

Ich wollte am liebsten brüllen: »Möchtest du vielleicht auch noch meine roten Blutkörperchen aussaugen, bis ich sterbe? Meine Schlüpfer tragen? In mein Grab steigen?« Aber stattdessen sagte ich nur: »Bridget, was tust du an meinem Schreibtisch?«

Bridget kam immer um sechs Uhr morgens ins Büro, um zu beweisen, wie effizient sie war. Sie hob den Kopf, und ihr rundes Gesicht strahlte vor Aufregung. »Ich dachte mir, ich zeige ein bisschen Initiative, Amelia, indem ich versuche, ein paar mehr Aufträge für uns an Land zu ziehen.« Sie durchquerte den Raum, eine gelbe Haftnotiz in der rosigen Hand, ihre weiße Bluse bis zum Hals zugeknöpft.

Ich wünschte, ich würde Bridget nicht heimlich verabscheuen – sie war sehr nützlich, aber weil sie sich so demonstrativ professionell gab und keinerlei Sinn für Humor besaß, musste ich mich jedes Mal im Namen der Frauensolidarität zwingen, nett zu ihr zu sein. »Ein paar neue Kunden könnten wir auf jeden Fall gebrauchen«, sagte ich und ging mir eine Tasse starken Kaffee machen. Ich atmete den Duft der Bohnen ein, als könnte er mir Kraft verleihen.

Dann ging ich nach oben, um Stephen Frost zu treffen,

Finanzchef bei Goldwyn & Co., den Miteigentümern von Brand New, meiner winzigen Werbeagentur. Letztes Jahr, nach sieben Jahren bei Goldwyn – einer riesigen Agentur –, hatte ich meinen unkonventionellen Boss, Marti Goldwyn, endlich davon überzeugt, mich meine eigene Unteragentur gründen zu lassen. Es war an der Zeit gewesen zu zeigen, dass ich es allein schaffen konnte.

Marti ließ mich meinen Lieblingskunden mitnehmen – Land the Bootmaker. Ein paar Jahre zuvor, als ich dabei war, mich bei Goldwyn hochzuarbeiten, hatte ich das Glück gehabt, Land ein paar Ideen dazu pitchen zu können, um ihr schwächelndes Stiefelunternehmen fit fürs einundzwanzigste Jahrhundert zu machen. Ich überzeugte sie, die Herren-Budapester wieder auf den Markt zu bringen, mit denen sie im Zweiten Weltkrieg berühmt geworden waren, sie LandGirls zu nennen und an Frauen zu vermarkten, und es hatte geklappt. Jetzt trug jeder schwarz gekleidete Grufti in England LandGirls.

»Bei dir muss schließlich ein bisschen Geld hereinkommen, und ohne dich wird Land nicht bei Goldwyn bleiben«, hatte Marti gesagt, während er die Papiere unterzeichnete. »Wenn ich dich schon verlieren muss, dann wenigstens an ein Unternehmen, an dem ich beteiligt bin.«

Das Problem war, nachdem ich mich die ersten acht Monate auf die Einkünfte von LandGirls verlassen hatte, während ich kleinere Kunden gewann, hatte die Schuhfirma nach und nach aufgehört, Werbung bei uns zu beauftragen.

Stephen, mit rundem Gesicht und einer riesigen Stupsnase, begegnete mir im Allgemeinen fröhlich und optimistisch, obwohl er Buchhalter war, aber heute hatte er kein Lächeln für mich. Er wartete, bis ich ihm gegenüber Platz genommen hatte, bevor er das Wort ergriff. »Du siehst müde aus, Ami, aber das ist eigentlich kein Wunder – du musst die ganze Nacht wach gelegen und dir Sorgen um die Firma gemacht haben.«

Wenn er wüsste, dass das nach den Sorgen um meine Ehe erst an zweiter Stelle kam! Ich nickte und sagte: »Wie schlimm ist es?«

Stephen klopfte mit dem Ende seines Mont-Blanc-Stifts auf das Holz des Konferenztischs. »Es hat keinen Sinn, um den heißen Brei herumzureden – die fehlenden Land-Einkünfte in den letzten Monaten haben deutliche Spuren hinterlassen.«

»Der Gewinn und Verlust ist im Grunde ein Verlust?« Ich wollte ihn zum Lächeln bringen, aber es war ein vergeblicher Versuch, das Schlimmste abzuwenden.

»Das wäre es im ersten Geschäftsjahr ohnehin gewesen, aber wir hatten geplant, uns auf diese Einnahmen zu verlassen, während du andere Kunden gewinnst.«

»Land konzentriert sich im Moment auf eine Auslandsexpansion«, erwiderte ich. »Bei denen dreht sich alles darum, den US-Markt zu erobern. Ich kann nichts tun, um sie von der Idee abzubringen.« Ich hatte der Marketingchefin lang und breit erklärt, wie schwer es sich auf die Verkaufszahlen niederschlagen würde, England zu vernachlässigen, aber sie hatte nur genickt und gesagt, dass »die Strategie vom Vorstand kommt«. Daraufhin hatte ich mich mit dem CEO in Verbindung gesetzt und versucht, einen Termin zu bekommen, aber er hatte nicht auf meine Anrufe reagiert.

Das alles erklärte ich Stephen, bevor ich fortfuhr: »Und ich habe viele neue Kunden gewonnen, aber ich muss erst einmal Zeit in sie investieren – ich habe diesen Versandhändler, Think Inside the Box, ein neues Modelabel, Boring Clothes ...«

Stephen fuhr sich mit einer Hand über die Stirn. »Das ist ironisch gemeint, oder?«

»Ja.« Ich lächelte und fuhr rasch fort. »Außerdem haben wir Fat Pig …«

»Sag's mir nicht – Sportbekleidung?«

»Für spindeldürre Frauen«, bestätigte ich.

Stephens Lächeln schwand, und er holte tief Luft. »Das ist ja alles schön und gut, Ami«, sagte er. »Aber Land schuldet uns noch 50.000 Pfund.«

Ich stöhnte auf. »So viel?«

»Es wird langsam ernst – die Leute von der Kreditüberwachung kommen zu niemandem durch. Ich mache mir Sorgen.«

»Soll ich nach Wakefield fahren?« Ich sprach von der ehemaligen LandGirls-Fabrik in Yorkshire, die zur Firmenzentrale umgebaut worden war. Noch während ich es sagte, fragte ich mich, wer auf die Kinder aufpassen sollte, wenn ich in den Norden fuhr – ich konnte sie nicht über Nacht mit Luba allein lassen.

»Ich gebe dir Bescheid.« Stephen klappte den Aktendeckel vor sich zu. »Offen gestanden, könntest du deine Zeit am besten nutzen, indem du noch ein paar Kunden gewinnst, und zwar schnell.«

»Und was passiert, wenn …?«

Stephen holte durch seine übergroßen Nasenlöcher einmal Luft. »Ohne neue Aufträge hast du bestenfalls noch ein paar Monate, und auch das nur, wenn Land wieder anfängt zu werben.«

Da. Er hatte es gesagt. Ich fröstelte trotz der Hitze im Konferenzraum. Ich brauchte meine Agentur. Ich würde schon bald eine alleinerziehende Mutter sein, und ich hatte keine Ahnung, wie ich die Rechnungen bezahlen oder die Kinder satt kriegen sollte. Würde Lars in finanzieller Hinsicht fair sein? Er steckte alle Gewinne zurück in die Expansion, und nach Abzug des Hauskredits und der Rechnungen hangelten wir uns von Monat zu Monat durch.

»Ich bin an vielen verschiedenen Kontakten dran«, sagte ich zu Stephen, obwohl das nicht stimmte. Tatsächlich waren die letzten Wochen mit Lars so ausgefüllt mit Wut und Streit gewesen, dass ich mich kaum noch auf die Arbeit konzentrieren konnte. Trotzdem, es war wichtig, dass Stephen Marti berichtete, dass ich mir den Arsch aufriss, wenn der von seiner derzeitigen Globetrotter-Tour zurückkehrte.

»Hör zu, die Entscheidung liegt allein bei Marti«, sagte Stephen mit der ganzen Resignation eines Mannes, der die letzten zwanzig Jahre damit zugebracht hatte, für einen brillanten, aber anstrengenden Boss zu arbeiten. »Und er hat eine Schwäche für dich.« Er sagte es, ohne mich anzusehen, und ich begann prompt, mir Sorgen zu machen. Mir war durchaus bewusst, dass ich dem Kaffeeküchenklatsch bei Goldwyn zufolge Marti vögelte – denn warum *sonst* hätte er in meine neue Agentur investieren sollen? –, aber glaubte auch Stephen – der vernünftige Stephen – diesen Gerüchten?

»Du weißt aber schon …«, begann ich.

»Natürlich weiß ich das«, unterbrach mich Stephen. »Er mag dich, weil du ihn nicht jedes Mal bei der Personalabteilung verpetzt, wenn er irgendetwas sagt, was vielleicht nicht hundertprozentig politisch korrekt ist …«

Er versuchte mich aufzumuntern, daher lächelte ich. In diesem Augenblick wünschte ich mir nichts mehr, als dass Marti hergeflogen käme und mir sagte, dass alles gut werden würde.

»… und weil du gut in deinem Job bist.«

Oder warst. Während ich mich von Stephen verabschiedete und die Treppe hinunter zu meinem kleinen Kellerbüro ging, fragte ich mich, wie die Gerüchte lauten würden, sobald die

Kollegen erfuhren, dass ich geschieden werden würde. Vermutlich würden sie sagen, das sei nur, damit ich mehr Zeit hätte, um mit dem Boss ins Bett zu gehen.

»Das heißt, du wirst finanziell am Boden und außerdem geschieden sein«, fasste Liv die Situation zusammen, wie nur sie es konnte.

Ich hatte Liv in der Mittagspause zu einem Krisengipfel ins Ivan's – das Café in Soho, das wir vor vielen Jahren Suicide Café getauft hatten – bestellt. Es lag genau auf halbem Weg zwischen unseren Büros. Die Wände waren nikotingelb verfärbt, die Bilder an den Wänden zeigten schluchzende Frauen nach der Schändung durch Kosaken, und unter einer staubigen Glasglocke auf dem Tresen saßen drei ausgestopfte gelbe Kanarienvögel. Wir mochten dieses Lokal. Wie sehr Soho auch gentrifiziert wurde, hier veränderte sich nichts.

Liv bestellte mir einen Weißwein, aber meine Tränen flossen schon wieder in solchen Strömen, dass er sich rasch in eine Schorle verwandelte. Ich wusste, dass mein Gesicht umrahmt von meinen braunen Locken gespenstisch bleich aussah.

Ein gealterter, melancholischer Kellner war aus den Schatten geschlurft und hatte uns Berge von Risotto hingestellt. Im Suicide Café gab es keine Speisekarte; die Leute kamen hierher, um zu trinken und über ernste Themen zu reden wie zum Beispiel, wie sie sich am besten umbringen könnten, daher hatte das Café immer nur ein einziges billiges Gericht im Angebot, dessen einziger Zweck es war, den Alkohol aufzusaugen. Gelegentlich – nur gelegentlich – gab es auch Schnitzel.

Ich wiederholte immer wieder: »Aber was soll ich jetzt machen? Wie soll ich Tess und Finn satt kriegen?« Liv aß ihr Risotto auf, daher schob ich instinktiv meinen Teller in ihre

Richtung, und sie machte sich auch darüber her. Vom Beginn unserer Freundschaft an – mit vierzehn, auf einem französischen Schüleraustausch, als wir lernten, Gauloises zu rauchen, und versuchten, existenzialistisch auszusehen – hatten wir vereinbart, dass es ihr Job war, das Licht in meinem Leben zu sein, und meiner, dafür zu sorgen, dass sie nie Hunger litt. In den letzten Jahren war ich dankbar dafür gewesen, dass Liv nie ernst war. Die meisten Mütter, die ich kannte – abgesehen von meiner kleinen Gruppe von Schultor-Freundinnen –, schwafelten in einer Tour von Milchpumpen und Beckenbodengymnastik; und die Frauen, die ich über die Arbeit kennenlernte, redeten nur Management-Schwachsinn. Wie Liv es ausdrückte: »Wenn sie von Absatzmaximierung reden, dann nicht, weil ihre High Heels höher sind als alle anderen.« Im Gegensatz zu ihnen konnte Liv mich noch immer zum Lachen bringen, als hätte ich eben eine Riesenwasserpfeife geraucht.

»Aber Lars geht es finanziell doch gut, oder?«, fragte Liv. »Ich meine, die meiste Zeit habe ich keine Ahnung, wovon er eigentlich redet, aber versucht er nicht, der nächste Bill Gates zu werden?«

»Er schwafelt ständig von Cashflow. Und ich habe wirklich Angst, Liv.«

»Du musst dich auf andere Gedanken bringen. Willst du heute Abend mit mir ausgehen? Ich gehe zu einem Accessoires-Launch unter den Bögen der London Bridge.« Alle Mitarbeiter bei *Pas Faux* verließen sich darauf, dass es auf Partys genug zu essen gab, weil sie so schlecht bezahlt wurden. Liv wählte immer diejenigen aus, die so klangen, als könnte es dort anständige Kanapees geben, da sie der Überzeugung war, wenn man nur genügend davon verputzte, entspräche das unterm Strich einer anständigen Mahlzeit.

»Sehe ich vielleicht so aus, als ob ich in Form für eine Party bin?«, antwortete ich. »Außerdem habe ich eine Veranstaltung in der Schule.«

»Du siehst immer wunderschön aus, selbst wenn du ein bisschen geschlaucht bist«, erwiderte Liv. Ich wusste, dass sie nur nett sein wollte. Obwohl wir gleich alt waren, hatte Liv noch keinen einzigen Krähenfuß im Gesicht. »Das ist, weil du Kinder bekommen hast«, sagte sie jedes Mal, wenn ich mich darüber beklagte. »Nähte in deinem Dingsbums und Babysabber überall auf deinen Kleidern. Keine Ahnung, wieso manche Leute unbedingt ein Brötchen im Ofen haben wollen.«

»Und ich muss mich wirklich darum kümmern, ein paar mehr Aufträge an Land zu ziehen.«

»Hör zu, es wird sich bestimmt bald etwas ergeben«, meinte Liv. »Die Planeten werden in einer Reihe stehen.«

»Du denkst doch immer, dass es darum geht, dass Jupiter den Uranus umkreist«, entgegnete ich. Liv glaubte an das Schicksal, weil ihr unverdient tolle Sachen passierten. Da waren zum Beispiel die kaum erwachsenen Jungen, die sie ständig um ein Date baten. Oder wenn ihre Chance, eine Wohnung in London zu kaufen, ungefähr so hoch war wie für jeden anderen alleinstehenden, berufstätigen Menschen in London – also absolut null –, lief sie einem falschen Marquis über den Weg, der ihr eine Wohnung vermietete. »Trotzdem, ich könnte ein Stück von deinem Glück gebrauchen.«

»Es ist jetzt meine Mission, dir zu helfen, nach vorn zu blicken. Ich werde alles daransetzen, einen neuen Mann für dich zu finden, der dich flachlegt.«

»Ich will im Moment niemandem nahekommen.« Ich warf zwanzig Pfund auf den alten Resopaltisch und stand auf. Auf einmal war ich so verschlossen wie eine Miesmuschel, die verdorben ist, aber noch immer in einer *marinière* herumschwimmt.

»Aber das wirst du bald«, entgegnete Liv, und das Gesprenkel von Jackson-Pollock-Sommersprossen auf ihrer Nase schien ein klein wenig zu tänzeln. »Es ist mein Job, dir zu helfen.«

Ich schauderte. »Ich wusste gar nicht, wie sehr ich mich als Versagerin fühlen würde. Ich habe meine Kinder im Stich gelassen.«

»Nein«, widersprach Liv. »Lars hat die Kinder im Stich gelassen. Er ist es, der gegangen ist. Also noch kein Wort von ihm?«

»Nein, nichts«, antwortete ich.

Liv legte ihre Gabel hin, stand auf und drückte mich an sich, während ich an ihrer Schulter zitterte. »Oh, arme Ami. Ich hab dich ganz doll lieb, weißt du.«

An jenem Abend hockte ich auf einem winzigen Stuhl in einem eiskalten Klassenzimmer, während mir der Schulleiter meiner Kinder viele negative Dinge über sie auf eine richtig positive Art erzählte. Ich hatte ihn um ein Gespräch unter vier Augen gebeten.

»Ich freue mich ja so, dass Sie vorbeigekommen sind. Ich wollte schon länger mit Ihnen darüber sprechen, dass Finn den Klebstoff isst, anstatt ihn zum Kleben zu benutzen.« Mr. Carter lächelte.

»Ich nehme an, das ist immer noch besser, als ihn zu schnüffeln?«, erwiderte ich.

Mr. Carter kicherte kurz, dann brach er ab. »Die neueste Sichtweise ist, dass Kinder mit einer Karotte ausgestattet werden sollten, um oral abgelenkt zu bleiben.«

»Finn mag keine Karotten«, entgegnete ich. Mr. Carter war meiner Ansicht nach nicht alt genug, um Schulleiter zu sein.

Mit seinem »ironischen« grünen Cordjackett und der gegelten Haartolle sah er aus, als könnte er selbst noch ein Schüler sein. Er betrachtete sich als sehr progressiv, aber er redete nur einen Haufen Schwachsinn.

»Und die kleine Tessa – so *kreativ*«, fuhr er fort. »Kreativ« war ein Euphemismus für »seltsam«, aber ich würde mich nicht mit ihm streiten. »Ich *liebe* die Art, wie sie ihre Unzufriedenheit mit dem Krippenspiel zum Ausdruck gebracht hat.«

Er redete davon, dass Tessa an Weihnachten die meiste Zeit damit verbracht hatte, ein blaues Geschirrtuch auf dem Kopf zu tragen, das hinten von einer Wäscheklammer zusammengehalten wurde, und allen zu sagen, sie sollten sie »Maria« nennen.

»Na ja, war es denn wirklich fair, Jemima das zweite Jahr in Folge für die Rolle der Maria auszuwählen? Tess war deswegen ein bisschen aufgebracht.«

Jemima, Finns große Liebe, hatte eine Mutter namens Nadine, die die Königin der selbstgefälligen, zickigen Mums war – der Zicken-Mums, wie meine Schultor-Freundinnen und ich diese herablassenden Mütter nannten, deren Leben sich ausschließlich darum zu drehen schien, anderen Frauen das Gefühl zu geben, als Eltern unzulänglich zu sein. Nadine meldete sich *freiwillig* als Begleitperson bei Schulausflügen, um die Kotze einer Busladung Kinder aufzuwischen, denen speiübel von der Fahrt war, und verbrachte drei Wochen damit, Kostüme für den Welttag des Buches von Hand zu nähen. Daher war Jemima an jedem Weihnachten automatisch als Maria gesetzt.

Mr. Carter ignorierte meine Frage, beugte sich auf seinem kleinen Stuhl vor und schenkte mir ein, wie er vermutlich glaubte, mitfühlendes Lächeln. »Ist zu Hause alles in Ordnung?«

Ich versuchte, irgendwohin zu sehen, nur nicht zu ihm. Die

Tränen kamen trotzdem, und Mr. Carter sprang auf und holte eine Schachtel Taschentücher.

»Alles gut, das hier ist eine offene Umgebung, wo jeder ermuntert wird, seine Emotionen zum Ausdruck zu bringen.« Mein Gott, wie ich seinen pseudoaufgeklärten Schwachsinn hasste!

»Ich glaube, mein Mann und ich lassen uns scheiden«, flüsterte ich. Es auch nur laut auszusprechen, schien so endgültig, so entsetzlich.

Mr. Carter setzte sich wieder auf seinen eigenen kleinen Stuhl und hielt mir die Schachtel Taschentücher hin. »Na ja, Sie werden sich freuen zu hören, dass alle Lehrer an dieser Schule dafür ausgebildet wurden, Kinder dabei zu unterstützen, das durchzustehen. Kann ich Sie Amelia nennen?«

Ich blinzelte. *Im Ernst?*

»Und Sie können mich Paul nennen«, ergänzte er. Ich entschied, ihn niemals Paul zu nennen.

»Wir werden Finn und Tessa genau im Auge behalten müssen«, fuhr Mr. Carter fort. »Wir wollen schließlich nicht, dass sich eine Episode, wie wir sie letzte Woche hatten, allzu oft wiederholt, oder?«

Letzten Dienstag hatte ich Tessa bis zu ihrem Kleiderhaken begleitet und ihr geholfen, ihre Jacke aufzuknöpfen, als ich bemerkte, dass sie zwar Schuhe, Strumpfhosen und einen Pullover, aber aus irgendeinem Grund keinen Rock trug. Mr. Carter und Nadine standen im Garderobenraum, als das passierte.

»An dem Morgen ging es ein bisschen hektisch zu«, erklärte ich. »Tessa hatte sich selbst angezogen und dann ihre Jacke …«

»Amelia«, unterbrach mich Mr. Carter. »Das ist genau die Art, auf die sich eine traumatische Episode äußert. Aber da ist noch etwas anderes, was Anlass zur Besorgnis gibt. Tessa scheint auf eine ungesunde Weise besessen vom Tod zu sein. Aber das liegt vermutlich an den gegenwärtigen Problemen zu Hause.«

»Schon möglich.« Tessas Interessen schienen schon immer ein bisschen tiefer zu reichen als bei anderen Kindern. Als sie zwischen zwei und vier war, schwärmte sie so heftig für die Boyband One Direction, dass Lars und ich sie irgendwann »One Conversation« nannten, weil Tessa kaum noch von etwas anderem redete. Dann war da ihre weihnachtliche Fixierung darauf, die Maria zu spielen. Ihre Weigerung, irgendwelche anderen als rote Hosen zu tragen, bis ich einfach all ihre Hosen so gefärbt hatte. Dieses Interesse am Tod konnte einfach ihre neueste Besessenheit sein.

Ich hoffte inständig, dass es nichts mit der Atmosphäre zu Hause zu tun hatte – neue Schuldgefühle überwältigten mich, und ich stand auf.

»Finn und Tessa werden damit doch zurechtkommen, oder? Ich meine, in allen Büchern steht, dass es besser für die Kinder ist, wenn sie nicht mehr den ständigen Streitereien ausgesetzt sind … Und ehrlich gesagt, ist es nicht meine Schuld …«

»Nein, ganz bestimmt nicht«, sagte Mr. Carter, während er sich ebenfalls erhob und von einem Fuß auf den anderen trat.

»Ich tue, was ich kann …«

»Davon bin ich überzeugt, Amelia. Vielleicht bekommen Sie und Ihr Mann ja noch die Kurve.«

»Ich hoffe es. Ich hoffe es wirklich«, erwiderte ich, obwohl ich in diesem Augenblick absolut keine Ahnung hatte, wie.

Während ich im Verlauf der nächsten Stunde auf einem anderen kleinen Stuhl mit all den anderen Eltern beisammensaß, war mein einziger Gedanke, dass ich alles tun musste, was ich konnte, um Tess und Finn zu beschützen. Ich hörte undeutlich, wie Mr. Carter uns alle aufforderte, mit unseren Kindern jeden Abend auf Mandarin bis zehn zu zählen, und ich konnte sehen, wie meine Schultor-Freundinnen, Parminder und Julia, jedes Mal die Augen verdrehten, wenn sich Nadine mit einer neuen Zicken-Mum-Bemerkung zu Wort meldete.

»Wie wichtig es ist, scheißernst zu sein«, bemerkte Parminder, als wir gingen. »Habt ihr jemals jemanden getroffen, der so berauscht von sich selbst ist wie Carter?«

Parminder war Achtsamkeitslehrerin für Berufstätige mit wenig Freizeit. Ich war einmal zu einem ihrer Kurse gegangen, aber ich fand es ziemlich anstrengend, während sie mit militärischer Präzision ihre Atemübungen bellte: »Ein: eins, zwei, drei, und aus: eins, zwei, drei, und ein: eins, zwei, drei« und so weiter, aber offenbar war das die Art Achtsamkeit, nach der die moderne Führungskraft verlangte. Ich hatte Parminder immer nur in Trainingskleidung gesehen – sie ging einkaufen, kochte, arbeitete, trainierte und entspannte sich in gemusterten Stretchleggings und Lycratops.

»Weltbürger? Im Ernst? Toby kann sich nicht einmal selbst die Nase putzen«, sagte Julia. Hochgewachsen und blond, war sie für irgendetwas ziemlich Ernstes zuständig, was mit den Finanzen unseres Landes zu tun hatte. Sie war alleinerziehend mit zwei Kindern von einem Mann, den sie nur als »die Truthahnpipette« bezeichnete. Wir drei waren durch unsere gemeinsame, heftige Abneigung gegen alles, was mit Zicken-Mums zu tun hatte, Freundinnen geworden.

»Jemima kann auf Mandarin vermutlich schon bis hundert zählen«, bemerkte ich, während wir zum Parkplatz schlenderten.

»Hast du für Finns Party schon alles fertig?«, erkundigte sich

Parminder. »Soll ich dir mit irgendwas helfen? Ich gebe einen Kurs, daher kann ich nicht da sein, tut mir leid. Julia wird die Kinder vorbeibringen.«

Julia wirkte leicht entsetzt darüber, dass sie zur Mithilfe bei meiner Party verdonnert wurde. »Ähm … Ich habe am Samstagabend ein Date«, sagte sie. »Ich dachte, ich sollte mir besser die Haare machen lassen und das alles, während die Party im Gange ist, wenn es dir nichts ausmacht, Ami? Luba wird dir doch helfen, oder? Und Lars?«

»Haare? Soll das heißen, du lässt dir deinen Wildwuchs mit Wachs entfernen?«, neckte Parminder sie.

»Die Haare auf meinem Kopf.«

»Ich schaffe das schon«, sagte ich. Ich versuchte, mir nicht vorzustellen, wie zwanzig überzuckerte Kinder durch unser Haus tobten, während ich auf einen neuen Tiefpunkt zusteuerte. »Lars wird später dazustoßen …« Ich hielt einen Moment inne, nicht sicher, ob ich schon bereit war, den beiden von meinem neuen Status als alleinerziehende Mutter zu berichten. Ich wollte kein Mitleid – egal, wie gut gemeint. Und falls Lars doch zurückkam, würde es keinen Tratsch am Schultor geben. »Luba wird da sein und vielleicht meine Mutter.«

Julia machte ein erleichtertes Gesicht, und Parminder fragte: »Mit wem hast du denn dieses Date, Jules?«

»Hoffentlich einem Banker, aber keinem bekloppten. Ich habe ihn im Internet kennengelernt, auf einer Site für Leute aus der City.« Ich dachte, wie ich vielleicht selbst bald so wie Julia dort draußen unterwegs sein würde, nach rechts und links wischend, und schauderte. Keine meiner beiden Freundinnen bemerkte es.

»Lässt du brasilianisch oder Hollywood machen?«, fuhr Parminder fort, während wir unsere Wagen erreichten.

Julia lachte. »Wenn du nicht sofort aufhörst, kriegst du von meinem neuesten Kuchenvorrat nichts ab.« Julia sammelte in ihrer Gefriertruhe Kuchen von jedem Kuchenbasar, über den sie stolperte. Sie kaufte beispielsweise bei Backwettbewerben des Womens Institute ganze Tische auf und brachte die Kuchen dann zu jeder Schulveranstaltung mit, zu der sie irgendetwas aus ihrer eigenen Küche beisteuern musste. Sie ließ Parminder und mich daran teilhaben, und es war eine tolle Art, wie eine Zicken-Mum dazustehen, ohne auch nur einmal den Herd einzuschalten.

»Hmm, aber der ist echt beerenstark«, meinte Parminder, während sie in ihren Wagen stieg.

»Oh, du und deine Witze, mein Turteltörtchen«, erwiderte Julia, während sie in ihren stieg.

Ich kicherte leise, während ich das kurze Stück nach Hause fuhr. Erst als ich vor meinem Haus vorfuhr und nur ein einziges Licht sah, das von Lubas Zimmer auf dem Dachboden kam, fiel mir mit einem Ruck ein, dass Lars nicht nur auf einer seiner Reisen war.

Diesmal würde er nicht zurückkommen.

Kapitel 3

»Wenn das Leben Dir Zitronen gibt, mach Limonade draus«, stand in einem dieser Bücher darüber, wie man seine Ehe rettet. »Wenn du das Gefühl hast, du kannst nicht mehr, sag dir stattdessen, dass du es mit allem aufnehmen kannst.«

Jeden Tag fuhr ich ins Büro und rief auf der Jagd nach Aufträgen jeden an, den ich kannte. Marti war irgendwo in Australien, und wenn er zurückkam, war fast davon auszugehen, dass er mich nach oben zitieren und Brand New den Stecker ziehen würde.

Am Mittwoch las ich in *Campaign*, dass Campury, die altehrwürdige italienische Luxus-Handtaschenmarke, auf der Suche nach einer neuen Agentur war, und fluchte. Es war mein Job, über so etwas Bescheid zu wissen, bevor es in der Presse stand. Trotzdem las ich weiter. Campury hatte eben einen neuen Markenchef für England namens Ben Jones ernannt, der auf dem Foto, für einen Mann aus der Modebranche, ziemlich füllig und verlottert aussah: dunkelblonde Haare und ein kräftiges, lachendes Gesicht; und obwohl er einen Anzug trug, sah er aus, als sollte er eher auf einer Bühne stehen und mit Bassboxen um sich werfen, als mit Handtaschen zu arbeiten.

»Sieh dir das an«, sagte ich zu Bridget. »Ich würde liebend gern Taschen für Campury launchen. Ich meine, die Marke hat diesen ganzen altmodischen Glamour, aber die kennt kaum noch jemand. Stell dir vor, sie für einen jüngeren Markt interessant zu machen, sie wieder cool zu machen.«

»Würden die das einer so kleinen Agentur wie uns zutrauen?«, fragte Bridget.

»Wir pitchen als Teil der Goldwyn Group«, erwiderte ich. »Kannst du ein paar Informationen dazu einholen, Bridget?«

Sie tippte ein paar Minuten wie wild vor sich hin.

»Ben Jones ist offenbar irgend so eine Erfolgskanone aus Italien …«

»Lies weiter.«

»War erst bei Pucci und dann Teil des Teams, das diesen Accessoires-Launch für Gucci mit den Krokodilen gemacht hat.«

»Oh, wow«, sagte ich. Niemand hatte diese Kampagne übersehen – thailändische Flüsse in der frühen Morgendämmerung, Gürtel, Taschen und Schuhe aus künstlichem Krokodilleder, die auf Schilfflößen trieben, die fast nackten Models, die sich ängstlich duckten, als wären es echte Krokodile. »Aber diese Kampagne wurde von Gorgeous gemacht.« Goldwyns Erzrivalin. »Er geht bestimmt eher zu denen.«

»Sei nicht so pessimistisch«, meinte Bridget. »Er lebt seit ein paar Jahren in Italien und ist nur für den Relaunch hier, weil er danach zu seinen Kindern zurückmuss. So heißt es jedenfalls auf FashionPolice.«

»Hast du seine Telefonnummer?«

»Ja. Seine Handynummer noch nicht, aber ich bin dran.«

»Gib mir die vom Festnetz, dann versuche ich's jetzt gleich.« Ich schnappte mir das Telefon und tippte die Nummer ein.

»Büro Ben Jones«, säuselte eine Stimme am anderen Ende des Glasfaserkabels.

»Hallo, hier spricht Amelia Fitch von Goldwyn. Würden Sie mich bitte zu Ben durchstellen?«

»Ich sehe mal, ob er zu sprechen ist.« Die vornehme Stimme klang zweifelnd. Ich würde eine Nummer hinterlassen und hoffen, dass ihm der Name Goldwyn wichtig genug war, um zurückzurufen.

Ein kurzes Klicken in der Leitung, und dann sagte eine männliche Stimme mit dem Anflug eines gedehnten nordenglischen Akzents: »Na, das ging ja schnell.«

Ich schüttelte verwirrt den Kopf. »Entschuldigung – sprech ich mit Ben Jones?«

»Ja, der bin ich. Und Sie sind die berühmte Amelia – Entschuldigung, *Ami* – Fitch?«

»Na ja, bei dem berühmt bin ich mir nicht so sicher.« Warum klang er, als ob er sich über mich lustig machte?

»Ich habe Ihren Anruf nicht erwartet. Ich hätte mich bei Ihnen gemeldet, aber ich dachte, ich warte noch ein paar Tage ab. Und jetzt sind Sie mir zuvorgekommen.«

»Oh! Sie hatten vor, uns – Goldwyn – zu einem Pitch einzuladen?«

»Ich hatte gehofft, mit einer Reihe von Agenturen zu reden …«

Ich hob vor Bridget den Daumen. »Nun, wir würden uns sehr freuen, auf Ihrer Liste zu stehen. Wann können wir uns zu einem kurzen Briefing treffen?«

»Sie sind ja wirklich sehr schnell«, meinte Ben, als sei er nicht überrascht. Ich schüttelte den Kopf – dieses Gespräch hatte etwas sehr Seltsames an sich. »Nun, was den Auftrag angeht, so muss ich mir noch über einiges klar werden, und wir sind noch dabei, uns zu überlegen, welche Agenturen wir einbeziehen wollen, aber …«

»Es wäre toll, wenn ich Ihnen von uns erzählen könnte.«

»Ich weiß schon jetzt eine ganze Menge über Sie«, sagte er. War da eine leichte Betonung auf dem *Sie?* Flirtete er etwa?

»Es wäre gut, wenn wir uns treffen könnten, meine ich, und wir Ihnen unsere Referenzen zeigen könnten.«

Ein lautes Lachen ertönte am anderen Ende der Leitung. »Und *sehr* geschäftsmäßig, genau wie man mir gesagt hat.«

Ich war wütend: Er flirtete eindeutig, wenn auch auf seltsame Art. Vielleicht hatte er tatsächlich von mir gehört. Ich hatte ein paar Preise gewonnen; und über die Gründung von Brand New war in der Fachpresse berichtet worden.

»Das will ich doch hoffen«, pflichtete ich ihm bei. »Wollen wir einen Termin vereinbaren?«

»Ich stelle Sie gleich wieder zu meiner Assistentin durch«, sagte er. »Aber wie wär's, wenn wir unabhängig davon mal miteinander reden? Sie und ich? Ich weiß, das ist eine etwas ungewöhnliche Art, sich kennenzulernen, aber wollen wir uns vielleicht zum Lunch treffen?«

Ich hätte am liebsten laut aufgelacht angesichts der Unverfrorenheit dieses Kerls. Erstens ging er offenbar davon aus, dass es um seine Ankunft in London eine Riesenpublicity gegeben hatte. Zweitens war es hoffnungslos unprofessionell von ihm, Geschäft und Vergnügen auf diese Weise verbinden zu wollen – vermutlich lag das daran, dass er schon so lange in Italien lebte. Trotzdem, er hatte einen dicken Batzen Geld, der für eine Werbeagentur ausgegeben werden sollte, und dem würde ich nichts in die Quere kommen lassen.

»Ich bin mir nicht sicher, ob wir das nicht auch bei einem Meeting durchgehen könnten«, meinte ich.

»Na ja, zumindest wusste ich, dass es schwer werden würde, Sie zu überreden, nach vorn zu blicken«, erwiderte Ben.

Wovon *redete* er denn? Er flirtete nicht nur – er litt unter Wahnvorstellungen. War er um elf Uhr vormittags schon betrunken? »Ich werde einen Termin bei Ihrer Assistentin machen«, sagte ich. »Wenn Sie mich bitte durchstellen könnten?«

»Also, soll ich Sie ein andermal anrufen?«

»Ich hinterlasse Ihnen meine Kontaktdaten. Vielen Dank, dass Sie meinen Anruf entgegengenommen haben. Ich freue mich darauf, Sie kennenzulernen.«

»Okay, na dann.« Jetzt klang er verwirrt. »Auf Wiedersehen, Ami Fitch.«

Ich schüttelte vor Bridget den Kopf, verabschiedete mich und vereinbarte danach mit der Assistentin einen Termin für eine Präsentation am darauffolgenden Mittwoch.

»Der Mann ist ziemlich schräg – ich glaube, er hat mit mir geflirtet«, sagte ich zu Bridget, als ich auflegte.

»Ich nehme an, hinter dir waren schon viele chauvinistische Männer her?«

»Die Sache ist die, Bridget«, sagte ich, »lass *nie* zu, dass es die Grenze zwischen Privatem und Beruflichem überschreitet.«

Die Woche schleppte sich dahin.

Meine Schwiegermutter Ulrika rief mich von ihrer jüngsten Reise aus an, auf der sie die Lieblingsorte toter Schriftsteller aufsuchte – im Moment war sie in der Buchhandlung City Lights in San Francisco, wo sie mit ihren weißen Haaren, die ihr bis zum Po reichten, vermutlich leicht den Eindruck erweckte, als hätte sie in Kerouacs Kreisen verkehrt. »Oh, Ami«, sagte sie, leicht verzögert durch die Leitung, mit ihrer hellen skandinavischen Stimme. »Die Nachricht hat eisige Winde durch meine Seele geweht.« Lars hatte ihr also nicht nur erzählt, dass er in ihrem Haus in Finchley wohnen würde, er hatte ihr auch das mit der Scheidung erzählt –

ein noch entscheidenderer Zug seinerseits. »Was kann ich tun? Soll ich nach Hause kommen? Wie geht es den Kindern?«

Es war kaum zu übersehen, dass sie aus freien Stücken anbot, mir zur Seite zu eilen, während meine eigene Mutter das nicht tat, aber ich versuchte, die Enttäuschung darüber beiseitezuschieben. Wegen des Zeitunterschieds war ich im Bett. »Nein, natürlich nicht, Ulrika. Wir kommen schon zurecht und sehen dich in ein paar Wochen.«

»Du musst natürlich tun, was richtig ist«, sagte sie, als hätte ich bei der Entscheidung ein Wort mitzureden gehabt.

»Es liegt nicht an mir«, erwiderte ich. »Du weißt, wie sehr ich mich bemüht habe.«

»Oh, das habe ich mir schon gedacht.« Sie sagte es, ohne Lars zu verurteilen. Ulrika war der Inbegriff ständiger Ausgeglichenheit – sie ertrug sogar ihr Witwendasein mit stoischer Akzeptanz, seit ihr geliebter Ehemann an einem Schlaganfall gestorben war, auch wenn sie mir einmal erzählt hatte, dass »ihre Seele mit ihm gestorben« sei. Sie erteilte ruhige, maßvolle Ratschläge aus einer weisen Perspektive – was ich inzwischen als ihre »Ulrika-Momente« ansah. »Tess und Finn? Wie geht es ihnen? Ich vermisse sie so.«

»Sie vermissen ihre Oma Schweden auch, aber sie verstehen noch nicht wirklich, was sich alles ändern wird«, sagte ich. Ich rollte mich im Bett herum, während ich mich nach ihrer einfallsreichen Gegenwart sehnte. »Wie ist es in Kalifornien?«

»Heiß«, antwortete Ulrika. Sie beließ ihr Haus bei jedem Wetter auf einer Temperatur von sechzehn Grad. Ich trug immer eine Schicht Kleidung mehr, wenn wir sie besuchten, aber dennoch fiel es mir schwer stillzusitzen, wenn meine Finger sich beim Mittagessen vor Kälte weiß verfärbten. Ich hatte Lars gefragt, warum sie das tat, da für sie als Schwedin Heizung und Wärmedämmung doch sicher keine Fremdwörter waren, und er hatte gesagt, es sei ihr Glaube an Stetigkeit. »Wenn ich mich als Kind beklagt habe, dass mir kalt war, hat sie mir immer gesagt, ich solle mich ›hineinentspannen‹.«

»Wie soll man sich denn in Kälte ›hineinentspannen‹?«, hatte ich gefragt.

Jetzt redeten wir über ihre Rückkehr in ein paar Wochen, nachdem sie die Steinbeck-Gedenkstätte in Monterey besucht hatte, und ich versprach ihr, gut auf mich aufzupassen. »Ich bin für dich da. Wir können gemeinsam durch diesen Wald der Verwirrung gehen«, sagte sie, und ich weinte, nachdem wir aufgelegt hatten. Danach versuchte ich, Lars anzurufen, aber sein Handy war ausgeschaltet. Ich wusste nicht einmal, ob er überhaupt im Land war.

Liv rief jeden Tag an. Sie erzählte nicht viel von dem Accessoires-Launch, zu dem sie gegangen war – nur dass sie einen höllischen Kater gehabt und beim Aufwachen vom Teppich wund gescheuerte Stellen an ihren Knien bemerkt hätte, was ärgerlich sei, da sie sich nicht mehr an den Sex mit ihrem neuesten Liebhaber, Matthew, erinnern könne. »Aber da war etwas, was ich dir unbedingt sagen wollte«, meinte sie. »Ich bin sicher, es fällt mir wieder ein. Aber, Süße, was viel wichtiger ist, wie geht es dir?«

Außerdem hatte ich auf meiner Mailbox eine Nachricht von Thor, was hieß, dass Lars seinen Anruf aus Seattle entgegengenommen hatte, wo Thor im Moment versuchte, sich im Technik-Vertrieb selbstständig zu machen, und ihm die Neuigkeit ebenfalls berichtet hatte. »Großer Gott, schöne Frau«, lautete seine ruppige Nachricht. »Ich hoffe, es geht dir gut. Lars hat mir davon erzählt, was mich sehr traurig stimmt. Ich hoffe, wir können das ändern.« Ich rief ihn nicht zurück, denn was hätte ich schon sagen können? Dass die Frau, zu der er immer so charmant gewesen war, wenn er auf einem seiner Spontantrips nach England kam, letztendlich doch nicht gut genug für seinen Kindheitsfreund gewesen war? Dass Lars überhaupt nicht außerhalb seiner Liga gespielt hatte?

Als Mum anrief, bat ich sie – mit wenig Hoffnung –, am Wochenende nach London zu kommen, um mir bei Finns Party zu helfen, aber sie sagte, sie könne nicht. »Dein Dad braucht mich«, erklärte sie und erzählte mir dann, dass Dad, seit er von der Scheidung erfahren hatte, nichts gegessen, dafür aber mehrere Flaschen Whisky getrunken hatte.

Aber ich brauche dich auch, dachte ich. Trotzdem machte ich ihr keinen Vorwurf – stattdessen empfand ich lediglich müdes Mitleid. Sie hatte ihn geheiratet, als sie noch sehr jung war, und erst als sie beide schon etwas älter waren, hatte sich herausgestellt, dass sie anstelle eines Ehemanns einen Patienten bekommen hatte, der sich weigerte einzusehen, dass er krank war. Sie war der festen Überzeugung, dass sie sich zu »in guten und in schlechten Zeiten« verpflichtet hatte – und wenn letztendlich ziemlich viele davon schlecht waren, dann, so ihre Überlegung, war das eben ihr Los im Leben. Nach all dieser Zeit hatte ich aufgehört, sie anzuflehen, ihn zum Arzt zu schleifen, da sie behauptete, es sei hoffnungslos.

»Komm einfach zu uns«, flehte sie.

»Ich kann nicht – Finn hat zwanzig Kinder zu seiner Party eingeladen«, antwortete ich. »Keine Sorge, ich bin sicher, Liv wird mir helfen …«

»Ich dachte, Liv hasst Kinder.«

»Das tut sie«, bestätigte ich, »aber sie muss ja nur Wackelpudding austeilen.«

Liv versprach zu kommen. »Solange ich einen Job kriege, der nichts mit Kindern zu tun hat.«

Ich weinte auf dem Weg zur Arbeit, ignorierte alle, die mich in der U-Bahn anstarrten, und weinte auch auf dem Weg nach Hause, und irgendwie war es okay, vor fremden Leuten zu weinen. Ich gab mir alle Mühe, vor den Kindern eine fröhliche Miene aufzusetzen, und schaffte es die meiste Zeit, meinen geröteten Augen zum Trotz.

Luba sagte, Lars hätte eines Nachmittags angerufen, nachdem die Kinder von der Schule nach Hause gekommen waren, und mit jedem von ihnen fünf Minuten gesprochen. Am Freitagmorgen schickte er mir eine knappe Nachricht, dass er am Samstagnachmittag gegen fünf Uhr, wenn sein Flugzeug landete, »zum Haus« kommen würde, um »Finn und Tessa zu sehen«. Das hieß, dass er definitiv nicht zu Finns Geburtstagsparty kommen würde, die um vier Uhr enden sollte. Er hatte es sich nicht noch einmal anders überlegt.

Ich verfasste eine mit Schimpfwörtern gepfefferte Antwort und löschte sie sofort wieder. Dann schrieb ich eine, in der ich sagte, es sei nicht wichtig, und wir sollten uns lieber hinsetzen und überlegen, wie wir zusammenbleiben könnten, und dass ich ihn sehr liebte, aber die löschte ich ebenfalls. Stattdessen tippte ich nur:

Ich muss mit dir reden.

Er brauchte eine halbe Stunde, um zu antworten.

Wir können am Samstagabend reden.

Er setzte keinen Kuss ans Ende, aber andererseite hatte ich das auch nicht getan.

Ich kaufte eine Tüte Luftballons und verbrachte eine gute

Stunde damit, sie aufzublasen; ich packte ein Päckchen für das »Reich das Päckchen weiter«-Spiel, wobei meine Tränen das Papier aufweichten; ich backte einen Kuchen, der vage an eine Spinne erinnerte; und ich versuchte die ganze Woche, Finns wachsende Aufregung zu teilen.

Am Samstag war Nadine die Erste, die eintraf, zusammen mit Jemima; in einem fließenden schlammgrünen Outfit – Baumwolle aus fairem Anbau – wie ich zu wissen glaubte, rauschte sie die Treppe hinauf.

Finn kam in die Diele gerannt. *»Happy Burfday to me, happy burfday to me«,* sang er. »Oh, Jemima, komm und sieh dir die Tiere an. Einen Tiger gibt es nicht, aber ein Frettchen.«

»Frettchen?«, fragte Nadine. »Bist du sicher, dass die nicht vom Aussterben bedroht sind?« Nadine praktizierte nicht nur eine angemessene Erziehung in einer konfliktfreien Umgebung, sie war auch bestrebt, die Arten der Welt zu schützen. »Also dann, Jemima, viel Spaß.«

»Ich bin sicher, den wird Jemima haben.«

Nadine redete außerdem über Sex so wie andere Leute übers Wetter. »Das Timing ist perfekt – eine Party heute Nachmittag.« Sie beugte sich vor und flüsterte mir zu: »Ich bin kurz vor dem Eisprung, ich muss nach Hause und ein bisschen netten Sex mit Freddie haben.«

»Na dann, viel Spaß beim Vögeln, Nadine«, sagte ich etwas lauter, als streng genommen nötig war, als zwei andere Elternpaare zwei Jungen namens Noah und Abraham ablieferten. Im liberalen Nordlondon gaben viele Eltern ihren Kindern biblische Namen, selbst wenn sie Atheisten oder Buddhisten waren. Nadine huschte die Stufen hinunter, während die anderen Eltern grinsten und Geschenke überreichten.

»Ich liebe Geburtstagspartys, wenn ich nichts damit zu tun

habe«, sagte Julia, während sie ihre beiden Jungen Toby und Brad sowie Parminders Tochter Priti ablieferte. Danach machte sie sich auf den Weg zum Friseur.

Ich scheuchte die Kinder ins Wohnzimmer, wo der Tiermann eine Unterhaltungsstation aufgebaut hatte, hinter der eine Reihe von Käfigen mit Wellensittichen, Meerschweinchen, ein paar zähnefletschenden Frettchen und einer etwas gerupft aussehenden alten Schneeeule stand. Kleine Kinder bewarfen sich gegenseitig mit Plastikspielzeug. Luba, der ihre noch feuchten Haare bis zur Taille hingen, sah sich entsetzt um, während Jemima über den Tumult hinweg nach ihrer »Mummy« schrie. Der Tiermann schien verschwunden zu sein.

»Mummy vögelt Daddy, Darling«, sagte ich leise, bevor ich mich daranmachte, die Ordnung wiederherzustellen, indem ich brüllte: »Alle hinsetzen, bitte.«

Alle Kinder setzten sich im Schneidersitz auf den Boden und verstummten. »Also, Luba wird jetzt mit euch ›Reich das Päckchen weiter‹ spielen, und ich gehe den Tiermann suchen«, erklärte ich ihren erwartungsvollen Gesichtern.

Wo zum Teufel steckte er? Er war vor einer halben Stunde mit seinen Käfigen gekommen, einen sehr Siebzigerjahre-mäßigen Schnurrbart im Gesicht.

»Hallo«, hatte er gesagt und mir einen stinkenden Käfig überreicht. »Okay, bringen wir erst mal die kleinen Scheißer ins Haus.« Ich war gehorsam in Richtung Tür gegangen – wo Tessa und Finn vor Aufregung auf und ab hüpften –, als er hinzufügte: »Nein, ich meinte Ihre Kinder, Mrs. Fitch – hier stehen sie mitten im Weg, und wir haben eine ganze Menge Käfige auszuladen.«

Jetzt suchte ich, bis ich ihn im Garten fand. Er stand zitternd hinter einem der Sträucher und rauchte eine Selbstgedrehte. »Ihr Au-pair hat sie mir gegeben«, erklärte er.

»Können Sie bitte ins Haus kommen und die Kinder unterhalten?«, forderte ich ihn auf. »Da drinnen herrscht das reinste Chaos.«

»Okay, Entschuldigung. Das sind meine Nerven, wissen Sie, mit den Kindern und allem.«

»Warum machen Sie diesen Job denn?«

»Mein Dad ist gestorben und hat mir die Firma hinterlassen, und ich dachte, ich probier's einfach mal aus.«

»Na ja, gehen Sie ins Haus und fangen Sie mit dem Entertainment an.« Ich stemmte die Hände in die Hüften. »Es ist der Geburtstag meines Sohns, und Sie werden ihn nicht enttäuschen.«

Erst als er niedergeschlagen nickte, nahm ich den beißenden Geruch in der Luft wahr. »Sind Sie sicher, dass das kein Gras ist?«, fragte ich seinen sich entfernenden Rücken. Der Entertainer stand unter Drogen.

»Was? Nein – aber es schmeckt grauenhaft«, antwortete der Tiermann, während er den Gartenweg hinunterzuschwanken begann. »Sagen Sie dieser Ausländerin, die Sie da haben, sie soll sich ein bisschen anständigen Golden Virginia kaufen.«

Aber er begann zu kichern, während er durch die Küche zurückging. »Wissen Sie, vielleicht sind die Kinder heute gar nicht so anstrengend …«

Ich zuckte die Schultern – wenn er einen Joint geraucht hatte, würde er vermutlich nur umso fröhlicher sein. Und tatsächlich hatte sich der Tiermann, als ich wieder ins Wohnzimmer kam, einen Zauberhut aus Samt aufgesetzt und rieb sich freudig die Hände.

»Okay, Kinder«, donnerte er und kicherte schon wieder drauflos. »Wer von euch will ein paar Tiere sehen?«

Nur die Tiere schienen nicht sonderlich begeistert von der Idee. Alle Kinder brüllten »Iiiiiich!« zur Antwort.

Es klingelte wieder an der Tür. Ich öffnete mit einem breiten, gekünstelten Lächeln, das sich beim Anblick einer zitternden Liv prompt in ein aufrichtiges verwandelte. »Gott sei Dank bist du es.«

»Den hier werden wir vermutlich brauchen.« Liv schwenkte eine Flasche Pol Roger. »Ich habe ihn auf einer Party mitgehen lassen. Und, wie läuft's?«

Wir gingen hinein und spähten durch die Tür zum Wohnzimmer, wo Finn ein Frettchen im Arm hielt, während der Tiermann den Kindern sagte, er hätte ihnen ja gern alles über Frettchen erzählt, aber aus irgendeinem Grund könne er sich an kein Wort mehr erinnern.

»Er sieht aus wie Geppetto aus den alten Pinocchio-Zeichentrickfilmen«, meinte Liv.

»Ich glaube, er könnte bekifft sein. Ich habe ihn im Garten ertappt, und es hat nach Gras gerochen. Er hat mir gesagt, Luba hätte es ihm gegeben.«

»Na ja, es wäre doch praktisch, wenn du dem Au-pair mal eins auswischen könntest«, meinte Liv. »Also keine Spur von Lars?«

»Nein.« Ich biss mir auf die Lippe. »Nein, keine Spur von Lars.«

Etwa eine halbe Stunde lang zog der Tiermann seine Show ab. Wir saßen hinten im Wohnzimmer und filmten die Kinder mit der mürrischen Eule auf den Armen; dann putzte sich das Frettchen, während jeder es ausgiebig streicheln durfte.

Als die Kinder gingen, um sich vor dem Essen die Hände zu waschen, begann der Tiermann, die Frettchen und die Eule wieder in ihre jeweiligen Käfige zu verfrachten; wenn ich ihn angesehen hätte, hätte ich vielleicht gesagt, dass er blass aussah. Liv, Luba und ich bauten auf einer riesigen, mit Tieren bedruckten Tischdecke auf dem Boden das Essen auf, und alle stürzten sich darauf. Ich griff wieder nach der Kamera.

»Fressen Frettchen Wackelpudding?«, fragte Tessa.

»Na ja, ich glaube, zahme fressen Hundefutter oder so, aber in der freien Wildbahn …«

»Dieses hier mag Wackelpudding sehr«, meinte Tessa, und dann ergänzte sie seelenruhig: »*Und* Nuggets.«

In dem Moment, in dem ich mich umwandte, um zu sehen, wovon genau meine Tochter redete, begann Liv zu brüllen: »Ami, hier auf dem Picknick ist etwas … o mein Gott!« Mehrere Kinder begannen zu kreischen.

Ein Frettchen und ein paar Meerschweinchen zogen marodierend durch das Essen.

»Waaaaaahhhhh«, schrie Priti. Ich beugte mich vor, um zu versuchen, das Frettchen einzufangen, aber es rutschte mir wieder aus der Hand und huschte zur offenen Küchentür.

»Sie entkommen«, brüllte ich, knietief in kleinen Kindern, die Wackelpudding in alle Himmelsrichtungen spritzten. Ich versuchte, die Tür zu schließen, als auch noch eines der Meerschweinchen hinausflitzte. »Kann jemand den Tiermann holen?« Ich hielt das andere am Genickfell fest.

»Ich glaube, er schläft«, sagte Tessa, die in diesem Moment zurück in die Küche kam. »Oder er ist tot. Ich habe ihm einen Tritt gegeben, aber er hat sich nicht gerührt.«

»Liv! Bring alle Kinder ins Spielzimmer.«

Ich stürzte in die Diele, wo die Eule über meinem Kopf herumflatterte. Dann ging ich ins Wohnzimmer, wo ich sah, dass Tessa recht hatte und der Tiermann tatsächlich bewusstlos auf dem Boden lag, ein paar Meter neben einer Reihe offener Käfige. Ich warf das Meerschweinchen in einen davon und knallte die Tür zu.

»Oh nein.« Ich verpasste dem Tiermann rasch einen Tritt, und er rollte sich herum und begann zu stöhnen. Das Gesicht hinter seinem Schnurrbart hatte einen Grauton, der darauf hindeutete, dass er sich früher oder später übergeben würde.

Ich rannte eben noch rechtzeitig zurück in die Küche, um zu sehen, wie das zweite Frettchen in den Garten entwischte. Ich schloss die Außentür und stürzte ins Spielzimmer, wo inzwischen alle Kinder versammelt waren.

»Der Tiermann liegt bewusstlos im Wohnzimmer«, flüsterte ich Liv zu. »Könntest du bitte den Notruf wählen, während ich versuche, die Eule einzufangen?«

Dann ging ich in die Diele, um an die zerfledderte weiße Eule zu appellieren, die sich inzwischen auf der Bilderschiene häuslich niedergelassen hatte. »U-huu«, machte die Eule, deren riesige Augen jetzt etwas fröhlicher blickten.

Ich hörte mein Handy dort klingeln, wo ich es hingeworfen hatte, zwischen Jacken und Handschuhen neben der Tür. Ich erkannte die Nummer nicht – vermutlich einer der Eltern.

»Hallo?«, sagte ich.

»Ami?«, kam eine gedehnte nordenglische Stimme.

»Am Apparat«, antwortete ich und entfernte mich ein paar Schritte vom Lärm des Spielzimmers. »Hallo? Ich kann Sie nicht gut hören – mein Sohn feiert gerade Geburtstagsparty. Kann ich Sie zurückrufen?«

»Hier ist Ben Jones«, fuhr die Stimme fort. »Sie waren neulich so geschäftsmäßig, dass ich dachte, ich sollte vielleicht derjenige sein, der den privaten Anruf tätigt.«

Oh, Gott. Es war der flirtende Typ von Campury.

»Ah«, sagte ich in dem Moment, in dem die Eule wieder anfing, geräuschvoll an der Decke umherzuflattern. »Ich wusste gar nicht, dass wir einen privaten Anruf verabredet hatten.«

»War das nicht der Grund, weshalb Sie neulich angerufen haben?« Seine Stimme nahm einen etwas wärmeren Ton an.

»Nein«, erwiderte ich. »Ich hatte wegen des Pitchs angerufen … Oh, mein Gott!« Die Eule schoss im Sturzflug durch die schmale Diele genau auf meinen Kopf zu.

»Geht es Ihnen gut?«

»Ja, alles bestens.« Die Eule ließ sich wieder auf der Bilderschiene nieder. »Hören Sie, kann ich Sie bitte zurückrufen? Mein Sohn hat Geburtstag, und … Haben Sie meine Nummer von Ihrer Assistentin bekommen?« Ich hatte ihr meine sämtlichen Kontaktdaten gegeben, als ich den Termin vereinbarte.

»Nein …«, begann Ben, aber in diesem Moment stieß die Eule einen gewaltigen und sehr lauten Schrei aus. »Was zum Teufel war das denn?«, fragte er. »Alles in Ordnung bei Ihnen?«

»Das ist eine entwichene Eule«, erklärte ich ihm seufzend.

»Eine was?«

»Das ist eine lange Geschichte«, sagte ich.

»Sie sollten mich besser zurückrufen. Ich wollte wissen, ob wir uns zum Lunch treffen können – vielleicht am Montag?«

»Nein«, sagte ich, während ich geistesabwesend nach der Eule schlug. »Oh, mein Gott, sie scheißt auf meine Wand!« Ein schmutzig weißes Rinnsal sickerte an der gestrichenen Wand hinunter. Die kreisrunden Augen der Eule weiteten sich, sodass sie noch mehr von ihrem Gesicht einnahmen.

Der Mann am anderen Ende der Leitung lachte schallend auf. »Was für ein Brüller!«

»Hören Sie, ich glaube, es ist nicht angemessen, dass ich so mit Ihnen rede, wo jetzt der Pitch läuft und das alles.«

»Aber Liv hat gesagt …«

»Liv?« Ich war völlig verwirrt.

»Ja, als ich sie neulich bei unserem Launch getroffen habe.

Sie hat mir alles über Sie erzählt, und dass Sie neuerdings Single sind und … Hören Sie, normalerweise mache ich so etwas nicht, aber es klang, als ob wir viel gemeinsam hätten und …«

Mir wurde eiskalt, und ich schnellte herum zur Tür des Spielzimmers. »Sie hat *was* getan? Sie hat *was* gesagt?«

»Ich dachte, sie hätte es Ihnen erzählt.«

Liv kam in die Diele. »Einer dieser kleinen Scheißer hat eine blutende Nase«, sagte sie. »Was soll ich jetzt machen?«

»Ist das Liv?«, fragte Ben.

»Wisch ihm das Blut ab, schnell, bevor seine Eltern kommen«, befahl ich ihr mit einer Geste, die besagte, dass ich ihr die Kehle durchschneiden würde, und sie blickte mit weit aufgerissenen Augen zurück. »Jaja, das ist sie. Hören Sie, das hätte sie *niemals* tun dürfen.«

Livs Mund verzog sich zu einer Grimasse. »Ist das der Mann von neulich Abend?«, flüsterte sie. »Ich wusste doch, dass da noch was war, was ich dir sagen wollte.«

Ich machte noch mehr Zeichen, dass ich sie gleich umbringen würde, und sie verschwand wieder in die Küche.

»Und dann haben Sie mich gleich angerufen, und ich dachte …«, fuhr Ben fort.

»Das ist alles ein Riesenmissverständnis«, sagte ich, bemüht, ruhig zu bleiben. »Hören Sie, ich kann jetzt wirklich nicht reden. Ich rufe Sie später zurück und erkläre alles.«

»Okay, bis dann.«

Ich beendete das Gespräch und warf mein Handy auf den Dielentisch.

»Er sah ziemlich gut aus, wenn ich mich recht erinnere.« Liv tauchte mit einem Stapel Servietten wieder auf.

»Ich bring dich um.« Ich schnappte mir den Jungen mit der blutenden Nase und trug ihn in die Küche. »Abraham, das ist nur ein kleines bisschen Blut. Davon müssen wir Mummy gar nichts sagen, oder?«

Ich wischte ihn ab, während Liv mir berichtete, dass ein Rettungssanitäter unterwegs sei, es aber eine Weile dauern könne, da jemand, der schnarchend und bewusstlos auf dem Boden lag, kein Notfall sei. Ich scheuchte die Eule mit einem Besen ins Wohnzimmer, wo sie sich mit finsterem Blick auf dem Kaminsims niederließ, während der Tiermann darunter schnarchte.

»Scheiß auf *ihn*«, befahl ich der Eule und schloss die Tür fest, um das Chaos vor fremden Blicken zu verbergen.

Wir verteilten Geburtstagskuchen an die Kinder und lächelten, während Väter und Mütter ihren Nachwuchs abholten.

»Das war die beste Party, auf der ich jemals war«, hörte ich Jemima zu Nadine sagen, während sie den Weg hinuntergingen.

»Wirklich?«

»Ja, aber, Mummy, was heißt vögeln?«

In diesem Augenblick tauchte Julia mit frischen Strähnchen auf und sah mich fragend an. »Ich erzähle dir alles am Montag«, sagte ich augenzwinkernd. »Deine Haare sehen toll aus. Hoffe, das Date läuft gut.« Soweit ich es beurteilen konnte, schienen Julias Dates immer Typen zu sein, die anfangs vielversprechend klangen, aber letztendlich Mutterprobleme, Angst vor Kindern oder sehr kleine Penisse hatten.

Nachdem die Kinder gegangen waren, widmete ich mich wieder dem Chaos meines Haushalts, setzte einen schläfrig aussehenden Finn und seine Schwester vor eine DVD und machte mich auf die Suche nach Liv.

»Also«, begann ich, »du solltest mir besser erklären, was dir eigentlich einfällt, dich in mein Berufsleben einzumischen.«

Liv setzte sich an den Küchentisch. »Ich wollte es dir ja

sagen! Es ist nur so, du warst diese Woche ein bisschen aufgelöst, und offen gestanden … Na ja, offen gestanden … war ich so betrunken, dass ich mich nur noch bruchstückhaft erinnern kann. Es war eine grauenhafte Party – richtig protzig –, und es gab nicht einen Happen zu essen, nur jede Menge kostenlosen Champagner. Was ist los mit diesen Modeleuten? Warum essen die nichts? Sie könnten es doch später immer noch auskotzen.«

»Hör auf mit dem Schwachsinn«, sagte ich, während ich energisch an den Wackelpuddingklecksen herumschrubbte, die überall auf den Küchenschränken verteilt waren. »Was genau hast du getan?«

»Ich habe nur ein bisschen mit ihm geplaudert …«

»Und du hast ihn gefragt, ob er mit deinem Trauerkloß von einer Freundin, die im Begriff ist, geschieden zu werden, ausgehen will?«

»Nein, so war das überhaupt nicht. Er hat mir erzählt, dass er in derselben Branche ist wie du, dass er selbst ein paar Kinder hat, so wie du, und … Natürlich hat er ein Riesen-Werbebudget. Ich wollte nur helfen.« Liv fing meinen Blick auf.

»Und genau darum geht es, Liv. Ich habe mitbekommen, dass er einen großen Auftrag zu vergeben hat, und halt dich fest, ich habe ihn am Mittwoch *angerufen*, um einen Termin zu vereinbaren.«

»Siehst du«, antwortete Liv. »Das war eine glückliche Fügung.«

»Das ist ein Riesenschlamassel! Wir müssen seinen Auftrag unbedingt gewinnen, das würde meine Firma wirklich retten. Und als ich ihn angerufen habe, war er überhaupt nicht verwundert, aber er hat mir nicht gesagt, dass er dich getroffen hatte … Aber als ich ihn sehr *professionell* um einen Termin gebeten habe, hat er so getan, als hätte er meinen Anruf erwartet, und jetzt wird er denken, dass ich irgendeine frisch geschiedene Frau bin, die um ein Date bettelt. Wie viel demütigender kann mein Leben noch werden?«

»Augenblick«, versuchte es Liv. »Sieh es mal aus einer etwas anderen Perspektive, nur ein klein wenig …«

»Er hat mit mir geflirtet.«

»Gut«, meinte Liv. »Das heißt, ihm gefällt, was ich ihm erzählt habe, und er will dich treffen. Das ist eine tolle Situation, und du machst einen Riesenaufstand deswegen.«

»Aber ich bin nur an dem Geschäft mit ihm interessiert, Liv. Das ist mein *richtiges* Leben, von dem wir hier reden.«

»Es ist alles gut. Ich habe ziemlich lange mit ihm geredet, wenn ich mich recht erinnere – nicht dass ich mich an viel erinnere. Ich habe ihm von diesen ganzen Projekten erzählt, die du gemacht hast. Und jetzt trink erst mal einen Schluck und beruhige dich.« Liv ging zum Kühlschrank und kämpfte dann damit, die Flasche Pol Roger aufzubekommen.

Ich begann zu kichern. »Oh, mein Gott«, sagte ich, während sich das Gekicher zu einem schallenden Gelächter ausweitete und der Champagnerkorken knallte. »Und in meinem Wohnzimmer liegt noch immer ein bewusstloser Mann … hahaha.«

Liv lächelte. »Ich muss sagen, die Party war doch weitaus interessanter, als ich es erwartet hatte.«

Das war der Moment, in dem es an der Tür klingelte. Hinter dem Buntglas konnte ich die hochgewachsene Gestalt von Lars erkennen, der nervös von einem Fuß auf den anderen trat.

Kapitel 4

2007

Lars war schwer zu übersehen, als er in eine Wohnung über dem Kellerloch in Bloomsbury zog, in dem Liv und ich in unseren Zwanzigern zur Miete wohnten. Mit seiner Größe und seinem Teint fiel er auf wie eine einzelne Pusteblume auf einer kilometerweiten Kiesfläche.

»Wirklich absolut hinreißend, wenn man auf Blond steht«, lautete Livs Kommentar. Sie hatte zu der Zeit eine Reihe von Liebhabern, die sie alle gern stundenlang zur Verzweiflung trieb. Ich ging mit einem Freak namens Archibus vom British Museum. Seine Vorliebe fürs Altertum erstreckte sich bis ins Schlafzimmer, wo er auf tantrischen Sex stand – danach fühlte ich mich oft eher, als hätte ich eine Runde Twister gespielt, statt Sex gehabt.

Es gab im Grunde keine Diskussion darüber, wessen Kandidat Lars war. Er war blond, und es war schon immer so gewesen, dass ich auf Blond stand und Liv auf alle anderen, und diese Aufteilung erfüllte im Allgemeinen die Bedürfnisse meiner eher promiskuitiv veranlagten Freundin, da es weitaus mehr von allen anderen gab.

»Er sieht hinreißend aus«, pflichtete ich ihr bei, während wir zusahen, wie er eines Samstags im Februar aus der oberen Tür kam und in die Ferne davonmarschierte. Von unserem Kellerfenster aus, während wir durch die Gitterstäbe zu ihm hochstarrten, schienen seine Beine Schritte zu machen, die doppelt so lang waren wie die jedes anderen.

»Ich klopfe nachher bei ihm und frage, ob er auf einen Drink vorbeikommen will«, schlug Liv vor.

»Wir haben keinen Drink da, und wir können uns auch keinen leisten.« Ich versuchte noch immer herauszufinden, wie ich mir von meinem Gehalt als Account-Manager bei einer Werbeagentur Essen und Kleidung leisten sollte, ganz zu schweigen davon, Liv mit ihren ständig wechselnden Gelegenheitsjobs zu unterstützen.

Ich stöhnte; mein Rücken schmerzte von meinem letzten sexuellen Ringkampf mit Archie, und in der Wohnung war es eiskalt. Uns ging jeden Monat mindestens eine Woche vor dem Zahltag das Geld für das Gas aus, und jetzt war diese Woche. Liv trug in der Wohnung ihre Outdoorjacke und Leggings unter einem luftigen Rock. Ich hatte vor, den Nachmittag im Bad zu verbringen, um mich vor der Kälte zu schützen und dem Drang, Archie zu Hause zu besuchen. Dort war es zwar etwas wärmer, aber es würde nur Schmerzen und blaue Flecken an Stellen bedeuten, von denen ich gar nicht wusste, dass man dort Schmerzen und blaue Flecken haben konnte. Das Warmwasser wurde mit Strom erhitzt, der, anders als die Heizung, noch nicht laufend nach Verbrauch bezahlt werden musste. In jenem Winter verbrachte ich viel Zeit im Bad.

»Ich habe Nicholas versprochen, auf eine Nummer vorbeizuschauen«, sagte Liv und schlang sich einen Schal um den Hals. »Er wohnt bei seiner Mum, solange sie verreist ist, das heißt, ich kriege dort auch ein Mittagessen.«

Ich ging ins Bad. Ich nahm Jilly Coopers *Riders* mit – schon immer eines meiner Lieblingsbücher, da es mir im Alter von vierzehn Jahren so viel mehr beigebracht hatte, als es der Aufklärungsunterricht in der Schule je vermochte. Ich füllte das Badewasser jedes Mal, wenn es lauwarm wurde, mit der Zehe auf, ohne von den Seiten aufzusehen.

Als es ein paar Stunden später, während meine Knochen endlich schön vor sich hin köchelten, ziemlich hartnäckig an der Tür klopfte, stöhnte ich auf. Liv hatte wieder einmal den Schlüssel vergessen, und sie würde das Bad haben wollen, um den Geruch von Sex mit Nicholas loszuwerden, bevor sie später an diesem Abend mit jemandem namens Kevin verabredet war. Brummend und bibbernd stieg ich aus der Wanne und wickelte mich rasch in ein fadenscheiniges Handtuch, dessen Farbe einst ein rötliches Orange, jetzt aber ein verwaschenes Gelb war. Während ich durchs Wohnzimmer zur Tür rannte, traf der Dampf von meinem Körper auf die gefrorene Luft und bildete hinter mir einen Cartoon-Gewitterregen.

»Aaaaarrrggggghhh«, stöhnte ich und riss die Tür auf, im Begriff, sofort zurück zum Bad zu stürzen.

»Hallo«, sagte der Blondschopf von oben lächelnd.

»Ohmeingott.« Ich versuchte, die Tür wieder in den Raum zwischen ihm und mir zu drücken. »Ich dachte, Sie wären meine Mitbewohnerin.«

»Tut mir leid«, sagte er, aber er klang überhaupt nicht so, als täte es ihm leid. Seine Stimme drang in einem kehligen Singsang durch den Spalt zwischen der Tür und der Wand. »Ich wohne oben.«

Ich hüpfte auf und ab, um mich warm zu halten.

»Soll ich warten, bis Sie sich etwas angezogen haben?«, fuhr er fort.

»Was wollen Sie denn? Die Sache ist die, selbst wenn ich mich anziehe, wird mir nicht warm werden.«

»Deswegen wollte ich Sie fragen. Wen rufen wir an, wenn die Heizung ausgegangen ist? Ich habe es bei der Hausverwaltung versucht, aber sie ist nicht geöffnet, sondern geschlossen. Es ist nicht so sehr kalt, sondern vielmehr eiskalt.« Er sprach die Worte aus, als wären sie neu für ihn, und lachte wieder leise.

»Sie sind Ausländer, stimmt's?«

»Ja, ich bin aus Schweden«, antwortete er langsam und deutlich. »Wissen Sie, wen wir anrufen können?«

»Niemanden«, sagte ich durch den schmalen Türspalt zwischen uns. »Es gibt niemanden, den wir anrufen können. Und selbst wenn Sie am Montag die Hausverwaltung anrufen, wird sie nichts unternehmen.«

»Aber das ist doch empörend«, meinte er, und wieder klang er, als hätte er dieses lange Wort noch nie zuvor ausgesprochen.

»Ja. Hören Sie, ich muss jetzt wirklich zurück ins Bad.« Ich würde mich womöglich in eine Eisskulptur verwandeln, wenn ich noch länger triefend hier herumstand.

»Kann bitte ich später wiederkommen? Ich muss wirklich jemandem ein paar Fragen zu diesen Wohnungen stellen – keiner meiner Küchenschränke geht auf, und meine Socken sind am Morgen kalt wie Eis.«

»Ja«, stimmte ich ihm zu. Ich selbst behielt meine Socken die ganze Nacht an, in der Hoffnung, dass niemand je bermerkte, dass ich sie tagelang nicht wechselte.

Mit Ja hatte ich die Socken gemeint, aber er schien es so zu verstehen, dass er wiederkommen könnte, und als er ging, sagte er, er würde »etwas Essen besorgen« und wir könnten »zu Mittag essen und trinken«. Trotz seines wirren Englischs sagte er es, als gäbe es absolut keinen Grund für mich, Nein zu sagen, und natürlich wollte auch ich nur Ja sagen. »Ich werde wiederkommen in einer halben Stunde.«

Kapitel 5

2017

Lars an die Tür unseres Hauses klopfen zu sehen, war zu viel für mich. Normalerweise hörten wir, wenn er von einer seiner Geschäftsreisen zurückkam, wie sein Schlüssel ins Schloss gesteckt wurde, bevor er hereinkam und rief: »Ich bin wieder da! Ami, Kinder, ich bin wieder da!« Indem er an die Tür klopfte, demonstrierte er eindeutig, dass er es nicht mehr als sein Zuhause ansah.

Ich öffnete die Tür, sah aber zu Boden, um seinem Blick auszuweichen, und rief Finn und Tessa, die aus dem Spielzimmer gerannt kamen. Lars machte keine Anstalten, mir zur Begrüßung einen Kuss zu geben.

»Daddy«, rief Finn in das verlegene Schweigen hinein. Ich trat einen Schritt zurück und ließ ihn vorbeiflitzen. Die Kinder sind alles, was von uns noch übrig ist, dachte ich.

»*Käresta*, alles Gute zum Geburtstag«, sagte Lars und umarmte erst ihn und dann Tess.

Sie stieß ihn weg und funkelte ihn wütend an. »Wenigstens bist du nicht tot«, sagte sie zu ihrem Vater.

»Tess«, sagte ich. »Ich habe dir doch gesagt, wir müssen nicht ständig davon reden, tot zu sein.«

»Ich wohne nur für eine Weile bei Oma.« Lars kniete sich vor Tessa hin. Sein Gesicht war lang und hager. Er trug die helle

Jeans und das blaue T-Shirt, die er am Wochenende immer zur Arbeit trug. Unsere Blicke waren sich noch immer nicht begegnet.

Finn rannte den Flur hinunter zum Spielzimmer. »Komm und sieh dir meine Power Rangers an. Dem schwarzen ist der ganze Kopf weggepustet worden. Wir brauchen vielleicht Batterien oder Tesafilm.«

Ich sah zu, wie Lars ihm folgte. Nach nur wenigen Tagen fühlte sich seine Anwesenheit bereits seltsam an, als gehörte er bereits nicht mehr hierher. Der Duft der Zitronenseife, die er immer benutzte, blieb hinter ihm in der Luft hängen, und ich nahm ihn auf eine Art wahr, auf die ich ihn nie wahrgenommen hatte, bevor Lars gegangen war. Die ersten Tränen brannten hinter meinen Augenlidern.

Ich blinzelte, hob Tess rasch hoch und setzte sie auf meine Hüfte. Ich trug sie zur Spielzimmertür. Tess schniefte an mein Kinn. »Daddy lebt jetzt bei Oma statt bei uns.«

»Nein«, sagte ich. »Er *wohnt* für eine Weile bei Oma, und jetzt ist er hier, um euch zu sehen und mit euch zu spielen und euch ins Bett zu bringen.« Wenn ich es so darstellte, fühlte es sich an, als könnte es tatsächlich nur vorübergehend sein.

Ich setzte sie hinter der Spielzimmertür ab, wo Lars auf dem Boden saß und in dieser Mischung aus Schwedisch und Englisch redete, in der er mit den Kindern immer redete und die sogar ich inzwischen, nach Jahren mit Lars, Ulrika und Thor, größtenteils verstehen konnte.

Er war ein bisschen wie ein Power Ranger, der seine eigene Power verloren hatte.

»Er hatte mir versprochen, er würde es schaffen, und dann hat er mir die Schuld gegeben, als er es vermasselt hat«, flüsterte ich

Liv zu, als ich sie extra leise zur Haustür hinausließ, damit sie Lars nicht über den Weg laufen musste. Ihn zu sehen, machte mich schon wieder wütend. »Und jetzt, wo alles vorbei und erledigt ist, taucht er auf einmal auf.«

»Wenigstens hat er sich überhaupt blicken lassen«, meinte Liv. »Gib mir Bescheid, wenn die Sanitäter da waren.« Sie küsste mich auf beide Wangen.

»Liv?«, rief ich ihr nach, während sie sich auf ihr Fahrrad schwang.

»Ja?«

»Danke.«

In der Küche schenkte ich mir zitternd noch ein Glas Champagner ein, wischte noch mehr Wackelpudding auf und lauschte auf das Gekicher und die künstlichen Knallgeräusche, die durch die Wand drangen. Dann ging ich und sah nach dem Tiermann, der noch immer schnarchend auf dem Teppich im Wohnzimmer lag. Ich stieß ihn mit dem Fuß an, aber er rollte sich nur mit einem lauten Seufzer herum. Er schien nicht im Sterben zu liegen – nur in einem sehr tiefen Schlaf. Ich ging zurück in die Küche und wischte noch ein bisschen weiter.

»Ich bin so wütend auf dich und so wütend auf mich selbst, weil ich nichts an dem allem ändern kann«, sagte ich zu der Küchenwand, während ich zu verhindern versuchte, dass sich die Hitze meiner wutentbrannten Augen in Wasser verwandelte.

»Selbstgespräche sind das erste Anzeichen«, sagte Lars, der ausgerechnet in diesem Augenblick in die Küche kam.

»Dafür, dass man keinen Mann mehr hat, der einem antwortet?« Gott, ich hatte mich in ein richtiges Biest verwandelt.

»Fang gar nicht erst damit an«, sagte er, als ob eine laute

Stimme dicht unter der Oberfläche lauerte. Dann holte er sichtlich tief Luft. »Wir reden, sobald die Kinder im Bett sind. Ich nehme ein Glas davon«, sagte er mit einer Geste auf die Flasche.

»Ach ja?« Ich schenkte ihm trotzdem ein Glas ein und dachte dabei, wie unpassend Champagner in diesem Moment war.

»Tessa sagt, sie darf Eiscreme statt Milch haben, wenn sie Bauchweh hat, aber sie redet Unsinn, oder?«

»Völligen Unsinn«, sagte ich, schenkte zwei Becher Milch ein, stellte sie in die Mikrowelle und drückte auf Knöpfe, während ich sprach. Schweigen trat ein, während wir beide zusahen, wie sich der Teller der Mikrowelle drehte – die vierzig Sekunden schienen eine Ewigkeit zu dauern. »Hier.« Ich hielt ihm die Milch hin. »Sag ihnen, ich komme Gute Nacht sagen, wenn sie im Bett sind.«

»Also, warst du bei einem Anwalt?«

Hatte er das eben wirklich gesagt? Ich stöhnte hörbar auf.

Lars hatte verschiedene Papiere auf dem Küchentisch ausgebreitet, zusammen mit seinem aufgeklappten Laptop. Ich war wie gelähmt von seinem Auftreten.

Die Kinder hatten sich geweigert einzuschlafen und tollten herum, bis ich hochging. Ich ließ sie noch fünf Minuten spielen und putzte ihnen umständlich die Zähne, um die administrativen Details hinauszuschieben, die das Ende meiner Familie bedeuteten.

»Nein, ich war nicht bei einem Anwalt«, antwortete ich so ruhig, wie ich konnte. »Ich bin arbeiten gegangen und habe mich um die Kinder gekümmert und …« Ich wollte sagen, ich hätte gehofft, wir seien noch nicht *an dem Punkt* angelangt; die ganze Verletztheit des vergangenen Wochenendes kam wieder hoch wie ein völlig neuer Schmerz. »Wird es jetzt darum gehen, wer was kriegt?«

»Was dachtest du denn, worum es geht?«, sagte Lars. »Wer was zu wem gesagt hat und wer gebrüllt hat und wer womit geworfen hat und wer eine …«

»Nörgeltante war?«, sagte ich leise. Das war noch eine der freundlicheren Bezeichnungen, die er während unseres Streits an dem Tag, an dem er gegangen war, für mich gehabt hatte.

»Das haben wir doch längst hinter uns, Amelia.« Er wühlte in Papieren, schob die Maus ein bisschen hin und her, und ich hielt mir noch ein paar Taschentücher unter die Nase. »Wir sind fertig mit Reden.«

Wie konnte er so unversöhnlich hier sitzen, so wenig gewillt, irgendeine andere Perspektive zu sehen als seine eigene, wie ein Mann, der ein Haus in der Toskana wegen der Aussicht kauft und sich dann weigert zu glauben, dass es irgendwo anders auf der Welt auch schön sein kann?

»Also, wenn wir das Finanzielle und die Frage, wie wir uns um die Kinder kümmern werden, unter uns regeln, können wir ein Vermögen sparen. Dann müssen die Anwälte nur noch die Unterlagen ausfüllen«, fuhr er fort und zog eine Linie unter den Titel einer der Seiten, als wollte er unterstreichen, wie entschlossen er war, Geld zu sparen.

»Und das ist jetzt das Wichtigste, oder?«

»Ja. Ist es. Wir haben beschlossen, uns scheiden zu lassen.«

»Du hast es beschlossen. Und vielen Dank, dass du es deiner Mutter und Thor gesagt hast. Leute auf völlig anderen Kontinenten wissen jetzt, dass ich abserviert wurde.«

Lars ignorierte mich. »Also, wir sollten wirklich versuchen dafür zu sorgen, dass möglichst viel Geld übrig bleibt, um uns beiden einen möglichst hohen Lebensstandard zu gewährleisten.«

»Meine Firma steckt in ernsten Schwierigkeiten«, sagte ich zu ihm. »Wegen meines Kunden, Land the Bootmaker. Die schulden uns fünfzig Riesen.«

Lars sah mich scharf an. »Na ja, du wirst Marti überreden müssen, dir deinen alten Job zurückzugeben, wenn die Agentur baden geht. Du musst Geld verdienen, Amelia. Der Cashflow meiner Firma ist noch nicht sicher genug. Ich muss an meine Kollegen denken.«

»Immer deine verdammten Kollegen«, sagte ich. »Was ist denn mit deiner Familie?« Ich dachte an all die Abende, an denen er zum Essen nach Hause gekommen war und aufgesprungen war, sobald sein Handy klingelte, und dann in der Diele auf und ab gelaufen und lange Gespräche mit seinen Kollegen geführt hatte, während ich dasaß und mein Essen allein aß.

»Ich werde mich nicht mehr mit dir streiten«, sagte Lars erschöpft. »Das tut den Kindern nicht gut.«

»Ich weiß«, erwiderte ich in einem leisen, trostlosen Ton. Ich hatte mir – nachdem ich selbst mit einem Vater mit entsetzlichen Stimmungsschwankungen aufgewachsen war – immer geschworen, dass sich meine Kinder in einem glücklichen, stabilen Zuhause geborgen fühlen würden. Trotz der ganzen Streitereien hatte ich die ganze Woche gehofft, dass er in die Küche kommen und sagen würde, dass alles ein entsetzlicher Fehler gewesen war, statt dieses kalte Gespräch zu führen; dass er zurückkommen wollte; dass er sich ändern und zwar endgültig ändern würde und dass mit den Kindern und mir alles gut werden würde.

Wann genau war Lars zu dieser effizienten Maschine geworden, einem Mann, der seine Ehe beiseiteschieben konnte, als wäre sie die Mode vom vergangenen Jahr? In so vielen schlaflosen Nächten hatte ich stundenlang versucht, den Punkt, den genauen Zeitpunkt, zu ergründen, an dem seine Workaholic-Neigung zur Besessenheit geworden war und ich nicht mehr angesagt.

Natürlich hatte ich immer gewusst, dass er ehrgeizig war – das war etwas, was wir von Anfang an gemeinsam gehabt hatten. Damals hatte er mir erklärt, dass er eine brillante Karriere machen wollte, genau wie sein verstorbener Vater, ein erfolgreicher Ingenieur. Das war seine Art, seinen Dad zu ehren und zu versuchen, Ulrika für ihren Verlust ein klein wenig zu entschädigen. Später, wenn ich auch nur versucht hatte, ihn dazu zu bringen, bei der Eheberatung darüber zu sprechen, nannte er es »Psychogeschwätz« und sagte, er versuche nur, das Beste für unsere Familie zu tun, und warum ich das nicht erkennen könne?

»Das Geld wird richtig knapp werden«, fuhr Lars jetzt fort. »Wir hatten immer vor, in meine Firma zu reinvestieren …«

Es war tatsächlich das, was wir anfangs vorgehabt hatten, aber in den letzten paar Jahren hatte ich ihn angefleht, bei den Expansionsplänen für seine Firma auf die Bremse zu treten und stattdessen etwas mehr Zeit mit uns zu verbringen. Jetzt würde sein verdammtes Unternehmen uns auch noch pleite zurücklassen.

»Aber es ist wirklich wichtig, dass die Kinder in diesem Haus bleiben können«, sagte ich. Ich betrachtete die senfgelben Wände der Küche. Als wir endlich hier eingezogen waren, hatten wir in diesem Zimmer getanzt, das genauso groß war wie eine ganze Etage in unserem alten Haus, und gebrüllt: »Davon haben wir *immer* geträumt.«

Und Lars hatte sich eine kleine Auszeit davon genommen, Fensterschlösser einzubauen und die Zentralheizung zu entlüften, um mich anzulachen und zu umarmen. Die Kinder –

und Finn war damals erst sechs Monate alt – hatten wir für die Nacht zu Ulrika verfrachtet, um den Umzug über die Bühne zu bringen. Ich hatte in einem Karton gewühlt, bis ich ein paar Laken und Kopfkissenbezüge fand, hatte unser Doppelbett gemacht, und wir hatten uns hineinfallen lassen, erschöpft, aber überglücklich, und unsere Einweihungsparty für zwei gefeiert.

»Ich gebe dir recht, dass es wirklich wichtig ist, den Kindern ein möglichst stabiles Umfeld zu gewährleisten, aber leicht wird das nicht werden«, sagte Lars und reichte mir eine getippte Liste mit Zahlen. Auf einer Seite war das »Kapitalvermögen« aufgelistet, auf der anderen die »Betriebskosten«. Er zeigte auf verschiedene Zeilen mit den Titeln »Gemeindesteuer« und »Gebäude- und Hausratversicherung«.

Er wollte mich wirklich loswerden. Und soweit ich anhand der Tabelle erkennen konnte, musste ich eine ganze Menge Geld verdienen, während es gleichzeitig so aussah, als würde mein Unternehmen den Bach runtergehen.

»Gott«, stöhnte ich. »Du wirst ein bisschen Geld aus deinem Unternehmen zurückholen müssen.«

»Wir werden alles versuchen müssen«, meinte er, »aber nimm dir erst einmal einen Anwalt. Hier sind die Kontaktdaten von meinem.« Er reichte mir noch ein Blatt Papier mit einer eingescannten Visitenkarte und stand auf. Ich nahm es wie betäubt entgegen. Dann sagte er: »Ich nehme an, du willst diejenige sein, die die Scheidung einreicht, nicht ich?«

»Du willst, dass *ich* mich von *dir* scheiden lasse?«, fragte ich blinzelnd.

»Wir werden alle Gründe aufschreiben müssen, weshalb wir nicht länger zusammenleben können. Ich könnte aufschreiben, warum es unmöglich ist, mit dir zusammenzuleben, wenn du willst«, sagte Lars, und nur für eine Sekunde lächelte er traurig.

»Oh, Gott.« Ich prustete ein lautes, ironisches Lachen heraus, das sehr schnell in ein Schluchzen überging.

»Ich dachte, das würde dir mehr Kontrolle geben«, ergänzte er und wandte sich ab.

»Du dachtest, dann würde es weniger wehtun?«, flüsterte ich. Autsch. Eine Million Autsches.

Schweigen trat ein, und er klappte den Laptop zu und stopfte ihn in seine Aktentasche. Er stand auf, sah mich kurz an und ging dann durch den Flur zur Tür. Er verabschiedete sich nicht.

Als ich den Kopf in meine heißen, schweren Hände stützte, hörte ich Lars auf einmal kreischen: »*Helvetes jävlar! För guds skull!*«, gefolgt von einem Riesentumult.

Ich sprang auf, als ich das wütende Geräusch flatternder Flügel hörte, und erreichte eben noch rechtzeitig die Diele, um zu sehen, wie der Tiermann, den Schnurrbart schief, das Gesicht ein Bild der Verwirrung und mit etwas, das wie Eulenscheiße aussah, auf dem Kopf, aus dem Wohnzimmer getaumelt kam und mit Lars zusammenstieß.

»Alles in Ordnung? Geht es Ihnen gut?«, rief ich. »Sie sahen aus, als wären Sie bewusstlos geworden. Haben Sie irgendeine Ahnung, was mit Ihnen passiert ist? War es diese Selbstgedrehte, die Sie geraucht haben?«

Lars stand mit dem Rücken zur Wand da, als stünde er einem abscheulichen Gespenst gegenüber. Der Tiermann sah bleich und geistesgestört aus.

»Scheißeule«, sagte ich zu dem Vogel, der wieder an der Decke kreiste.

In diesem Augenblick ertönte das Martinshorn eines Rettungswagens, der die Straße hinunterkreischte und mit lautem Trara vor unserem Haus anhielt.

»Amelia, was ist hier los?«, fragte Lars, nachdem er einen Teil seiner Stimme wiedergefunden hatte.

»Lars, ich möchte dir gern den Tiermann vorstellen.« Ich richtete mich zu meiner vollen Größe auf. »Eigentlich könntest du dich jetzt nützlich machen … Du könntest mir bei etwas helfen, was vielleicht, vielleicht auch nicht ein leichter medizinischer Notfall ist.« Lars blickte fassungslos und verhielt sich sehr still, während ich mit den Sanitätern redete, mich vergewisserte, dass der Tiermann überleben würde, und half, die Tiere wieder in seinen Kleinlaster zu verfrachten. Dann stieg er in seinen eigenen Wagen, fuhr dem Tiermann hinterher und verschwand.

Kapitel 6

2007

Als die Tür sich schloss, konnte ich die Schritte des hinreißenden Ausländers über mir die Treppe hinaufpoltern hören. Würde er wirklich wiederkommen? Dieser Wintersamstag entwickelte sich weitaus besser als erwartet.

Ich schlüpfte in meinen Morgenmantel und rannte durch die Wohnung, um den ganzen Krempel von meinem und Livs Leben unter Kissen zu stopfen. Dann zwängte ich meinen noch feuchten Körper in meine engste Jeans und schaffte es, sie zuzukriegen, indem ich mich auf den Boden legte und den Reißverschluss mithilfe des Hakens eines Drahtkleiderbügels hochzerrte. Ich konnte mich kaum noch bewegen, nachdem ich auch noch Livs neuen schwarzen Rollkragenpulli übergestreift hatte, den sie eben erst zum Geburtstag bekommen hatte, und in meine eigenen schwarzen Stiefel geschlüpft war, nachdem ich meine Füße in zwei Paar meiner saubersten Socken gezwängt hatte. Ich wühlte alle CDs durch, die wir besaßen, um irgendetwas zu finden, was er vielleicht cool finden würde, und entschied mich schließlich für eine Ambient-Kollektion, die einer von Livs DJ-Freunden zurückgelassen hatte. Als Nächstes schlitzte ich mithilfe einer Schere eine Tube mit Foundation auf, um den winzigen Rest ganz unten herauszukratzen, und klatschte ihn mir auf mein gerötetes Gesicht, in dem Versuch, die Auswirkungen meines Bads etwas abzumildern. Meine Hände waren vom langen im Wasserliegen völlig verschrumpelt. Vermutlich wird er gar nicht wiederkommen, dachte ich, während ich die *Heat*-Magazine unter den Stapel auf dem mit ringförmigen Flecken übersäten Couchtisch stopfte und eine von Archies *NME*-Zeitschriften obenauf legte.

»Du bist es vermutlich gewohnt, spärlich bekleidete Mädchen zu sehen«, sagte ich zu ihm, als er exakt eine halbe Stunde, nachdem er gegangen war, mit ein paar Packungen Lauch-Karoffel-Suppe, einer Flasche Merlot von Tesco und einem Baguette wiederauftauchte. Er trug eine helle Jeans, die sehr sauber war, eine dunkelblaue Daunenjacke und einen großen Wollschal, der sein Adlergesicht umrahmte.

Er sah mich fragend an.

»So als Schwede …«, sagte ich.

Er lachte – auch sein Lachen schien ein klein wenig zu singen. »Wir verbringen nicht die ganze Zeit damit, ohne Kleider Sex im Schnee zu haben«, informierte er mich, stellte die Suppe auf dem Tresen ab und sah sich nach einem Kochtopf um, als würde er mich und meine Küchenschränke schon sehr lange und nicht erst seit ein paar Augenblicken kennen.

»Nein«, erwiderte ich. »Es ist nur so, dass ich normalerweise nicht die Tür aufmache, weißt du, ohne angezogen zu sein. Aber ich dachte, du wärst meine Mitbewohnerin. Sie vergisst ständig ihren Schlüssel.«

»Hat sie ein Fahrrad und rote Haare?«

Mir wurde klar, dass er uns ungefähr so nachspioniert haben musste, wie wir ihm tagelang nachspioniert hatten, seit er hier eingezogen war.

»Liv, ja. Und ich bin Amelia – oder Ami, abgekürzt.«

Er sah mich ernst an und streckte die Hand aus. »Lars.«

»Von wo in Schweden?« Ich wünschte, meine Stimme würde nicht so auf und ab tänzeln, als ob ich mich über ihn lustig machte.

»Ich bin aus Stockholm, aber ich habe in Malmö studiert.«

»Und was tust du hier?«

»Ich gründe ein Unternehmen«, sagte er, und aus irgendeinem Grund klang es nicht lächerlich.

»Was genau?«

»Ein Dotcom-Unternehmen. Ich mache ein Aufbaustudium in Betriebswirtschaft am University College London.« Lars wandte sich von dem Herd ab, den er einzuschalten versuchte. »Warum wird er nicht heiß?«

Ich ließ den Kopf hängen, als ich mich erinnerte. »Wir haben kein Geld mehr fürs Gas«, erklärte ich verlegen.

»Was müsst ihr tun?« Sein Ton war schroff.

»Etwas Geld zum Eckladen tragen und Gas nachkaufen. Gott, entschuldige, es ist nur, jetzt ist die letzte Woche vor dem Zahltag, und Liv hat eigentlich keinen Job, und ich …«

Er hielt mir einen Zehner hin. Ich zuckte die Schultern, während ich knallrot anlief. »Kommt nicht infrage.«

»Bitte«, sagte er. »Ich will wirklich gern was essen, und mein Mitbewohner ist oben.« Ich errötete, denn das hieß, dass er mit mir allein sein wollte, oder?

»Ich geb's dir am Freitag wieder«, sagte ich. Wie demütigend. Und ich wollte, dass er mich für eine kompetente, rundherum fähige Karrierefrau hielt.

»Geh schon«, sagte er, und ich schlüpfte in meine Jacke, lief zum Eckladen und kaufte das Gas. Als ich wiederkam, hatte Lars bereits das Brot aufgeschnitten und Geschirr auf unser altes Holztablett gelegt. Er lächelte, als ich den Zähler fütterte, und warf den Herd an.

»Wird es jetzt wärmer werden?« Er fasste sich an den Hals, als könnte er vielleicht seinen Schal lockern.

»Ein bisschen«, antwortete ich. »Aber die Fenster sind undicht, und die Tür hat massiven Durchzug. Ich gebe dir das Geld übrigens zurück.«

Er lächelte. »Das weiß ich. Was heißt Durchzug? Ist wichtig, dass ich mein Englisch verbessere.«

»Das ist ein kalter Wind, der durch die Ritzen in den Türen und Fenstern kommt.« Ich zeigte auf den Rahmen des Küchenfensters, an dem die Farbe abblätterte. »Wie ist denn deine Wohnung?«

»Ungefähr der gleiche Scheiß«, meinte er. »Aber ich bin nicht oft da. Ich gehe zu Kursen, dann gehe ich weg und treffe andere IT-Leute.«

»Bist du ein Freak?« Ich lehnte mich gegen den Türrahmen der Küche. Ich schien sie anzuziehen – Typen wie Archie. Liv nannte mich die »Nerd-Mieze«.

»Ein bisschen vermutlich. Aber ich tue auch viele Dinge, die nicht freakig sind.«

»Wie zum Beispiel?«

»Ich mag Musik und Bücher und witzige englische Mädchen.«

Ich errötete und sah zu Boden.

»Und ich mag Mädchen, die in Handtüchern die Tür öffnen. Wollen wir essen?«

Wir setzten uns auf den Boden, mit dem Rücken ans Sofa gelehnt, Livs Bettdecke auf den Knien, und mithilfe der Flasche Rotwein, der wärmenden Suppe und eines halben riesigen Baguettes für jeden von uns stillten wir unseren Hunger und unsere Neugier aufeinander.

Er fragte mich nach meiner Arbeit, und ich plapperte fröhlich über Markenentwicklung und wie ich noch nicht wüsste, ob ich eine Karriere in der Kreativabteilung oder im Verkauf anstreben wollte.

Lars erzählte mir von seiner Dotcom-Idee. »Ich gründe ein Unternehmen für die brillanten Ideen anderer Leute. Sie bekommen Aufmerksamkeit und Finanzierungshilfen von größeren Unternehmen. Die Website wird ihnen helfen, über billige Anwälte im Internet zu bekommen, was man Patente nennt. Ich nenne es i-patent.com«, beendete er seine Rede in einem immer selbstbewussteren Englisch.

»Wirst du Anschubkapital bekommen?«, fragte ich, wobei ich höllisch hoffte, dass ich die Terminologie richtig hingekriegt hatte.

Er wirkte beeindruckt. »Ich muss versuchen, möglichst viele Geldgeber zu treffen.«

Später holte er seinen Laptop, um mir seine Site-Entwürfe zu zeigen; in der Wohnung war es inzwischen wärmer geworden, daher setzten wir uns auf die Decke und tranken die Flasche aus. Ich versuchte angestrengt, irgendetwas intelligent Klingendes zu seinem Businessplan beizusteuern, und machte ein paar Vorschläge für den Marketingteil, und er lächelte, nickte und machte sich Notizen.

Inzwischen war der halbe Nachmittag um, und jegliches Licht, das durch die Kellerfenster drang, wurde von der Gier des Februarabends gefressen.

Noch später nahm er meine Hand und sagte: »Ami, ich mag dich.« Sein Griff war warm und fest.

»Du bist vielleicht auch ganz okay«, sagte ich. Er sah mich eine Sekunde zu lange an, und ich errötete und wandte den Blick rasch ab. Er sah sehr sauber und männlich aus und roch auch so; außerdem roch er nach Ehrgeiz, und in diesem kalten Winter meiner frühen Karriere war das etwas sehr Attraktives.

Liv kam gegen fünf zurück und schien beeindruckt, dass ich es ohne fremde Hilfe geschafft hatte, mir den neuen Mieter von oben zu angeln. Sie erwähnte nicht einmal, dass ich dafür ihre Bettdecke benutzt hatte oder die Tatsache, dass ich ihren neuen Pullover trug.

»Du bist also Schwede?«, sagte Liv mit einem Blick zu Lars. »Ich mag deinen Akzent.«

»Ja, aber ich muss in London sein, um Geld für mein Unternehmen zu bekommen«, antwortete Lars.

»Dein Englisch ist sehr gut.«

»In meinem Land lernen wir es schon, wenn wir noch sehr jung sind. Arbeitest du im Marketing, so wie Ami?«

»Nein«, antwortete Liv. »Ich kreiere und liefere die Mode der Zukunft.«

»Ich werde versuchen, das zu verstehen, während wir Freunde werden«, meinte Lars. »Willst du heute Abend mit uns essen gehen?« Er hatte mich noch gar nicht gefragt, ob ich frei oder gewillt sei, den Abend mit ihm zu verbringen, aber ich lächelte einfach breit.

»Ich bin verabredet«, antwortete Liv, »aber trotzdem danke.«

»Und ich habe nicht genug Geld, um irgendwohin zu gehen«, warf ich ein. Ich war außerdem locker mit Archie verabredet, aber das kam mir wie etwas vor, was ich früher gemacht hatte, bevor ich Lars kennengelernt hatte, und daher kaum von Bedeutung. »Bis ich nächste Woche bezahlt werde.«

»Na ja, dann machen wir es so«, schlug Lars vor. »Ich lade dich diese Woche zum Essen ein und du mich nächste Woche.«

»Woher weißt du denn, ob du nächste Woche überhaupt noch mit ihm ausgehen willst?«, zischelte Liv, während wir beide ins Schlafzimmer stürzten, um uns aufzubrezeln.

»Ich weiß es einfach«, sagte ich. »Ich weiß es einfach.«

Kapitel 7

2017

Als ich am Sonntagmorgen nach Finns Party aufwachte, war mir heiß und kalt zugleich. Bei allem, worum ich mir Sorgen machen könnte, entschied ich, mich auf das Nächstliegende zu konzentrieren – die beschämende Demütigung, die ich erlitten hatte, als ich versuchte, den Werbeauftrag, der meine Agentur retten könnte, von einem Mann zu ergattern, der vermutlich wusste, wie ich klang, wenn ich einen Orgasmus hatte, falls Liv sich einer ihrer alten Parodien von mir bedient hatte.

Ich rief sie an, während ich mir vorstellte, wie sie sich im Bett herumrollte und den Anruf wegdrückte, bevor sie wieder einschlief. Ich rief noch einmal und dann noch einmal an, bis ich schließlich ein »Gmmfppphh« durch die Leitung hörte.

»Ich muss alles wissen, was du Ben Jones über mich erzählt hast«, sagte ich.

»Es ist mitten in der Nacht …«

Meinem Handy zufolge war es 7:43 Uhr. Eindeutig morgens in der Welt der meisten Menschen, die auf einer Mission waren.

»Ich muss es *jetzt* wissen«, beharrte ich.

»Kann ich vorher wenigstens einen Kaffee trinken?«

»Nein, kannst du nicht.«

»Oh, Gott«, meinte Liv. »Na ja, es war eine dieser wirklich

protzigen Partys in den London-Bridge-Arches, weißt du, falsche Kronleuchter an der Decke und ein bisschen richtig beschissene moderne Kunst überall im Raum verstreut …«

»Was für moderne Kunst?«

»Irgendein Typ namens Cockney, was wohl an Hockney erinnern sollte, aber cool. Da war etwas, das ›Der glückliche Zustand des Schmerzes‹ oder ähnlich bescheuert hieß. Tatsächlich war es ein alter Schwarz-Weiß-Fernseher, der auf der Seite lag und einen Typen beim Masturbieren zeigte. Ich hätte am liebsten laut gelacht, aber die anderen haben ihn immer wieder umrundet und sich hochtrabend darüber ausgelassen. Matthew war mit mir da, ist aber bald mit einem Haufen Hipster mit Bärten bis zu den Bauchnäbeln ins Gespräch gekommen, daher war ich im Grunde allein.«

»Als du von Ben Jones angequatscht wurdest?«

»Na ja, so war es eigentlich nicht. Ich hatte ungefähr sechs Gläser auf leeren Magen getrunken. Kein Kanapee in Sicht. Jedenfalls, er hat sich neben mich gestellt und auch über die Kunst gekichert, und ich habe so was gesagt wie: ›Wenn wir lange genug hier herumhängen, sehen wir dann irgendwann ein glückliches Spermium?‹, und er hat gelacht, und so sind wir ins Gespräch gekommen.«

»Also richtig was Hochintellektuelles, ja?«

»Ich fasse es nicht. Erst reißt du mich so früh aus dem Schlaf, und dann kommst du mir auf diese hochnäsige Tour! Ich könnte in diesem Augenblick auch schlafen.«

»Okay, red weiter.« Ich streckte mich in meinem eigenen Bett aus und lauschte, ob die Kinder sich rührten, aber auf dem Treppenabsatz war alles still.

»Dann hat er gesagt, es täte ihm leid, dass seine neue Firma so peinliche Partys gab, und sobald mir klar war, wer er war, habe ich ihn zu überreden versucht, mir eine der Taschen zu schenken, aber er ist nicht darauf eingegangen.«

»Liv, von denen kostet schon eine winzige Clutch ungefähr 1.500 Pfund.«

»Schon klar. Aber sie sind hinreißend, ganz aus weichem Kalbsleder, in leuchtenden Popfarben. Dann haben wir uns einen Platz gesucht und uns hingesetzt, was ein Glück war, denn ich war kurz davor umzukippen. Und er hat davon angefangen, dass er von Mailand nach London zurückgekommen ist und dass er hier keine Freunde mehr hat. Er kommt ursprünglich aus dem Norden – Burnley oder Barnsley oder so ähnlich … Vermutlich sagt er immer noch Barm Cake, wenn er Brötchen meint.«

»Und dann hast du entschieden, ihn mit mir zu verkuppeln?«

»Na ja, zuerst haben wir eine ganze Menge Champagner getrunken – ich jedenfalls. Er hat gar nichts getrunken, weil er noch fahren musste oder so.«

»Er war so nüchtern wie ein Methodist?«, stöhnte ich. Das hieß, dass er sich an den ganzen Quatsch, den Liv ihm erzählt hatte, erinnern würde.

»Hmmm, einer, dessen Oma an Leberversagen gestorben ist«, meinte Liv. »Jedenfalls, dann habe ich entschieden, dass er für einen älteren Typen eigentlich gar nicht so schlecht aussieht – ein bisschen verlebt, das ist alles –, Ende dreißig, Anfang vierzig. Geschieden, zwei Kinder. Eins achtzig groß, dunkelblonde Haare.«

»Ich bin nicht so dumm, jemals wieder auf einen Blondschopf reinzufallen.«

»Wenn du unbedingt so früh am Morgen Witze erzählen willst, sollten sie gut sein. Jedenfalls habe ich zu ihm gesagt: ›Du brauchst Leute, und ich habe da diese Freundin, die ganz in der Nähe von dir wohnt‹ – er wohnt im Moment in Highgate.«

Ich holte tief Luft, während ich die Vorstellung verdaute, so an den Mann gebracht zu werden. »Also, was hast du ihm über mich erzählt?«

»Na ja, das ist der Teil, wo es anfängt, ein bisschen verschwommen zu werden.« Livs Stimme kam zögernd durchs Telefon. »Aber ich habe ihm gesagt, dass du in der Markenentwicklung bist und das alles, und auf einmal war er richtig interessiert.«

»Scheiße«, sagte ich. »Vermutlich hatte er vor, Goldwyn zu einem Pitch einzuladen, aber jetzt ist er mir gegenüber im Vorteil.«

»Hat dich aber nicht daran gehindert, ein Meeting mit ihm zu kriegen, oder?« Liv klang triumphierend. »Siehst du, im Grunde habe ich dir einen Gefallen getan.«

Wir redeten noch ein bisschen länger, und ich fragte mich, was genau sie ihm genüsslich erzählt hatte, während sie randvoll war. Dann erkundigte sie sich nach Lars, und ich erzählte ihr, wie er mir gesagt hatte, ich solle mir einen Anwalt nehmen, und am Ende konnte ich vor Weinen nicht mehr weiterreden.

Am Montagmorgen ließ ich mich mit geröteten Augen in meinen Bürosessel fallen. Bridget war oben in einem Meeting, und ich war heilfroh, den winzigen Raum für mich allein zu haben. Ich hatte mich mit den Kindern durch das restliche Wochenende geschleppt und mich durch den Abend getrunken und war in aller Frühe mit einem Kater aufgewacht. Ich hatte etwas Nurofen eingeworfen und Wasser getrunken, während das Licht der Morgendämmerung um die Vorhänge schlich.

Mein wichtigster Tagesordnungspunkt war es, Ben anzurufen und das Riesenmissverständnis aufzuklären, das Liv verursacht hatte. Außerdem musste ich ihm klarmachen, dass es mir ums Geschäft ging und zwar nur ums Geschäft. Und danach musste ich alles nur Erdenkliche tun, um noch ein paar Kunden zu gewinnen.

Erst einmal würde ich einen Kaffee trinken und mein Postfach aufräumen. Ben Zeit lassen anzukommen und in seinen Terminkalender zu sehen. Dann würde ich fröhlich sagen, ja, die Eule sei zum Schreien komisch gewesen, aber ich könne nicht mit jemandem ausgehen. Ich hätte vor, sehr verheiratet zu bleiben, falls das überhaupt noch möglich sei. Nichtsdestotrotz würde ich selbstverständlich am Mittwoch kommen, um das Briefing für den Pitch zu erhalten.

Es war nur ein dummer Anruf. Wann hatte ich je Angst davor gehabt, einen Anruf zu tätigen?

Ich nahm den Hörer und knallte ihn wieder hin. Dann setzte ich mich und wählte die Nummer, bevor ich es mir wieder ausreden konnte. »Hallo, hier spricht Amelia Fitch. Ich würde gern Ben Jones sprechen«, flüsterte ich.

»Entschuldigung, ich habe Sie nicht verstanden«, säuselte die Vorzimmerdame mit ihrer modulierten Stimme.

»Ben Jones, bitte.«

»Wer spricht da?«

»Amelia Fitch.«

»Es gibt keinen Grund, laut zu werden.« Sie schniefte. »Ich stelle Sie durch.«

Das Telefon klingelte viel zu kurz. Ich stand auf, um mich stärker zu fühlen, und hielt mir das Telefon ans andere Ohr.

»Ben Jones«, hörte ich das belustigte Trällern vom Wochenende.

»Ami Fitch«, sagte ich. »Ich rufe wegen dieses lächerlichen Missverständnisses an. Liv hatte kein Recht, Ihnen das alles über mich zu erzählen, und als ich neulich anrief, wusste ich nicht, dass sie Sie getroffen hatte.«

»Ah«, kicherte die Stimme. »Wissen Sie, wenn Sie nicht brüllen, hatte Ihre Freundin durchaus recht. Ihre Stimme klingt tatsächlich wie eine Kiesgrube.«

Schönen Dank auch, Liv. Schönen Dank dafür. »Ich rufe geschäftlich an«, sagte ich.

»Oh, tatsächlich? Wie schade. Sagen Sie, haben Ihre Haare wirklich die Farbe edler Schokolade?«

»Das kostet viel Geld«, empörte ich mich, während ich dachte, dass ich es mir bald nicht mehr leisten können würde. »Hören Sie, ich will wirklich auf der Liste von Agenturen stehen, mit denen Sie vielleicht zusammenarbeiten wollen, aber diese persönliche Sache kommt nur von Liv, die sich albern benimmt.«

»Sie glauben nicht, dass es der nächste Schritt im raffinierten Plan des Schicksals ist, damit wir uns treffen?«

»Nein«, erwiderte ich, bemüht, nicht entnervt zu klingen.

»Sie müssen akzeptieren, Ami – und Liv sagte, Sie hätten ein kleines Problem damit –, dass es irgendwann in Ihrem Leben ein paar Dinge geben wird, die Sie nicht unter Kontrolle haben.«

Ich verdrehte die Augen. Er fand die Situation offenbar wahnsinnig komisch. »Na ja, jetzt, wo Sie es erwähnen«, meinte ich.

»Also war das sarkastisch gemeint?«, fragte Ben. »Seit ich nach England zurückgekommen bin, tue ich mich schwer damit, Sarkasmus zu verstehen.«

Was für ein Idiot.

»Hören Sie«, flehte ich. »Ich bin ein ernster Mensch. Offenbar wurde ich unbeabsichtigt ein Opfer der Tatsache, dass meine

Freundin sich betrunken hat. Liv hätte Ihnen diese ganzen Details über mich nicht erzählen dürfen – das war absolut unangebracht.«

»Ich habe seit einer Ewigkeit nicht mehr so viel gelacht wie an dem Samstag, als ich Sie angerufen habe.«

»Bitte. Ich würde Sie gern am Mittwoch aufsuchen, um über Ihre Werbung zu sprechen, und ich würde gern alles andere zwischen uns vergessen.«

»Warum?«

»Ich bin einfach nicht bereit, mich mit jemandem zum Lunch zu treffen«, antwortete ich. Und selbst wenn ich es wäre, ergänzte ich im Stillen, dann mit Sicherheit nicht mit ihm – einem Typen, der offenbar mein Leben für einen einzigen Witz hielt, allein zu seinem Vergnügen, und der sich über mich lustig machte, während ich so *aufgewühlt* war. »Also, dann bleiben wir bei diesem Termin am Mittwoch?«

»Sie glauben gern, dass Sie die Kontrolle haben, genau wie Liv gesagt hat«, fuhr Ben fort. »Aber ich weiß auch, dass Sie, wenn Sie das vergessen, wunderbar entspannt und einfach die beste Freundin sind, die es auf der Welt gibt.«

Ich stöhnte auf. Das war eine ziemlich genaue Parodie einer betrunkenen, übertrieben liebevollen Liv. »Sie hätte Ihnen dieses ganze Zeug nicht erzählen dürfen.«

»Das heißt, ja, wir sehen uns am Mittwoch um zehn, und ich werde Sie um zehn vor zehn erwarten, da Sie immer zehn Minuten zu früh kommen.«

»Bitte hören Sie auf.«

»Okay, aber nur, wenn Sie mir sagen, was mit der Eule passiert ist.«

»Letztendlich sind die Sanitäter gekommen, aber dem Mann ging es schon wieder gut. Mein Ehemann – ich meine …«

»Ihr Fast-Ex-Mann?«

»Ja«, sagte ich, »er musste mir helfen, die Tiere wieder in den Kleinlaster zu verfrachten, und weg war er.«

»Das war sehr witzig.«

»Ja. Wie Sie bereits sagten: ein echter Brüller.« Meine Stimme triefte vor Sarkasmus.

»Liv meinte, manchmal würde Ihnen der Sinn für Humor abhandenkommen.«

»Ich habe gesagt, HÖREN SIE AUF.«

»Dann sehen wir uns am Mittwoch.«

»Ich freue mich darauf.« Ich konnte mir vorstellen, wie er drüben am Hanover Square vor sich hin kicherte, sich in seinem riesigen wichtigen Sessel zurücklehnte und dachte, wie wahnsinnig witzig es doch war, eine arme zusammenbrechende, kurz vor der Scheidung stehende Frau wie mich, aufzuziehen.

Wenn er doch nur nicht für den einzigen großen Werbeauftrag verantwortlich wäre, der im Moment in London zu haben war.

Wenn mein Unternehmen doch nur nicht dabei wäre, den Bach runterzugehen.

Wenn doch nur so ziemlich alles eigentlich.

»Oh nein«, sagte Bridget. Es war später am selben Tag, und sie saß wieder an ihrem Schreibtisch.

»Was denn?«

Bridget lief dunkelviolett an. »Das wird dir nicht gefallen …«, sagte sie und begann, auf ihrem Laptop vor sich hin zu tippen.

»*Was* wird mir nicht gefallen?«

»Land ist pleitegegangen.« Sie sah aus, als würde sie gleich in Tränen ausbrechen.

»Nein …« Das durfte nicht wahr sein. Ich rannte zu Bridgets Schreibtisch, wo eine Seite aus der *Financial Times online* auf dem Bildschirm zum Leben erwachte.

»Land the Bootmaker in Konkursverwaltung«, lautete die Schlagzeile. Ich stieß ein Wimmern aus und überflog rasch den Artikel. Es hatte gewaltige Anstrengungen gegeben, um das Unternehmen zu refinanzieren, aber die Banken waren nicht überzeugt … Fünfhundert Leute waren von Entlassung bedroht … Gläubiger würden kontaktiert werden.

Ich schnappte mir das Telefon und wählte Stephen Frosts Durchwahl.

»Ja, ich wollte dich gerade anrufen«, sagte er, ohne Hallo zu sagen.

»Weiß Marti Bescheid?«

»Ich habe eine Nachricht für ihn hinterlassen, wenn er in Heathrow landet«, antwortete Stephen.

»Ich wusste, dass es Probleme gab, aber nicht, dass es so schlimm war«, sagte ich. »Ich habe beim CEO angerufen, aber er ist nicht erreichbar …«

»Weil sie ihm oben im Barclays Tower die Eier abgeschnitten haben.«

»Ich hätte es wissen müssen.« Ich vermied es, Bridget anzusehen, die in dem kleinen Büro auf und ab lief. »Ich weiß, wir werden keine neuen Aufträge mehr von ihnen bekommen, aber kriegen wir unser Geld zurück?«

»Mit Sicherheit nicht. Aber ich habe das Team darauf angesetzt – sie rufen in diesem Moment die Konkursverwalter an.«

»Kann ich irgendetwas tun?« Inzwischen flüsterte ich fast. Ich wusste, dass Bridget sich nicht länger der Illusion hingeben würde, dass Brand New ein gut gehendes Unternehmen war, aber gleichzeitig schämte ich mich fast, es vor mir selbst laut auszusprechen: vor meinem alten Selbst, dem, das alles unter Kontrolle hatte, das die Würfel richtig warf, das auf der Karriereleiter nach oben kletterte, statt auf den Schlangenfeldern zu landen und bis zum unteren Ende des Spielfelds hinunterzurutschen.

»Ich habe dir ja gesagt – sieh zu, dass du mehr Aufträge an Land ziehst, und zwar schnell. Und dann warte darauf, dass Marti zurückkommt.«

»Wird er uns den Stecker ziehen?«, flüsterte ich wieder. Bridget lief inzwischen so schnell auf und ab, dass sie wie eine Comicfigur aussah, die ein Loch in den Boden rannte.

Stephen schwieg einen Moment. »Ami, ich weiß es einfach nicht.«

In selben Augenblick verschwand Bridget zur Tür hinaus, das Telefon in der Hand, vermutlich um Headhunter anzurufen und sie um einen Job irgendwo anzuflehen, wo der Boss nicht den Boden unter den Füßen verloren hatte.

Nachdem ich aufgelegt hatte, ließ ich für einen Moment den Kopf hängen. Dann hob ich ihn wieder und sah mich in dem Büro mit den riesigen, vergrößerten Postern der Titelseiten von *Campaign* und *Marketing Week* um, erst ein Jahr alt, die triumphierend die Geburt meiner winzigen Agentur bekannt gaben. Ich hatte diesen kleinen Kellerraum tief in den Eingeweiden von Goldwyn selbst gestrichen. Wie groß meine Träume damals gewesen waren.

Schließlich kam Bridget wieder, setzte sich an ihren Schreibtisch und schniefte, bis ich sie bat, sich wieder hinter die Recherchen zu Campury zu klemmen. »Wir schaffen das schon«, sagte ich so fröhlich wie möglich, während das Einzige, was ich um mich herum spüren konnte, die kalten Winde des Scheiterns waren. »Wir werden Campury gewinnen.« Insgeheim wollte ich nur noch, dass Marti zurückkam und mir sagte, welche Möglichkeiten wir noch hatten.

Es fühlte sich wie mehrere Jahre Schmerz an, obwohl es in Wirklichkeit nur ein paar Stunden dauerte, bis die Tür aufschwang und er in seinem gestreiften Hemd und seiner ganzen Herrlichkeit hereinstolziert kam. Er war braun gebrannt, was sein sechzig Jahre altes Gesicht ein bisschen jünger machte. Ich dachte an all die Male, die er mir im Laufe der Jahre geholfen hatte.

»Tag.« Seine Stimme hallte durch den Raum.

»Oh, Gott sei Dank.« Ich stand auf. Ich wollte auf ihn zustürzen, ihn bitten, seine weltgewandten Arme auszubreiten und mich an seine Brust zu drücken. Aber ich tat es nicht, denn er war der Boss – und ich durfte nie dabei gesehen werden, wie ich Körperkontakt zu Marti hatte, denn dann würde die Gerüchteküche der Agentur bald behaupten, dass ich mit mehreren seiner außerehelichen Kinder schwanger war. Niemand ließ jemals die Wahrheit einem pikanten Gerücht in die Quere kommen. Bridget nahm ihr Handy und verließ das Zimmer, vermutlich um allen zu erzählen, dass Marti *schon wieder* gekommen war, um mich zu sehen.

»Verdammter Schlamassel, diese ganze LandGirls-Geschichte, was?«, meinte er.

»Wir haben versucht, dich deswegen anzurufen.«

»Ich weiß, ich weiß. Hab die Nachricht bekommen, als ich aus dem Flugzeug gestiegen bin. Aber jetzt bin ich ja hier.« Marti setzte sich an den kleinen Konferenztisch und seufzte.

Ich versuchte, ihn zu beschwichtigen. »Wir haben alle anderen Kunden …«

Marti blickte unbehaglich. »Vermutlich wird ja alles gut

gehen«, sagte er. »Aber du wirst dich konzentrieren müssen und …«

Mein Gesicht lief so rot wie Pflaumenmarmelade an.

Martis pausbäckiges Gesicht rötete sich ebenfalls. »Ein kleines Vögelchen hat mir gezwitschert, dass dein junger Ehemann offenbar … Na ja, möglicherweise, dein *erster* Ehemann … Ich wollte dich nur wissen lassen, na ja, dass du unsere volle Unterstützung hast.«

Ich wunderte mich nicht, dass er es wusste; meine Branche hatte mehr undichte Stellen als ein Sieb. Irgendjemand – vielleicht Bridget – musste gehört haben, wie ich mit Liv telefoniert hatte.

»Er will sich scheiden lassen«, sagte ich so gefasst wie möglich, während ich ihm gegenüber Platz nahm. »Aber du weißt, dass ich immer hart arbeiten werde.«

Marti legte seine große Hand auf meine. »Ich zweifle nicht an deinem Engagement, aber es ist eine Ablenkung. Aber … Wie dem auch sei, reiß dich zusammen, Kopf hoch und das alles. Du musst dich dahinterklemmen, ein paar neue Kunden zu gewinnen.«

»Ich glaube, ich bin an etwas dran. Wir werden für Campury pitchen.« Ich versuchte verzweifelt, ihn zu beeindrucken.

»Bist du sicher? Die Leute oben versuchen schon seit einer ganzen Weile, diesen neuen Markenchef an die Strippe zu kriegen.«

»Sein Name ist Ben Jones, und ich habe heute Morgen mit ihm gesprochen. Wir treffen ihn am Mittwoch.«

Marti grinste, und Eisberge wären unter der Wucht seines Charmes geschmolzen. »Na, das klingt doch schon viel besser. Diesen Auftrag würde ich wirklich gern an Land ziehen.«

»Ich weiß. Was für eine Herausforderung.«

»Hör zu«, fuhr Marti fort. »Du hast wohl nicht zufällig irgendwann Zeit, um darüber zu reden? Angriffsplan und das alles? Außerdem könnte ich deine Hilfe bei den Loosey-Dessous-Leuten wirklich gebrauchen. Ich brauche ein paar gute Ideen, die ich den Dreckskerlen hinwerfen kann.«

»Jetzt gleich?«

»Kann jetzt nicht, Mädchen«, sagte Marti. »Leute wie ich haben Termine, weißt du. Ist ja schön und gut für dich, alles mögliche Zeug *ganz nebenbei* zu erledigen …« Er zwinkerte mir zu. »Nein, ich dachte, du weißt schon, vielleicht hast du irgendwann abends mal Zeit, essen zu gehen. Mittwoch vielleicht – such dir jemanden, der auf die Kinder aufpasst, dann lade ich dich irgendwohin ein, und wir plaudern ein bisschen.«

»Na schön, für ein Abendessen kannst du mich gern nach Ideen ausquetschen.«

»Ich schicke meinen Fahrer um acht bei dir vorbei. Wohin willst du gehen?«

»Ins Ivy?«, schlug ich vor. Ich wusste, wie sehr er die Fish and Chips dort mochte und dass er von dort zu Fuß zu dem Club stolpern konnte, in dem er übernachtete. Und es wäre auch für mich ein großes Vergnügen.

Bridget kam in dem Augenblick wieder, in dem er sagte: »Und jetzt, Ami, streng deine grauen Zellen an. Ich muss intelligent über Damenschlüpfer reden können.«

Ich wusste schon jetzt, dass Bridget das der gesamten restlichen Belegschaft melden würde, sodass sie alle was zu Gackern hatten: »Ich *bitte* dich – er weiß doch schon jetzt, wie er ihren um ihre Knöchel rutschen lassen kann.«

Wie kann man so klein und so perfekt sein? Ich konnte Finn durch das Muster der Buntglasfenster sehen, während ich die

Stufen zu unserer Haustür hochrannte. Er saß am Fuß der Treppe, seine stummeligen kleinen Beine unterhalb der Knie genauso lang wie die Tiefe der untersten Stufe. Er hörte meinen Schlüssel und begann zu brüllen: »Mummy ist zu Hause! Mummy!« Als ich die Tür öffnete, strahlten seine blauen Augen; seine Wangen waren gerötet und glänzten vor purer Gesundheit.

Ich knallte die Tür zu, warf meine Tasche hin, stürzte auf ihn zu und bedeckte ihn mit Küssen.

Nachdem Marti gegangen war, hatte ich der schleichenden Panik, die mir in die Knochen kroch, nicht entkommen können. Schließlich hatte ich mich in der winzigen Eckkabine der Bürotoilette eingeschlossen und mich auf den kalten Plastikdeckel gesetzt. Sollte ich Lars anrufen und ihm sagen, in welchen Schwierigkeiten meine Firma steckte? Würde er dann zurückkommen? Früher wäre er der Erste gewesen, den ich um Hilfe gebeten hätte, und er hätte sie mir gegeben.

Aber dann fiel mir wieder ein, was er an jenem letzten Sonntag gesagt hatte, als er durch die Küche geschlichen war. »Es dreht sich alles immer nur um dich, dich, dich – das ist es, was unsere Ehe zerrissen hat.« Ich konnte Lars nicht anrufen. Stattdessen war ich eine Weile auf der Toilette geblieben, nur um niemanden sonst von der Agentur sehen zu müssen, der bereits wusste, dass ich am Rande des Ruins stand.

»In der Schule hat Jemima gesagt, dass meine Party die beste aller Zeiten war, aber, Mummy, warum waren keine Tiger da?«, fragte Finn jetzt.

»Ich glaube, wir hatten schon genug Schwierigkeiten mit den Frettchen, meinst du nicht auch?«

»Mrs. Wragley sagt, sie hat etwas in ihrem Garten gesehen.« Finn sprach von meiner älteren Nachbarin. Seit ihrer Hüftoperation ging ich manchmal für sie einkaufen, aber sie beklagte sich immer, dass ich etwas vergaß, während tatsächlich *sie* vergessen hatte, mir zu sagen, dass ich es besorgen solle.

»Was immer du tust, sag ihr nichts von den Frettchen.« Ich legte einen Finger an meine Lippen, um ein Geheimnis anzudeuten.

Finn nickte ernst. »Ja, sie hat nämlich gesagt, wir müssten es beseitigen lassen«, flüsterte er.

»Das können wir doch nicht zulassen, oder?«, sagte ich. »Wo ist denn Tess?«

»Spielzimmer.« Finn zuckte die Schultern, zeigte zu der Tür am Ende des Flurs und hielt sich die Hände über die Ohren. Ich marschierte auf die geschlossene Tür zu, riss sie auf und sah Tess – genau wie ich es gewusst hatte – ausgestreckt auf dem fleckigen blauen Sofa liegen. Die Augen quollen ihr aus dem Kopf, während sie sich mit einem wohligen Schaudern vor der bösen Fee *Dornröschen* ansah.

Ich drückte auf den Ausschaltknopf des alten weißen tragbaren Fernsehers, und Tess kehrte mit einem Ruck in die Wirklichkeit zurück.

»Ahhh …«, jammerte sie. »Mummy. Zehn Minuten. Biiiiitte!«, und ich wollte mich am liebsten zu ihr aufs Sofa fallen lassen, sie fest an mich drücken und ihr sagen, dass alles gut werden würde. Stattdessen musste ich mich mit ihr darüber streiten, wie viele Stunden Fernsehen pro Tag für eine Sechsjährige gesund waren.

»Das ist nicht fair. Daddy hätte es mir erlaubt.«

»Wann kommt Daddy wieder?«, fragte Finn.

»Nikitas Daddy ist gar nicht wiedergekommen«, sagte Tess. Sie redete von dem Vater eines ihrer Mitschüler, der vor ein paar Monaten auf der Nordtribüne im Emirates-Stadium nach einem Herzinfarkt unglücklich gestürzt war. »Er ist gestorben. Aber *du* hast gesagt, Daddys sterben nicht.«

»Nikitas Daddy war sehr krank. Nikitas Daddy ist gestorben, und das war sehr, sehr traurig, aber wir haben damals darüber geredet – und weißt du noch? Ich habe dir gesagt, dass dein Daddy und deine Mummy sehr stark sind und dass sie nicht sterben werden. Daddy ist nur für eine kleine Weile weggefahren – so wie er ständig wegfährt –, und er kommt bald zurück, um dich zu sehen.« Ich ließ mich auf die Knie fallen, sah die beiden direkt an und zog sie an mich. »Hör mir zu. Tess! Hör mir zu.« Die Aufmerksamkeit meines kleinen Mädchens schweifte bereits wieder ab. »Niemand wird sterben.«

»Warum bist du so früh zu Hause?«, wechselte Tess das Thema.

»Mummy musste ganz schlimm weinen«, sagte Finn. »Und heute Morgen auf der Toilette war ihr schlecht. *Richtig* schlecht. Ich kann dir zeigen, wo, wenn du willst.«

»Wir könnten spielen, dass uns schlecht ist«, schlug Tess vor, und ihre Miene hellte sich prompt auf. Sie begann, Würgegeräusche zu machen, und tat mit den Händen so, als würde Erbrochenes aus ihrem Mund spritzen. »Dass Karotten hochkommen und das alles.«

»Wir spielen nicht auf Toiletten, und Mummy geht es schon wieder besser, daher müssen wir jetzt nicht darüber nachdenken, dass uns schlecht ist«, sagte ich und ging hinaus in die Diele, um Luba zu rufen.

Schließlich hörte ich das Poltern von Converse-Schuhen auf der Dielentreppe, und dann tauchte ihr Körper auf, gefolgt von ihrem glatten Haarschopf. Selbst aus diesem Winkel sah sie umwerfend aus. »Ich dachte, du noch bist in der Arbeit, Amelia. Ich oben habe Wäsche eingeräumt«, sagte sie.

»Kannst du bitte am Mittwochabend auf die Kinder aufpassen?«, fragte ich. »Ich muss zu einem Arbeitsessen mit meinem Boss.«

»Ich helfe, ja.«

Ich fragte mich, ob Luba grundsätzlich zu mürrisch war, um sie mit den Kindern zusammen sein zu lassen, aber sie hatte nichts falsch gemacht, und ich hatte mich für ein Jahr verpflichtet; vermutlich musste sie nur ein paar mehr Freunde finden.

Als die Kinder im Bett waren, rief ich Mum an. »Oh, Ami, ich fühle mich so nutzlos«, sagte sie. »Ich weiß, dein Vater kann selbst auf sich aufpassen, aber ich würde mir einfach solche Sorgen machen.«

Da war es wieder: das Gefühl, das ich seit meiner Kindheit kannte, das Gefühl, das dritte Element in einer perfekten Zweierbeziehung zu sein. Ich versuchte angestrengt, mir nichts daraus zu machen.

Dad hatte für eine Transportversicherung gearbeitet, bevor er anfing Krimis zu schreiben, und sie nach Gloucestershire gezogen waren. Dort draußen auf dem Land stürzte seine Stimmung manchmal ins Bodenlose ab. Aber sie konnte sich auch urplötzlich heben. Dann fing er wieder an zu tippen und setzte sich an den Abendessenstisch, als wäre nichts gewesen, ohne Mum und mir gegenüber je zuzugeben, wie abwesend er in den Monaten zuvor gewesen war. Wir hatten auch gelernt, vor ihm so zu tun, als wäre nichts gewesen, und alles ging weiter seinen gewohnten Gang. Als ich älter wurde, nahm ich ihm all die Male übel, die ich aus dem Zug gestiegen war und die erschöpfte Miene meiner Mum gesehen und gewusst hatte, dass ich die Semesterferien damit verbringen würde, mir Sorgen um sie zu machen und von seiner Mauer des Schweigens erdrückt zu werden.

»Er will nicht zum Arzt gehen«, sagte sie jedes Mal, wenn ich sie anflehte, Hilfe zu besorgen. Erst in den letzten Jahren hatte sie begonnen, sich mir zu öffnen und zu sagen, wie viel ihr das alles abverlangte, aber als ich nach einem schwierigen Weihnachten vor ein paar Jahren einmal richtig wütend wurde, hatte sie zurückgebrüllt: »Wir wissen, womit wir es hier zu tun haben, Ami, und wir brauchen keine Hilfe.« Das »Wir« bezeichnete sie und ihn.

Es war diese Heuchelei, dass sie immer glücklich waren und in solch trauter Zweisamkeit zusammenlebten, die sie dazu brachte, lautstark über andere Ehen zu lästern, vor allem wenn Kinder im Spiel waren. Es war, als würden sie zum Angriff übergehen: Sie hatten es geschafft, mir zuliebe zusammenzubleiben, warum also konnten andere – Lars und mich eingeschlossen – dann nicht dasselbe tun? Mein Dad war am lautesten, aber Mum machte mit.

Hatte sie mit dem Gedanken gespielt, ihn zu verlassen, bevor ich als Überraschungsbaby daherkam, als sie bereits zweiundvierzig war? Ich wusste es nicht, es war eine andere Generation. Aber es wirkte, als würden die beiden, weil sie selbst eine bestimmte Entscheidung getroffen hatten, Leute dafür missbilligen, dass sie sich anders entschieden. Ich war mit der Doktrin aufgewachsen, dass man »zusammenhielt«, und im Augenblick hatte ich das Gefühl, in ihren Augen gescheitert zu sein, weil ich es nicht geschafft hatte.

Trotzdem liebte ich meinen Dad über alles – wenn er gut drauf war, war er witzig, freundlich, großzügig und im Grunde sehr altmodisch. Er war ein brillanter Geschichtenerzähler, ein toller Kumpel und sehr liebevoll zu mir und den Kindern – und ich wusste, dass jetzt sein erster Impuls ihn dazu drängen würde, uns zu beschützen.

»Er macht sich einfach Sorgen um dich und die Kinder«, fuhr Mum fort. »Er hat einen Anwalt für dich gefunden und will mit dir darüber reden.«

Dad kam ans Telefon, und nachdem er sich nach den Kindern und mir erkundigt hatte, sagte er: »Ich habe ein paar Beziehungen spielen lassen, damit du zu einer Frau namens Cathy Murdoch gehen kannst, die sehr gut sein soll. Ich übernehme die Kosten für die ersten paar Termine, das heißt, darüber musst du dir keine Sorgen machen. Und jetzt mache ich Schluss, Liebes. Ich brauche einen Whisky.«

Ich protestierte halbherzig wegen des Geldes und bedankte mich bei ihm sehr herzlich, bevor ich auflegte. Dann drückte ich mir auf dem Sofa ein Kissen auf die Knie. Wie schnell das ging – wie schnell all diese Jahre der Liebe verfielen.

Kapitel 8

2007

Am Anfang entwickelte sich unsere Beziehung weitaus schneller als Lars' Englisch. Meistens schnappte er irgendeinen Ausdruck von einem Taxifahrer oder jemandem aus seinem Kurs auf und verwendete ihn wie besessen, bis er irgendwann zum nächsten überging. Im März entdeckte er »Kumpel« und verwendete dieses Wort, egal, ob es passend war oder nicht. Im Mai fand er zu seinem Entzücken heraus, dass Frauen im Englischen auch als »Miezen« bezeichnet wurden, und verwendete es, um uns Feministinnen aufzuziehen. Im August war er ständig »durcheinander«, selbst wenn ich wusste, dass er völlig ruhig war. Im September war dann alles »holterdiepolter«, ein Wort, bei dem er sich weigerte zu glauben, dass es kein gebräuchliches Wort unter jungen Leuten in London war, nachdem er es auf Radio 4 gehört hatte.

Aber bei unserem ersten Date, am Abend des Tages, an dem wir uns kennenlernten, war es das Wort »empörend«. Wir gingen zu einem spanischen Bistro mit Tischen auf dem Gehsteig, gleich um die Ecke von unseren Wohnungen, und setzten uns unter die karierte Markise, wo Heizstrahler warme Luft auf uns hinunterbliesen. Während die Hitze auf den eisigen Februarabend traf, schien sich die Luft in Regentropfen zu verwandeln. Wir aßen Tapas – Patatas bravas, Tintenfisch und Tortillas –, und jeder Bissen schmeckte für mich neu, erwachsen und exotisch. Obwohl wir Knie an Knie zusammengezwängt mit anderen Paaren in farbenfrohen Regenjacken an wackeligen Tischen saßen, fühlte ich mich wie in einer Seifenblase, in der es nur uns beide gab, und hoffte, sie würde niemals zerplatzen.

Er redete von seinen Träumen und seiner Vergangenheit. Er war ein Einzelkind, so wie ich; sein Vater war im Jahr zuvor plötzlich und unerwartet an einem Schlaganfall gestorben, erzählte er mir mit Tränen in den Augen; sein Vater war Ingenieur gewesen, hatte Viadukte entwickelt, die Fjorde überbrückten und Temperaturen von minus vierzig Grad standhielten. Zum Gedenken an seinen Vater wollte er ebenfalls erfolgreich sein, sagte er, und um seiner Mutter etwas zu geben, worauf sie stolz sein konnte. Seine Mutter war Lehrerin und lebte nach dem Tod seines Vaters zurückgezogen wie ein »Bär in einer Höhle«, und er machte sich ständig Sorgen um sie.

Ich hielt für einen Moment seine warme Hand und hätte am liebsten beide Arme um ihn geschlungen. Aber er lächelte und redete weiter.

Er hatte in der Schule festgestellt, dass er gut mit Computern umgehen konnte, und dann in Malmö Ingenieurwissenschaft studiert – er erzählte mir ein paar witzige Geschichten darüber, wie er sich mit seinem großen Freund Thorstein eine Wohnung geteilt hatte, der inzwischen zum Arbeiten in die USA gegangen war, während Lars nach England gekommen war. Und ich erzählte ihm von meinem Leben vor ihm – meinem Marketingdiplom von der Queen Mary University und wie ich mit Liv zusammenwohnte, während ich versuchte, meine Karriere ans Laufen zu bringen.

»Es ist empörend, wie sehr ich dich schon jetzt mag«, sagte Lars zu mir. Er trug noch immer seine große Daunenjacke und redete viel zu schnell für sein begrenztes Englisch. Ich hatte mich in meine Winterjacke gewickelt. Wir tranken billigen Rioja aus einfachen Trinkgläsern.

»Ich habe das Gefühl, dich zu kennen«, sagte ich, denn das war die Wahrheit. Die Männer, die ich kannte, sprachen normalerweise nicht aus, was sie fühlten – abgesehen von einem anerkennenden Grunzen auf dem Höhepunkt der sexuellen Erregung –, daher war diese Art Unterhaltung für mich neuartig.

»Dieser Freund, den du da hast«, sagte Lars. »Wirst du ihn in Zukunft nicht mehr haben?«

»Eigentlich ist er gar nicht mein Freund«, antwortete ich. »Nur, du weißt schon …«

»Ein Aufriss?«, sagte Lars. »Ich habe dieses Wort gelernt. Ist er ein Bumskumpel? Das habe ich auch gelernt.«

Ich errötete und wandte den Blick ab. Ich musste mich schwer zusammenreißen, um mit diesem Mann mit den hohen Wangenknochen und den großen Hoffnungen nicht gleich bei unserem ersten Date in die Kiste zu springen, nur für den Fall, dass er nie wieder mit mir ausgehen oder so mit mir reden wollte.

Als alle anderen Paare gegangen waren und der Kellner uns unsere Rechnung auf einer angeschlagenen weißen Untertasse hingeknallt hatte, nahm ich einen Kugelschreiber aus meiner Handtasche und hielt Lars' Arm hoch. Er sah mich fragend an, aber er ließ mich auf sein Handgelenk schreiben: »ISDW: einen Ausgehabend.« Ich fragte mich, ob er spüren konnte, dass mein Puls doppelt so schnell schlug, wie er sollte.

»Was heißt ISDW?«, fragte er, während er versuchte, meine Hand festzuhalten.

»ISDW heißt ›Ich schulde dir was‹ – ich verspreche dir einen Ausgehabend, um mich für heute zu revanchieren.«

»Ich verspreche dir viel mehr als nur einen.« Lars war entschlossen, und mein Magen schlug noch ein paar Purzelbäume mehr.

Dann kam der Kellner heraus und schaltete demonstrativ alle Heizstrahler aus. Lars zog mich hoch, und während er den Arm um mich legte, um mich vor der eisigen Kälte der Nacht zu schützen, gingen wir den kurzen Weg nach Hause.

Bei unserem Haus angekommen, musste ich die Stufen zum Keller hinuntergehen, während er die Stufen zur Eingangstür hochgehen musste.

»Danke für einen perfekten Tag«, sagte ich und lächelte zu ihm hoch.

»I'm glad I am with you«, sang Lars in einer platten Lou-Reed-Parodie. *»Feed animals in the park.«*

»Ich bin sicher, es hieß *›zoo‹*«, lachte ich, und sein Mund neigte sich zu meinem, bis das Lachen in einen Kuss überging, der doppelt so süß und leidenschaftlich war, wie ich es mir erhofft hatte.

»Das ist ein empörender Kuss«, flüsterte Lars.

»Ich muss jetzt gehen«, sagte ich, bevor ich mich noch einmal von ihm küssen ließ – denn ich wusste, dass ich an dem Punkt war, an dem ich nicht mehr aufhören können würde.

»ISD einen Ausgehabend am nächsten Samstag«, sagte Lars.

»Ich schulde dir einen«, sagte ich und ging auf die Kellerstufen zu.

»Gute Nacht, Perfekter-Tag-Ami mit dem empörenden Kuss.«

»Gute Nacht.«

Kapitel 9

2017

Vor der Schule war ein Riesentumult ausgebrochen. Offenbar hatte Julias Kindermädchen, Lila, eine überschwängliche Australierin, einigen Kindern – darunter Jemima – die Worte und Tanzschritte zu einem neuen Nicki-Minaj-Song beigebracht, bei dem wild die Hüften geschwungen und mit dem Arsch gewackelt wurde.

Als ich aus der Schule kam, sah ich, wie Julia Nadine die Stirn bot, die ihr »kulturelle Aneignung« vorwarf. Parminder brachte mich flüsternd auf den aktuellen Stand.

»Freddie und ich haben so hart dafür gearbeitet, dass Jemima eine ausgeglichene Kindheit hat, konfliktfrei und in Harmonie mit allen Rassen der Welt«, erklärte Nadine.

»Sie hat es ihnen bestimmt nicht absichtlich gezeigt«, entgegnete Julia.

Nadine fiel es sichtlich schwer, ihre innere Ruhe zu bewahren; ich hatte ihr Gesicht noch nie so gerötet gesehen. »Aber was, wenn Jemima es jetzt für vollkommen normal hält, mit dem Arsch zu wackeln oder wie immer der Ausdruck dafür ist?«, spie sie.

Ich konnte es ihr durchaus nachempfinden, aber angesichts der Art, wie Nadine uns gegenüber immer die Zicken-Mum heraushängen ließ, musste ich mich zusammenreißen, um nicht zu lachen. Aber dann wandte sie sich an mich: »Ich musste Jemima hinsichtlich des angemessenen Ausdrucks für ›Liebe machen‹ korrigieren, nachdem sie bei Amelia zu Hause war; das fand ich schon schlimm genug.«

Ich murmelte leise »Tut mir leid, tut mir leid« und ging zur Bushaltestelle, um zu meinem Termin bei der Scheidungsanwältin zu fahren. Aus dem Augenwinkel sah ich, wie Parminder sich ebenfalls davonschlich, wobei sie Julia ein »Viel Glück«-Zeichen gab. Später an diesem Tag war das Postfach unseres Gruppenchats voll mit Memes von Nadines Kopf, der auf Nicki Minajs Körper klebte, die auf diese hinreißende Art mit dem Arsch wackelte.

Ich erreichte die Kanzlei der Scheidungsanwältin in der Nähe der Fleet Street. Die Anwältin war Anfang fünfzig, rundlich von den Knien bis zu ihrem üppigen Busen, die Haare zu einem lockeren Knoten nach hinten gebunden. Sie trug ein konservatives Anwaltskostüm: John Lewis vielleicht oder Hobbs – nur dass ihre Schuhe klobige rote Lacklederpumps waren. Als ich zur Tür hereinkam, sprang sie auf – energisch für ihre Leibesfülle – und kam auf mich zu, um meine beiden Hände mit ihren warmen, rosigen zu drücken.

»Ms. Fitch? Ich bin Catherine, aber Sie müssen mich Cathy nennen. Das tut jeder. Nehmen Sie Platz. Gleich hier, okay? Möchten Sie Tee? Oder Kaffee? Wasser?« Ihre Stimme klang leicht und fröhlich. Sehr fröhlich sogar.

»Wasser, bitte.« Ich setzte mich in einen Ohrensessel, und sie ließ sich in den hinter ihrem Schreibtisch fallen und musterte mich besorgt. Sie schenkte mir ein Glas Wasser ein und fragte dann: »Wie geht es Ihnen? Der Zeitpunkt ist nie günstig, stimmt's?«

Tränen traten mir unwillkürlich in die Augen, so wie sie es

tun, wenn jemand unerwartet nett zu einem ist, wenn man sich traurig fühlt. Sie schob mir eine Schachtel Taschentücher hin. »Am besten lassen Sie einfach alles heraus. Und dann sehen wir, was wir tun können, um Ihre Situation zu verbessern. Ich bin hier, um Ihnen zu helfen.«

Sie sah aus, als ob sie zum Frühstück Prozac schluckte, aber die Folge ihres ganzen Lächelns war, dass ich mich gezwungen fühlte, zu versuchen zurückzulächeln. »Wo soll ich anfangen?«

»Wir werden erst einmal nur ein paar Details aufnehmen, okay? Und dann plaudern wir ein bisschen.« Sie nahm einen Füllfederhalter und blickte weiter teilnahmsvoll. Vor ihr lag einer dieser linierten gelben Blöcke, die nur Anwälte benutzen.

»Also, Amelia, richtig? Und Fitch? Ist das Ihr Mädchenname? Wie lautet der Ihres Ehemanns?«

»Johansson. Ich bin eigentlich nicht mehr berechtigt, mich Mrs. Johansson zu nennen.« Obwohl ich Lars' Nachnamen nie verwendet hatte, fühlte es sich traurig an, dass ich im Begriff war, die Option auf die Marke zu verlieren.

»Sagen Sie, haben Sie Kinder?«

»Ja, zwei.« Ich nannte ihr Tessas und Finns Namen und Geburtsdaten.

»Nun«, fuhr sie fort, »ich weiß, es ist furchtbar geschmacklos, aber ich muss Sie nach Ihren finanziellen Verhältnissen fragen.« Wir gingen verschiedene finanzielle Themen durch: unsere scheinbar riesige Hypothek, der Wert unseres Hauses – den wusste ich, da das Haus zwei Türen weiter kürzlich an einen Fußballer mit einem gelben Ferrari verkauft worden war – und unsere nicht existenten Sparkonten. Ich erklärte, wie unser ganzes Geld immer zurück in unsere aufstrebenden Unternehmen geflossen war.

Ich fragte mich, ob sie verheiratet war – ob sie je auf dieser Seite des Schreibtischs gesessen hatte, ob sie wusste, wie es sich wirklich anfühlte. Ich versuchte, einen Blick auf ihre linke Hand zu erhaschen, aber sie war unter dem Schreibtisch, während sie mit der rechten schrieb.

Hinter ihr, auf einem kleinen Beistelltisch, standen ein paar gerahmte Bilder. Eines davon schien eine jüngere Cathy neben einem hochgewachsenen, schlanken Mann zu zeigen. »Sind Sie verheiratet?«, fragte ich.

»Ach Gott, ja, das bin ich. Mit Jeremy. Seit dreißig Jahren.«

Na toll. Die glücklich verheiratete Scheidungsanwältin.

»Aber wollen wir nicht lieber über Sie reden? Was ist denn passiert?«

Ich erzählte ihr kurz die Geschichte meiner Ehe und wie Lars die Scheidung wollte, bis mir zum Ende hin Tränen in die Augen traten.

»Und Sie wollen die Scheidung nicht? Sie armes Ding.«

»Na ja, nein, ich meine, es musste sich etwas ändern, aber ich hätte nie gedacht, dass es so weit kommen würde, oder zumindest hatte ich es gehofft.«

»Der Zeitpunkt ist nie günstig. Also, es ist absolut abscheulich, dass ich Sie das fragen muss …« Cathy beugte sich vor. »Ist jemand anderes im Spiel?«

Ich sagte ihr, dass ich nicht davon ausging, und das tat ich wirklich nicht, aber die Vorstellung, dass Lars mit einer anderen Frau zusammen sein könnte, jagte dennoch einen kalten Schock durch meine Blutgefäße.

»Keine anderen ungewöhnlichen sexuellen Neigungen?« Sie kicherte wieder. Ich riss die Augen weit auf und schüttelte den Kopf.

»So traurig, diese Typ-D-Scheidungen«, sagte Cathy fast geistesabwesend.

»Was meinen Sie damit?«

»Ach, das ist nur meine Theorie – so dumm von mir.« Sie schüttelte den Kopf und lachte wieder. War es angemessen, angesichts des Kummers ihrer Mandantin so fröhlich zu sein? »Es gibt im Grunde nur vier Scheidungstypen, und ich nenne sie Typ A, B, C und D.«

»Fahren Sie fort«, sagte ich interessiert, obwohl ich wusste, dass Anwälte im Sechsminutentakt abrechneten.

»Wirklich? Na ja, Typ A sind die klassischen Ehebrecher, wissen Sie, die versuchen, so schnell wie möglich rauszukommen.«

»Weil sie schon bei jemand anders kommen?«

»Haha, ja.« Cathy lachte über meinen lahmen Witz. »Nun, wir wollen der Gegenseite nichts geben, was wir ihr nicht geben müssen, oder?« Ich schöpfte neuen Mut aus der Tatsache, dass sie offenbar doch eine harte Seite hatte. Zwar suchte ich keinen Scheidungshai, aber sie wirkte auf mich, als sollte sie zu Hause sein und Scones backen. »Aber Typ A fühlt sich schuldig, daher sind diese Leute im Allgemeinen zu großzügig.«

»Und Typ B?«, fragte ich.

»Oh, das sind die, denen Unrecht getan wurde, und, wenn ich das sagen darf, die mit Abstand befriedigendsten Mandanten.« Ich fühlte mich unzulänglich, aber sie drängte weiter. »Die Sache ist die, sie wollen der Gegenseite möglichst alles vollständig abnehmen. Bis hin zur letzten Zeile in meiner Tabelle.«

Gut. Sie hatte eine Tabelle, genau wie Lars. Ich musste bei diesen ganzen Geldangelegenheiten wirklich den Überblick behalten.

»Typ C – verheiratet mit einem Psychopathen, Alkoholiker, Drogenabhängigen, gewalttätigen Irren oder einer beliebigen Kombination der Obengenannten. Die wollen nur noch weg, aber es ist meine moralische Pflicht, in ihrem Interesse alles herauszuholen, was ich kann. Heute Morgen musste ich einer Frau – Sie wissen natürlich nicht, wem –, die seit zwanzig Jahren mit einem durchgeknallten Alkoholiker verheiratet ist, sagen, dass er kein Geld brauchen wird, wenn er zwangseingewiesen wird.« Sie schüttelte den Kopf.

Durften Anwälte so indiskret sein?

»Sie sind eine D. Kein alleiniges entscheidendes Motiv. Nur Leute, die einfach nicht mehr miteinander können. Die Summe des Wir ist nicht mehr größer als die individuellen Elemente.«

»Das bringt es auf den Punkt.« Meine Augen füllten sich wieder mit Tränen.

Sie streckte eine pummelige Hand aus. »Sie armes Ding. Nun, ich will Ihnen sagen, was als Nächstes passieren könnte, wenn Sie sich für diesen Weg entscheiden.

Im Fall einer nicht überwindbaren Zerrüttung gibt es vielerlei Gründe für eine Scheidung. Böswilliges Verlassen, Ehebruch, Trennung, unzumutbares Verhalten, das sind alles Gründe. Es klingt, als ob wir es in Ihrem Fall mit unzumutbarem Verhalten zu tun haben. Sie oder Ihr Ehemann werden mehrere Gründe, weshalb Sie nicht länger zusammenleben können, auflisten und die Unterlagen einreichen müssen.« Es sei gut, dass ich im Besitz des ehelichen Zuhauses sei und einen Job hätte, fuhr sie fort. Ich erzählte ihr von Lars' Firma und dass wir ihr genügend Geld entnehmen müssten, damit die Kinder ihr Zuhause behalten konnten.

»Was macht denn Ihr Mann beruflich?«, fragte ich.

»Oh, Jeremy ist jetzt im Ruhestand, aber er hatte einen Job in einem Verteilzentrum.« Cathy lächelte entschlossen weiter. Ihr Blick huschte zu dem anderen Foto, das denselben hochgewachsenen, schlanken Mann dabei zeigte, wie er irgendeine Art

Schild vor dem Hintergrund einer Firmenzentrale hochhielt. »Aber wir müssen wirklich über Sie reden, nicht über mich.« Sie beugte sich vor. »Wir werden der Gegenseite gegenüber einen positiven Ton anschlagen und hoffen, dass es nicht hässlich wird.« Aber sie hatte ein Funkeln in den Augen, als würde sie es wirklich genießen, wenn es doch hässlich werden sollte. »Er wird eine eidesstattliche Erklärung bezüglich des Geldes abgeben müssen, und Sie werden auch ein paar Formulare ausfüllen müssen. Es wird einen Gerichtstermin geben, wenn das vorläufige Scheidungsurteil verkündet wird – da müssen Sie normalerweise gar nicht hingehen –, und dann, sechs Wochen später, bekommen Sie das endgültige Urteil und sind nicht mehr verheiratet.«

»So einfach ist das?«, fragte ich.

»Na ja, so einfach könnte es sein.« Cathy kicherte. »Aber das ist es nur sehr selten.« Sie sprang auf und ergriff wieder meine Hände. »Nun, Sie müssen gut auf sich aufpassen. Aber ich bin hier und warte auf Sie, bereit, wenn Sie es sind.«

Ich fuhr nach Hause und rief Liv an, um sie auf den aktuellen Stand zu bringen. »Sie sprudelt vor Eifer«, sagte ich. »Freut sich diebisch darüber, mit dem Kummer anderer Leute Geschäfte zu machen. Und ist glücklich verheiratet.«

»Scheidungsanwältinnen sollten nicht verheiratet sein«, lautete Livs Kommentar.

»Genau. Oder lächeln wie eine demente Tante, die zu tief ins Glas geschaut hat. Offenbar muss ich Gründe aufschreiben, warum ich nicht mehr mit Lars zusammenleben kann.«

»Da fallen mir ein paar ein, angefangen damit, dass er nie da war. Kannst du ihn nicht wegen böswilligen Verlassens drankriegen?«

Ich beschloss, Bridget zu dem Campury-Meeting mitzunehmen. Meine Begründung war, dass ich sie Erfahrungen sammeln lassen wollte, aber ich wusste, dass es in Wirklichkeit zu meinem eigenen Schutz war. Ich musste Ben unter allen Umständen zwingen, auf einer professionellen Ebene zu bleiben.

Nachdem ich mich am Mittwochmorgen aus den Federn gequält hatte, klatschte ich mir eine extradicke Schicht Make-up in mein leidgeprüftes Gesicht und schlüpfte in etwas höhere High Heels als sonst. Ich trug mein teuerstes Max-Mara-Kostüm – ein Luxus, den ich mir in meinen Goldwyn-Tagen nach einer Bonuszahlung gegönnt hatte.

Bridget wartete an eine sandfarbene Säule gelehnt vor dem Campury House, als ich von der U-Bahn um die Ecke bog. Der Türklopfer an der doppelten Eichentür schimmerte von Geschichte und Reichtum. Bridget hielt unser Portfolio umklammert und schien völlig außer sich vor Vorfreude.

Ich sah auf meine Uhr. Es war genau zehn vor zehn. Zum Teufel mit dem Mann.

»Hallo«, sagte ich. »Also, Bridget, überlass das Reden mir. Du machst Notizen. Gute Notizen, und sorg dafür, dass wir alle Informationen bekommen, die wir brauchen.«

»Seine Kollegin hat gestern Abend angerufen und gesagt, sie wüsste, dass du sehr wählerisch bist, was deinen Kaffee betrifft, und ob ich ihr irgendwelche Tipps geben könnte«, berichtete Bridget. »Das fand ich sehr effizient, aber, Ami, woher wissen die das mit deinem Kaffeetick?«

»Ich habe keinen *Kaffeetick*«, erwiderte ich. »Ich mag eine französische Röstung – das weißt du, aber das ist kein *Tick*. Und jetzt hör mir gut zu, Bridget, wir haben es hier mit einem Mann zu tun, der, so mein Verdacht, gern Spielchen spielt. Aber er ist auch für den Auftrag verantwortlich, der Brand

New retten wird, daher werden wir *sehr* professionell auftreten, und wir werden uns von ihm *nicht* verunsichern lassen.«

Gut, inzwischen war es 9:52 Uhr. Bis wir uns am Empfang angemeldet hatten, würde es fünf vor zehn sein, und ich würde seine Behauptung widerlegt haben, dass ich immer zehn Minuten zu früh kam.

Bridget und ich marschierten in die dunkel getäfelte Lobby und nannten der makellosen Blondine hinter dem geschwungenen Eichentresen den Anlass unseres Besuchs. Sie bedeutete uns mit einer Handbewegung, auf den tief gepolsterten Sofas auf der linken Seite zu warten, und während wir uns setzten, konnte ich hören, wie sie zum Telefon griff. Ich sah hoch zu einem, wie es aussah, Renoir, der an der dunklen Täfelung hing.

»Der kann nicht echt sein.« Ich zeigte mit dem Arm auf das Bild, und Bridget starrte es ebenfalls an.

»Sie haben recht, das ist eine Fälschung«, kam unversehens die nordenglische Stimme, die ich zuletzt am Telefon gehört hatte, aus einem Flur, der zum Aufzug führte. »Aber der oben im Sitzungssaal des Vorstands soll echt sein.«

Ben klang, als fände er die Vorstellung, einen echten alten Meister zu haben, überaus amüsant. Er trug einen dunklen Anzug und ein tiefrosa Hemd. Über einer verblassenden Sonnenbräune hatte er ein paar violette Flecken unter den Augen und dichtes blondes, etwas verwuscheltes Haar. Er war groß – im falschen Licht hätte er etwas übergewichtig aussehen können, aber er war unleugbar attraktiv.

Hinter ihm stand eine durchgestylte Brünette in einem teuren, dezent sexy Bleistiftrock. Ihre Haare fielen ihr in einem gesund glänzenden Vorhang über den Rücken, und ihre Wangenknochen zeugten von purer aristokratischer DNA.

»Amelia.« Ben streckte die Hand aus, als ich mich erhob, um ihn zu begrüßen. Seine haselnussbraunen Augen waren mit einem etwas helleren Funkeln gesprenkelt, und die Fältchen, die sie umgaben, stammten von einem Lachen, das er nicht unterdrücken konnte – vermutlich auf Kosten anderer Leute.

Ich schüttelte seine riesige Hand.

»Das hier ist Bridget Ashcroft.« Ich machte eine Geste mit der linken Hand, als mir bewusst wurde, dass er meine rechte noch immer festhielt.

»Und das hier ist Claudia Bennett.« Ben ließ meine Hand los, aber er sah mich noch immer genau an, während er die Hochglanz-Brünette an seiner Seite vorstellte.

»Hallo, Claudia. Freut mich, Sie kennenzulernen.«

Ich möchte wetten, er versucht, sie ins Bett zu kriegen, dachte ich. Ich gab ihr die Hand, lächelte so normal, wie ich konnte, und griff dann hinter mich nach meiner Aktentasche und dem Arbeitsportfolio.

»Wollen wir gleich in den Konferenzraum gehen?«, fragte Claudia mit einer tadellosen britischen Aussprache.

»Ja, gehen wir.« Ich folgte der kleinen Prozession zum Flur.

»Ihre Freundin hatte recht, wissen Sie«, flüsterte Ben mir ins Ohr, als ich eben die Aufzugtür erreichte. »Ich weiß, es gehört sich nicht, so etwas bei der Arbeit zu sagen, aber Sie sind sehr schön.«

Ich starrte stur vor mich hin und weigerte mich, zur Kenntnis zu nehmen, dass er überhaupt etwas gesagt hatte. Ich fühlte mich geschmeichelt und genervt zugleich, auch wenn ich wusste, dass er es nur gesagt hatte, um die Oberhand zu gewinnen.

Oben, in einem anderen getäfelten Raum, setzte ich mich, verteilte meine Visitenkarten, bedeutete Bridget, ebenfalls Platz zu nehmen, und zog den Reißverschluss des Portfolios auf.

Ben breitete sich in seinem Sessel aus, als sei er zu klein für seinen Körper. »Ich glaube, wir haben französischen Kaffee da«, sagte er.

»Das ist sehr freundlich von Ihnen.« Ich versuchte zu lächeln. »Aber ich habe wirklich keinen Kaffeetick.«

»Ich liebe auch französische Röstung.«

Ich nahm eine Tasse von Claudia entgegen und gab Milch dazu. »Wollen wir zuerst unsere Präsentation durchgehen?«

»Nur zu, Ami.« Er lächelte noch immer. Claudia schien an der Atmosphäre nichts Ungewöhnliches aufzufallen, aber ich sah, wie Bridgets Blick durch den Raum huschte, als ob sie zu verstehen versuchte, was eigentlich los war.

Ich begann, die verschiedenen Seiten des Portfolios vorzustellen – Kampagnen, an denen wir gearbeitet hatten, Statistiken zu ihrem Erfolg. Claudia blickte interessiert auf jede Seite – Schuhkampagnen, Damenwäsche, Handtaschen, Kleidung – und stellte viele Fragen. Ben hingegen saß nur lächelnd da und sah ebenso oft mich an wie das Portfolio, während ich redete.

»Ganz schön mutig, sich selbstständig zu machen«, unterbrach er mich auf einmal mitten im Fluss.

»Ja, aber wir sind immer noch Teil einer weitaus größeren Gruppe. Wir haben Zugang zu allen Goldwyn-Ressourcen, aber auch die Möglichkeit, auf alle möglichen jungen Denker von außen zurückzugreifen.« Das war meine Standardantwort auf diese Frage.

»Ich mag Ihre Arbeit«, sagte er, als hätte er jetzt genug gesehen, und Bridget klappte das Portfolio zu. »Sie sind offensichtlich eine sehr clevere Frau, Ami, aber das ist kein Wunder angesichts des Potenzials, das Sie schon in der Schule gezeigt haben, und der Tatsache, wie hart Sie immer gearbeitet haben.« Zum Teufel mit Liv.

»Ich wusste gar nicht, dass Sie sich kennen«, warf Claudia ein.

»Das tun wir auch nicht.« Ich gab mir alle Mühe, nicht angespannt zu klingen.

»Aber ich weiß trotzdem schrecklich viel über Ami«, fuhr Ben fort.

»Ich habe Ihre Arbeit bei LandGirls bewundert«, meinte Claudia.

»Danke.«

»Es ist ein Jammer, das mit dieser Marke«, bemerkte Ben. »Hat es Ihre Agentur sehr getroffen?«

»Na ja, es war natürlich keine gute Nachricht, aber wir haben einen breiten Kundenstamm, und ...«

»Und den würden Sie gern um Campury erweitern?« Er sah mich genau an.

»Das würden wir sehr gern.« Ich starrte stur zu ihm zurück. »Warum sagen Sie uns nicht, was Sie erreichen wollen?«

Während ich mich zurücklehnte und er sich vorbeugte, hatte ich das Gefühl, als stieße ich wie ein Pfeifenraucher immer neue Wolken von Wut aus.

»Vermutlich ist es eine größere Herausforderung als alles, was Sie – oder ich – bisher übernommen haben«, begann er. »Wir werden natürlich mehrere Agenturen gegeneinander pitchen lassen, und wir müssen sehr rasch handeln, wenn wir das Umsatzwachstum erreichen wollen, das wir uns für England in diesem Jahr vorgenommen haben. Dieser Job ist nichts für schwache Nerven.«

»Wir lieben eine Herausforderung«, meldete sich Bridget zu Wort.

Ich versuchte, sie nicht wütend anzufunkeln.

Ben redete weiter, seine markante Stirn konzentriert gefurcht. »Campury – wunderschöne Taschen, der Geruch von Geschichte und Reichtum. Ein bisschen wie ein Rolls-Royce in England. Die Marke ist für die meisten Leute unerschwinglich geworden. Wir müssen sie auf den Kopf stellen und die Taschen attraktiv für jüngere Frauen machen – etwas, das sie sich mit Anfang dreißig kaufen, um dann eine Kollektion aufzubauen. Das ist die einzige Möglichkeit, dem Niedergang des Marktes zu entgehen. Das hier darf nichts Gewöhnliches sein, und es muss einen durchschlagenden Effekt haben – die Marke buchstäblich über Nacht neu erfinden. Wir haben eine Mappe mit demografischen Informationen und das alles«, fuhr er fort. »Aber darum geht es im Grunde – wir müssen unseren Umsatz in England verdoppeln. Und wir sind bereit, einen dicken Batzen Geld dafür hinzublättern.«

Claudia schob Bridget über den Tisch einen Ordner mit Informationen zu.

»Ich möchte auf jeden Fall pitchen, wenn Sie uns miteinbeziehen wollen.« Ich erhob mich zum Gehen. »Bis wann brauchen Sie unsere Ideen?«

»Genau darum geht es«, antwortete Ben. »Wir müssen die Kampagne rasch voranbringen, um noch in diesem Sommer ein Wachstum zu erzielen. Wir brauchen in zwei Wochen eine Präsentation.«

Zwei Wochen. Diese Art von Arbeit erforderte im Allgemeinen mindestens sechs, und selbst dann war der Zeitplan extrem knapp. Ich würde Luba bitten müssen, ein paar Überstunden zu machen.

»Ich rufe Sie später an, um zu hören, was Sie meinen«, sagte Ben. »Ich weiß, Sie haben gern etwas Zeit, um die Dinge zu überdenken, und handeln dann immer entschlossen.«

Gott, er hielt sich wohl für witzig. Aber wenn es das war,

was ich in Kauf nehmen musste, um dieses Projekt in die Finger zu kriegen, dann würde ich es mit einem Lächeln von Anfang bis Ende durchstehen.

Wieder im Büro, nachdem Bridget endlich aufgehört hatte, mich zu löchern, warum Ben mit mir gesprochen hatte, als würde er mich kennen, brach ich richtig in Panik aus. Wie in aller Welt sollte ich in zwei Wochen eine Spitzenkampagne auf die Beine stellen? Ich bat Bridget, hochzugehen und herauszufinden, welche Kreativteams verfügbar waren.

Liv rief an. »Und, was meinst du?«

»Er ist ein absoluter Vollidiot. Findet es offenbar richtig witzig, sich vor anderen Leuten über mich lustig zu machen. Und ja, er sieht gut aus, aber, Junge, er weiß es auch. Du musst völlig neben der Spur gewesen sein, als du ihn kennengelernt hast.«

»Habe ich je behauptet, dass ich nicht neben der Spur war? Ich habe es offen zugegeben. Aber ich erinnere mich, gedacht zu haben, dass er attraktiv und witzig ist und …«

»Jetzt muss ich mir zwei Wochen lang den Arsch aufreißen, um für einen Auftrag zu pitchen, den ich niemals gewinnen werde. Ich werde die Kinder ausgerechnet jetzt, wo sie mich brauchen, nie sehen.«

Bridget kam wieder, als es gerade auf dem Festnetz klingelte. Sie hauchte mir durchs Zimmer zu, dass Marti mich sprechen wolle.

Ich verabschiedete mich von Liv und nahm den Hörer ab. »Hallo?«

»Hab gehört, er soll ein bisschen seltsam sein, dieser Ben Jones«, sagte Marti. »Aber angeblich irgendeine Art Wunderkind.«

»Großer Kerl – sieht bei Campury wirklich fehl am Platz aus. Er ist auf jeden Fall sehr überzeugt von sich.«

»Arroganter Arsch?«

»Schwanz, wohl eher.«

Marti kicherte, wurde aber gleich wieder geschäftsmäßig. »Also, du wirst pitchen, und du wirst versuchen zu gewinnen. Das ist die beste Chance, die du hast, also vermassele sie nicht.«

Ben rief am Ende des Tages an, als ich ungefähr zur Hälfte mit der Planung fertig war, wie wir die ganze Arbeit überhaupt schaffen sollten. Bridget war losgezogen, um zu versuchen, etwas Medienstrategiezeit auszuhandeln, und ich war wieder einmal damit beschäftigt, Lars dafür zu hassen, dass er sich nie überlegen musste, wie er sich die Zeit zwischen seinen Kindern und seiner Arbeit aufteilen sollte. Wie hatte unsere Ehe gleichberechtigter Partner nur so einseitig werden können? Wie hatte ich zulassen können, dass seine Träume so groß wurden, dass selbst meine kleinen – wie zum Beispiel eine glückliche Familie und meine eigene Agentur – unerreichbar wurden? Ich hatte den Kopf in die Hände gestützt, als das Telefon klingelte.

»Hier ist Ben«, hörte ich die inzwischen vertraute Stimme. Ich bestätigte, dass wir sehr gern auf der Pitchliste stehen würden. »Gut so. Ich mag Sie, Ami.«

»Das freut mich zu hören«, erwiderte ich mit so viel Begeisterung, wie ich aufbringen konnte. »Wen haben Sie sonst noch ausgewählt?«

Er nannte drei Londoner Riesen. Was für eine Chance hatte unser kleines Brand New gegen die?

»Na ja, ich nehme an, jetzt können Sie ›potenzieller Konflikt mit geschäftlichen Interessen‹ auf die Liste von Gründen setzen, warum Sie nicht mit mir ausgehen wollen?«

Ich musste unwillkürlich lächeln. Vielleicht würde er dieses ganze alberne Getue jetzt sein lassen und sich auf die vor uns liegende Aufgabe konzentrieren?

»Ja, danke, das hatte ich mir auch schon überlegt«, antwortete ich. »Und darf ich Sie bitten, damit aufzuhören, vor anderen Leuten Witze über mich zu reißen?«

»Witze? Was denn für Witze?«

»Sie wissen schon, diese Dinge einzustreuen, die Liv Ihnen erzählt hat.«

»Habe ich das getan? Ich versichere Ihnen, das war nur neckend gemeint.«

»Na ja, ich muss mich jetzt wieder dahinterklemmen, mir eine zündende Idee einfallen zu lassen.«

»Das heißt, ich werde Sie erst nach dem Pitch bitten, mit mir privat auszugehen.«

Ich stöhnte ins Telefon. »Das ist sehr nett von Ihnen, aber ich bin nicht in der Lage, mit irgendjemandem auszugehen. Das heißt, wir vergessen dieses ganze ›private Ausgehen‹ einfach, okay?«

»Absolut. Einer der Gründe, weshalb ich anrufe – um das zu sagen.«

»Danke. Ich meine es ernst.«

»Und um Sie zu bitten, gewissermaßen geschäftlich mit mir auszugehen.«

»Um über den Pitch zu reden?«

»Natürlich. Wir müssen über den Pitch reden. Viel.«

»Ich kann nicht mit Ihnen ausgehen«, sagte ich, obwohl ich einen kurzen Moment daran dachte mitzuspielen, wenn das bedeutete, an Insiderinformationen gelangen zu können.

»Sind Sie sicher?«

Ich wusste, was ich zu sagen hatte. »Und Sie können nicht

mit mir ausgehen, weil dann alle anderen Agenturen denken würden, dass ich einen unfairen Vorteil hatte. Das ist nicht professionell.«

»Mir war es eigentlich nie so wichtig, professionell zu sein.«

»Sie sind kein gewöhnlicher ...« Ich versuchte, diplomatisch zu sein und trotzdem die Art Lächeln in meine Stimme zu legen, die potenzielle Kunden mit großen Aufträgen verdient hatten.

»Ich hasse Gewöhnliches«, sagte er. »Und ich liebe Leute, die mich überraschen. Sie überraschen mich.«

»Na ja, das werde ich nicht, wenn Sie mich noch länger am Telefon aufhalten ...«

»Okay, ich lasse Sie in Ruhe.«

»Danke.«

»Ich würde ja sagen, gern geschehen, aber das wäre gelogen.«

Als ich an jenem Abend nach Hause kam, war Luba gerade dabei, für die Kinder Würstchen mit Pommes frites zu machen. Sie wirkte unkonzentriert.

»Meinst du, die Kinder könnten auch mal Brokkoli oder Erbsen oder so was essen?«, fragte ich. Vielleicht war gesunde Ernährung in Bratislava ein Fremdwort?

Luba starrte nur ins Leere.

»Luba? Geht es dir gut?«

»Oh, Amelia, mir geht sehr gut.« Ich war mir nicht sicher, ob ich Luba je wirklich lächeln gesehen hatte, aber jetzt tat sie es, und ihr Lächeln reichte bis zu ihren trägen Augen, sodass sie noch strahlender aussah. »Bin ich morgen mit Guy Gates verabredet.«

»Dem Fußballer in unserer Straße?«, fragte Finn vom Küchenboden, wo er damit beschäftigt war, verschiedene Power Rangers aneinanderprallen zu lassen.

»Ja.« Luba lächelte noch immer. »Er kommt zu Tür, wenn du in Schule, und sagt, er wird mit mir gehen zu Fußballspiel und Dinner. Er sagt, ich sehr hübsch.«

»Na ja, du bist wirklich sehr hübsch.« Ich freute mich für Luba. »Da wirst du bestimmt viel Spaß haben.«

Guy Gates wirkte auf mich wie ein aufgeblasenes kleines Arschloch, aber andererseits, was wusste ich schon? Seit er vor ein paar Monaten eingezogen war, war er immer nur in einem knallgelben Ferrari die Straße auf und ab gefahren, der, mit Nadines Worten, eine Umweltsünde war und verboten gehörte. Außerdem hatte er Mrs. Wragley vor den Kopf gestoßen, indem er sich eine protzige goldene Mülltonne auf Rädern zugelegt hatte. Trotzdem, wenn er Luba ausnahmsweise einmal zum Lächeln brachte, wen kümmerte es?

»Und es ist okay für dich, wenn ich heute Abend mit meinem Boss Essen gehe?«

»Oh ja.« Luba schüttelte das Backblech mit Pommes frites. »Ich zu Hause bleibe und mich hübscher mache für Guy Gates.« Sie lächelte wieder; es war so ungewöhnlich, dass sowohl Finn als auch ich sie noch mehrere Sekunden anstarrten.

Kapitel 10

2007

Wenn Lars nicht damit beschäftigt war, E-Mails an potenzielle Geldgeber für sein Unternehmen zu schreiben, saß er stundenlang auf unserem Sofa und aß ungenießbare Spaghetti, oder er war draußen im Hof hinter dem Haus und reparierte Livs Fahrrad. Unsere Gespräche waren von Anfang an der reinste Wahnsinn – ich musste absolut alles wissen, was es über ihn zu wissen gab, als würde er ganz mir gehören, sobald ich alles wusste.

Das war die Zeit, als ich meine ersten Brocken Schwedisch lernte: zuerst *älskling* – ich war sein Schatz, sein Liebling. Und ich lernte die beliebten Fluchwörter: *fy fan* – verdammte Scheiße – zum Beispiel oder *för fan i helvete!,* was irgendetwas mit dem Teufel in der Hölle zu tun hatte.

Thor besuchte uns in diesem Winter, als er zu irgendeinem Technik-Event nach London kam, und ich übte diese Wörter bei ihm. »Du hast ein dreckiges Mundwerk«, sagte er – und lernte im Gegenzug einen englischen Ausdruck.

Er war groß, stark behaart, liebenswert und charmant. »Großer Gott, schöne Frau«, sagte er oft von Lars' Sofa aus, wenn ich auf dem Weg zur Arbeit auf Zehenspitzen an ihm vorbeischlich. »Was für eine Augenweide – das ist richtiger Ausdruck für Mädchen, ja?« Eines Abends betranken Lars und ich uns zusammen mit Liv und ihm. Gegen ein Uhr früh gingen wir, und am nächsten Morgen hingen verdächtig lange rote Haare an Livs Pyjama, die nicht zu ihren eigenen kastanienbraunen passten.

»Er ist sehr angetan«, berichtete sie. »Aber ich kann mich mit ihm nicht in der Öffentlichkeit sehen lassen, weil unsere Haarfarben nicht zusammenpassen.«

Der Winter wich dem Sommer, und Lars und ich schlenderten Hand in Hand durch die Stadt und setzten uns im Bloomsbury Square ins Gras und redeten. Er erzählte mir noch mehr von seiner Kindheit: wie er einmal ehrfürchtig vor einer der Brücken seines Vaters gestanden hatte, die an dem verschneiten Himmel zu schweben schien, während sie ein Tal überspannte. Wie er sich damals geschworen hatte, etwas aus seinem Leben zu machen. Wie er sich in sein Studium gestürzt hatte, um mit dem Schmerz über den verfrühten Tod seines Dads fertigzuwerden.

Und ich erzählte ihm mehr von meiner – zuerst in London, mit Eltern, die mich über alles liebten, in unserem sonnigen Haus, und wie das Licht allmählich immer schwächer geworden war, je länger sich die schweigsamen Phasen meines Dads hinzogen. Wie Mum und ich Zeit zusammen verbrachten – wir gingen in Galerien, shoppen, im Park spazieren – und wie diese Ausflüge immer seltener wurden, je schlimmer es mit Dads Krankheit wurde. Wie er selbst dann noch auch liebevoll und inspirierend sein konnte, mein Cheerleader. Dann ihr Umzug aufs Land, und wie die Stimmungstiefs immer länger anhielten, wie meine Mutter sich im Grunde von mir abkapselte, weil er sie brauchte und sie ihn wiederum nicht im Stich lassen konnte.

Wir beide waren uns einig, dass unsere Familie niemals so sein würde. »Sie muss perfekt und vollkommen sein und den Kindern das Gefühl geben, dass sie immer sicher und geborgen sein werden«, erklärte ich entschieden.

Wir redeten auch in meinem Einzelbett, zwischen ausgedehnten Sexrunden. Danach rollte sich manchmal einer von uns herum und ließ den anderen eine Weile oben liegen, nur um sich mal ausstrecken zu können. Und dabei redeten wir eifrig weiter.

»Wir werden in einem großen Haus auf einem Hügel leben, und du wirst meine Mieze sein«, sagte er eines Abends zu mir, als wir auf seiner etwas größeren Matratze in der oberen Wohnung waren. Sein Zimmer war unmöbliert bis auf diese Matratze auf den Dielenbrettern, einen behelfsmäßigen Schreibtisch aus Holzkisten und einen IKEA-Kleiderständer, an den er die wenigen Kleider hängte, die er besaß. In einer Ecke gab es einen Stapel Bücher und einen Stapel CDs – hauptsächlich Zeug aus den frühen Neunzigern, Nirvana und andere Grunge-Bands.

»Mit Glyzinien, die an den Fenstern hochwachsen«, ergänzte ich.

»Was ist das? Glyzinien?«

»Das ist eine Pflanze mit flauschigen Blättern«, erklärte ich ihm. »Du wirst dieser supererfolgreiche Tycoon sein und ich diese große Nummer in der Käse-Markenentwicklung, und wir werden berufliche Erfüllung finden, während wir gleichzeitig für unsere künstlerischen Verdienste bewundert werden.«

»Ich hoffe, das können wir.«

»Wir werden Dinnerpartys geben, wo alle darüber reden, wie fabelhaft das Essen ist, und dann gehen wir in die Küche und lachen uns darüber kaputt, wie erwachsen das alles ist. Und wir werden Abende zusammengerollt auf dem Sofa verbringen, nachdem wir die größten Deals der Welt an Land gezogen haben, und die Zeitungen werden darüber schreiben, dass wir das erfolgreichste, glamouröseste Paar aller Zeiten sind … mit mindestens siebzig Kindern, die alle perfekt erzogen und absolut hinreißend sind.«

Lars lachte mir ins Ohr. Ich konnte seinen heißen Atem spüren. »Na ja, zwei oder drei. Sie werden brillant und wunderschön sein, genau wie du, *älskling*.«

Ich ließ mir das Wort auf der Zunge zergehen, wenn ich nicht mit ihm zusammen war. Ich war sein *älskling*, sein Liebling.

Kapitel 11

2017

Ich kämpfte mich durch Fischpastete, die ich mit Champagner herunterspülte, während ich neben Marti in der entspannten Eleganz des Ivy saß. Es hatte etwas Tröstliches, mit jemandem zusammen zu sein, dem ich so sehr vertraute und der mir immer den Rücken gestärkt hatte. Und – angesichts meiner finanziellen Lage – hatte es auch etwas Tolles, zu einem piekfeinen Dinner eingeladen zu werden.

Marti mochte meinen Beitrag zu seinem bevorstehenden Pitch für Dessous-Markenentwicklung für die hochnäsigen Franzosen.

»Ein verdammter Diamant, dieses Mädchen«, sagte er zu dem Kellner, der in regelmäßigen Abständen kam und mein Glas auffüllte.

»Du schaffst das schon, wenn du dich auf die Unterschiede zwischen französischen und englischen Verbrauchern konzentrierst«, sagte ich und legte mein Messer und meine Gabel zusammen.

»Geht es dir wirklich gut mit dieser Scheidungsgeschichte?«, wechselte er auf einmal das Thema.

»Ich hoffe immer noch, dass es nicht dazu kommt.« Unbehaglich, aber mit einem Lächeln, wechselte ich das Thema. »Wie geht es deinen Töchtern?«

»Komm mir nicht mit denen«, antwortete Marti. »Lucy ist in Brasilien verschwunden – ihre Mutter überlegt, ob sie einen Detektiv anheuern soll, der dort unten nach ihr sucht.«

Ich dachte an die geduldige, bedächtige Frau, die Bonnie Goldwyn war. Sie tauchte bei allen Firmenevents, bei denen ihre Anwesenheit erforderlich war, mit einem Lächeln auf, zeigte sich gesellig und interessiert an den Mitarbeitern, aber irgendwie sah sie immer aus, als würde sie lieber zu Hause in Hampshire sein und ein Buch lesen. Sie hatte Marti zwei schöne Töchter geschenkt und schien jetzt eher neben ihm her zu existieren, als mit ihm verheiratet zu sein. Er sprach immer freundlich, aber mit einem Anflug von Angst von ihr.

»Sie macht sich schreckliche Sorgen, dass sie schwanger nach Hause zurückkommt«, fuhr Marti fort.

»Sie nimmt sich eine Auszeit«, erwiderte ich. »Das tun Mädchen eben so – ins Ausland fahren, sich verlieben. Ich bin sicher, sie weiß, wie man mit Kondomen umgeht.«

Marti sah mich unter seinen buschigen Augenbrauen hervor an. »Gummis?«, spie er scherzhaft. »Du redest mit mir über *Gummis* und meine Tochter im selben Atemzug? Schämst du dich nicht?«

Ich lachte, und wir sahen beide in die Dessertkarte. »Na los, nimm eine Crème brulée, dann kann ich mir auch eine gönnen«, sagte Marti. »Und wir sollten uns besser noch eine Flasche Schampus bestellen und darüber reden, wie wir ein paar neue Kunden gewinnen können.«

Aha. Also waren es nicht Loosey-Dessous, worüber er reden wollte. Die Probleme mit meinem Unternehmen waren der eigentliche Grund, weshalb er mich zum Dinner treffen wollte. Mir wurde bewusst, dass ich in der letzten halben Stunde glatt vergessen hatte, in welchen Schwierigkeiten ich steckte.

»Diese Sache mit Campury klingt vielversprechend«, fuhr er fort.

»Es ist wirklich eine tolle Gelegenheit. Aber wir stehen noch ganz am Anfang.«

»Ja, verlass dich nicht darauf. Alle in der Stadt werden diesen Auftrag ergattern wollen.«

»Ja, ich weiß, aber ich muss die Lücke von LandGirls füllen.«

»Ohne einen anderen Auftrag, tut mir leid, wird es mit Brand New einfach nichts werden.« Marti wandte den Blick ab.

Okay, jetzt kommen wir zur Sache. Ich holte tief Luft und lächelte tapfer weiter.

»Ich *werde* mehr Aufträge an Land ziehen«, sagte ich mit dem Mut von drei Gläsern Champagner. »Wie viel Zeit habe ich?«

»Ein paar Monate.« Er sah mich ernst an. »Tut mir leid.«

Er hielt inne und wirkte nur für einen Moment untypisch unsicher. »Die Sache ist die, Ami, es wird schwer sein, dich wieder zurück in die große Agentur zu holen, wenn du dein eigenes Ding nicht zum Laufen bringen kannst.«

Da war es: Er hatte es gesagt. Ich blickte meinem Boss direkt in die Augen und wusste, dass er die Wahrheit sagte – er konnte mir meinen alten Job nicht wiedergeben. Mein Ruf würde ernsthaft beschädigt sein. Nach dem ganzen Trara um den Agentur-Launch – unseren gemeinsamen Interviews in allen Fachzeitschriften, all den Tischreden, in denen er Brand New als Beispiel dafür angeführt hatte, wie man »diesem alten Hund noch neue Tricks beibrachte« – konnte er mir nicht noch eine Rettungsleine zuwerfen. Ich versuchte, keine Emotion zu zeigen. Das hier war nur eine weitere seismische Verschiebung unter den Richterskala-mäßigen Eruptionen, die mein Leben erschütterten – es war erstaunlich, wie schnell ich mich daran gewöhnte.

»Es tut mir leid«, fuhr Marti fort, »aber ich glaube, ich würde Schwierigkeiten damit haben, das beim Rest des Vorstands durchzusetzen. Aber du *wirst* die Kurve kriegen.«

Ich versuchte zu lächeln. Ich würde die Kurve kriegen. Ich musste Campury gewinnen. Es war der einzige Auftrag, der groß genug war, um einen Unterschied zu machen. »Ich werde den Pitch gewinnen, und dann kannst du mir meinen Platz im *Vorstand* geben.« Es war ein alter Witz zwischen uns.

»Ich muss erst abwarten, bis einer von denen abkratzt.« Marti war sichtlich erleichtert, dass er das schwierige Gespräch hinter sich hatte. »Da ist der alte Haydon – er weiß meistens nicht einmal mehr, in welcher Vorstandssitzung er ist; letzte Woche hat er von HSBC fantasiert. Hast du dein Dessert ausgewählt?«

Ich versuchte zu lächeln. »Ja, ich nehme eine Crème brûlée.«

»Schön, mit einer Frau auszugehen, die wirklich etwas isst«, meinte Marti und winkte dem Kellner.

Auf der Toilette, zwanzig Minuten später, starrte ich mit verschwommenem Blick auf mein Spiegelbild, und wieder kribbelte eine Gänsehaut der Angst über meinen Körper. Dann holte ich tief Luft und zog meinen Lippenstift nach. Ich hielt mich am Geländer fest, während ich die Treppe wieder hinaufging, und schenkte Marti ein liebevolles Lächeln.

»Diese Crème brûlée war fantastisch«, sagte ich zu ihm, während ich auf die Bank rutschte.

»Ich habe dir einen Grand Marnier bestellt. Den trinken wir noch, und dann …«

»Dann fahre ich besser nach Hause, wenn ich morgen für dich Geld verdienen soll.«

»Oh, ich dachte …« Marti sah auf seine Serviette.

»Was denn?«, fragte ich.

»Ach, weißt du, ich habe mich nur gefragt, ob du vielleicht noch Lust hast, auf einen Schlummertrunk mit in meinen Club zu kommen.« Marti schniefte, und an der Art, wie er dieses Klischee brachte, war etwas sehr, sehr Ungewöhnliches.

Es war einer seiner Witze. Ich lächelte. »Ich würde ja sehr gern, aber du weißt, dass ich nicht kann. Ich bin eine überaus respektable Karrierefrau und dazu noch Mutter, weißt du.«

Er sah mich lächelnd an, aber sein Ton wurde sehr ernst, und seine Stimme klang belegt. »Meinst du … Meinst du, du könntest jemals …«

Bitte lass das nicht wahr sein. Nein. Er flirtete einfach immer mit mir – genau wie er es mit vielen anderen Frauen tat, obwohl er seit einer Ewigkeit mit Bonnie verheiratet war.

»Haha«, sagte ich und sah mich nach dem Kellner um, damit er uns die Rechnung brachte. »Vielleicht hatten wir zu viel Champagner.«

Aber dann nahm er meine Hand und sah mir tief in die Augen. »Ich war schon immer verrückt nach dir …«

»Oh, mein Gott.« Ich begann, von der Bank aufzustehen, und befreite meine Hand aus seiner.

»Setz dich, bitte setz dich«, sagte Marti. »Hör mich einfach an.«

»Das meinst du nicht ernst, du hast nur zu viel getrunken. Du weißt, dass du verheiratet bist.« Ich versuchte, freundlich zu klingen, einen leichten Ton beizubehalten, und setzte mich wieder. Würde ich in einer Minute aus einem weiteren qualvollen Traum aufwachen?

»Nicht *sehr* verheiratet, du weißt, dass ich nicht *sehr* verheiratet bin. Bonnie und ich, du weißt das, komplizierte Sache … Jahre über Jahre … Dachte nie, du würdest je frei sein … Immer dieser verdammte Ehemann im Weg …«

Mein Gott, die arme Bonnie. Kein Wunder, dass sie lieber auf dem Land wäre.

Ich wurde wütend, um ihret- und auch um meinetwillen – das hier war Marti, den ich immer für meinen Mentor gehalten hatte. Ganz langsam sagte ich: »Das schmeichelt mir wirklich sehr, aber du weißt, dass ich niemals mit jemandem etwas anfangen werde, der verheiratet ist. Du bist mein Boss, Herrgott noch mal … Hör zu, morgen früh wirst du vergessen haben, dass du das alles gesagt hast, und ich auch.« Aber meine Stimme war laut geworden.

»Psst.« Marti sah zu den anderen Tischen, wo alle Leute es geflissentlich vermieden, sich umzudrehen. »Nein, so ist das nicht, du weißt, dass es nicht so ist … Ich bin wirklich scharf auf dich … Und ich dachte nur, dass du jetzt vielleicht, du weißt schon, wo du allein bist und das alles, dass du mich vielleicht mit anderen Augen siehst …«

»Hör zu.« Ich versuchte, so ruhig wie möglich zu bleiben. »Ich habe dich immer wirklich gemocht und respektiert, aber … es ist ausgeschlossen, dass ich deine … Geliebte werde.« Ich begann, an meiner Handtasche zu ziehen, versuchte, meine Kreditkarte zu zücken. Was ich wirklich sagen wollte, war: »Herrgott noch mal, du solltest mein guter Freund sein. Hast du irgendeine Ahnung, wie ich mich im Moment fühle, und dann kommst du daher und sagst so was?«

»Ich hab es nicht so gemeint … Ich dachte nur, ich könnte mich um dich kümmern, weißt du, ein bisschen.« Jede Spur des selbstbewussten Moguls war verflogen. Ich wollte am liebsten weinen – dieser Mann, den ich immer bewundert hatte, reduzierte sich gerade auf jemanden, der sagte: »Ich bin einsam, Ami, nur ein dummer alter, einsamer alter Mann. Ich dachte nur …«

Wie konnte er nur! Ausgerechnet jetzt! Bei all dem anderen, mit dem ich zu kämpfen hatte! Verstand er denn nicht, wie *gebrochen* ich war?

Ich schaffte es, eine Mastercard aus meiner Handtasche zu ziehen. »Wolltest du wirklich meine Hilfe bei deinem Pitch?«

Marti begann wieder, nach meiner Hand zu greifen. »Teufel noch mal, Frau, du weißt, dass ich dich für den besten Kopf halte, den diese verdammte Firma je hatte. Komm mir jetzt nicht auf diese unsichere Tour.«

Ich winkte wie wild nach dem Kellner, der so getan hatte, als würde er von dem kleinen Tumult an unserem Tisch gar nichts mitbekommen; aber andere Gäste hatten aufgesehen, und einige würden Marti zweifellos erkennen. »Die Rechnung, bitte.«

»Sei jetzt nicht albern«, sagte Martis mit kläglicher Miene. »Ich habe alles ernst gemeint, was ich je gesagt habe. Ich wollte auch nicht … du weißt schon … respektlos sein. Und mach kein Theater wegen der Rechnung … Das geht auf mich, das weißt du.«

Ich stand auf und versuchte, ihn und meine Umgebung anzulächeln, um zu zeigen, dass an Marti Goldwyns Tisch alles in bester Ordnung war. »Hör zu, ich glaube, es ist am besten, wenn ich jetzt gehe und wir nicht mehr darüber reden. Du weißt, wie sehr ich dich schätze.«

»Ami, ich habe eben einen Riesenfehler gemacht. Wir vergesse das alles wieder.«

»Mach's gut«, flüsterte ich. Tränen traten mir in die Augen, während ich durch das Restaurant lief, die Straße hinuntereilte und mir ein schwarzes Taxi heranwinkte. Während ich mich in die Zuflucht des Ledersitzes sinken ließ, drückte ich auf Livs Kurzwahl.

Zu meiner Beunruhigung schien sie das Problem gar nicht zu sehen. »War doch klar, dass er dich anmachen würde, sobald du geschieden wirst«, meinte Liv, als wäre ich sechzehn und schrecklich naiv. »Er ist seit einer Ewigkeit verrückt nach dir.«

»Ich dachte, er sei nur charmant«, sagte ich.

»Ich weiß, er ist ein alter Bock, aber lass es nicht an dich heran. Du wirst dich daran gewöhnen müssen, dass Leute dir eindeutige Angebote machen. Du wirst dich noch früh genug ärgern, wenn sie es nicht tun.«

»Das ist doch lächerlich. Ich bin nicht interessiert an anderen Männern.«

»Na ja, sie scheinen aber interessiert an dir zu sein.«

Dann schluchzte ich laut auf, und der Fahrer tat, als könnte er mich durch die Glasscheibe nicht hören. Liv befahl mir mehrmals, mich zu beruhigen. Während das Taxi um die Ecke am Tufnell Park bog, sagte ich immer wieder: »Wie kann mir das alles passieren, Liv? Wie kann das mein Leben sein?«

Am nächsten Morgen schickte Marti mir einen riesigen Strauß Kohlrosen und eine Nachricht, dass es ihm sehr leidtäte. Ich gab die Rosen direkt an Bridget weiter, bedankte mich bei ihr für ihre Unterstützung und war erleichtert, als ich hörte, dass er nach Paris geflogen war.

Ich versuchte, mich zu konzentrieren, und arbeitete jeden Tag möglichst viele Stunden, wenn ich nicht gerade schlafen, die Kinder baden, sie zur Schule bringen oder mich einfach nur duschen oder etwas essen musste. Lars rief die Kinder an, wenn ich in der Firma war, berichtete mir Luba, aber mich rief er nicht an. Sie ging jeden Abend, aufgebrezelt und lächelnd, mit Guy Gates aus. Ich war froh, das Haus für mich zu haben.

Eines späten Abends – während ich über einer Tabelle am

Küchentisch saß und dabei eine Flasche Roten leerte – kam mir die Erkenntnis: Ich kämpfte um meine Ehe nicht genauso, wie ich darum kämpfte, einen Werbeauftrag zu gewinnen. Ich schob die Maus beiseite und lehnte mich auf meinem Stuhl zurück, das Weinglas in der Hand.

»Du willst deine Familie retten, aber du flehst ihn nicht an zu bleiben«, behauptete der Teufel des Zweifels auf meiner linken Schulter.

»Aber wie viel mehr Demütigung soll sie denn noch ertragen?«, fragte der Engel der Angst auf meiner rechten. Ich dachte an Marti, der mich angemacht hatte, wie ich Leuten erklären müssen würde, dass ich abserviert worden war; wie zurückgewiesen ich mich die ganze Zeit fühlte, wie Lars mich nach allem, was wir einander versprochen und zusammen durchgemacht hatten, verlassen hatte. Wie er mich noch mehr demütigen könnte, wenn er mich noch einmal abwies. »Wo ist dein feministischer Stolz?«

Ich schüttelte den Kopf. Wenn ich ihn bat zurückzukommen, würde ich dieses einsame Leben, bei dem er auf Reisen war, während ich zu Hause versuchte, alle Fäden zusammenzuhalten, für akzeptabel erklären. Er hatte mir so oft versprochen, sich zu ändern. Selbst in den letzten Monaten bei der Paartherapie hatten wir Zeitpläne vereinbart und Absprachen getroffen – wie viele Tage er fort sein würde, wie er sich darum kümmern würde, dass jemand anders die Auslandsreisen übernahm, dass er bei der Expansion in neue Länder auf die Bremse treten würde, um mehr Zeit für unsere Familie zu haben. Jedes Mal hatte er es aufrichtig versprochen und war danach ein oder zwei Tage mehr als anwesend, pfiff in der Küche vor sich hin oder spielte vor dem Schlafengehen mit den Kindern, nur um jedes Mal ebenso schnell wieder verschwunden zu sein, weil er auf einen »Notfall« in der Firma reagieren musste und dafür die Krise in seiner Ehe links liegen ließ.

»Es ist noch einen Versuch wert«, sagte der Teufel.

»Denk an deine Würde«, sagte der Engel.

»Wen kümmert denn Würde, wenn es Kinder gibt, an die man denken muss? Und er ist der Mann, den du liebst.«

»Der Mann, der gegangen ist und dir gesagt hat, dass du die Scheidung einreichen sollst.«

»Aarggh, haltet doch den Mund!«, sagte ich laut zu allen beiden. Bevor ich noch länger an meine Vernunft appellieren konnte und mithilfe zweier großer Gläser Wein griff ich zum Telefon und drückte auf Lars' Namen.

Während es in einem ausländischen Klingelton läutete, holte ich tief Luft. Vermutlich würde er einen Blick auf sein Display werfen, sehen, dass ich es war, und auf die Entsprechung von »Nein, vielen Dank« drücken. Aber dann war da seine Stimme, leicht verzögert durch die Leitung: »Ami? Ist mit den Kindern alles in Ordnung?« Er klang etwas schläfrig.

»Jaja, alles in Ordnung … Ich wollte nur mal mit dir reden.«

»Okay … Geht es um die Scheidung?«

»Geht es nicht bei allem darum?«, sagte ich und schwieg einen Moment. »Hör zu, ich glaube, wir müssen reden, jetzt, wo … na ja, jetzt, wo sich der Staub gelegt hat.«

»Jetzt, wo wir uns beruhigt haben?« Es war schwer, irgendetwas aus seinem Tonfall herauszuhören.

»Können wir auf FaceTime reden?«, fragte ich. »Ich würde gern ein richtiges Gespräch führen.«

»Okay«, sagte er tonlos. »Ich rufe dich zurück.«

Ich drückte auf Beenden, und dann dachte ich panisch, wie grässlich ich aussehen musste mit meinem ganzen verlaufenen Make-up und den strähnigen Haaren, nachdem ich tagelang so hart gearbeitet hatte, dass Trockenshampoo das Einzige war, wofür ich noch Energie aufbringen konnte. Aber ich hatte keine Zeit, etwas dagegen zu unternehmen, da das FaceTime-Signal bereits auf meinem Laptop losträllerte. Ich drückte auf Annehmen, und ein Bild von Lars in einem beige gestrichenen Hotelzimmer an einem Schreibtisch erschien auf dem Bildschirm. Er sah genauso geschafft aus, wie ich mich fühlte.

»Hallo«, sagte ich mit einer Stimme, die, wie ich hoffte, ein klein wenig liebevoll klang.

»Hallo«, sagte er. »Also, was ist los?«

»Was los ist, ist, dass meine Ehe auf Grund gelaufen ist«, sagte ich beinahe flüsternd. »Und ich muss die ganze Zeit denken, dass wir vielleicht noch nicht alles versucht haben und … Lars, ich will mich nicht scheiden lassen.«

Da. Ich hatte es gesagt. Der Teufel des Zweifels hatte gewonnen.

Lars seufzte und schüttelte den Kopf. »Hör zu …«, begann er.

Ich unterbrach ihn. »Wir haben grässliche Dinge zueinander gesagt, als wir richtig wütend waren, und ich habe mich gefragt … Na ja, ich denke ständig nach. Ich sehe die Kinder, und mein einziger Gedanke ist, wie viel besser es für sie wäre, Eltern zu haben, die miteinander verheiratet sind, und ich …«

»Ich weiß das alles«, sagte Lars. »Aber wir sind Eltern, die miteinander im Krieg liegen. Das geht jetzt schon seit Jahren so, und ich kann nicht erkennen, dass es irgendwie besser wird. Wir streiten uns ständig, machen uns gegenseitig unglücklich. Wir können keine vierundzwanzig Stunden zusammen verbringen, ohne dass einer von uns ausrastet.« Er sprach langsam und zögerlich, und seine Miene war traurig. »Das ist nicht gut für sie. Diese Todesbesessenheit von Tess könnte darin ihre Ursache haben.«

Mein Herz verkrampfte sich vor Schuldgefühlen. »Deswegen müssen wir ja … Wir müssen versuchen, es ihnen zuliebe wieder hinzukriegen.« Ich kämpfte verzweifelt weiter. »Wir könnten versuchen, etwas mehr … Wir könnten versuchen, etwas besser …«

Er schüttelte den Kopf. »Wir haben so viel versucht. Ich meine, denk doch bloß mal darüber nach, wie viel wir *geredet* haben.« Er meinte die Stunden auf dem Sofa nach unseren Streitereien in den alten Zeiten und, in letzter Zeit, die Eheberatung, die in der Sackgasse unserer Ehe zu der einzigen Gelegenheit geworden war, überhaupt noch über unsere Gefühle zu sprechen. Die restliche Zeit wurde nur noch geschrien. Dann dachte ich zurück an all die Sitzungen bei der Paartherapie, wo er einfach nicht aufgetaucht war; als ich einfach nur vor Sasha, unserer Therapeutin, geweint hatte, während sie mir Taschentücher reichte. »Und außerdem«, fuhr er fort, »wirst du nicht auf einmal glücklich werden. Du wirst dich nicht in jemanden verwandeln, der mich anlächelt, wenn ich zur Tür hereinkomme.«

Autsch, das tat weh. »Ich lächele, wenn du nach Hause kommst. Es ist das Weggehen, das ich nicht ertrage.«

»Es erschöpft mich einfach«, sagte er.

»Es erschöpft *dich?*«, fragte ich. Was war denn mit mir, allein zu Hause mit den Kindern oder dabei, mir den Arsch aufzureißen, um meine Firma zu retten? Aber ich hatte es vermasselt. Sein Gesicht verzog sich zu einer Miene, die ich nur zu gut kannte. Sie hielt mir den Spiegel vor: Er wünschte, ich könnte die alte, lachende Ami sein, nicht diese Hexe, die ihn nicht verstand und so viele Forderungen stellte.

»Die Firma hätte eine bessere Zukunft für uns alle zusammen bedeuten können, aber das kannst du einfach nicht sehen.« Er klang steif und kalt.

Die Ironie war, dass ich *so* klar sehen konnte, was ich wollte – dass er und ich Hand in Hand gingen, ohne irgendetwas, das uns auseinandertrieb. Ich sah es vor mir, wie wir *Zeit* zusammen verbrachten, zu zweit und als Familie mit Tess und Finn. Aber seine Zukunft schien sich nur um das ganze Zeug zu drehen, das mit diesem alten Traum von dem Glyzinienhaus einherging, nur dass wir keine flauschigen Blumen hatten und er nicht wirklich *da* war. Stattdessen saß er in einem ausländischen Hotelzimmer, während ich mit den Kindern allein war.

Ich verkniff es mir, das laut auszusprechen. Stattdessen sagte ich: »Wir könnten es noch einmal versuchen, ein paar Regeln festlegen und uns auch wirklich daran halten …«

»Hör zu, ich bin müde, du bist müde, und wir kommen überhaupt nicht weiter«, sagte Lars etwas freundlicher, aber dann fuhr er fort: »*Du* hast mir gesagt, du könntest nicht mehr so weiterleben, erinnerst du dich? *Du* hast mir gesagt, du würdest gehen, wenn ich es nicht tue.« Ein Flashback eines Streits vor ein paar Wochen, als ich versucht hatte, ihm ein Ultimatum zu setzen. Ja, das hatte ich gesagt. War das der Moment gewesen, in dem er sich entschieden hatte, mich zu verlassen?

»Aber …«, begann ich, und die Tränen kamen wieder. Ich war genauso schlimm gewesen wie er. Aber ich konnte es mir nicht verkneifen zu sagen: »Wenn du bei uns sein wolltest, dann wärst du es auch.«

»Siehst du?«, sagte Lars. »Es geht schon wieder los.«

»Ich wollte nur einen Ehemann, dem ich nicht völlig scheißegal bin«, sagte ich. Inzwischen weinte ich haltlos. Ich konnte nicht aufhören, obwohl ich wusste, dass ich vermutlich gerade den letzten Nagel in den Sarg unserer Ehe hämmerte, während ich versuchte, sie wieder zum Leben zu erwecken.

»Hier ist es ein Uhr morgens«, sagte Lars.

»Und ›hier‹ heißt …?«, fragte ich.

»Ich glaube, ich bin in Frankfurt«, sagte er und klang ein klein wenig reumütig, bevor er wieder auf sein Thema zurückkam. »Es ist wieder derselbe alte Streit, und ich bin müde … Bei euch drüben muss es Mitternacht sein. Wir müssen ins Bett.«

Ich sah auf den Bildschirm, wo mein Ehemann aus einem anderen Land zu mir zurückstarrte, und dachte nur, dass wir zusammen ins Bett gehen sollten.

»Du tust mir wirklich sehr, sehr weh«, sagte ich zu ihm, während mir die Tränen übers Gesicht liefen.

»Geh schlafen, Amelia«, sagte er, und dann wurde der Bildschirm schwarz.

Meine Schultern bebten, als ich aufstand und zum Bett taumelte.

Die Liebe hatte uns auf Arten grausam gemacht, die mich schockierten, aber das Ende davon war brutal.

Als ich am nächsten Morgen mit einem Brummschädel aufwachte, wusste ich, dass ich die grimmige Erkenntnis akzeptieren musste, dass es zu Ende war.

Am nächsten Tag stellte Lars klar, dass er dasselbe dachte, indem er mir die »Unter Vorbehalt«-Tabelle mit einer Nachricht schickte, die lediglich lautete: »Wie neulich besprochen.«

Ich griff prompt zum Telefon und vereinbarte einen neuen Termin bei Cathy. Dann ließ ich die Kampagne für einen Abend ruhen und verbrachte ihn stattdessen damit, die Gründe, warum ich nicht länger mit Lars zusammenleben konnte, so hart hinzukritzeln, dass ich durch das Papier hindurch Spuren auf dem Küchentisch hinterließ. Ich war so wütend und verletzt, dass ich nicht einmal mehr weinen konnte.

»Sind Sie sicher?«, fragte Cathy, als ich in ihr Büro kam.

»Absolut sicher«, sagte ich von der anderen Seite des Schreibtischs.

»Zunächst einmal hoffe ich natürlich, Ihnen helfen zu können, Ihr Zuhause zu behalten. Unser Heim ist schließlich unsere Burg.«

Ich fragte mich, wie ihr Zuhause wohl sein mochte, mit Jeremy. »Wo leben Sie eigentlich?«

»In einem kleinen Haus in Bromley.« Sie lächelte vor sich hin.

»Meinen Sie, er versucht, mich auszutricksen?«, fragte ich und zeigte auf die Tabelle mit unseren Geldangelegenheiten, die vor ihr lag.

»Das ist schwierig, ohne eine vollständige Offenlegung der Finanzen«, antwortete Cathy. »Wir werden an seine Firmenkonten – *alle* – herankommen und sie gründlich durchforsten müssen.«

»Ich will keine unnötige Konfrontation«, meinte ich, während ich mir eine lange und langwierige gerichtliche Auseinandersetzung um unser wenig beeindruckendes Reihenhaus vorstellte.

»Natürlich nicht.« Cathy zwinkerte mir zu. »Aber wir sollten die Gegenseite nie unterschätzen. Nach allem, was ich sehen kann, brauchen Sie, wenn Sie dieses Haus behalten wollen, einen dicken Batzen Geld von Ihrem Mann und werden weiterhin so hart arbeiten müssen, wie Sie können. Das wird die Ansicht des Gerichts sein.«

»Mein größter Kunde ist gerade pleitegegangen.«

Cathy lächelte teilnahmsvoll, dann zeigte sich ein Funkeln in ihren Augen. Sie war wie eine dieser Großkatzen bei David Attenborough, die sich träge in der Sonne rekeln, bis es Zeit ist, mit der brutalen Jagd zu beginnen. »Umso mehr ein Grund, eine gute Ausgleichszahlung von der Gegenseite zu bekommen.«

Lars war jetzt »die Gegenseite«. Es klang passend, so wie er sich benahm. »Also, wie geht es jetzt weiter?«

»Haben Sie sich Ihre Gründe überlegt?«

»Absolut.«

»Ich *liebe* eine effiziente Mandantin«, meinte Cathy, während sie ihren Füllfederhalter zwischen den Fingern drehte.

»Erstens einmal würde ich gern sagen, dass er weniger als drei Vierzehntel seiner Woche in meiner Gesellschaft und der meiner Kinder verbringt, und da ist die Schlafenszeit schon eingerechnet.«

»Drei Vierzehntel?«

»Ich habe es ausgerechnet.«

»Hmm, Sie armes Ding. Trotzdem, ich schlage vor, wir schreiben, dass er einen beträchtlichen Teil der Zeit nicht im ehelichen Zuhause verbringt und Sie allein lässt«, sagte Cathy. »Der Richter wird das vielleicht besser verstehen als Bruchzahlen.«

»Klingt aber langweilig, oder?« Ich hatte viel Zeit damit verbracht, halbe Stunden zusammenzuzählen, um die exakte Wahrheit zu ermitteln.

»Nächster Punkt?«

»Er übernimmt keinerlei Verantwortung für die Kinderbetreuung oder die Haushaltsführung.«

»Wie würde es klingen, wenn wir sagen: ›Mein Ehemann leistet keinen Beitrag zur Haushaltsführung und wenig Beitrag als Elternteil‹?«

»Das bringt es auf den Punkt.«

»Und es trifft zu?«

Ich fühlte mich kläglich. »Na ja, wenn er mit den Kindern zusammen ist, ist er fantastisch, aber das ist einfach immer seltener der Fall, das heißt, ja, es trifft zu.«

»Nummer drei?«

»Seine Karriere ist ihm wichtiger als meine, obwohl ich zu unserem gemeinsamen Nutzen immer extrem hart gearbeitet habe.«

»Aber Sie verdienen nicht so viel wie er? Manche Frauen verdienen mehr, wissen Sie?« Eine kurze Wolke schien in ihren Augen vorbeizuziehen. War es das, was sie getan hatte? Hatte sie Jeremy in einem Stil vom Verteilzentrum ferngehalten, an den er sich gewöhnt hatte?

Ich konzentrierte mich auf die Frage. »Na ja, nein, aber in der ersten Zeit, als er seine Firma aufgebaut hat, habe ich mehr verdient. Ich habe uns beide unterstützt, und vor dieser ganzen Geschichte jetzt war ich eigentlich ganz erfolgreich ...«

»Und dann sind es die Ehefrauen, die angeblich ihre Männlichkeit untergraben, sie entmannen und in der Folge aus tiefstem Herzen leiden«, fuhr Cathy fort, als hätte ich gar nichts gesagt. Ah, in dem kleinen Haus in Bromley herrschte also auch nicht nur eitel Sonnenschein.

»Na ja, das ist in unserer Ehe eigentlich nicht der Fall«, meinte ich.

Cathy holte tief Luft und schüttelte den Kopf, als würde sie in die Wirklichkeit zurückkehren, während ich sprach.

Ich sah in meinen Schoß. »Nummer vier? Wir sind nicht länger Liebende oder auch nur Freunde.«

Kapitel 12

2008

Lars und ich saßen zusammengezwängt in einer Ecke im Balthazar, dem brechend vollen Bistro in Soho, New York, eine Silberplatte mit zerstoßenem Eis zwischen uns, und versuchten zu entscheiden, ob die fleischigen Westküsten-Austern besser schmeckten als die dünnen von der Ostküste.

»Bei denen hier braucht man mehr als einen Schluck, um sie runterzukriegen«, sagte ich. »Die anderen rutschen einfach durch.«

Lars goss etwas Schalottenessig über eine andere; sein Lächeln war ebenso breit wie meines. »Ich brauche keine Aphrodisiaka, aber wenn sie so schmecken, sollten wir jeden Tag welche essen.«

Um uns herum redeten New Yorker ohne Pause. An runden Tischen rangelten lärmende Familien miteinander um Aufmerksamkeit. Riesige Spiegel, silbrig vom Alter, hingen an den Wänden.

»Austern schmecken mit reichlich Pommes so viel besser.« Ich schaufelte mehrere bleistiftdünne Pommes frites aus der Papiertüte vor mir. Dann erhob ich mein Champagnerglas vor ihm – wir hatten die billigste Flasche auf der Karte bestellt, und sie kam nicht aus Frankreich – und legte den Kopf schief. »Auf dich.« An diesem Morgen, hoch oben in einem Glastower an der Avenue of the Americas, hatte Lars endlich Verträge mit Investoren unterzeichnet, die dafür sorgen würden, dass i-patent sich von einer hochfliegenden Idee in ein potenzielles Unternehmen verwandeln konnte – wenn er noch ein paar Tausend Stunden harte Arbeit investierte.

Ich hatte unten in der Art-déco-Lobby gewartet und zugesehen, wie New Yorker mit Kaffeebechern in den Händen zu ihren Meetings eilten. Ich hatte beide Daumen gedrückt und gebetet, dass der Deal durchging. Ich hatte Lars den ganzen Abend in einem winzigen, schmuddeligen, aber trotzdem kaum bezahlbaren Hotelzimmer tief im East Village seinen Pitch üben lassen, aber es schien unmöglich, dass unser Schicksal sich wirklich zum Besseren wenden würde.

Damals lief meine Karriere ziemlich gut, aber Lars hatte noch immer einen Haufen Teilzeitjobs, um seinen Anteil an der Miete zu bezahlen, während er sich abrackerte, um i-patent ans Laufen zu bringen. Wir lösten uns jeden Morgen im Bett voneinander – inzwischen lebten wir in einem gemeinsamen Zimmer in einer anderen Wohnung unseres Mietshauses, nachdem Liv auf Reisen gegangen war –, und während ich Bürokleidung anzog, schlüpfte Lars in ein Polohemd, immer mit dem Logo der jeweiligen Firma, für die er in dem Moment Lastwagen fuhr. Er weigerte sich, sich irgendeinen anderen Job zu suchen, und sagte, er bräuchte seine ganze geistige Energie, um die Finanzierung, die er benötigte, auf die Beine zu stellen.

Inzwischen war ich bei Goldwyn zum Senior-Account-Manager befördert worden. Ich ging zu Meetings, in denen ich ständig damit rechnete, dass Kollegen und potenzielle Kunden mir sagten, ich wüsste nicht, wovon ich redete. Stattdessen hörten sie mir zu. Kurz zuvor hatte ich es auf eine der hinteren Seiten von *Campaign* geschafft, als »eine, die man im Auge behalten sollte«, und der große Boss, Marti, hatte angefangen, mich zur Kenntnis zu nehmen.

»Sie sind der Schlaukopf, stimmt's?«, hatte Marti gedonnert, als er mich eines Tages im Aufzug traf. Ich lief vor Freude rot an und murmelte irgendetwas davon, dass ich eigentlich nicht wirklich ein Schlaukopf sei, und er erwiderte, als sich die Türen in der Goldwyn-Lobby öffneten: »Nehmen Sie ein Lob an, wenn Sie es kriegen. Die richtige Antwort ist: ›Danke – was ist die nächste Herausforderung?‹« Ich hatte nervös gelacht und jede Minute genossen.

In New York, als die Aufzugtür aufging und Lars herauskam, hatte ich zu jedem Gott, an den ich nie geglaubt hatte, gebetet, dass er den Deal bekam. Er schenkte mir ein leises Lächeln, das zu dem Ausdruck seiner Augen passte, aber er wartete, bis wir durch die Drehtür auf den Gehsteig hinausgegangen waren, bevor er aufjauchzte, mich hochhob und durch die Luft wirbelte.

»Ist das hier wirklich echt?«, flüsterte ich.

»Für dich und für mich«, flüsterte er zurück. »Ich liebe dich, *älskling*.« Es fühlte sich wie Teamarbeit an, als wäre jeder Satz dieses Pitchs in meinem Gehirn vorformuliert worden.

Wir gingen den ganzen Weg in die Innenstadt zu Fuß, zwanzig Blocks weit in dem seltsam schmalen Streifen Sonnenlicht, der es irgendwie zwischen den Hochhäusern hindurch nach unten geschafft hatte. Während wir gingen, berichtete er mir in allen Einzelheiten von dem Pitch, und wie er jetzt endlich in der Lage sein würde, ein paar Apple-Rechner zu kaufen.

»Das ist erst der Anfang. Ich freue mich so! Ohne dich hätte ich das nicht geschafft. Und ich tue das für uns – wir werden eine perfekte Familie haben, Ami.«

Ich nahm Lars' Hand und schlenderte an seiner Seite über

die breite New Yorker Avenue. Er trug seinen einzigen Anzug – ohne Krawatte, aber mit einem blauen Hemd, das wir an diesem Morgen in dem ekelhaften kleinen Duschbad des Hotels aufgehängt hatten, damit sich die Falten im Dampf legen konnten. Er schien so hochgewachsen wie sonst auch, wirkte aber in jeder Hinsicht noch größer. Schließlich waren wir zu dem Schluss gekommen, dass wir es uns zur Feier des Tages erlauben konnten, etwas Geld für einen Lunch auszugeben.

»Wir sollten diese Pommes besser aufessen, denn ich bin mir ziemlich sicher, dass wir uns keinen Nachtisch mehr leisten können«, sagte ich jetzt.

»Du bist ganz schön herrisch«, sagte Lars. Während sein Englisch sich ständig verbesserte und der Singsang sich allmählich zu einem Trällern abschwächte, experimentierte er noch immer mit Wörtern: »Herrisch« war jetzt schon seit einer Weile sein Wort des Augenblicks, immer mit einem breiten Lächeln ausgesprochen.

Als wir den letzten Tropfen unseres falschen Champagners getrunken und das letzte Pommes frites gegessen hatten, gingen wir hinaus in die Abenddämmerung von Soho und weiter durch die Chinatown und zum Fluss hinunter. Ich hatte gehört, dass die Aussicht von der Brooklyn Bridge die beste sein sollte, die es auf Manhattan gab.

Schließlich konnten wir den Hudson riechen. Wir stiegen den Fußweg hoch, der zu den großen Industriebögen über den Fluss führte, schlängelten uns um Karikaturenzeichner und Stände herum, die Plastiknachbildungen des Empire State Building verkauften.

»Du darfst nicht zurücksehen«, befahl ich ihm, »bis wir mindestens die Hälfte geschafft haben.«

»Siehst du? Du bist ganz schön herrisch.« Lars grinste und küsste mich.

Wir stiegen höher und höher hinauf. Über uns bildeten die Stahlseile der Brücke einen Käfig. Dann endlich, als die Brücke sich abflachte, blieb ich stehen, um Luft zu holen, legte Lars die Hände über die Augen und drehte ihn sanft herum. Als ich mich selbst umdrehte, stöhnte ich auf. Unter mir, auf einer winzig aussehenden Insel zusammengezwängt, waren Tausende gläserner Türme, die so aussahen, als würden sie um jeden Quadratzentimeter Platz rangeln. Es wirkte, als wären sie dorthin geworfen und dann immer wieder durcheinandergemischt worden. Und als ich mich im gesprenkelten Licht des frühen Abends noch einmal umdrehte, sah ich das grüne Schimmern der Freiheitsstatue.

Lars zog mich an sich, und wir standen Arm in Arm da und zeigten auf all die Elemente der berühmten Skyline, die wir zu erkennen glaubten.

»All diese Träume all dieser Menschen«, sagte Lars, als wir schließlich wieder hinabstiegen.

Während wir gingen, redeten wir über unsere, und wie sie im Grunde eben erst anfingen.

Kapitel 13

2017

Ben rief an, während ich am Verzweifeln war, weil ich mit dem Pitch nicht vorankam. »Oh, Amelia«, sagte er. »Es ist sehr wichtig, das arbeitende Gehirn zu füttern. Ich weiß, Sie stürzen sich gern in den Stress und die Arbeit, und das ist vermutlich auch der Grund, weshalb Sie so schlank sind, ohne Sport zu treiben, was Liv im Übrigen ein wenig unfair findet, da sie selbst so leicht am Gesäß zunimmt.«

Wie stockbesoffen musste Liv eigentlich gewesen sein, um ihm diesen ganzen Schwachsinn zu erzählen? »Wie läuft's?«, fragte ich.

»Es ist der reinste Wahnsinn. Aber wie ich bereits sagte, es ist sehr wichtig, regelmäßig Pausen einzulegen, um den kreativen Geist nicht auszubremsen, daher habe ich mich gefragt, ob Sie vielleicht Lust haben, einen Happen zu essen. Ich will Sie ja nicht stalken, aber …«

Vielleicht benahmen sich Singles einfach so. Es war so lange her – woher sollte ich wissen, wie es in einer Welt zuging, in der jeder nach links und rechts wischte? »Es tut mir leid, ich habe einen Arbeitslunch mit dem Kreativteam.« Das war gelogen.

»Sie wollten ursprünglich doch selbst eine Kreative sein, oder?«

»Jaja, das wollte ich«, antwortete ich. Wusste er eigentlich alles über mich?

»Richtig. Das war ungefähr zu der Zeit, als Sie einen Freund hatten, der im British Museum gearbeitet hat – lassen Sie mich kurz nachdenken, war sein Name wirklich *Archibus?*«

Ich schnaubte halb staunend, halb empört. Liv hatte ihm nicht nur von mir erzählt, sie hatte ihm meine vollständige ungeschminkte Biografie vorgetragen.

Ich schniefte und entschied, zurückzuschlagen – potenzieller Kunde hin oder her. »Sie müssen sich auf Ihrer eigenen Firmenparty ja ganz schön gelangweilt haben, um sich diesen ganzen Quatsch von Liv anzuhören.«

»Das stimmt. Ich habe mich wirklich gelangweilt, aber dann habe ich Liv getroffen, die versucht hat, mich mit Ihnen zu verkuppeln, wodurch es gleich viel unterhaltsamer wurde.«

»Aber das war alles Blödsinn.«

»Wenn Sie sich doch nur zum Lunch mit mir treffen würden, dann könnten wir überprüfen, wie viel davon wahr ist.«

»Nein«, antwortete ich. »Ist nicht drin.«

Ein tiefes Lachen ertönte am anderen Ende des Telefons. »Nein, ist nicht drin«, äffte er mich nach. »Nie im Leben.«

»Dieses Gespräch wird allmählich sehr kindisch«, sagte ich, obwohl ich mir ein Lächeln nicht verkneifen konnte, »während ich alle Hände voll zu tun habe, um Ihnen die fantastische Arbeit zu präsentieren, die Goldwyn leisten kann. Und während Sie wissen, dass ich mit Ihnen nicht privat ausgehen kann, weil wir einen Wettbewerbspitch am Laufen haben.«

»Na schön. Ich lasse Sie in Ruhe«, sagte er. »Aber, Amelia, fantastische Arbeit ist genau das, was wir brauchen.«

Das Problem war, dass bis jetzt alles Mist war. Und wir hatten nur zwei Wochen Zeit. Ich hatte den ganzen Vormittag in einem frustrierenden Meeting gesessen, nachdem Bridget mich triumphierend darüber informiert hatte, sie und das Kreativteam hätten »einen Durchbruch erzielt«.

»Wir haben die ganze Nacht drangesessen.«

»Du warst *die ganze Nacht* hier?«

»Ja, die ganze Nacht«, bestätigte Bridget selbstgefällig. »Ich rufe die Jungs an, und wir setzen uns in fünf Minuten zusammen, okay?«

Die Kreativen – zwei Typen Mitte zwanzig namens Jake und Luis – kamen grau vor Erschöpfung zur Tür herein, ihre normalerweise spitz abstehenden Haare lagen flach an und sahen fettig aus. Jake trug ein rotes T-Shirt mit einem weißen Schriftzug, der lautete: »Fick dich. Ja, mach ich.« Ich hoffte, dass sie mir etwas präsentierten, was ich schon die ganze Woche hatte sehen wollen. Meine eigenen Ideen waren nur sehr spärlich gesprudelt – es war, als hätte ich irgendeine Art kreative Blockade gehabt.

Bridget ging voran zu dem Tisch in der Ecke, und wir nahmen alle Platz. »Es ist eine Strategie, die ausschließlich auf den neuesten qualitativen Statistiken zur Verbraucherdiversität in der Ziel-A-Käufergruppe in diesem Land beruht«, begann sie.

Ich blinzelte. »Tatsächlich?«

»Wir reden hier von der Renaissance der Handtasche«, fuhr Bridget unbeirrt fort, »als Kunstwerk auf einer Stufe mit der Sixtinischen Kapelle und Michelangelos David …«

»Wollen wir die Ideen nicht einfach für sich selbst sprechen lassen? Dann würde ich sie vielleicht ein bisschen besser verstehen.«

Die beiden Kreativen rutschten auf ihren Plätzen herum.

»Luis?«

»Er«, sagte er und wies mit einer Kopfbewegung auf Jake.

»Jake? Na los, spuck's aus.«

»Die Sache ist die …«, begann Jake.

»Ja?«

»Die Sache ist die, wir sind uns nicht sicher, ob diese Strategie aufgehen würde«, führte er seinen Satz zu Ende. Er weigerte sich, Bridget anzusehen, die knallrot anlief, aufstöhnte und dann selbst loslegte, wobei ihre Stimme sich zu einem unüberlegten Crescendo steigerte: »Aber ihr habt doch gesagt, ihr würdet ihr das nicht sagen. Ihr habt gesagt, ihr fändet es gar nicht so schlecht …«

»Es war sechs Uhr morgens, und wir hätten alles gesagt.« Luis wandte sich direkt an mich.

»Und wir mussten die ganze Nacht bleiben, weil sie mit keinem unserer Vorschläge einverstanden war …« Jake wurde etwas mutiger. »Und deshalb haben wir uns ungefähr um vier Uhr morgens, als wir kurz vor dem Koma waren, diese richtig einfache Idee mit Kunstwerken einfallen lassen …«

»Und sie war begeistert«, warf Luis ein.

Ich zog die Augenbrauen hoch, um Bridget anzusehen, die irgendetwas Nichtssagendes hauchte.

»Und wir haben gesagt, wir würden ihr den Rücken stärken, weil sie am Verzweifeln war … und wir Mitleid mit ihr hatten«, fuhr Jake fort.

Bridget stützte den Kopf in die Hände und presste die Finger an die Schläfen.

»… hat gesagt, keine Sorge, sie würde das schon hinkriegen … sie würde sich etwas einfallen lassen, und Sie würden es ihr abnehmen …«

»*Bridget*«, sagte ich. Hielt sie mich jetzt etwa für so nutzlos, dass ich mich mit einer stümperhaften Idee begnügen würde?

»Und wir haben gesagt, wir würden mitziehen, wenn sie uns dafür einfach nur ein paar Stunden pennen lässt.«

Bridget stöhnte leise auf. Ich war wütend und zugleich voller Mitleid für sie.

»Stimmt das, Bridget?«

»Und dann, als wir eben auf dem Sofa im Konferenzraum aufgewacht sind, habe ich zu Luis gesagt: ›Wir sind nicht die kreativen Köpfe, die wir sein wollen, wenn wir diesen Scheiß durchgehen lassen‹«, fuhr Jake fort.

»*Stimmt das?*«

»Und ich habe gesagt: ›Wir müssen da reingehen und sagen, was wir wirklich denken …‹«

»Es tut uns so leid, Bridget«, sagten sie abschließend im Chor, »aber wir mussten uns entscheiden, unser Ruf oder du.«

Bridget brach in Tränen aus. »Ich wollte euch doch nur Dampf machen, um zu sehen, wie innovativ wir sein können.«

Ich beugte mich vor, um ihr den Rücken zu reiben. Ich hätte hilfreicher sein sollen, anwesender, unterstützender. Und ich hätte mich auch daran erinnern sollen, wie es war, den ersten großen Job zu kriegen, an dem man arbeiten durfte, wenn man Mitte zwanzig und sehr ehrgeizig war.

»Wie beschissen ist es wirklich?«, wollte ich wissen.

»Es ist absolut beschissen.« Luis drehte ein Bild der Decke der Sixtinischen Kapelle um, wo sein grober Stift Handtaschen gezeichnet hatte, die an den nackten Hüften von Engeln befestigt waren.

Es war wirklich grauenhaft. Ich schauderte.

Dann drehte Jake ein Bild der Davidstatue mit einer Campury-Tasche über der Schulter. Es war mehr als ein Affront gegen diese Hommage an die Vollkommenheit des Menschen – es war so ziemlich die primitivste Werbeidee, die vermutlich je einem größeren europäischen Modeunternehmen präsentiert worden war.

»Sie würden aus dem Pitch gelacht werden«, meinte Jake.

Bridget stöhnte wieder auf. »Ich wollte doch nur, dass es perfekt ist. Ich wollte mich beweisen, so wie du es getan hast, und ich dachte, bei alldem, was bei dir im Moment los ist …«

»Du meinst meine Scheidung?« Ich kniff die Lippen zusammen, und Luis und Jake sahen wieder auf ihre Knie.

»Na ja«, flüsterte Bridget, »du weißt schon, einfach alles, was in letzter Zeit los war.«

»Ich lasse mich von meinem Mann scheiden, nicht von meinem Gehirn«, sagte ich so ruhig, wie ich konnte, und versuchte zu lächeln.

»Wird sie jetzt auch in Tränen ausbrechen?«, fragte Luis Jake im Flüsterton.

»Bin mir nicht sicher, bin mir absolut nicht sicher.«

»Schon gut«, sagte ich und sah auf meine lautlos tickende Uhr, die anzeigte, wie die Tage verrannen.

Wenn wir uns nicht bald etwas einfallen ließen, konnte ich mich auf eine regelrecht rituelle Demütigung durch den Mann gefasst machen, der vermutlich die Farbe jedes einzelnen Schlüpfers in meiner Wäscheschublade kannte.

Aber was noch wichtiger war, ich brauchte diesen Auftrag, wenn ich meine Karriere retten und meinen Kindern weiterhin ein festes Dach über dem Kopf bieten wollte.

»Na schön«, meinte ich. Jake, Luis und Bridget warteten, als wäre ich der Dalai Lama und im Begriff, ewige Weisheit zu verkünden. »Hat Bridget irgendwelche brauchbaren Ideen vorgebracht?«, fragte ich die beiden Jungen.

»Es gab eine in der Richtung, wie froh die Kuh war, als Handtasche zu enden«, antwortete Luis.

»Oh, Gott, nein.« Ich stützte das Gesicht in die Hände, genau wie Bridget.

»Oder die mit der Handtasche in Formaldehyd, sehr schön fotografiert, in der Zeit schwebend – Sie wissen schon, bei Hirst geklaut …«

»Klingt schon besser.« Ich sah einen Schimmer von Licht am Ende des Tunnels.

»Aber es gab Probleme mit dem Copyright.« Ich sah das Licht prompt verglimmen und fand mich in beklemmender Finsternis wieder.

Die beiden Jungen blickten niedergeschlagen. Jake fragte, ob sie gehen und eine Runde pennen dürften, um wieder klar denken zu können. »Wir lassen uns was einfallen, Ami«, sagten sie und schlurften davon wie zwei Zombies.

»Du solltest besser auch nach Hause gehen und schlafen«, sagte ich zu Bridget und verabschiedete sie mit einer angedeuteten Umarmung, die mir etwas steif geriet.

Bitte, bitte geh, dachte ich. Ich muss allein sein, um mir den Stress von der Seele zu schreien.

Später an diesem Tag war ich auf dem Weg zu Selfridges, um die dortige Campury-Boutique zu inspizieren und mir mit eigenen Augen ein Bild davon zu machen, wie die Kunden die Taschen annahmen. Ich hoffte auf einen göttlichen Moment der Inspiration. Ich ging die Oxford Street entlang – noch immer erbärmlich kalt – und funkelte dabei all die ausländischen Touristen wütend an. Warum waren die Londoner Gehsteige nicht in Spuren unterteilt, so wie Autobahnen oder Schwimmbecken, damit Leute, die im Stress waren oder irgendwohin und etwas erledigen mussten, zügig laufen konnten?

Mein Handy klingelte. »Amelia? Hier ist Paul.«

»Paul …?«

»Paul Carter – von der Schule.«

»Ist was mit Tess oder Finn?« Panik stieg in mir auf.

»Nein, alles bestens, in Anbetracht der Umstände. Ich habe mich nur gefragt, ob Ihnen in letzter Zeit an Tessas Verhalten zu Hause irgendetwas Seltsames aufgefallen ist?«

Ich stand da, mit dem Rücken zu einem H&M-Schaufenster, in dem Plastikmannequins versprachen, dass das Leben immer billig und fröhlich sein würde.

»Nein, na ja, nichts Außergewöhnliches, aber andererseits …«

»Sie führt auf dem Spielplatz Trauerzüge an, Amelia.« Er sagte es, als wäre meine Tochter dabei erwischt worden, wie sie mit einer Bande Krimineller in Kapuzenpullis Crack verkaufte.

»Oh, verstehe.«

»Sie bringt andere Kinder dazu, in den Pausen an gespielten Begräbnissen teilzunehmen«, flüsterte Mr. Carter. »Das heißt, verstehen Sie, wir müssen hier über eine Intervention nachdenken.«

Interventionen waren für Leute, die Wodka wie Wasser tranken, Kinder von ihren Brüdern bekamen und bei *Jeremy Kyle* auftraten, aber ich sagte: »Ja, ich kann verstehen, dass das vielleicht ein bisschen …«

»Sie reiht Kinder hinter sich und *bekreuzigt* sich, Amelia.«

Ich umklammerte das Telefon fester. *Wenn du nicht Tessas Lehrer wärst,* zischelte ich im Stillen. »Danke«, sagte ich stattdessen. »Ich weiß Ihren Anruf zu schätzen und werde auf jeden Fall alles tun, was ich kann, um Tessa klarzumachen, weshalb sich das auf einem Spielplatz nicht gehört.«

Ich hielt mir eine Faust vor den Mund, um den Schmerz meiner Schuldgefühle zu unterdrücken. Dann drehte ich mich um und streckte die Hand nach dem erstbesten Taxi mit einem gelben Licht aus, das mich zurückbringen würde, um mich um die Kinder mit den gebrochenen Herzen in unserem gebrochenen Zuhause zu kümmern.

Kapitel 14

2009

Es war Mitternacht, Traumzeit, als Lars darauf bestand, dass wir in seinen Wagen stiegen – er hatte sich einen alten, orangefarbenen Mini gekauft, einen Winzling von einem Wagen. Ich wollte an ihn gekuschelt im warmen Bett liegen blieben und nicht in die Kälte hinausgescheucht werden, um mit dem Auto loszufahren. Aber er sprudelte vor Aufregung und Vorfreude, und dem konnte ich nur schwer widerstehen.

»Sag mir wenigstens, wohin wir fahren«, knurrte ich, während wir im Zickzack durch den dichten Londoner Verkehr schossen. Aber ich beklagte mich nicht zu sehr. Seit i-patent.com ans Laufen gekommen war, war er mehr denn je wie eine Bergziege, die genau weiß, dass sie auf dem Weg zu einer saftigen Wiese ist.

»Schscht, herrisches Mädchen.« Er grinste.

Ich kuschelte mich tiefer in den Beifahrersitz und drehte die blecherne Stereoanlage auf, sodass die kitschigen Liebeslieder noch lauter ertönten.

Als wir den Primrose Hill erreichten, holte Lars umständlich einen Weidenkorb aus dem winzigen Kofferraum, forderte mich auf, »in die Gänge zu kommen«, und ging dann voran, den glatten, runden Hügel hinauf. London begann sich unter uns auszubreiten, wie ein Teppich von Swarovski.

Ich schnaufte und keuchte, über meinem Pyjama in meine

Jacke gewickelt. »Ich liebe dich wirklich«, sagte ich, trotz allem, in die Dunkelheit.

»Ich liebe dich auch wirklich«, erwiderte er.

Oben angekommen, entkorkte er eine Flasche Champagner und baute sorgfältig Tupperwaredosen mit Erdbeeren, Hühnchen und Brot auf einer alten Autodecke aus, die er im Gras ausgebreitet hatte.

Der Mond hatte entschieden, mit einem einzigen Scheinwerfer zu strahlen, nur für ein tanzendes Paar gedacht. Ich tat, als würde ich nicht vor Kälte bibbern, und lächelte stattdessen noch breiter. Nur für einen Moment wagte ich zu hoffen, was als Nächstes passieren könnte. Ich hatte natürlich immer wieder von dem Augenblick geträumt, in dem wir bei unserer Geschichte den nächsten Schritt tun würden, genau wie wir es einander geschildert hatten.

»Ich finde, wir sollten heiraten, *älskling*«, sagte er.

»Ja, ja, ja«, rief ich.

»Ich liebe dich SO sehr«, sagte er zu mir, als wir uns küssten.

Er hatte einen Ring: es war ein Diamant, der zwar nicht riesig, aber dafür makellos war. Jede Facette schien ihren eigenen Stern am Himmel zu finden. »Er ist wunderschön«, hauchte ich. Leute sagten, dass Herzen sich anfühlen können, als würden sie platzen; meines fühlte sich an, als würde es einen Sternennebel versprühen, wenn es aufsprang.

»Ich habe ihn wegen des Schliffs und der Farbe ausgewählt«, sagte Lars. »Ich habe es recherchiert. Lange.«

Ich wusste, dass er das getan hatte, denn das war seine Art. Ich erhob mich mitten in der eiskalten Nacht oben auf dem Hügel, legte mir die Hände um den Mund, um ein Megafon zu bilden, und begann zu brüllen: »LONDON? HÖRST du mich? Ich werde den MANN heiraten, DEN ICH LIEBE!«

Kapitel 15

2017

»Tess, Finn«, rief ich, während ich die Haustür öffnete. »Meine Lieben, Mummy ist zu Hause.«

Ich hörte Getrampel aus dem Spielzimmer, und Tessas Gesicht tauchte um die Tür auf. »Ist dir wieder schlecht?«

»Nein, mein Schatz. Ich wollte nur ein bisschen Zeit mit euch verbringen.«

Tessa lächelte unsicher.

»Wo ist denn Luba? Und wo ist Finn?« Ich nahm sie hoch und bedeckte ihr Gesicht mit Küssen.

»Ich habe ihn begraben«, antwortete Tessa.

»Du hast *was?*« Ich setzte sie ab und marschierte zur Spielzimmertür. Als ich sie aufdrückte, stand ich vor einem riesigen Haufen mit Kissen – den bunten IKEA-Kissen vom Spielzimmersofa, den Daunen-Zierkissen von der Sitzbank in der Diele, den Kopfkissen von meinem Bett und Tess' und Finns Betten –, der sich in der Mitte des Zimmers zu einem rechteckigen Berg auftürmte. Obenauf lagen, wie es aussah, die welkenden Narzissen, die heute Morgen auf dem Küchentisch gestanden hatten, jetzt abzüglich ihrer Vase.

Es war eine makabre und naive Inszenierung. Und es war auch ein Grab.

Ich erbebte vor Angst und stöhnte auf. »Tess, wo ist Finn?«

»Im Grab.« Tessa zeigte auf den Boden des Berges erdrückender Kissen.

»Oh, mein Gott.« Ich ließ mich auf die Knie fallen, warf jedes Kissen zur Seite, die Narzissen nach links, meine Kopfkissen nach rechts. »Finn! Geht es dir gut? Oh, Finn.«

Und da, am Boden des Haufens, als ich das große Bodenkissen wegnahm, das sein Gesicht bedeckt hatte, fand ich Finn mit geschlossenen Augen und ohne die übliche gesunde Röte auf seinen Wangen.

Dann schrie ich wieder: »Oh, mein Gott!« Ich umklammerte seinen Kopf, Tränen vermischten sich mit meinem heißen Atem, und ich konnte nicht sagen, ob Finn meine Luft teilte oder nicht. Ich packte ihn bei den Schultern und zog seinen schlaffen Körper in meinen Schoß.

»Ist er richtig tot?«, stöhnte Tessa vom Türrahmen.

»Natürlich bin ich nicht richtig tot«, sagte Finn und schlug die Augen auf.

Mein Atem klang wie eine Dampflok. »Oh, ich dachte, du wärst vielleicht erstickt«, sagte ich keuchend zu ihm.

»Was heißt erstickt?«, fragte Tessa hinter mir, und auf einmal war sie da, ebenfalls auf meinem Schoß.

Ich wiegte mich hin und her, die Kinder fest an mich gedrückt. Tränen liefen mir übers Gesicht. Was alles hätte passieren können! Mein Herz hämmerte wild, und meine Gedanken liefen Amok: Tod, der unglaubliche, unvorstellbare Verlust, das »Was, wenn ich nicht nach Hause gekommen wäre?« Und wo zum Teufel steckte eigentlich Luba? Ich schüttelte den Kopf und rief ihren Namen, aber es klang nur wie ein geflüstertes Wimmern, laut in der Absicht, aber nicht in Wirklichkeit. Ich drückte die Kinder noch fester an mich. Sie musste nach oben gegangen sein und sie einfach im Spielzimmer allein gelassen haben.

Schließlich erinnerte ich mich, dass ich diejenige war, die stark sein musste. »Also, erzähl schon, was war hier los?«, flüsterte ich in Tess' Haar.

»Wir haben nur Gräber gespielt«, erklärte Tessa mit einem Schluchzer, der irgendwo aus den Tiefen des winzigen Vulkans ihrer Seele hervorzubrechen schien. »Ich habe so getan, als ob ich Finn begrabe.«

Luba musste sie seit einer ganzen Weile allein gelassen haben, wenn sie einen solch komplizierten Turm aus Kissen hatte errichten können.

»Ich werde nie wieder tot sein«, versprach Finn, während sich das Salz seiner Tränen mit meinen vermischte.

»Das darfst du nie wieder tun«, sagte ich zu Tessa. Ich schob sie ein Stück zurück und sah ihr fest in die Augen. »Deinem Bruder hätte ernsthaft etwas passieren können, wenn er noch länger dadrunter geblieben wäre. Verstehst du das?«

Tessa nickte und schluchzte wieder. »Wir haben nur gespielt.«

»Ich weiß, aber, mein Schatz, du musst aufhören zu spielen, dass jemand tot ist. Hier. Auf dem Spielplatz – keine Beerdigungen mehr. Stell dir bloß vor, welchen Ärger du hättest kriegen können.« Ich musste ein sehr, sehr ernstes Wort mit Luba reden. Vielleicht war sie oben eingeschlafen?

»Aber du wirst sterben«, sagte Tessa an meinen Hals.

»Nein.« Ich nahm ihre Hand und sah sie an. »Du musst anfangen, auf das zu hören, was ich dir sage. Ich werde nicht sterben. Und Daddy auch nicht. Niemand stirbt, und niemand wird sterben, bis er sehr alt und sehr krank ist. Und wenn Leute sterben, dann kommen sie an einen wunderschönen Ort.«

»Werde ich dich im Himmel wiedersehen, Mummy?«

»Hört zu, lasst uns richtig darüber reden.« Ohne die beiden

loszulassen, zog ich sie auf das Sofa hinter mir, wo sich, in Ermangelung der Kissen, die Sprungfedern in meinen Allerwertesten bohrten.

»Erstens einmal wird noch sehr lange niemand in den Himmel kommen. Zweitens, wenn einer von uns dorthin kommt, werden wir eines Tages irgendwann alle wieder an einem Ort zusammen sein.«

»Wieder mit Daddy zusammen?«

Ich holte tief Luft. »Na ja, du und Finn, ihr werdet sowieso immer mit Daddy zusammen sein, und ihr werdet auch immer mit mir zusammen sein. Es ist nur so, dass ...«

»Du bist jetzt nicht mehr mit Daddy befreundet, oder?«, fragte Finn. »Macht nichts, nächste Woche wirst du es wieder sein.«

Ich drückte ihn fester an mich. »Na ja, Daddy und ich haben uns ein bisschen zerstritten«, sagte ich. Tessa sah mich an und wartete darauf, was als Nächstes passieren würde.

»Aber wir werden versuchen, besser befreundet zu sein«, fuhr ich mit mehr Überzeugung, als ich hatte, fort. »Es ist nur so, dass Daddy und ich glauben, dass wir im Moment besser nicht zusammenleben sollten, weil wir uns zu viel streiten.« Es war an der Zeit, aufrichtig zu ihnen zu sein, dachte ich. Es würde offensichtlich kein Zurück mehr geben. Die Bücher empfahlen, dass man sich zusammen hinsetzte, aber ich konnte nicht auf Lars warten, wenn die Kinder Klarheit brauchten.

»So wie ich und Paolo?«, fragte Tessa. Sie redete von einem Mitschüler, gegen den sie eine besondere Feindseligkeit hegte.

»Paolo und ich«, korrigierte ich sie automatisch. »Na ja, so ähnlich. Stell dir vor, du müsstest mit Paolo zusammenleben und würdest ständig mit ihm streiten. Aber die Sache ist die, nur weil Daddy und ich nicht mehr in demselben Haus wohnen, heißt das nicht, dass irgendetwas Hässliches passieren wird. Ihr werdet ihn häufig sehen, und später hat er vielleicht sein eigenes Haus. Und ich bleibe hier und kümmere mich um euch. Das Wichtigste ist, dass wir beide euch sehr lieb haben, und daran wird sich nie etwas ändern.«

»Können wir zu McDonald's gehen?«, fragte Finn.

»Ja«, sagte ich, und beide sahen mich verblüfft an und drückten mir dann einen Kuss auf die Wange. »Geht und zieht euch eure Schuhe an.« Jetzt war es an der Zeit, Luba zu suchen und herauszufinden, was zum Teufel eigentlich los war.

»Luba«, rief ich, als wir in die Diele gingen. »Luba, wo steckst du denn?«

»Sie ist ausgegangen«, sagte Tessa.

»Was soll das heißen, ›*ausgegangen*‹?«

»Sie ist nach drüben zu Guy Gates gegangen.«

»Er hat mir nicht mal ein Fußballtrikot besorgt, der Scheißkerl«, warf Finn ein. »Sie hat gesagt, das würde er tun.«

Ich schüttelte den Kopf und versuchte, mich auf den wichtigeren Punkt zu konzentrieren. »Sie ist nach drüben zu Guy Gates gegangen und hat euch hier allein gelassen?«

»Es ist nur drüben, Mummy«, sagte Tessa, während sie in ihre Jacke schlüpfte.

»Wo, nur drüben?« Ich packte beide Kinder bei den Händen und wandte mich zur Tür. Ich spürte, wie mein Blut vor Wut heiß wurde, als würde es in meinem Körper überkochen. Sie hatte die Kinder allein gelassen, und Finn wäre um ein Haar gestorben.

»Aber ich kann nicht ohne Schuhe zu McDonald's gehen«, beklagte sich Finn, während ich die beiden über die kalten Fliesen der Treppe hinunterscheuchte und die Tür hinter mir zuknallte.

»Du kriegst nasse Socken von der Person, die die Böden wischt.« Tessa stürmte hinter mir her. Ich ging mehr als schnell, ich sprintete, beflügelt von einer Wut, von der ich gar nicht gewusst hatte, dass ich sie in mir trug.

»Socken sind jetzt egal«, sagte ich.

»Guy Gates küsst Luba mit der Zunge«, sagte Finn beinahe ehrfürchtig, während wir in seinen Vorgarten einbogen.

»Guy und Luba sitzen auf einem Baum, und sie küssen sich, man glaubt es kaum«, rief Tess im Sprechgesang, während ich begann, wie wild an seine bläulich schimmernde Haustür zu klopfen.

»Schscht«, sagte ich zu ihr und hämmerte noch härter, sodass das Echo meiner Wut durch die leere Diele hinter der Scheibe hallte. Ich bückte mich, drückte den Briefschlitz auf und begann, den Namen des Au-pairs immer lauter zu brüllen: »Luba …!« Ich hörte, wie mein wütendes Schreien von den Wänden der Diele abprallte.

»Ich glaube, Luba war ungezogen«, sagte Finn.

Schließlich mischten sich unter das Hämmern schwere Schritte auf der Treppe, und hinter der Scheibe begann die gedrungene Gestalt eines Mannes zu brüllen: »Verdammte Scheiße, was ist denn los?«

Er riss die Tür auf, ein fünfundzwanzigjähriger nackter Oberkörper, bedeckt mit verfilzten dunklen Haaren. Ich registrierte kurz, dass Guy Gates nichts als ein knallrotes Handtuch trug und dass er verblüfft auf mein vermutlich ebenso rotes Gesicht starrte. Ich hatte die Faust noch immer erhoben, den unbeschuhten Finn an meiner Seite, Tess dahinter.

»Alles okay, Süße?«, fragte der Fußballer, während ich mich zu meinen ganzen ein Meter fünfundsechzig aufrichtete.

»Nein, verdammt, nichts ist okay«, begann ich zu schreien.

»Wo genau ist *mein* Au-pair, das dafür bezahlt wird, dass sie sich um *meine* Kinder kümmert?«

»Redest du von *meiner* Luba?« Guy blickte verwirrt.

»Wo ist sie? Ist sie oben und lässt sich von dir flachlegen, während sie sich um meine Kinder kümmern sollte? Finn wäre fast gestorben.«

»Ist ja gut, bleib mal entspannt, Süße«, meinte Guy. »Für mich sieht's aus, als ob mit ihnen alles okay ist.«

Was für ein Arschloch! Ich stürzte vor wie ein Gerichtsvollzieher, der versucht, sich gewaltsam Zutritt zu verschaffen.

Guy versperrte mir mit seiner massigen Gestalt den Weg. »Ich seh mal nach, ob Luba dich sprechen will«, sagte er.

»Sie arbeitet für mich, falls es dir noch nicht aufgefallen sein sollte, du ignoranter Vollidiot ...«, schrie ich. »Ich könnte sie verklagen. Ich könnte sie abschieben lassen. Ich könnte ...«

»Luba war sehr ungezogen«, sagte Finn.

»Aber du hast doch gesagt, niemand wird sterben, und jetzt sagst du, dass Finn fast gestorben wäre.« Tessa brach in Tränen aus. »Das ist dasselbe wie ermordet.«

Ich hockte mich neben sie, während ich mich im Stillen verfluchte. »Jetzt sieh nur, was du angerichtet hast«, gab ich trotzdem Guy die Schuld.

»Luba? Schatz? Hier ist jemand, der dich sprechen will.« Guy ignorierte mich und ging zurück in seine Diele.

Ein trotziges Lächeln umspielte ihre Mundwinkel, während sie, einen langen Seidenmorgenmantel lässig um sich wickelnd, die Stufen der Treppe hinunterschwebte. Ich hauchte Worte der Wut wie ein Guppy auf Amphetaminen.

»Oh, hallo, Ami«, sagte sie.

Ich stand auf und umfasste Tessas Kopf, zog sie nah an meinen zitternden Körper. »Was ist denn los?«

»Was zum Teufel los ist, ist, dass sie bei dir aufgehört hat«, meinte Guy.

Ich hauchte noch mehr nichtssagende Worte.

Luba blickte rundum selbstzufrieden. Am Fuß der Treppe angekommen, nahm sie Guys behaarten Muskel von einem Arm und klammerte sich daran.

»Ja«, schnaubte Guy. »Meine Luba wohnt ab jetzt hier. Ich kümmere mich um sie.«

»Ich hier leben?« Luba hatte Augen wie Untertassen.

»Klar kannst du das, Prinzessin«, sagte Guy mit einer Stimme, die belegt von unerfülltem Verlangen war, und neigte den Kopf auf seinem kurzen Hals, um sie zu küssen.

»Luba und Guy sitzen im Bus, oh, mein Gott, und sie geben sich einen Kuss«, flüsterte Tessa.

»Herrgott noch mal«, schrie ich. »Ich habe in meinem ganzen Leben noch nie etwas so Lächerliches gehört …« Dann sah ich, dass ihre Zungen noch immer ineinander verheddert waren wie die Geweihe zweier kämpfender Hirsche. Ich rümpfte empört die Nase. »Was los ist, ist, dass sie gefeuert ist! G-E-F-E-U-E-R-T mit großem G!« Ihre nassen rosa Zungen umkreisten einander, als wollten sie nur sagen: »Du kannst uns mal.«

»Ich zeige dich wegen Kindesvernachlässigung bei der Polizei an«, brüllte ich weiter. »Du wirst abgeschoben und nie wieder mit Kindern arbeiten dürfen.« Ich verkniff es mir, ihre Köpfe gewaltsam auseinanderzureißen, während sie sich systematisch gegenseitig abschlabberten. »Wart's nur ab.«

Ich raffte Finn hoch und marschierte den Fußweg hinunter, wobei ich immer wieder ein »Ekelhaft!« über die Schulter warf. Ich hörte die Tür hinter mir zuknallen.

»Wer kümmert sich jetzt um uns, Mummy?«, fragte Tessa.

»Ich finde schon eine Lösung«, antwortete ich und holte einmal tief Luft. »Also, wer will einen Fischburger?«

Auf einem winzigen Stuhl unter den Bögen von McDonald's kämpfte ich gegen die Übelkeit an, die mir der Geruch von frittiertem Essen bereitete. Ich würde die Polizei anrufen, sobald wir nach Hause kamen. Ich würde die Au-pair-Agentur anrufen und Luba auf die schwarze Liste setzen lassen. Ich würde eine Brandbombe auf Guy Gates' Haus werfen …

Ich rief Parminder an, während die Kinder vor sich hin mampften. Sie war empört. »Oh, das ist ja so grässlich. Ich weiß, sie hatte eigentlich nie ein Lächeln im Gesicht, aber sie schien sich doch immer gut um die Kinder zu kümmern. Und Tessa! Wie kommt sie dazu, sich so zu benehmen?«

Es war Zeit, damit anzufangen, es den Leuten zu sagen. »Es ist wegen Lars und mir«, flüsterte ich. »Wir hatten vor ein paar Wochen einen Riesenkrach – schlimmer als je zuvor –, und er sagt, er will sich scheiden lassen. Natürlich schnappen die Kinder das auf.«

»Ami, du Ärmste! Warum hast du mir denn nichts davon gesagt? Ich hätte doch alles getan, um dir zu helfen. Geht es dir gut? Ich fand ja, du sahst ein bisschen niedergeschlagen aus. Was können wir tun? Soll ich dir eine Kasserolle oder eine Pie oder irgendwas machen?« Darüber musste ich fast lachen. Ich brauchte kein Essen in Terrinen, ich brauchte Heilung für meine Kinder. »Du armes Ding. Du hättest es uns sagen sollen. Hör zu, wir fahren jetzt über die Ferien nach Manchester zu meinen Eltern, aber sobald wir zurück sind, bin ich für dich da …« Wir redeten darüber, einen Therapeuten für Tessa zu finden, Parminder empfahl den staatlichen Gesundheitsdienst NHS: »Die besten Leute, aber man muss warten.«

Erst als ich auflegte, um mich wieder auf Tess und Finn zu konzentrieren, wurden mir die Folgen von etwas bewusst, was sie gesagt hatte: Ferien bedeuteten Kinderbetreuung die ganze Woche lang, und ich hatte nur noch sieben Tage, bevor ich die Arbeit präsentieren sollte, die meine Agentur retten würde. Aber selbst wenn ich eine Betreuung fand, konnte ich die beiden überhaupt allein lassen, nach dem, was passiert war? Ich hatte meine Kinder offensichtlich vernachlässigt. Ich wollte sie in die Arme schließen und sie für immer an mich drücken.

Rings um mich herum aßen glückliche Familien Happy Meals, und ich versuchte, tapfer weiterzulächeln.

»Ich brauche dich, Lars«, flüsterte ich. »Bitte hilf mir.«

An jenem Abend rief ich ihn an. Ich lauschte einem ausländischen Klingelton, zunehmend wütend, bis er bei meinem fünften Versuch endlich abnahm. »Amelia? Nicht schon wieder. In Russland ist es mitten in der Nacht.«

»Lars, es geht nicht um mich – es geht um die Kinder.«

»Oh, mein Gott, geht es ihnen gut?«

»Na ja, jetzt schon. Aber Luba …« Obwohl die Kinder im Bett waren, sah ich immer wieder nach, ob sie noch atmeten, genau wie ich es früher getan hatte, als sie Babys waren. »Luba … Sie ist mit diesem Fußballer in unserer Straße durchgebrannt.«

»Großer Gott, Guy Gates. Soll einer der dämlichsten Spieler in der ganzen Liga sein.«

»Sie hat die Kinder allein gelassen, und sie haben ein Grab aus Kissen gebaut, und Finn hätte ersticken können, und …«

»Das ist ja empörend. Waren sie in ernster Gefahr?«

»Na ja, das hätten sie sein können, aber ich bin früher nach Hause gekommen.«

»Was ist passiert? Bist du sicher, dass es ihnen gut geht?« Seine Stimme schwoll vor der gleichen Panik, die ich selbst vor ein paar Stunden verspürt hatte.

»Ja, es geht ihnen gut ... Ich habe die Polizei angerufen, aber sie haben mir gesagt, das sei eine Angelegenheit für die Agentur, da Au-pairs nicht als richtige Kinderbetreuung eingestuft sind, und es daher *unsere* Schuld wäre ...«

»Kriegen wir jetzt Ärger mit der Polizei? Wusstest du das mit den Au-pairs?«

»Nein, natürlich nicht. Und du? Alle haben Au-pairs, und sie kümmern sich vor und nach der Schule um die Kinder und ...«

»Gott, Amelia, was haben wir getan?«

»Wir haben eine Entscheidung getroffen, die um ein Haar entsetzlich schiefgegangen wäre«, flüsterte ich.

»Gott sei Dank bist du rechtzeitig nach Hause gekommen«, sagte er. »Wie lange geht das schon, was meinst du? Meinst du, sie hat sie schon früher allein gelassen?«

»Tess hat gesagt, sie sei schon früher ab und zu mal weggegangen, aber nie für sehr lange«, antwortete ich. Als ich das gehört hatte, hatte ich den Kopf in die Hände gestützt und Tess gefragt, warum sie mir nichts davon erzählt hätte. Sie hatte gesagt, es hätte ihr eigentlich nichts ausgemacht, da Luba gesagt hätte, sie könne mehr fernsehen. Ich hatte meine Schuldgefühle hinuntergeschluckt und sie angelächelt und ihr das Versprechen abgenommen, solche Dinge nie wieder vor mir zu verheimlichen.

»Ich habe die Agentur angerufen, und sie haben gesagt, sie würden dafür sorgen, dass sie nie wieder als Au-pair arbeitet«, sagte ich zu Lars. »Offenbar gibt es dafür irgendeine Art Register. Aber, oh, Gott, Lars, es war fürchterlich.«

»Schscht«, sagte er so sanft, wie ich ihn schon lange nicht

mehr gehört hatte. »Es ist vorbei. Aber, meine Güte, ich mache mir Sorgen um die Kinder, Amelia.«

»Ich mir auch.«

»Sie brauchen uns jetzt. Ich versuche, so bald wie möglich zu kommen. Ich sollte eigentlich heute nach Hause fliegen, aber hier gab es einen Schneesturm, und alle Flüge sind abgesagt worden.«

Ich erinnerte mich vage, etwas darüber auf Twitter gesehen zu haben, und stöhnte auf.

»Lars, es ist nicht nur das. Ich habe auch ein Riesenproblem mit diesem Pitch – ich habe nicht einmal mehr eine Woche Zeit, und wir haben noch immer keine Idee. Wenn wir den Pitch nicht gewinnen, habe ich überhaupt kein Unternehmen mehr.«

»Das wäre wirklich schade, wo du so hart gearbeitet hast. Aber wenn es nicht klappt, kannst du ja jederzeit zu Marti zurück.«

»Er sagt, das geht nicht, weil er damals so einen Wirbel darum gemacht hat, wie erfolgreich Brand New sein würde.« Es hatte keinen Sinn, ihm von Martis stilvoller Anmache zu erzählen. »Ich brauche einfach deine Hilfe, *bitte*.« Ich versuchte, ruhig zu bleiben. »Kannst du zurückkommen und dich für ein paar Tage um die Kinder kümmern – wenigstens abends oder am Wochenende?«

»Hör zu, ich rufe dich nachher an und gucke, ob es irgendeine Möglichkeit gibt, nach Hause zu kommen. Wenn es keine Flüge gibt, versuche ich, einen Zug zu bekommen.«

»Der Pitch ist nächsten Donnerstag, und ab Montag sind Ferien, und … Weißt du, wann deine Mutter zurückkommt?«

»Ich glaube, sie fährt als Nächstes nach Kolumbien.«

»Marquez«, sagte ich. Ich meinte den nächsten Autor auf

ihrer Reise. »Oh, Gott, was mach ich bloß?«, stöhnte ich, während die Panik wieder anschwoll.

»Ich denke, du musst Marti dazu bringen, seine Meinung zu ändern, dich wieder einzustellen, damit du einen Job und nicht mehr diesen Druck auf deinem Unternehmen hast. Die Kinder müssen an erster Stelle kommen.«

»Herrgott noch mal, das ist unser gemeinsames Problem, Lars. *Bitte* …«

Lars atmete entnervt aus. »Das weiß ich«, antwortete er. »Das hier ist ein echter Weckruf, glaub mir. Ich kann noch immer nicht glauben, dass es wirklich passiert ist. Ich rufe dich nachher an, sobald ich weiß, was mit den Flügen ist.« Eine Pause trat ein, und es schien, als würde er noch etwas anderes sagen, aber dann wiederholte er nur: »Ich rufe dich später an. Versuch, ein bisschen zur Ruhe zu kommen«, und ich hörte ein Klicken, als die Verbindung beendet wurde.

Ich sah zur Decke hoch, wo meine Kinder über mir schliefen, und dachte eine Weile darüber nach, wie ich sie im Stich gelassen hatte, bevor sie ihr Leben überhaupt begonnen hatten.

Kapitel 16

2010

Samstagmorgen. Noch während ich aus dem erholsamen Zwölf-Stunden-Schlaf aufwachte, der auf eine Arbeitswoche folgte, wusste ich, dass ich schwanger war. Ich fühlte mich anders, fast, als wäre ich vollständiger.

Lars schnarchte leise neben mir auf seinem Kissen, ein rhythmisches Einatmen, gefolgt von einem komischen Ausatmen. Ich versuchte zurückzurechnen, wann meine letzte Periode gewesen war – war ich überfällig? Ich hatte ein paar Monate nach unserer Hochzeit aufgehört, die Pille zu nehmen, und automatisch nur noch sehr wenig getrunken, aber das hatte mindestens genauso viel damit zu tun, dass ich mir für die Arbeit den Arsch aufriss, wie mit einem Baby, das eventuell daherkommen könnte. Kinder hatten zu unserem Plan gehört, seit wir damals im Bloomsbury Square lebhaft darüber diskutiert hatten, wie unsere Zukunft aussehen würde, aber wir hatten noch nicht den Punkt erreicht, an dem wir jeden Monat Tage zählten oder in Panik ausbrachen.

Damals war Lars' Unternehmen in England gerade an den Start gegangen, und er verbrachte immer mehr Zeit damit, auf seinen Laptop zu starren. Mittlerweile ging es auch bei mir stetig bergauf, was mit langen Arbeitszeiten verbunden war. An vielen Abenden schafften er und ich es nur noch, um elf

Uhr ein schnelles Take-away hinunterzuschlingen, bevor wir ins Bett fielen. Der Sex war noch immer gut, aber oft routinemäßig und musste um einen prall gefüllten und ehrgeizigen Terminkalender herum organisiert werden.

Ich zählte die Tage über Weihnachten und Neujahr zurück und wunderte mich nicht, dass meine Periode eine Woche überfällig war. Ich spürte meine Brüste, die sich irgendwie runder und schwerer anfühlten.

Ich war schwanger, das wusste ich, ohne dafür auf ein Stäbchen pinkeln zu müssen. Ich tätschelte meinen Bauch unter der Bettdecke und flüsterte ganz leise: »Hallo, du.«

Ein paar Monate später, dasselbe Bett. Wieder wachte ich auf – diesmal aus einem dieser Nickerchen, die verhinderten, dass ich mich ständig so fühlte, als würde ich entweder gleich vor Erschöpfung umkippen oder mich an Ort und Stelle übergeben. Ich konnte spüren, wie Lars unter der Bettdecke eine Hand auf meinen langsam wachsenden Bauch gelegt hatte. Ich schlug die Augen nicht auf, sondern hörte stattdessen zu, wie er ganz leise fast mit sich selbst redete, fast als würde er sein Englisch üben: »Du bist ersehnt«, sagte er. »Ein ersehnter Nachkomme. Ein Sprössling.«

»Familie. Wir werden eine Familie sein«, sagte ich später zu ihm.

»Unsere *familj*«, sagte er, womit er mir noch ein Wort für meinen wachsenden Schwedisch-Wortschatz gab. »Das Wichtigste.«

Unser durchhängendes altes Secondhand-Sofa. Ein anderer Tag, ein viel dickerer Bauch, der sich in der Hitze des Frühsommers unter einem von Lars' alten Hemden spannte. Lars' Laptop auf seinen Knien, während wir den Plan für die internationale Expansion von i-patent durchgingen.

»Wollen wir ein bisschen spazieren gehen?«, schlug ich vor. »Ich glaube, ich schmelze gleich.« Das Schiebefenster war geöffnet, aber die Luft war so still, dass ich mich davon erdrückt fühlte.

»Hmmm, *älskling?*« Lars war damit beschäftigt, neue Zahlen in eine andere Spalte der Tabelle einzugeben. »Nein, tut mir leid, ich kann jetzt nicht. Ich muss das hier fertig kriegen.«

Ich erinnere mich, wie ich in dem Moment die ersten eifersüchtigen Stiche auf die schiere Aufmerksamkeit verspürte, die sein Unternehmen bekam, aber ich schob sie als die irrationalen Gefühle einer schwangeren Frau beiseite.

Ich stand auf und schlenderte langsam allein zum Eckladen, wo ich zwei Eis am Stiel kaufte. Der erste Bissen von meinem war so schneidend und kalt, dass er in meinem Gehirn hin und her schoss und es für eine kleine Weile gefrieren ließ.

Dann wurde der dicke Bauch ein Baby. Wir zwei wurden drei. An diese ersten paar Monate kann ich mich kaum noch erinnern, sie sind nur ein verschwommener Klecks übergroßer Liebe zu Tessa, verbunden mit einem ganz neuen Verständnis von Erschöpfung. Während sie in den stillen, frühmorgendlichen Stunden in ihrem Bettchen schlief, war es für mich bereits Zeit, mir die Milchpumpe anzulegen und mich in unsere Küche zu setzen, wie eine Kuh an einer Melkmaschine. Aber das hieß natürlich, dass ich manchmal in der Nacht Lars einen sanften Tritt geben und ihn anflehen konnte, sie zu füttern: »Du bist dran.« Und am Wochenende rollte ich mich herum und versank wieder in den Tiefen unseres Betts, in dem Wissen, dass Lars auf war, dass er mit Tessa, in einem Tragetuch fest an seine Brust gewickelt, im Park spazieren gehen würde und ihr dabei vermutlich noch immer erklärte, dass sie sein Sprössling war.

Tessa ein paar Monate später, schlafend; ein Abend, an dem ich nur noch in meinem Pyjama mit Lars auf dem Sofa sitzen und über einen Urlaub reden wollte. Aber sein Laptop lag aufgeklappt auf seinen Knien.

»Wollen wir vielleicht noch mal nach New York fliegen?«, schlug ich vor. »Ich finde meine Energie allmählich wieder. Wir könnten diesmal in einem besseren Hotel wohnen – viele Spaziergänge mit Tessa unternehmen, ins MOMA gehen, zur High Line …«

»Was? Würde es dir etwas ausmachen, wenn wir es noch nicht buchen? Es kann sein, dass ich für den nächsten Launch zu den Zielgruppen nach Deutschland fliegen muss.«

»Oh … Okay. Willst du mir davon erzählen?«

»Ja – es wäre toll, deinen Input zu bekommen. Man geht davon aus, dass die demografische Entwicklung in England nicht so bleiben wird, weißt du …«

Seine Zukunft war ein Teil meiner Zukunft – unsere gemeinsame Zukunft. Selbst wenn wir beisammengelegen und darüber geredet hatten, wie unsere Welt einmal aussehen würde, hatten wir immer gewusst, dass es harte Arbeit werden würde.

Kapitel 17

2017

Die Bäume im Nachbarsgarten begannen, bunt zu blühen. Von meinem Küchenfenster aus konnte ich zusehen, wie der Wind Blütenblätter zu einem Teppich in Rosa und Weiß auf dem Rasen verstreute. Lars hingegen steckte noch immer hinter einer undurchdringlichen Wand aus Schnee in Moskau fest. Er hatte herausgefunden, dass er mit dem Zug fünfzig Stunden brauchen würde, um nach Hause zu kommen, und wir waren uns einig gewesen, dass es besser für ihn war, wenn er blieb und auf einen Flug wartete.

Nadine kam auf mich zu, als ich die Kinder am Freitag vor der Schule ablieferte, und zischelte mir ins Ohr, als wäre es ein zutiefst peinliches Thema: »Ami, diese Beerdigungsgeschichte … Die Kinder haben offensichtlich ein paar Entwicklungsprobleme …«

Ich wandte mich verblüfft zu ihr um. »Ich glaube, damit komme ich schon klar, danke, Nadine.«

»Ich wollte dich nur wissen lassen, dass du unsere Unterstützung hast.«

Ich funkelte sie wütend an, machte auf dem Absatz kehrt und marschierte zur Bushaltestelle zurück, während ich vor mich hin murmelte: »Was zum Teufel war das denn eben? Was glaubt sie eigentlich, wer sie ist?«

Meine Empörung hielt den ganzen Tag an.

Am Samstagmorgen kam Julia vorbei, und während die Kinder spielten, erzählte ich ihr davon.

»Zeit, radioaktive Substanzen in ihren Mandelmilch-Latte zu schütten«, schäumte Julia.

Ich berichtete ihr auch von dem, was zwischen Lars und mir vorgefallen war.

»Ich werde tun, was ich kann, um dir zu helfen«, sagte sie zum Schluss.

»Könntest du Lila vielleicht bitten, nächste Woche für eine Weile die Kinder zu nehmen, wenn Lars nicht zurückkommt?«, fragte ich, in dem Wissen, dass Julia arbeitete.

»Scheiße«, fluchte sie. »Lila fährt in Urlaub, und sie sind die ganze Woche in einem Fußballcamp. Hör zu, lass mich nachdenken …«

»Schon gut«, sagte ich. »Ich hoffe, ich kann sie bei ihrem Dad lassen. Dann werde ich mich besser fühlen.«

»Du willst doch sowieso nicht, dass sie mit dem Arsch wackeln«, meinte Julia. »Das war Lila so peinlich. Offenbar haben die Kinder auf ihrem iPad herumgeklickt, während sie Essen gekocht hat.«

Ich lächelte. »Kann ich dich etwas fragen?«

»Was denn?«

»Na ja, du kommst allein zurecht, hast hin und wieder ein Date …« Ich wusste, dass es ein bisschen weit hergeholt war, aber ich wollte von ihr hören, ob es Himmel oder Hölle war da draußen auf der anderen Seite – der Seite, wo man nach links und rechts wischte.

»Alleinerziehend zu sein, ist schon okay«, antwortete Julia. »Ich werde mit Sicherheit nie eine dieser Zicken-Mums sein, und ich kann mich glücklich schätzen – ich habe einen guten

Job, daher kann ich mir Hilfe leisten. Und alle Regeln im Haushalt sind meine eigenen. Die Dates – na ja, das ist nicht ganz so toll. Die Sache ist die, wenn ich jemanden in mein Leben hineinlasse, dann muss derjenige auch eine Bereicherung sein, eine Ergänzung für meine Jungen und mich. Und die meisten, die ich treffe, kannst du in die Tonne treten.«

Ich wusste nicht, warum ich überhaupt gefragt hatte, außer aus Zorn auf Lars, denn egal, was Liv behauptete, ich war nicht auf der Suche nach einem neuen Mann. »Wie war dein Date neulich?«

»Einer dieser Typen, die online so weltgewandt klingen, aber in ihren Bart murmeln, wenn du sie triffst«, meinte sie wegwerfend. »Außerdem interessiert er sich nicht für Kinder – er hat es zwar nicht offen gesagt, aber er hat mich ständig gefragt, wie oft ich – hör dir das an – eine *Auszeit* von ihnen bekommen würde. Typen, die Kinder mögen, sind schwer zu finden.«

Als sie gegangen war, fuhr ich mit den Kindern und Finns Freund Noah zum Schwimmen. Nachdem ich bibbernd meine Badesachen angezogen und drei überdrehte Kinder in ihre gesteckt hatte, stopfte ich unser ganzes Zeug in ein winziges Schließfach, bevor mir einfiel, dass mein Portemonnaie ganz unten in meiner Handtasche lag, die ganz hinten im Schließfach lag, und ich brauchte eine Pfundmünze, um das verdammte Ding abzuschließen. Ich packte alles wieder aus und noch einmal neu ein. Dann blies ich Schwimmflügel auf und stolperte zu dem Tumult am Beckenrand, um in das mit Pisse gesättigte – aber trotzdem eiskalte – Wasser zu steigen. Doch kaum hatte ich »Lasst uns Haie spielen« gerufen, forderte der Bademeister mich auf, das Schwimmbecken zu verlassen, da das Verhältnis von Aufsicht führenden Erwachsenen zu Kindern mindestens eins zu zwei sein müsse.

»Aber ich bin eine alleinerziehende Mutter«, entgegnete ich, während die restliche Schwimmbecken-Meute rasch zu ihren besseren Hälften schwamm. »Es gibt nur mich.« Wir zogen uns an und fuhren nach Hause, um uns stattdessen eine DVD anzusehen.

Am Montagmorgen legte ich Filzstifte und Stapel mit buntem Papier auf den Küchentisch und flehte Tessa und Finn an, etwas zu malen, während ich am Telefon hing und einer Kindermädchen-Agentur meine Daten durchgab. Ich hatte keine Ahnung, wie ich mir ein richtig qualifiziertes Kindermädchen leisten sollte, aber mir blieb nichts anderes übrig. Es muss jemand mit viel Erfahrung und tadellosen Referenzen sein, dachte ich, während ich online Geld von bereits überstrapazierten Kreditkarten auf unser gemeinsames Girokonto verschob. Unsere Gehälter wurden beide dorthin überwiesen, aber sie deckten die monatlichen Kosten nicht wirklich; wir verließen uns, wenn möglich, auf gelegentliche Dividenden von unseren Unternehmen, um die Differenz auszugleichen, aber davon hatte es seit einer ganzen Weile keine mehr gegeben.

»Das Problem sind die Schulferien«, erklärte mir die Agentin. »Unsere Kandidatinnen sind alle entweder selbst verreist oder springen bei anderen Familien ein. Ich kann Ihnen morgen Abend ein paar zu einem Vorstellungsgespräch vorbeischicken, aber sie werden nicht vor Montag anfangen können.« Ich buchte die Termine und vergewisserte mich, dass Tessa ein Bild von Booten auf dem Meer und keinen Friedhof malte.

Mein Handy piepste mit einer neckenden Nachricht von Ben.

Ami Fitch. Ich darf Ami Fitch keine Nachricht schicken.

Ich musste den Kopf darüber schütteln, selbst während ich die Nachricht ignorierte und Mum anrief.

Ich wagte es nicht, ihr von dem Vorfall mit dem Beinahe-Ersticken zu erzählen, nur dass es mit Luba nicht geklappt hatte und sie gegangen war.

»Es tut mir so leid, Schatz«, sagte sie. »Aber dein Vater ist jetzt schon seit Wochen nicht mehr zum Schreiben in seinen Schuppen gegangen, und er isst kaum noch etwas. Das Einzige, was er sagt, ist, dass er Lars umbringen will. Und dann trinkt er Whisky und schläft auf dem Sofa ein. Ich weiß nicht, was ich sagen soll … Ich kann ihn nicht allein lassen.«

»Kann ich die Kinder vorbeibringen und sie ein paar Tage bei euch lassen?«

»Das Problem ist, er wird ihnen den Kopf abreißen. Besonders schlimm ist es, wenn er getrunken hat. Und ich glaube, wenn er die Kinder ohne ihre Mutter oder ihren Vater sieht, würde es noch schlimmer werden. Und, Ami, es klingt, als ob die Kinder dich im Moment wirklich brauchen. Jetzt ist nicht der richtige Zeitpunkt, um an Arbeit zu denken.«

Ich wusste, dass sie es nur gut meinte, aber sie streute noch mehr Salz in die Wunde meiner Schuldgefühle, die schon jetzt in meinem Magen brannte. Doch sie machte mich auch wütend – ich war *ihr* Kind, und *ich* brauchte sie. Es weckte Erinnerungen: meine erste große Rede als Mitglied des Debattierclubs, als ich vierzehn war und ohne einen Elternteil im Publikum auf einer Bühne stand; wie ich mein Zeugnis der Mittleren Reife allein abgeholt hatte, während alle anderen von einer strahlenden Mum begleitet wurden; wie ich als Jugendliche immer Ja gesagt hatte, wenn ich zum Übernachten bei Freunden eingeladen wurde, nur um Dads Stimmungstiefs und Mums Sorgen um ihn zu entkommen.

Ich bat Liv, mir ein paar Stunden am Tag zu helfen, damit ich ins Büro gehen konnte, aber sie sagte: »Ich würde ja gern, Süße, aber ich hatte kürzlich meine Beurteilung, und meine Chefin hat gesagt, dass ich die freie Redakteurin mit den wenigsten Beiträgen bin, die sie je gesehen hat. Ich muss *jeden Tag* um neun Uhr dreißig zur Arbeit erscheinen.«

Ich griff wieder zum Telefon und stellte mich darauf ein, bei Nadine zu Kreuze zu kriechen. Ich wollte es mit absoluter Demut versuchen. Ein aufrichtiges Eingeständnis, dass ich eine schlechte Mutter bin, während sie eine gute ist. Und dann würde ich betteln müssen.

Aber nach ein paar Klingeltönen hörte ich nur Nadines Stimme, die mich informierte, dass sie nicht zu sprechen sei und Freddie auch nicht. Ich erinnerte mich undeutlich, wie sie auf dem Spielplatz damit geprahlt hatte, dass sie »als Familie« auf die Malediven fliegen würden, auf eine Insel, die für ihre ökologische Grundhaltung ausgezeichnet worden war.

Lars hatte es geschafft, ein Ticket für ein Flugzeug zu bekommen, das am Dienstagabend abfliegen und am Mittwoch landen würde, informierte er mich am Telefon. Er stellte viele Fragen danach, wie es den Kindern ging. Ich nahm die Kinder mit ins Büro und versuchte, sie dazu zu bringen, am Konferenztisch Bilder zu malen, während ich zusah, wie Bridget immer tiefer in Verzweiflung versank. Ich zitierte Luis und Jake zu mir, die die Kinder ansahen, als wären sie exotische Zootiere, und dann zugaben, dass sie nichts hatten.

»Ben vögelt Claudia«, berichtete mir Bridget, nachdem ich Finn zur Toilette gebracht hatte. »Alle reden davon, weil sie angeblich mit einem Parlamentsabgeordneten verlobt ist.«

Einen Moment lang fragte ich mich, warum die durchgestylte Claudia ein Leben als Apfelkuchen backende Londoner Vorstadtmutter für eine Nummer mit Ben aufs Spiel setzen sollte, aber inzwischen konnten Finn und Tessa nicht mehr stillsitzen. Ich ließ sie mit dem Getränkeautomaten im Korridor spielen. Bald darauf war eine milchig braune Flüssigkeit auf dem ganzen Boden verteilt, und Lichter blinkten wie wild an dem Automaten. Ich flehte Bridget an, sich *irgendetwas* einfallen zu lassen, und schleifte die Kinder nach Hause.

Wütend auf Lars, der mich in dieser Situation alleingelassen hatte – auch wenn es, streng genommen, diesmal nicht seine Schuld war –, ließ ich es an Cathy Murdoch aus.

»Eine Scheidung ist sehr selten eine schnelle Angelegenheit«, sagte sie zu mir. »Wir müssen großen Druck ausüben, um eine anständige Summe zu kriegen. Und Sie werden ihm die Kinder für ein Wochenende überlassen müssen, um zu zeigen, dass wir uns an eine Vereinbarung für die Kinderbetreuung halten werden.«

»Aber er ist nie lange genug im Land«, entgegnete ich, während die Panik in mir aufstieg.

Ich bekam noch eine Nachricht von Ben.

Ami, kann es kaum noch erwarten, die Ideen (und Sie) am Donnerstag zu sehen.

Konnte er nicht wenigstens für eine Minute aufhören, eine professionelle Grenze zu überschreiten? Ich bündelte meinen allgemeinen Hass auf die gesamte männliche Spezies speziell auf ihn, aber ich schrieb zurück: »Es kommt alles gut voran«, obwohl es das natürlich überhaupt nicht tat.

Am Dienstagabend führte ich Vorstellungsgespräche mit drei sehr teuren Kindermädchen. Die Erste wohnte am anderen

Ende von London und würde es nie rechtzeitig zu unserem Haus schaffen; die Zweite war krankhaft übergewichtig, erklärte mir aber, wie streng sie auf die Ernährung der Kinder achtete.

Es war neun Uhr abends, als die letzte Kandidatin erschien. Als ich die Tür öffnete, sah ich in das lächelnde Gesicht einer Frau Ende zwanzig, die unscheinbaren Haare zu einem praktischen Pferdeschwanz nach hinten gebunden und in einem sehr vernünftigen Dufflecoat, der gegen die Kälte bis oben hin zugeknöpft war.

Jenny lebte zwei Straßen weiter, hatte sieben Jahre Erfahrung und suchte einen Job vor und nach der Schule, um ihre Ausbildung als Kinderpflegerin abschließen zu können. Sie war außerdem ruhig und fröhlich, hatte ein aktuelles polizeiliches Führungszeugnis vorzuweisen und konnte am nächsten Montag anfangen. Sie würde am Sonntag vorbeikommen, um die Kinder kennenzulernen. Als sie ging, war ich überwältigt von Erschöpfung, aber auch von einer Riesenerleichterung.

Am nächsten Morgen rief ich ihre Referenzen an, und ihre früheren Arbeitgeber bestätigten, dass Jenny das beste Kindermädchen sei, das sie je gehabt hätten. »Ich wünschte, sie würde wiederkommen und sich um *mich* kümmern«, meinte eine Frau in Kentish Town, die klang, als hätte sie vielleicht schon zu trinken begonnen, obwohl es erst zehn Uhr vormittags war.

Ich füllte alle Unterlagen für die Agentur aus und überwies ihre saftige Vermittlungsgebühr von unserem Bankkonto. Meine Probleme mit der Kinderbetreuung waren ab nächster Woche gelöst, doch das änderte nichts an der Tatsache, dass ich keine vierundzwanzig Stunden mehr hatte, bis ich Campury eine Kampagne präsentieren musste.

Bridget behauptete wieder, sie hätte die ganze Nacht durchgearbeitet, aber ohne Ergebnisse. Sie schluchzte ins Telefon, als ich anrief, und sagte, Marti sei vorbeigekommen und im Zimmer auf und ab marschiert und hätte wissen wollen, wo ich sei, wenn mein »Leben auf Messers Schneide« stünde.

Ich versuchte, Bridget zu beruhigen, und dann klingelte wieder mein Handy. Ich stürzte in die Diele, um den Krach der Kinder auszublenden, die auf dem Küchentisch Shopkins spielten.

Marti war offenbar in einer großen Gesellschaft.

»Ami? Wie kommen wir mit Campury voran? Ich gehe davon aus, du hast die beste verdammte Kampagne, die du verdammt noch mal je abgeliefert hast? Das musst du wohl, denn ich war vorhin in deinem Büro, und da warst du nicht.«

»Es ist alles auf einem guten Weg.« Ich drückte mir hinter dem Rücken die Daumen, um die Lüge zu rechtfertigen.

»Ich hätte es mir heute gern angesehen«, fuhr Marti fort, »aber ich muss zu diesem verdammten Ding beim Lingfield-Pferderennen. Trotzdem, gewollt hätte ich ja schon … Du weißt, was ich meine, oder?«

Ich kicherte fast. »Na ja, die Präsentation ist morgen, daher denke ich, ich sollte jetzt besser Schluss machen.«

»Hör zu«, sagte Marti dann. »Ich weiß nicht, was los ist, Amelia, aber du – und ich – wir brauchen diesen Handtaschen-Auftrag. Zieh das Ding durch, dann wird alles gut.« Er ließ unausgesprochen, was passieren würde, wenn ich es nicht durchzog. Die Leitung klickte und war tot, während er loszog, um noch ein bisschen Schulterklopferei zu betreiben.

Ich lehnte mich gegen die Wand und sah zur anderen Seite des Zimmers, wo die Kleckerspur der Eulenscheiße noch immer als blasser Fleck auf der Wandfarbe zu sehen war.

Mein Telefon klingelte wieder.

Durch meine Tränen hindurch las ich: Lars.

»Oh, Gott, Lars.«

»Ami, ich bin gelandet – ich wollte hören, ob alles in Ordnung ist.«

»Na ja, natürlich ist es nicht in Ordnung, Lars.«

»Wie geht's den Kindern?«

»Es geht ihnen gut. Ich bin mit ihnen zu Hause.«

»Ich bin auf dem Weg – wie kommt die Präsentation voran?«

»Sie ist in weniger als …« – ich sah wieder auf meine Uhr – »… zwanzig Stunden, und wir haben noch keine Idee, und Marti wird mich feuern, und …«

»Augenblick – du hast noch immer keine Kampagne?«

»Keine Kampagne«, flüsterte ich, und ein riesiger Klumpen schierer Panik bildete sich in meiner Kehle.

»Ich werde den Heathrow Express nehmen, und dann komme ich gleich mit der U-Bahn – das geht schneller als mit dem Taxi. Du musst dich beruhigen und dir in Erinnerung rufen, dass du sehr gut in deinem Job bist. Ich bin in ungefähr einer Stunde da.« Er klang, als würde er bereits durch die langen Gänge des Flughafens rennen.

Kapitel 18

2011

»Aber es geht doch genau darum, dass wir ein Wochenende zusammen ohne Arbeit verbringen«, sagte ich. »Bitte lass dein Handy hier.«

Ich wollte Finn machen – na ja, damals noch nicht Finn, aber die Zygote, aus der sich später mein wunderschöner Sohn entwickeln würde. Ulrika, die von Schweden nach Finchley gezogen war, um näher bei uns zu sein, hatte sich bereit erklärt, Tessa übers Wochenende zu sich zu nehmen. Mein Koffer war gepackt mit Kleidern für romantische Dinner *à deux* in dem Landhotel, das ich gebucht hatte; ich hatte sogar einen Teil des Geldes, das jetzt hereinkam, für ein Upgrade auf ein Himmelbett in einem Zimmer ausgegeben, in dem – so der Mythos – einst der Geist einer Geliebten von Charles II. gehaust hatte. Ich kannte die Geschichte nicht genau, aber ich hoffte, dass uns der Geist, falls wir ihn sehen sollten, beflügeln würde. Ich plante Spaziergänge am Fluss, Zeitunglesen vor dem Kaminfeuer, und Lars' Handy war nicht erwünscht. Inzwischen war ich schon so weit, dass ich es als das dritte Rad in unserer Beziehung betrachtete.

»Okay.« Er lächelte und legte es zurück auf den Küchentresen.

»Wir treffen eine Abmachung, dass du dich einmal täglich

vom Hotel aus einloggen darfst«, sagte ich. Inzwischen hatte er ungefähr zehn Dotcom-Genies hinter den Macs in seinem Studio nahe dem Kreisverkehr in der Old Street sitzen. Tessas Geburt hatte dafür gesorgt, dass er noch härter arbeitete, falls das überhaupt möglich war – als ob sich seine Träume verflüchtigen würden, wenn er allzu lange aufhörte, an ihre Verwirklichung zu denken.

Und so tobten wir in dem Himmelbett herum, schlugen Nell Gwyn nach und erschreckten uns gegenseitig mit Laken über dem Kopf oder spazierten in Gummistiefeln am Fluss entlang. Nach einer gut durchschlafenen Nacht redeten wir über Tessa und wie witzig sie war, und darüber, in welch entscheidender Phase seine Firma sich gerade befand.

Ich nahm mir vor, mir nichts mehr daraus zu machen, dass der Traum, den wir zusammen entworfen hatten, offenbar nur noch sein eigener war.

Kapitel 19

2017

»Ami! Wach auf.«

Keine Sorge, du hast nur einen Albtraum – du träumst, dass Bridget dein Wecker geworden ist.

Irgendetwas rüttelte mich fest an der Schulter.

»Ami. Du musst aufwachen und in weniger als drei Stunden bei Campury präsentieren.«

Derselbe langweilige alte Albtraum, den du jetzt schon seit einer ganzen Weile hast. Keine Sorge, er wird bald enden.

Dann spürte ich ein sehr unangenehmes Gefühl in der Wange, als würde ich mit dem Gesicht nach unten auf der scharfen Kante eines großen Buchs – oder vielleicht einer Computertastatur – liegen.

»Ami!« Mein Gott, hatte dieser Wecker denn keine Schlummertaste? Ich streckte einen Arm aus, versuchte, irgendetwas zu finden, um diesen Krach abzustellen, und stieß auf etwas, das sich sehr nach einer Anglepoise-Schreibtischlampe anfühlte.

Benommen hob ich den Kopf. Meine Augenlider fühlten sich an wie Schmirgelpapier – dieses grobe, mit dem man mit einer einzigen raschen Bewegung Farbe von Wänden reißen kann.

Ich stöhnte laut und richtete mich in meinem Schreibtischsessel kerzengerade auf. »Wie spät ist es?«

»Es ist acht Uhr«, antwortete Bridget, die in Sicht kam, als meine schmerzenden Augen endlich aufgingen.

»Ich muss hier eingeschlafen sein«, stellte ich laut fest.

»Was ist mit der Kampagne?«, fragte Bridget.

Mein Büro war ein Meer aus Tafeln und schwarzen Textmarkern. Drüben in der Ecke konnte ich die Körper von Luis und Jake erkennen, die ausgestreckt auf dem Teppichboden unter dem kleinen Konferenztisch lagen.

»Weck du die Jungs auf«, sagte ich zu Bridget.

»Aber, Ami, haben wir eine Idee?«

Ich dachte zurück an den vergangenen Abend: Luis, Jake und ich hatten, auf der Suche nach Inspiration, bis in den frühen Morgen verzweifelt jedes Fotoarchiv durchforstet, das uns einfiel. Von Zeit zu Zeit hatte einer von uns von seinem Mac aufgesehen und gesagt: »Das hier?«, aber jedes Mal in einem zweifelnden Ton.

Wir aßen Pizza, während wir weitersuchten. Als unsere Bäuche voll waren, unsere Gehirne sich dafür anfühlten, als wären sie im Leerlauf, entschieden wir, es stattdessen mit einem Brainstorming zu versuchen, aber unsere Ideen waren so schlecht, wie sie es schon die ganze Woche gewesen waren. Luis tat, als würde er vor Verzweiflung den Kopf auf die Tischplatte schlagen.

»Meine Güte, was bin ich froh, wenn wir das hier eingetütet haben«, meinte Jake augenzwinkernd.

»Es ist alles so furchtbar.« Ich lächelte, aber innerlich war ich am Verzweifeln. Noch eine halbe Stunde, bis die Uhr von Mitternacht zum Tag des Pitchs vorrücken würde, und uns ging allmählich die Luft aus. Ich durfte diese letzte Gelegenheit nicht vermasseln, die ich hatte, um die Agentur zu retten und meinen Kindern und mir ein Einkommen zu sichern.

»Ich mache uns Kaffee.« Ich stand auf und kochte eine Kanne starke französische Röstung – dunkel, leicht bitter, aber voller Energie. Ich verteilte Becher. »Gehen wir noch einmal zurück zu den Bildern. Kommt schon, wir dürfen jetzt nicht aufgeben.«

Es war, natürlich, der Kaffee, der uns rettete. Zehn Minuten später kam auf einmal ein leises Flüstern von Luis: »Ich hab's vielleicht. Wisst ihr, ich hab's vielleicht.«

Jake und ich stürzten hinter seinen Computer, und während das Bild sich aufbaute, sagte ich: »Und hier fügen wir die Tasche ein …«

Dann begannen wir, alle durcheinanderzubrüllen, während wir die Idee weiter ausbauten. Schließlich, zitternd vor Erleichterung, dass wir es endlich geschafft hatten, uns etwas einfallen zu lassen, was wir alle für brillant hielten, machten wir uns daran, das Foto zu bearbeiten und noch mehr Bilder für die Kampagne zu finden, bis ich schließlich an meinem Schreibtisch wegpennte und die Jungen sich zum Schlafen auf den Boden legten.

Jetzt sah ich zu Bridget hoch und lächelte: »Ob wir eine Idee haben? Verdammt, ja.«

Es war halb zehn Uhr morgens, im zweiten Stock von Selfridges. Bridget dackelte hinter mir her, während ich mir einen mitternachtsblauen Reiss-Hosenanzug kaufte, um ihn über der billigsten Unterwäsche anzuziehen, die ich in der Topshop-Boutique im Erdgeschoss bekommen konnte. Ich bezahlte alles mit der am wenigsten strapazierten meiner Kreditkarten. Wenn ich die Agentur nicht retten konnte, würde sich das Outfit immer noch gut für Vorstellungsgespräche eignen, nahm ich an. Dann bat ich die Verkäuferin, alle Etiketten abzutrennen, die an meinen diversen Körperteilen herunterbaumelten. Auf einer Seite meines Gesichts war noch immer deutlich der Abdruck der schrägen Kante einer Computertastatur zu sehen, und es fehlte nur noch das QWERTY der Tasten selbst.

»Übermalen Sie es«, bat ich die Frau hinter dem Mac-Cosmetics-Tresen, die gut zwei Zentimeter Grundierungscreme auf meine Wangen klatschte, bis meine Haut sich wie zementiert anfühlte, und nicht einmal versuchte, mich zu irgendeinem Kauf zu zwingen.

»Tafeln? PowerPoint-Präsentation? Handouts?« Bridget und ich marschierten auf die prächtige alte Doppeltür der Campury-Firmenzentrale zu.

»Alles da«, säuselte Bridget. Wir trugen unsere Namen in das lederne Besucherbuch ein, und die Empfangsdame führte uns zu den beiden Sofas in der Ecke der prunkvollen Lobby.

Mein Telefon klingelte. Liv wollte sich vergewissern, wie bereit ich wirklich war. »Haare? Nägel? Fantastisches neues Outfit?«

»Na ja, Notfall-Outfit. Aber das ist eigentlich egal, Liv. Ich will diese Präsentation nur hinter mich bringen, damit ich zu den Kindern nach Hause fahren und schlafen kann.«

»Ist das so?«, hörte ich die lachende Stimme von Ben hinter mir. Ich schnellte herum. Sein Gesicht sah erschöpfter aus als das letzte Mal, als ich hier war – vermutlich weil er Claudia vögelte, während ihr Freund, der Parlamentsabgeordnete, über irgendeine wichtige nationale Maßnahme abstimmte.

»Ich muss jetzt Schluss machen«, sagte ich zu Liv und schaltete mein Handy aus.

Während ich mich zu meinem Peiniger umwandte, flehte ich mein armes Gesicht an, irgendeinen Anschein von Würde zu finden. Ich brauchte nur noch Kraft, um die nächsten zwei Stunden zu überstehen.

»Okay, können wir?«, fragte ich.

»Die stets effiziente Ami Fitch«, sagte er und ging voran zum Aufzug.

»Ich kann es kaum noch erwarten«, sagte Ben, als er am Kopfende des Konferenztischs in dem getäfelten Sitzungssaal des Vorstands Platz genommen hatte. »Ihr Pitch ist der letzte, Ami.«

Ich war noch nie so geschlaucht und so aufgedreht zugleich gewesen. Ich rief die erste Folie auf. Dann räusperte ich mich und begann. Ich hörte, wie meine Stimme allmählich selbstbewusster klang, während ich in den vertrauten Rhythmus meines Berufslebens fand.

»Zunächst einmal möchte ich sagen, dass es heutzutage nur wenige Marken mit so viel Glaubwürdigkeit, Geschichte, Prestige und Stil wie Campury gibt …« Ben machte es sich in seinem Sessel bequem und lehnte sich zurück, um zuzuhören. »Daher waren wir natürlich begeistert, als wir gebeten wurden, Ihnen unsere Ideen zu präsentieren.«

»Begeistert. Wirklich?«, sagte er.

»*Wirklich* begeistert.« Ich begegnete seinem Bedürfnis, mich auf die Palme zu bringen, mit purem Trotz. Für eine Sekunde erwiderte er funkelnd meinen Blick, dann schien er lautlos in sich hineinzulachen.

Von da an ließ er mich fortfahren. Ich führte das kleine Meeting durch die statistische Recherche.

»Es erfordert auf jeden Fall etwas Einzigartiges. Die britischen Verbraucher fragen sich, wie Campury in ihr Leben passen könnte, in das Leben einer modernen Frau. Das könnte bedeuten, die Tasche auch mit Jeans statt mit Pelzen kombinieren zu können. Vor allem aber sollte eine Campury-Tasche etwas sein, was sie eher für sich selbst kaufen, ein Symbol ihrer Unabhängigkeit; für eine Frau, die auf eigenen Beinen steht und sich hin und wieder eine Auszeit von ihrem Job und ihrem Leben gönnt, um sie tanzen zu lassen.«

»Das ist eine scharfsinnige Analyse.« Claudia nickte Ben zu und errötete, als er zurücklächelte.

»Und daher werden wir Ihnen eine Idee präsentieren, die sehr heutig ist und gleichzeitig das Beste von gestern vereint. Bridget, die erste Tafel, bitte.«

Bridget stellte das erste verspielte Kunstwerk auf den Ständer. Claudia stöhnte auf. »Oh, wow. Das ist ja *umwerfend*«, hauchte sie und schlug sich die Hand vor den Mund.

Ben stand an meiner Seite, neben der Tafel, und begutachtete es im Detail. Das Bild hatte es verdient.

Ein Mädchen in einem rot getupften Bardot-Bikini mit einem ebensolchen Tuch, das in einem kessen Winkel über ihre blonden Locken gebunden war, ein Grinsen auf ihren goldbraunen Wangen, lag auf einer Sonnenliege im Retrostil am schimmernden heißen Strand der Riviera. In der Ferne standen Reihen mit rosa Sonnenschirmen, unter denen paarweise Hunderte von Sonnenliegen genau wie ihre aufgestellt waren, jeweils eingenommen von einem straffen und durchtrainierten glamourösen Paar. Das war Club 55, es war Portofino, es war Capri.

Neben dem Mädchen war noch eine Sonnenliege, aber anstelle eines perfekten Adonis lag darauf eine dunkel orangefarbene Campury-Tasche auf ihrem eigenen hochflorigen weißen Handtuch.

Claudia sprang auf und kam zu uns nach vorn. Ihr Gesicht glühte vor Aufregung.

Ich zeigte ihnen noch zwei andere Ideen, die um dieses

Thema herumkreisten – dasselbe Mädchen in einem schicken Restaurant, die Tasche auf einem Stuhl ihr gegenüber, und das Bild vom Studio 54, das Luis ungefähr um drei Uhr morgens gefunden hatte, auf dem wir das Mädchen sorglos tanzend zeigten, mit der Tasche als ultimativem Partner auf dem schimmernden Spiegelboden.

Und als wir endlich fertig waren, war ich stolz. Ich wusste, dass die Idee genauso gut war wie jede andere, die ich je präsentiert hatte.

»Machen wir einen Test«, schlug Ben vor. »Sehen wir mal, ob das hier Ihnen als Frau dasselbe sagt wie mir. Claudia, sagen Sie mir, was genau Ihnen bei den Bildern durch den Kopf gegangen ist.«

Claudia lachte und stemmte die Hände in ihre entzückenden Hüften. »Es sagt ganz einfach …«

»Ja?«

»Es sagt: ›Wer braucht schon einen Mann?‹«

Bridget klatschte aufgeregt in die Hände.

»Denken Sie das auch, Ami?«, fragte Ben.

»Genau das soll diese Werbung aussagen, ja.«

»Aber ist es das, was *Sie* denken?«

Schweigen trat ein. Was wollte er von mir hören?

»Es kommt natürlich auf den Mann an«, antwortete ich und wandte den Blick ab, als ich sein spöttisches Auflachen hörte.

»Es stellt die ganze altehrwürdige Campury-Geschichte auf den Kopf, und zwar dergestalt, dass es um unabhängige Frauen geht, die …«, sagte Claudia.

»Selbst auf sich aufpassen können«, warf Bridget ein.

»Frauen mit Ehrgeiz«, ergänzte Claudia.

»Frauen, die keinen Mann brauchen, der ihnen Handtaschen kauft …«

»Frauen, die Campury selbst für sich auswählen.«

»Wollen Sie sich den Rest unserer Arbeit ansehen?«, schaltete ich mich ein, bevor sich diese weibliche Solidaritätsbekundung in einen regelrechten Hexenzirkel verwandeln konnte.

»Warum nicht?«, meinte Ben und setzte sich wieder, während ich die nächsten Tafeln aufstellte. Bridget triefte vor Stolz.

Danach versuchte ich, zu einem professionellen Abschluss zu kommen. »Vielen Dank, dass Sie sich heute Zeit für uns genommen haben. Ich freue mich zu sehen, dass Ihnen unsere ersten Überlegungen gefallen haben.«

»Wir müssen jetzt gründlich über alles nachdenken, was wir in den letzten Tagen zu sehen bekommen haben«, meinte Claudia. »Wir geben Ihnen in etwa einer Woche Bescheid.«

»Wir freuen uns auf Ihren Anruf.«

Schweigen trat ein, und dann sagte Ben: »Ich würde gern noch ein bisschen mehr mit Ihnen über Ihre Agentur sprechen, Ami. Claudia, könnten Sie mit Bridget hinuntergehen und ihr einen Kaffee anbieten?«

»Natürlich.« Claudia wandte sich zur Tür.

»Hat es Ihnen wirklich, ganz ehrlich, gefallen?«, hörte ich Bridget aufgeregt fragen, während die beiden zum Aufzug eilten.

Ich hüllte mich in Schweigen und starrte auf den Teppich. Das Adrenalin der Präsentation war abgeebbt – ich war wie ein Heißluftballon, bei dem das Feuer ausgegangen war und der jetzt mit wildem Zischen zu Boden sank.

Es herrschte Stille, während Ben mir noch einen Kaffee einschenkte. »Das ist eine brillante Arbeit«, sagte er schließlich. »Brillant.«

»Aber?« Ich versuchte zu lächeln.

»Sie kennen das Aber. Alle reden davon, wie Sie Land the

Bootmaker verloren haben. Ihre Aufträge fürs letzte Jahr weisen ein Defizit auf.«

»Da waren wir noch in der Gründungsphase«, erwiderte ich. »Kein Unternehmen macht im ersten Jahr Gewinn.«

»Stimmt«, meinte Ben. »Aber Sie müssen verstehen, dass Campury nur mit einer Agentur zusammenarbeiten kann, die finanziell gut aufgestellt ist. Eine andere Option gibt es nicht.« Er war direkt und ruhig.

»Marti unterstützt mich, ihm gehört Goldwyn, und er glaubt an mich.«

»Man munkelt, Sie hätten sich überworfen.«

Meine Branche weidete sich an den Misserfolgen anderer Leute bei geschwätzigen Lunchtreffen in Restaurants in Soho, daher machte ich mir gar nicht erst die Mühe, darüber nachzudenken, wer Ben das erzählt haben könnte.

»Das stimmt nicht«, entgegnete ich.

»Offenbar wurden Sie gesehen, wie Sie unter Tränen das Ivy verlassen haben, nachdem Sie mit ihm zum Dinner dort waren.« Ich dachte zurück an den Abend, an dem Marti – mein verheirateter Boss – mich angemacht hatte, und an meinen Schock und meine Verzweiflung.

»Das war ein Missverständnis.« Ich holte tief Luft.

»Was für ein Missverständnis?«

»Das muss ich Ihnen nun wirklich nicht sagen.« Ich versuchte zu lächeln. »Aber ich kann Marti bitten, Sie anzurufen und die finanzielle Lage des Unternehmens mit Ihnen durchzugehen.« Ben seufzte und spielte mit seinem Kaffeelöffel, und ich fuhr rasch fort. »Hören Sie, wir haben Land the Bootmaker ohne eigenes Verschulden verloren, und das war bedauerlich. Aber ich bin der festen Überzeugung, dass wir die richtige Agentur sind, um Campury nach vorn zu bringen«, erklärte ich.

»Wollen Sie mir erzählen, was mit Marti passiert ist? Ich habe gehört, Sie kennen sich schon lange.«

»Das tun wir, und es war nichts.« Ich erhob mich.

Ben war offensichtlich nicht überzeugt. »Hören Sie, wie wär's, wenn wir zusammen zum Lunch gehen und noch ein bisschen mehr über die Kampagne reden?«

Gott, ich war so müde. Ich wollte nur, dass wir diese höllischen letzten Wochen – letzten vierundzwanzig Stunden – nicht vergebens durchgemacht hatten, und stattdessen war hier jemand, der mich *schon wieder* zum Lunch einladen wollte. Mit einer Stimme, die schrill vor Wut war, hörte ich mich sagen: »Was ich nicht verstehe, ist, warum Sie mich die ganze Zeit an dem Pitch haben arbeiten lassen, wenn Sie nie die Absicht hatten, uns den Auftrag zu geben?«

»Wow, warten Sie mal«, sagte Ben und kam auf mich zu.

»Nein, ich werde nicht warten.« Ich wusste, dass meine Wut unangemessen war, irrational sogar, aber ich hatte die Nase voll von diesem Mann, der dachte, er könnte sich über mich lustig machen. »Ich glaube, Sie haben mich diese ganze Übung nur zu Ihrer eigenen Belustigung machen lassen.«

»Hey!«, sagte er, auf einmal mit ernster Miene. »Das würde ich niemals tun.«

»Sie haben sich über mich lustig gemacht, als Sie wussten, dass ich eine schwere Zeit durchmache.« Ich konnte hören, wie meine Stimme lauter wurde. »Sie haben uns zu Ihrer eigenen verdammten Belustigung eingeladen zu pitchen, aber Sie hatten nie vor, uns den Auftrag zu geben, habe ich recht?«

Ich hörte mich brüllen, als käme es von jemand anderem, rasend vor irrationaler Wut, aber offenbar konnte ich einfach nicht aufhören. Der ganze Druck der letzten Monate hatte sich in Zorn auf diesen Mann gebündelt, der mein Leben offenbar als sein neuestes Spielzeug betrachtete. Noch während es passierte, wusste ich, dass ich, professionell gesehen, nicht nur den Faden der Handlung verloren hatte. Ich hatte Shakespeares gesammelte Werke verloren.

»Wow«, sagte er noch einmal und wich einen Schritt zurück. »Ich glaube, Sie müssen vielleicht einfach mal eine Nacht gut durchschlafen.«

Er würde nie erfahren, wie kurz vor dem Kollaps wir gewesen waren – und jetzt war das alles umsonst gewesen. »Na ja, es hat eine Weile gedauert, der Kampagne den richtigen Dreh zu geben«, sagte ich steif. Ich versuchte mich zusammenzureißen, während mir Tränen in die Augen traten. »Hören Sie, es tut mir leid.«

»Schon gut«, meinte er. »Es klingt, als ob wir beide hier ein kleines Missverständnis haben.« Seine Stimme war sehr sanft, aber ich wandte mich zur Tür. Mir blieb nichts anderes übrig, als mir mit dem Handrücken übers Gesicht zu reiben.

»Ich hätte niemals pitchen sollen«, sagte ich, während ich die Tür öffnete.

»Natürlich hätten Sie das …« Seine Stimme folgte mir, während ich begann, den Flur entlangzueilen. »Warten Sie kurz. Kann ich Ihnen irgendwie helfen?«

Ich schüttelte nur den Kopf, während ich weiterrannte. Niemand konnte mir mein altes Ich wiedergeben, dem so etwas niemals passiert wäre.

Anstatt den Aufzug zu nehmen, stürmte ich die Treppe hinunter und durch die Eichentür hinaus, ohne mich auch nur nach Bridget umzusehen.

Zehn Minuten später, in der Victoria Line, wusste ich nur, dass ich es vermasselt hatte. Und ich hatte es nicht nur vermasselt, sondern meine ganze Karriere gründlich und vollkommen in den Sand gesetzt. Vielleicht wäre es besser, Marti anzurufen und zu kündigen, bevor er die Chance hatte, mich zu feuern?

Ich stapfte meine Straße hoch und starrte dann auf die Eingangsstufen meines Hauses. Kein Job bedeutete kein Haus und noch mehr Veränderung für die Kinder.

Lars öffnete die Tür und überraschte mich mit einem Lächeln. Er schien die Tränen zu ignorieren, die mir übers Gesicht liefen; vielleicht war er schon daran gewohnt. »Ich hoffe, es ist gut gelaufen?«, sagte er fragend, während er in die Küche voranging. Ich hatte nicht die Energie, ihm zu berichten, was passiert war, oder die Enttäuschung in seiner Miene zu sehen, wenn ihm klar wurde, wie erbärmlich ich gescheitert war. »Die Kinder und ich hatten einen tollen Vormittag. Ich habe ihnen meine Websites gezeigt. Wir sind zum Supermarkt gefahren, um ein paar Sachen einzukaufen.«

Tessa und Finn saßen am Tisch, ihre Gesichter strahlend vor Freude. »Daddy hat nicht gewusst, was für Sachen er kaufen soll, aber wir haben es ihm gesagt«, berichtete Tessa.

»Und nächstes Wochenende wohnen wir mit ihm zusammen bei Oma Schweden, wenn sie wiederkommt, damit wir ihm mehr darüber beibringen können, wie er sich um uns kümmern muss«, ergänzte Finn.

»Tatsächlich?« Ich versuchte, fröhlich zu lächeln, obwohl ich das Gefühl hatte, dass mein Herz schon wieder kurz vor dem Zerbrechen war.

»Na ja, du hast doch nichts dagegen, oder, Ami?«, fragte Lars. »Ich meine, der Anwalt sagt, dass wir die Vereinbarungen für die Kinderbetreuung üben müssen. Wir können eigentlich gleich so anfangen, wie wir es auch später handhaben wollen.«

Kapitel 20

2014

»Hier ist es einfach herrlich.« Ich lehnte mich über die Mauer und starrte auf die kleinen bunten Boote hinunter, die an ihren Anliegeplätzen schaukelten, umgeben von den Hafenlichtern, die sich auf dem Wasser spiegelten. »Ich bin so froh, dass wir hierhergekommen sind.« Der Maiabend war milde, die Luft schien mit zusätzlichem Ozon angereichert zu sein.

Lars lächelte zu mir zurück. »Ich auch – selbst wenn es eine ziemliche Plackerei war.«

Die Plackerei – Lars' derzeitiges Lieblingswort – hatte darin bestanden, den Wagen mehrere Stunden lang mit all dem unglaublichen Zeug zu packen, das kleine Kinder brauchten, um für ein paar Tage wegzufahren, und uns dann sechs Stunden durch den Verkehr auf der Autobahn zu quälen, bis wir endlich in das kleine Dorf in Cornwall eingebogen waren, in dem ich für eine Woche ein Cottage gemietet hatte. Finn hatte fast die ganze Fahrt über geschlafen und saß jetzt – obwohl es acht Uhr abends war – hellwach in seinem Buggy. Tessa zog an meiner Hand, da sie weiterlaufen und zum Strand hinuntergehen wollte.

»Wir gehen morgen, Schatz. Im Dunkeln können wir keine Sandburgen bauen.« Wir waren auf dem Weg zum Dorfpub, wo ich den Stress der Fahrt mit einem anständigen Sancerre und einem Teller Fish and Chips hinter mir lassen wollte. Ich war wie üblich völlig geschlaucht – Tessa hatte noch nie gut geschlafen, und als Finn zur Welt kam, schien er immer genau dann wach zu sein, wenn sie schlief, und zu schlafen, wenn sie wach war. Die meisten Nächte in unserem Haus waren wie eine Reise nach Jerusalem mit Betten – wenn die Kinder zu uns kletterten, flüchteten Lars und ich stattdessen in ihre kleinen Einzelbetten, und unsere Füße schauten am Ende der Decken heraus, die mit Comicfiguren bedruckt waren. Ich hoffte inständig, dass Lars – jetzt, wo ich ihn endlich dazu gebracht hatte, eine ganze Woche mit uns zu verreisen – einen Teil seiner beträchtlichen Energie darauf verwenden würde, mich ausschlafen zu lassen.

Wir schlenderten am Hafen entlang, an einem Kriegerdenkmal vorbei, wo irgendein einheimischer Witzbold das »T« von »Treue« abgemeißelt hatte, sodass dort jetzt *»In reue zu Gott«* stand. Darüber mussten wir beide kichern, und Lars hielt für einen Moment meine Hand, bevor wir uns zügig auf die Suche nach dem Wein machten, mit dem wir unseren stressigen Londoner Arbeitsalltag im Handumdrehen vergessen und etwas dringend benötigte Romantik finden würden.

Als ich an jenem ersten Morgen, erholt nach einem zehnstündigen Schlaf, in die Küche kam, lächelte ich die Kinder an, die an dem Kieferntisch saßen und Müsli aßen, nachdem sie vermutlich schon seit mehreren Stunden auf den Beinen waren. Ich war Lars so dankbar, dass ich den kurzen Anflug von Wut zu ignorieren versuchte, den ich empfand, als ich sah, wie er auf seinem Laptop herumtippte. Er klappte ihn rasch zu. »Kein WLAN«, erklärte er und stand auf, umarmte mich und schenkte mir Kaffee ein.

»Danke, dass du mich hast ausschlafen lassen«, sagte ich.

»Wir gehen an den Strand, wir gehen an den Strand«, sang Tessa mit vor Aufregung strahlenden Augen.

»Strand, Strand, Strand«, fiel ihr Bruder mit ein.

Ich setzte mich zu ihnen. »Wir brauchen Schwimmflügel und einen Spaten«, erklärte Tessa. Sie trug Shorts und ein T-Shirt, und darunter konnte ich die bunten Tupfer ihres neuen Bikinis sehen.

»Sie hatte heute Morgen im Bett ihre Schwimmflügel schon an«, berichtete Lars, »aber wir haben sie fürs Frühstück abgenommen.«

»Und wir können Pasteten zu Mittag essen«, fuhr Tess fort. »Die darf man ohne Messer und Gabel aus der Tüte essen, und man muss nicht auf seine Manieren achten.«

Finn sah interessiert auf. »Bitte, danke«, sagte er.

»Ich gehe mal los und sehe, ob ich irgendwo eine Sonntagszeitung bekomme«, sagte Lars. »Am Hafen gab es einen Laden, der geöffnet haben könnte.«

Ich lächelte ihn an, voller Vorfreude auf die Woche, die vor uns lag, aber als er zur Stalltür hinausging, sah ich, wie er sein Handy einsteckte.

Bis zum Mittag hatte er den Versuch aufgegeben, es zu vertuschen. Wir saßen auf Handtüchern am Strand, die Kinder buddelten neben uns im Sand. Finn setzte sich immer wieder anstelle seines Sonnenhuts seinen roten Eimer auf den Kopf. Die Sonne war schwach, aber sie war da. Wolken huschten getrieben von der Brise über den Himmel.

Lars versuchte noch immer, Empfang zu kriegen. Das hatte er fast den ganzen Vormittag getan. Immer wieder war er aufgestanden und ein paar Schritte gegangen, hatte das Telefon in die Luft gereckt, als würde es sich, wenn es ein paar Zentimeter näher an einem Satelliten war, leichter mit der Welt verbinden.

»Was gibt es denn an einem Sonntag so Dringendes?«, fragte ich, als er wieder entnervt aufseufzte.

»Neues Software-Release«, murmelte er. »Wollte nur wissen, wie's läuft.«

Ich biss mir auf die Innenseite meiner Wange und zwang mich, breiter zu lächeln. »Es ist bestimmt alles in Ordnung.«

»Als du das Cottage gemietet hast, hast du da nicht darauf geachtet, dass es WLAN hat?«

»Offen gestanden, habe ich mir mehr Gedanken um einen Hochstuhl gemacht«, sagte ich so ruhig, wie ich konnte. Wenn es so wichtig war, warum hatte er dann nicht selbst darauf geachtet? »Kannst du es nicht beim Pub versuchen?«

»Gute Idee.« Lars sprang auf. »Es wird nicht lange dauern. Ich komme zurück, so schnell ich kann.«

Ich baute mit den Kindern eine Sandburg.

Etwa eine Stunde später kam er wieder, vier Papiertüten in den Händen. Der Geruch von frisch gebackenen Pasteten eilte ihm voraus. Unsere Sandburg war inzwischen ein stattlicher Bau, komplett mit ein paar wackeligen Türmchen und einem Burggraben. Die Kinder liefen immer wieder mit ihren Eimern zu einem kleinen Rinnsal und versuchten, den Graben mit Wasser zu füllen. Finn schwankte unsicher auf seinen winzigen Beinen.

»Pastete!«, rief Tessa. Ich nahm eine Tüte von Lars entgegen, riss ein Stück Kruste ab und blies darauf, um es für Finn abzukühlen.

Möwen kreisten kreischend über uns.

»Das war vielleicht eine Plackerei«, sagte Lars und setzte

sich. »Das einzige brauchbare WLAN im Dorf gibt es in dem anderen Pub oben an der Klippe.« Er zeigte zum Rand der Bucht, wo in der Ferne ein weißes Gebäude zu sehen war.

»Alles okay?«, fragte ich, obwohl mir vor der Antwort graute.

»Hmm, die Jungs sind ein bisschen besorgt wegen eines Programmfehlers, den sie offenbar nicht in den Griff kriegen«, meinte Lars kopfschüttelnd. »Ich muss mich später noch mal bei ihnen melden.«

Ich lächelte tapfer weiter und reichte Finn die Kruste. Sie war keine Sekunde in seiner Hand, bevor eine Möwe herabstieß und sie sich mit wildem Flügelschlagen für ihr eigenes Mittagessen schnappte.

Am zweiten Abend sprang Lars in den Wagen und fuhr zu dem Pub oben an der Klippe. »Ich komme zurück, so schnell ich kann«, sagte er.

Die Kinder waren erschöpft und schliefen ein, sobald sie im Pyjama waren. Ich lächelte, während ich an den vor uns liegenden Abend dachte. Wir würden aneinandergekuschelt auf dem tiefen orangefarbenen Sofa im Wohnzimmer des Cottages sitzen, vielleicht einen Film ansehen, reden oder uns sogar lieben. Ich duschte lange, schlüpfte in einen, wie ich hoffte, halbwegs verführerischen Pyjama und machte den Holzofen an. Ich schenkte mir ein Glas Wein ein, während ich über Finns empörten Aufschrei wegen der Möwe kicherte. Ich würde eine Weile lesen, bis Lars zurückkam.

Eine halbe Stunde später warf ich noch ein Scheit ins Feuer und legte mein Buch beiseite, um mir noch etwas Wein zu holen. Eine Stunde später wurde mir bewusst, dass ich die halbe Flasche getrunken und gut hundert Seiten gelesen hatte. Ich griff zum Telefon, um Lars eine Nachricht zu schicken, aber in der Ecke links oben auf dem Display war nicht ein einziger Balken zu sehen. Eine Stunde danach schenkte ich mir Wein nach und versuchte zu verhindern, dass sich die Enttäuschung in meine Seele einbrannte.

Lars kam schließlich um Viertel nach elf wieder, nachdem, so mein Verdacht, das Pub und damit sein WLAN-Zugang zugemacht hatte. Ich lag auf dem Sofa, trotz der Seeluft und des Weins wachgehalten von einer Wut, die ich nicht mehr beherrschen konnte.

»*Älskling?* Bist du nicht schon im Bett?«, fragte Lars.

»Nein, verdammt, bin ich nicht.« Ich setzte mich auf.

»Sie kriegen den Programmfehler nicht in den Griff.« Lars ignorierte meinen Ton und setzte sich aufs Sofa, eine Hand an den Kopf gelegt.

»Wir sollten im Urlaub sein.«

»Ich werde zurückfahren müssen«, sagte er, als gäbe es keine andere Option.

»Herrgott noch mal – ich hab's doch gewusst. Du kannst nicht mal eine Woche mit uns wegfahren, ohne wegen deiner verdammten Arbeit in Panik auszubrechen.«

»Hör zu, ich weiß, wie viel dir der Urlaub bedeutet, aber das ist eine größere Katastrophe«, sagte Lars kühl. »Es tut mir leid, aber alles, wofür ich gearbeitet habe, könnte den Bach runtergehen.« Er stand auf. »Morgen früh um sieben geht ein Zug von Redruth. Ich habe mir schon ein Taxi bestellt, um hinzukommen.«

Ich suchte mir eine Decke und blieb, wo ich war, auf dem Sofa; am nächsten Morgen hörte ich die Tür klicken, als er ging.

»Einen Tisch für vier Personen?«, fragte der Kellner, als er sah, wie ich mich mit dem Buggy durch die Tür zwängte. Ich hatte mir zwei große Strandtaschen über die Schulter geschlungen, an einer davon hielt sich Tessa fest. Unsere Waden und Füße waren mit Sand bedeckt. Es war offensichtlich, dass der Kellner erwartete, dass mir ein Ehemann folgen würde.

»Nein, nur für uns«, murmelte ich. Ich wollte mir eine Pause von dem ständigen Kochen für die Kinder gönnen und auf dem Rückweg vom Strand im Pub einen Happen mit ihnen essen. Der Kellner machte ein verlegenes Gesicht und glich seinen Fauxpas aus, indem er mir den Buggy abnahm und uns zu einem Ecktisch führte.

»Daddy musste wegen seiner Arbeit zurück nach London«, sagte Tessa zu ihm.

»Er muss ja sehr wichtig sein, dein Daddy«, meinte der Kellner und ging los, um einen Hochstuhl für Finn zu holen.

Ich setzte mich mit unseren Kindern an unseren Tisch für drei Personen.

Ohne erwachsene Gesellschaft verstrich die Woche nur langsam. Lars rief an, und wir führten steife, kurze Gespräche über die Kinder. Tagsüber erkundeten wir andere Strände, verbrachten einen Tag in einem Themenpark, aßen Eis und lernten, für einen typischen Nachmittagstee in Cornwall zuerst die Marmelade auf das Scone zu streichen.

An den Abenden gestattete ich mir, mich meiner Traurigkeit hinzugeben. Ich saß auf dem orangefarbenen Sofa und sah hinaus auf die hübschen Hafenlichter, während die Kinder schliefen, und dachte immer wieder, wie einsam es sein konnte, mit jemandem zusammen zu sein.

Kapitel 21

2017

Das Beunruhigende nach dem Pitch war, dass im Grunde nichts passierte.

Kein Marti, der wütend in mein Büro stürmte, um mich zu fragen, was mir einfiele, einen potenziellen Kunden anzuschreien und vor ihm zusammenzubrechen. Keine sarkastischen Nachrichten von Ben. Kein Klatsch auf den Fluren der Agentur, soweit ich es mitbekam, darüber, wie ich meine letzte Chance vermasselt hatte, indem ich mich beim wichtigsten Pitch meiner Karriere hoffnungslos unprofessionell verhalten hatte.

In den nächsten paar Nächten wälzte ich mich im Bett hin und her, außerstande, die glühend heiße Demütigung zu ertragen, die jedes Mal meine Gedanken überwältigte, wenn ich darüber nachdachte, was passiert war; meine Gehirnhälften waren jetzt von abgrundtiefer Scham beherrscht.

Ich schickte Marti eine E-Mail, obwohl ich wusste, dass es hoffnungslos war.

> *Könnte sein, dass Ben Jones dich anruft. Er ist besorgt wegen Brand News Finanzen und braucht ein bisschen Beschwichtigung.*

Ich versuchte auch, Bridgets Erwartungen etwas zu dämpfen, und schob es auf die Tatsache, dass unsere Agentur so klein war. »Meinst du, das ist es, was uns im Weg stehen wird?«, fragte Bridget. »Ich meine, ich war doch dabei. Sie waren begeistert von allem, was wir gesagt haben. Aber dann, als ich gesehen habe, wie du aus dem Gebäude gestürmt bist, wusste ich, dass irgendetwas nicht stimmte.«

»Aber das habe ich dir doch schon erklärt, Bridget«, erwiderte ich. »Sobald du gegangen warst, hat er gesagt, er würde sich Sorgen machen wegen unserer finanziellen Lage – und dann bekam ich diesen Anruf, dass Tessa krank sei.« An dem Punkt drückte ich mir hinter meinem Rücken die Daumen, um mich vor der Lüge zu schützen.

»Claudia hat angerufen und gesagt, sie und er würden zusammen wegfahren, um darüber nachzudenken.«

»Vermutlich lädt er sie zu einem heißen Liebeswochenende ein«, meinte ich.

Campaign brachte einen Bericht darüber, dass Campury noch immer versuchte, eine Agentur zu finden. »Wir waren wirklich beeindruckt von den vielen Ideen«, wurde Ben zitiert. Auf dem Foto zu dem Artikel stand er etwas zerzaust aber entspannt vor dem Büro am Hanover Square.

Jedes Mal, wenn ich an das bevorstehende Wochenende ohne die Kinder dachte, dehnte sich meine metaphorische Nabelschnur in die Länge. Jeden Abend stürzte ich von der Arbeit nach Hause, nur um die Kinder jetzt in der fröhlichen Obhut von Jenny anzutreffen, während sie Gemüse aßen und ihre Stundenpläne auswendig lernten. Ich war Jenny unglaublich dankbar, aber trotzdem beobachtete ich die Kinder mit Argusaugen und versuchte mit Parminders Hilfe, eine Therapeutin für Tessa zu finden.

Lars rief die Kinder in dieser Woche fast jeden Abend an, und kurz bevor ich eines Abends das Telefon weiterreichte, kam er wieder auf den Vorfall mit der Beerdigung zu sprechen.

»Es war ein echter Schock, und irgendwie kriege ich es einfach nicht aus dem Kopf«, sagte er. »Diese ganze Zeit, die ich in Moskau gewartet habe, war ich wirklich tief besorgt. Wir hätten die beiden um ein Haar verlieren können.«

Ich biss die Zähne zusammen, weil eine so traumatische Episode nötig gewesen war, um ihm vor Augen zu führen, was ich ihm seit einer Ewigkeit gesagt hatte. Ein Gefühl von Ungerechtigkeit wallte in mir auf, aber ich versuchte trotzdem, mich nicht mit ihm zu streiten. »Wir müssen einfach sicherstellen, dass wir sie nicht noch mehr aus der Fassung bringen.«

»Ich weiß«, sagte er. »Ich weiß.«

Er fragte mich, ob ich schon von Campury gehört hätte.

»Nein, noch nicht«, antwortete ich. Wenn er wüsste, wie gründlich ich es vermasselt hatte!

Trotzdem stand ich jeden Tag auf, schlüpfte in die Rüstung meines Businesskostüms, ging ins Büro und wartete darauf zu hören, dass meine Karriere am Ende war – und kam dann nach Hause, um meine Babys zu lieben. An den meisten Abenden ließ ich die Kinder zu mir ins Bett kommen, und wir kuschelten uns alle aneinander. Wenn das die zukünftige Form meiner Familie sein sollte, dann war sie auf jeden Fall ruhiger und voller Liebe.

Die Kinder fragten manchmal nach Luba, die meist, wie Jenny zu berichten wusste, lange nach Mittag »geschniegelt und gestriegelt« aus dem Haus zwei Türen weiter auftauchte und in Guys Ferrari stieg. Jenny hatte sie beaufsichtigt, während sie ihre wenigen Habseligkeiten abholte.

»Luba hat gesagt, ich kann zu einem verdammten Fußballspiel gehen«, sagte Finn, als er und ich eines Abends ein heißes Bad nahmen.

»Du kannst aufhören zu fluchen, jetzt, wo sie nicht mehr da ist«, sagte ich. »Und *ich* werde mit dir zu einem Fußballspiel gehen, sobald du alt genug dafür bist.«

»Wenigstens lässt Jenny uns Brokkoli essen«, meinte Finn. Nachdem ich ihn dafür zurechtgewiesen hatte, dass er einen Mundvoll schaumiges Badewasser genommen und es über mir wieder ausgespuckt hatte, fuhr er fort: »Weißt du, was ich jetzt am liebsten mag?«

»Nein, was denn, mein Schatz?«

»Ich mag, dass du jetzt mehr da bist«, sagte er, und dann drückte er mir einen schlabberigen Kuss auf den Mund. Ich war tatsächlich mehr da, während ich darauf wartete, dass über meine Zukunft entschieden wurde; ich schwor mir aber auch, dass ich, egal, wie dringend ich Geld verdienen musste, versuchen würde, in Zukunft möglichst flexibel zu arbeiten, um für ihn und seine Schwester da zu sein.

Nadine, die das mit meiner Scheidung inzwischen erfahren hatte, hinterließ immer wieder geflüsterte Nachrichten auf meinem Anrufbeantworter, in denen sie mir Baldrian empfahl, um ruhig zu bleiben. »Du armes, armes Ding«, sagte sie, als sie mich auf dem Spielplatz sah. »Natürlich, die Kinder werden sich davon erholen, aber es wird eine Weile dauern. Ich rate dir, ihnen deine *uneingeschränkte* Aufmerksamkeit zu schenken, Amelia, aber das ist natürlich schwer, wenn du ständig arbeitest. Und du solltest es natürlich um jeden Preis vermeiden, dass sie Zeugen eines Streits werden.« Ich hatte mir ein tapferes Lächeln ins Gesicht geklebt, mich dann in meinen Wagen gesetzt, den Kopf gegen das Lenkrad geschlagen und Tränen der Wut geweint.

»Ihr passiv-aggressives Verhalten ist allmählich nur noch aggressiv«, meinte Parminder, als ich ihr davon erzählte. »Wie konnte sie es nur wagen!«

Sie berichtete mir, wie Tess Priti erzählt hatte, sie würden »übers Wochenende bei Daddy wohnen«, und wie sehr sie sich schon darauf freuten. Dann sagte sie mir, ich müsse aufhören, mir Vorwürfe zu machen – was leichter gesagt als getan war –, und mir überlegen, wie ich mich an Nadine rächen könnte.

»Ich kann ihr Mitleid einfach nicht ertragen«, sagte ich. »›Verheiratet bleiben, während Amelia es nicht tut‹, das schmeichelt ihrer Selbstgefälligkeit ungemein.«

»Du weißt, dass Priti, als sie vom Schulausflug nach Hause kam, gesagt hat, alle anderen hätten winzig kleine Tupperwaredosen mit lauter kleinen Salaten und aufgeschnittenen Früchten dabeigehabt, die alle in einer größeren Dose übereinandergestapelt waren«, empörte sie sich. »Offenbar sind ein Sandwich, Obst und eine Tüte Chips nicht gut genug. Meine Behältnisse für Lunchpakete sind unzulänglich.«

Cathy bestand darauf, Einblick in sämtliche Geschäftskonten von Lars zu erhalten, nahm seine Tabellen und Investmentpläne auseinander und informierte mich bei einer erneuten Besprechung in ihrem Büro, dass wir sehr »illiquide« waren. »Das bedeutet, dass alles Geld, das Sie als Paar besitzen, in Ihrem Haus und im Betriebskapital von Lars' Unternehmen steckt. Das ist alles andere als ideal, wenn wir erreichen müssen, dass Sie in Ihrem Haus bleiben können.«

»Was können wir tun?«

»Ich kann Sie nur ermuntern, sehr wenig auszugeben und möglichst viel zu verdienen, während ich versuche, mit der Gegenseite eine Einigung zu erzielen«, sagte sie, aber sie furchte dabei die Stirn. »Wollen wir in der Zwischenzeit vielleicht festhalten, was Sie als Gründe einreichen werden, warum Sie nicht länger zusammenleben können?«

»Was sagen denn andere Leute?«, fragte ich.

»Letzte Woche hat jemand geschrieben, seine Ehefrau hätte siebzig Paar Schuhe.« Cathy kicherte vor sich hin.

»Nur siebzig?«

»Ich finde, siebzig sind gar nicht so viele«, meinte Cathy. Heute trug sie Lackleder-Pixieboots mit glänzenden Sohlen zu einem ansonsten eher unscheinbaren Hosenanzug. »Sein Argument war, dass sie ein größeres Haus gebraucht hatten, um sie alle unterzubringen.«

Ich beugte mich vor. »Was ist das Schlimmste, was Sie je gehört haben?«, fragte ich.

»Ich darf wirklich keine vertraulichen Mandanteninformationen preisgeben«, sagte Cathy, obwohl sie aussah, als würde sie nichts lieber tun.

»Oh, ich bitte Sie. Ich verspreche, es wird innerhalb dieser vier Wände bleiben. Nennen Sie einfach keine Namen ...«

»Na ja. Es darf *nicht* nach außen dringen, aber nun ja ... Das Schlimmste, was ich je gehört habe ...« – sie dämpfte die Stimme zu einem Flüstern – »... war, als ich noch eine Angestellte war ... Sagen wir nur so viel, er war aus dem Norden, sehr reich, und seine arme, arme Ehefrau ...« – an diesem Punkt wurde ihre Stimme vor Empörung wieder lauter – »... hat geschrieben, er hätte sich häufig betrunken und das Kinderbett des Babys mit der Toilette verwechselt.«

»Sie meinen, er hat *auf sein schlafendes Kind gepinkelt?*«

»Schscht!« Aber Cathy lachte wie eine Hyäne. »Die arme Frau. Was für ein Tier. Ich hätte Ihnen das wirklich nicht verraten sollen.«

»Ich verspreche Ihnen, es keiner Menschenseele zu erzählen«, sagte ich, während ich dachte, wie sehr Liv diese Geschichte gefallen würde.

Obwohl ich sagte, ich sei wirklich nicht in der Stimmung, irgendwohin zu gehen, ließ Liv nichts unversucht, um mich – und sich selbst – auf das kommende Wochenende vorzubereiten. Sie rief mich an und sagte mir, das sei der Vorteil einer Scheidung: »Ganze Wochenenden, ohne sich um die verdammten Kinder kümmern zu müssen.«

»Ich werde sie wirklich vermissen. Es wird so seltsam sein, dass sie nicht da sind.«

Sie blieb hartnäckig. »Umso mehr ein Grund, auszugehen und auf die Pauke zu hauen.«

»Oh, ich glaube nicht … Und ich kann kein Geld ausgeben.«

»Keine Diskussion. Es ist alles umsonst. Wir gehen zum Berkeley House. Ich habe uns auf die Gästeliste setzen lassen, und es gibt ein kostenloses Dinner, dafür, dass ich eine Besprechung schreibe. Wir denken uns ein paar Sachen aus, die wir schreiben können, und lassen uns dann volllaufen.«

»Ich bin mir nicht sicher …«

Sie wollte nichts davon wissen. »Das ist *la place du jour* für *le beau monde*. Die Uniformen der Kellner wurden von Christopher Kane entworfen.«

Dann erzählte sie mir von den ganzen kostenlosen Werbegeschenken, die sie eingeheimst hatte, indem sie eine Berichterstattung in *Pas Faux* in Aussicht gestellt hatte, darunter eine Gesichtsbehandlung und ein paar Musterstücke von aufstrebenden Designern.

»Arbeitest du eigentlich irgendwann auch mal?«, fragte

ich. »Vielleicht solltest du ab und zu mal ein Feature oder so schreiben.«

»Keine Zeit«, antwortete sie. »Und damit ich mich deiner Jagd nach einem neuen Mann anschließen kann, habe ich mit Matthew Schluss gemacht.«

»Ich bin nicht auf der Jagd nach einem neuen Mann, aber wer war gleich noch Matthew?«

»Groß, Anfang zwanzig, Fotograf ...«

»Der mit dem Ziegenbart ... um genau zu sein, ganz allgemein irgendwie ziegenartig?«

»Ja, Bart. Er fing an, mir zu sagen, dass er mich liebte, während wir Sex hatten, was richtig langweilig von ihm war.«

»Sehr lahm, allerdings«, sagte ich.

»Und ich habe keine Zeit für Männer. Mein Job dieses Wochenende ist es, dafür zu sorgen, dass du dich so köstlich amüsierst, damit du vergisst, dass du vermutlich keinen Job und keinen Mann mehr hast.«

Am Mittwochabend rief Mum an.

»Ich habe für dich und eine Freundin – Liv, nehme ich an – einen Sonntag im Champneys gebucht. Dein Vater bezahlt. Ich habe ihm gesagt, es sei genau das, was du jetzt brauchst.«

»Danke!« Ich wusste, dass sie ein schlechtes Gewissen hatte, weil sie nicht in London war, um mir zur Seite zu stehen, und ich war gerührt. »Wie geht es ihm?«

»Schlecht, richtig schlecht«, antwortete sie. »Er weigert sich, irgendetwas anderes als Brot und Schinken zu essen.«

»Geht es wirklich nur um meine Scheidung?«

»Es spielt doch eigentlich keine Rolle, was der Auslöser ist, oder?« Meine Mutter war bedrückt und ungewöhnlich offen. »Aber es geht einfach immer so weiter.«

Ulrika kehrte von ihrer Amerikareise zurück. Sie kam zu uns, damit ich nicht sehen musste, wie Lars sich bei ihr häuslich eingerichtet hatte. Als sie aus dem Wagen stieg, so schmal und hochgewachsen, wie ein Weizenhalm, der sich im Wind biegen würde, umarmte sie mich fest. Sie hatte den Kindern haufenweise neue Kleider und jedem ein Paar Turnschuhe aus Kalifornien mitgebracht, aufmerksam wie immer angesichts unserer finanziellen Situation. Die Kinder drückten ihr dicke Küsse auf die Wangen.

»Ich habe gehört, ihr kommt bald zu mir, um bei eurem Daddy zu sein«, sagte sie.

»Ja, wir wollen ihm beibringen, wie er sich richtig um uns kümmern soll«, sagte Tessa.

»Weiß er das denn nicht?«, fragte sie mit einem breiten Grinsen. Sie sah mir nicht in die Augen, während sie über ihren Sohn lachte. Ulrika würde für keinen von uns Partei ergreifen.

»Und du darfst es ihm nicht sagen, Oma«, warf Finn ein. Tess und er wechselten einen verschwörerischen Blick, und ich ahnte, dass sie einen raffinierten Plan ausgeheckt hatten, um ihrem Dad weiszumachen, dass sie jeden Abend um Mitternacht zu Bett gehen und Eiscreme zum Frühstück essen durften.

Die Kinder gingen spielen, und Ulrika und ich setzten uns in die Küche. »Ihr beide seid getrennt wie die Ufer des Fjords, aber ich bin für dich da, Ami«, sagte sie, während sie ihre Strickjacke wie eine Wolldecke um sich wickelte.

Dann ließ sie mich die nächste halbe Stunde weinen, ohne bis auf warme Umarmungen und tröstliche Worte irgendeinen echten Kommentar abzugeben.

»Es ist einfach wegen allem, was wir waren«, sagte ich immer wieder, »und allem, was ich wollte, dass wir wieder sein sollten.«

Und alles, was sie sagen konnte, diese entzückende Frau, die an uns geglaubt hatte und ihren eigenen Ehemann so sehr geliebt hatte, war: »Ich weiß, ich weiß« und »Ich wünschte, ich könnte das hinbiegen.«

Ich wollte sie fragen, ob sie mit ihm reden könnte, ihm klarmachen, dass sein Dad das hier nicht gewollt hätte. Er hätte sich eine glückliche Familie *und* eine tolle Karriere für ihn gewünscht. Vielleicht hatte sie dieses Gespräch mit Lars bereits geführt? Ich wusste, sie hatte getan, was sie für richtig hielt.

Thor hatte mir ziemlich oft geschrieben.

Wollte nur hören, wie's dir geht. Alles okay, schöne Frau?
Wie geht's den Kindern?

Und ich hatte ihn beschwichtigt. Seine letzte Nachricht jedoch verriet mir, dass er vorhatte, bald nach England zu kommen:

Wir müssen diese Sache klären.

Ich fragte mich, wie er sich fühlen würde, wenn er wie Ulrika herausfand, dass es nichts mehr hinzubiegen gab.

Freitag: noch immer kein Anruf von Campury. Bridget kaute den Großteil ihrer Fingernägel ab und rief Claudia an, die sagte, sie seien noch immer verreist, um zu einer Entscheidung zu gelangen.

»Er ist mit ihr nach Sorrent geflogen, um Zeit zum Nachdenken zu haben«, informierte mich Bridget.

Ich stellte mir vor, wie Ben Claudia auf ein weißes Bett warf, während hinter ihnen Musselinvorhänge in der Brise wehten, wo ein aquamarinblaues Meer einen azurblauen Himmel berührte. Später würde Ben seinen riesigen Körper in einen Fiat 500 zwängen, und sie würde neben ihm einsteigen. Sie würden über einem weißen Strand zu Abend essen, im Freien – vermutlich irgendetwas Fischiges mit Tomaten. Vielleicht würden sie lachen, während sie sich erinnerten, wie sich die verrückte alte Amelia bei dem Pitch blamiert hatte.

Das war der Mann, der dafür verantwortlich war, was als Nächstes in meinem Leben passierte, der mich an meinem beruflichen Tiefpunkt gesehen hatte, und er war irgendwo im Urlaub in der Sonne und vögelte.

Kapitel 22

2015

Lars hantierte in der Küche herum, brachte den Recyclingmüll raus und sah nach, wie weit die M&S-Fertigmahlzeiten im Ofen waren. Ich kam herunter, nachdem ich die Kinder ins Bett gebracht hatte. Geflissentlich stellte er ein Glas Wein für mich auf den Küchentisch. Das war eine der Phasen, in denen er sich bemühte – er hatte versprochen, mehr für die Kinder und mich da zu sein. Und weil er es schon so oft versprochen und nicht gehalten hatte, rechnete ich jeden Moment damit, dass es wieder aufhörte.

Ich setzte mich und versuchte, mich zu entspannen, während er um mich herumwuselte. Schließlich häufte er irgendeine Art Fleisch in Soße auf Teller – es sah völlig anders aus als das Bild auf der Packung – und nahm mir gegenüber Platz. Wir redeten über die Kinder – ein, wie ich glaubte, unverfängliches Thema.

»Finn ist bis über beide Ohren in Jemima im Kindergarten verliebt«, sagte ich. »Er will sich ständig zum Spielen mit ihr verabreden. Das Schlimmste dabei ist, dass ich dann mit ihrer Mutter, Nadine, reden muss.«

Lars lächelte. »Ist das die, die ständig versucht, die Welt zu retten?«

Ich nickte. »Ernster Typ, redet ständig von Delfinen und

perfekter Erziehung, was offenbar heißt, dass man sein Kind nie einem Konflikt aussetzen darf. Und freie Liebe. Sie redet sehr offen über Sex.«

»Ihr Mann tut mir leid …«

»Freddie? Unvorteilhafter Bart? Sie laden uns ständig zum Essen zu sich ein. Aber es würde Nussbraten mit Tofugeschmack geben, und wir müssten vermutlich eine Tai-Chi-›Kennenlernrunde‹ über uns ergehen lassen, bevor wir essen dürfen. Zum Glück kann ich nie zusagen, weil du nicht da bist.« Lars blickte mich an, um zu sehen, ob ich versuchte, einen Streit vom Zaun zu brechen. Das tat ich nicht, es war lediglich eine Feststellung, aber ich versuchte trotzdem, das Gespräch wieder auf ein witziges Thema zu lenken. »Offenbar hat sie eine der anderen Mütter zu einem Kurs eingeladen, ›wie man zu multiplen Orgasmen kommt‹, mit praktischen Übungen, bei denen man sich nackt auszieht, an einer Volkshochschule in Finsbury Park.«

Lars lachte laut und sichtlich entspannt. Aber dann begann auf dem Küchentresen sein Handy zu klingeln. Er sah auf und starrte es an. Ich konnte seine Anspannung fast spüren, während er versuchte, nicht aufzuspringen und ranzugehen. »Stört es dich, wenn …?«, fragte er schließlich. »Es ist nur …«

Es ist nur eine dieser niemals endenden Arbeitskrisen, die unser Leben beherrschen, dachte ich, sagte es aber nicht laut. Stattdessen nickte ich nur, und er sprang auf und sagte: »Bill? Alles in Ordnung?«, während er hinausging, um im Flur auf und ab zu laufen.

Kann Liebe verdampfen, wenn man den Deckel nicht fest draufhält? Unsere war offenbar all den großen Fragen des Erwachsenwerdens und Verheiratetseins untergeordnet worden: Arbeit, Kinder, Ehrgeiz und Alter. Ich nahm meine Gabel und begann, wieder einmal allein zu essen.

Kapitel 23

2017

Ein Wodka Tonic, eine Flasche Champagner, absolut kein Mineralwasser, ein tolles Dinner und ein Gespräch, in dessen Verlauf wir jeden einzelnen Mann aufzählten, mit dem wir je geschlafen hatten – oder, in Livs Fall, jeden, an den sie sich erinnern konnte – und für eine geschiedene und verzweifelte Frau ging es mir richtig gut. Der Speisesaal im Berkeley House war geschmückt mit Summer-of-Love-Blumen und leuchtend violetten Stühlen. Der Raum war durchtränkt vom Zeitgeist, und er wusste es.

Der Abend hatte nicht ganz so vielversprechend begonnen. Als Lars gekommen war, um die Kinder abzuholen, fühlte ich, dass dies die Realität einer Scheidung war – unnatürlich aufgeteilte Wochenenden, Kinder, die den Armen ihrer Mütter entrissen und in die Jede-zweite-Woche-Obhut ihrer Väter gegeben wurden; Mütter, die sich aufmachten, um herauszufinden, wer sie ohne die Kinder waren, die in ihnen herangewachsen waren.

Lars blickte besorgt, als er auf der Türschwelle stand. Tessa und Finn waren aufgeregt – sie hatten die ganze Woche davon geredet, »bei Daddy zu wohnen«. Ich rasselte Anweisungen herunter – Schlafenszeiten, Essen, wo Tessas muffige Bettdecke in den zwei traurigen kleinen Koffern war, die in der Diele standen. Ich küsste die Kinder innig.

»Kalte Pimmel, kalte Pimmel«, sang Finn, der sich Sorgen wegen der Heizung in Ulrikas Haus machte. Lars und ich redeten mit den Kindern, um nicht miteinander reden zu müssen.

Dann stand ich auf der Straße und winkte gespielt fröhlich zum Abschied, ging wieder ins Haus und schlenderte durch das Spielzimmer und die Küche. Ich schob die Traurigkeit beiseite und dachte darüber nach, dass ich mich an so etwas gewöhnen müssen würde.

Liv rief an, aber sie schaffte es, so zu klingen, als würde sie nicht absichtlich genau in dem Moment anrufen, ab dem ich, wie sie wusste, frei von den Kindern sein würde. »Du bist noch nicht mal angezogen, habe ich recht? Denk bloß, wie himmlisch es sein wird, dich allein fertig machen zu können.« Ich nahm ein langes Bad und versuchte, mir keine Sorgen um die Kinder zu machen, dann schlüpfte ich in ein einfarbiges Kleid, das ich mir mal für ein Abendessen mit Lars gekauft hatte, zu dem es nie gekommen war.

Drei Stunden und viele Gläser goldgelben Schampus später kamen Liv und ich zu dem Schluss, dass wir uns nun wirklich mit der Rezension beschäftigen mussten, die sie für *Pas Faux* schreiben sollte. Wir entschieden uns für »Hier erwartet Sie ein Höhepunkt« als Schlagzeile, bevor wir uns über das Essen ausließen, als wäre es ein leidenschaftliches sexuelles Abenteuer. »Ich tauche ein in das warme Dreieck aus Salat, lecke mir die Lippen und schwelge in der rundlichen Weichheit der Avocadobrüste«, kritzelte Liv in ihr Notizbuch.

»Jeder Mundvoll liebkost meine Geschmacksknospen, gleitet in meinen Körper und trifft genau ins Zentrum meines Verlangens«, schlug ich vor.

»Die heißen Säfte spritzen vom Steak in meine Kehle, jedes

Pommes frites ist ein Schwanz, begierig darauf, verschlungen zu werden«, fuhr Liv fort.

»Das ist aber ein bisschen Hardcore, oder? Wie wär's damit, dass die Säfte sich um das pulsierende Lamm legen, als sollten sie nie wieder getrennt werden?«

Liv legte ihr Notizbuch beiseite und erklärte, das sei eindeutig genug harte Arbeit für einen Abend. Sie drehte ihr Champagnerglas zwischen den Fingern, sodass die Lichtstrahlen von den Kronleuchtern an der Clubdecke die goldgelbe Flüssigkeit durchdrangen. »Dein Problem, Ami, ist, dass du Sex mit Fortpflanzung assoziierst, während er in Wirklichkeit nichts damit zu tun hat.«

»Absolut überhaupt nichts.«

»Na ja, natürlich hat er das, unter gewissen Umständen. Aber habe ich dir schon von der neuesten Theorie erzählt? Das habe ich in *Grazia* gelesen. Es gibt den Eisprung-Mann und den Anti-Eisprung-Mann: die, mit denen du Kinder haben willst, und die, die du nur zum Vergnügen vögeln willst. Du wählst die erste Kategorie, wenn du deinen Eisprung hast, und die zweite, wenn du deine unfruchtbare Zeit des Monats hast. Lars war dein Eisprung-Mann, und jetzt wirst du den Anti-Eisprung-Mann finden.«

»Und was ist mit dir – vögelst du nur in den drei Wochen des Monats, in denen du keinen Eisprung hast?«

»Gott, nein«, sagte Liv. »Du weißt doch, dass ich Injektionen bekomme. Sie erheben mich über die Natur hinaus – ich habe überhaupt keinen Eisprung. Schon seit Jahren nicht mehr. Egal – wollen wir tanzen?«

Als ich mich beim Aufstehen an der Rückenlehne meines Stuhls festhielt, wurde mir klar, dass ich ein bisschen betrunken war, und ich kicherte. Als wir die Tanzfläche erreichten, wimmelte es dort von superschlanken Körpern, die irgendwelche Formen bildeten. Die Musik war eklektisch im schlimmsten Sinne des Wortes: wahllose Disco- und R&B-Musik, dazu gedacht, irgendeinen Mittelweg zu finden zwischen den Mittzwanzigern, die den Club glamourös machten, und den Jahrzehnte älteren Mitgliedern, die sich die exorbitanten Mitgliedsbeiträge leisten konnten.

Wir verschafften uns mit den Ellenbogen ein bisschen Platz im Gedränge, und ich begann mich zu bewegen, schloss die Augen und wiegte mich inmitten der Krake aus Armen und Beinen um mich herum.

Im nächsten Moment spürte ich, wie eine große Hand genau auf meine Nase knallte. »Aaarghhhhhh«, schrie ich auf, eher vor Schock als vor Schmerz, und als ich die Augen aufschlug, sah ich einen Mann Mitte zwanzig, der prompt aufhörte, auf und ab zu hüpfen, und mich stattdessen besorgt beäugte.

»Meine Güte, es tut mir so leid«, sagte er. »Da habe ich mich wohl ein bisschen zu sehr hinreißen lassen. Ich hole dir etwas Eis.« Er führte mich zu einem Stuhl, bevor er in Richtung Bar verschwand.

Nach ein paar Augenblicken sah ich mich unsicher nach Liv um, aber stattdessen spürte ich, wie ich schon wieder einen Schlag ins Gesicht bekam, diesmal von einem prall mit Eis gefüllten Tuch. »Aaarghhhhhh!«

»Oh, mein Gott, jetzt ist es schon wieder passiert.«

»Du willst mich wohl umbringen.«

»Es war ein Versehen, es tut mir leid, ich habe mich einfach beim Tanzen hinreißen lassen.«

»Alle Arme fliegen hoch«, murmelte ich vor mich hin. Es war das, was ich immer zu den Kindern sagte, wenn ich versuchte, ihnen die Kleider über den Kopf zu ziehen.

Ich nahm ihm den Eisbeutel ab und drückte ihn mir etwas behutsamer auf die Nasenmitte. »Blute ich?«

»Ich glaube nicht.« Der Mann beugte sich näher vor. »Scheiße, wir bringen dich besser ans Licht.« Ich rappelte mich hoch und folgte ihm hinaus ins hellere Licht des Korridors. Das Eis nahm ich mit. Ich lehnte mich gegen die Wand, während er mich musterte.

»Nein, kein Blut zu sehen.« Seine Stimme klang sehr wohlerzogen. Seine natürlich gesträhnten Haare waren auf seiner hohen Stirn spitz nach oben gekämmt. Sein Gesicht strotzte von blaublütigen Genen – eine lange Nase und hohe Wangenknochen, umherhuschende grüne Augen.

»Bist du auf eine Privatschule gegangen?«, fragte ich.

»Ja. Harrow, warum?«

»So tanzen Jungen von Privatschulen. Die Arme überall in der Luft.« Wenn ich als Jugendliche bei Liv übernachtet hatte, durften wir abends in die örtliche alkoholfreie Teeniedisco gehen, die der bevorzugte Treffpunkt von Hampsteads vornehmsten Eliteschuljungen war. Wir hatten natürlich mit einigen von ihnen geknutscht, aber nie aufhören können, über ihre Tanzschritte zu lachen.

Er lachte ein schallendes, sehr typisches Upperclass-Lachen. »Machst du dich über mich lustig?«

»Das ist das Mindeste, was ich tun kann, nachdem du mir ins Gesicht geschlagen hast.«

»Lass dir von mir einen Drink ausgeben, als Entschuldigung.«

»Ich will nur rasch nachsehen, ob ich noch immer vollständig vorhanden bin.« Ich schwankte in Richtung Toiletten, wo ich mich vergewisserte, dass, obwohl mir aus dem Spiegel zwei Ichs entgegenstarrten, jede Version tatsächlich ihre eigene Nase hatte.

Als ich wiederkam, lehnte der »Junge« an der Wand. »Alles in Ordnung«, sagte ich.

»Komm mit.« Er führte mich eine Treppe hoch zu einer Bibliotheksbar, wo alte Ledersofas mit Kissen überladen waren, die die Farbe überreifer Kirschen hatten. Ich setzte mich in einen Sessel mit hoher Lehne und sah dann zu, wie sein langer Körper, der, wie es aussah, in einem Vintage-Dinnerjackett und einer alten Bluejeans steckte, zur Bar ging und mit einer Flasche Champagner und zwei Gläsern wiederkam.

»Ich finde, ich sollte mich stilvoll entschuldigen.« Er schenkte mir ein halbes Glas ein, bevor er ziemlich viel auf dem Tisch verschüttete.

»Meinst du wirklich, ich sollte das tun, angesichts deiner bisherigen Erfolgsbilanz?«

Er lächelte und nahm mir gegenüber Platz. »Wenigstens habe ich dein schönes Gesicht nicht ruiniert.«

»Du würdest dich vielleicht sehr gut mit meiner Freundin Liv verstehen.«

»Ich will mich sehr gut mit dir verstehen, aber, verdammt.« Ich führte mein Glas zum Mund, und sein Blick fiel auf meinen Ehering, der im Gold meines Drinks glänzte. »Du bist verheiratet. Hätte ich mir denken müssen.«

»Um genau zu sein, bin ich getrennt lebend, aber ich bin noch nicht dazu gekommen, den Ring abzulegen.«

»Du lügst. Niemand wäre so verrückt, dich gehen zu lassen.«

»Ich lüge nicht. Ich bin dabei, geschieden zu werden.«

»Komisch, das sagen doch angeblich immer die Männer, wenn sie versuchen, ein Mädchen ins Bett zu kriegen – aber ich habe es noch nie eine Frau sagen hören.«

Ich fragte mich, wie es sein konnte, dass wir übers Bett redeten, und lachte.

»Das heißt, wenn ich mit zu dir nach Hause komme, lauert kein psychotischer Ehemann mit einer Schrotflinte in der Küche?«

Jetzt redeten wir davon, dass er zu mir nach Hause kam. »Ich glaube, du würdest dich wirklich sehr gut mit meiner Freundin verstehen.«

»Heißt das, du stehst nicht auf mich?« Er ließ gespielt den Kopf hängen.

Nach einer halben Stunde und dem restlichen Champagner war ich sehr angetan. Peter Calthorpe-Prentiss – oder der ›doppelläufige Arsch‹, wie ihn seine Freunde, so schwor er mir, nannten – arbeitete in der City in der Bank seines Onkels. »Vetternwirtschaft, schiere, ungeschönte Vetternwirtschaft.« Er brachte mich zum Lachen mit Geschichten darüber, wie er die Millionen seiner Familie durch anhaltende Unfähigkeit verloren hatte. Er liebte Snowboarden und Surfen.

»Ich möchte wetten, du bist adelig und wirst mit ›Ehrenwerter‹ angesprochen«, neckte ich ihn.

»So ist es«, gab er zu. »Aber es lohnt sich nicht mehr, vornehm zu sein, oder?«

Ich erzählte ihm von meinem Job und den Kindern – »Gott, zwei Kinder«, sagte er. »Ich kann nicht mal auf mich selbst aufpassen.« – und sogar ein bisschen von meiner Scheidung.

»Schon einen neuen Kerl gefunden?«, fragte er, während er eine weitere Flasche Champagner bestellte.

»Ich suche gar keinen.«

»Darf ich mich um die Stelle bewerben?« Peter nahm eine meiner Hände und küsste sie.

Ich lachte. »Ich sollte wirklich meine Freundin finden und ihr sagen, wo ich bin. Und ich bin alt genug, um deine wesentlich ältere Schwester zu sein.«

»Sei nicht albern. Ich bin siebenunddreißig, und du kannst nicht einen Tag älter als neunundzwanzig sein.«

»Das ist sehr süß von dir, aber es ist ausgeschlossen, dass du auch nur annähernd siebenunddreißig bist.«

Liv tauchte um die Ecke auf. »Ich habe mich schon gefragt, wohin du verschwunden bist«, sagte sie, atemlos vom Tanzen, und dann warf sie einen Blick auf den Ehrenwerten Peter. »Aber jetzt verstehe ich, und ich verzeihe dir.«

»Peter Calthorpe-Prentiss.« Ich stellte die beiden einander vor. »Liv McDade.«

»Freut mich sehr, Sie kennenzulernen«, sagte Peter. Der Kellner brachte noch ein Glas, während Liv sich setzte.

Wir redeten einen Haufen albernes Zeug, während wir die zweite Flasche leerten, und ich schlitterte in einen Rauschzustand, in dem nur noch sehr wenig vernünftig oder wichtig schien.

Irgendwann ging ich mit Liv aufs Klo und hörte mir an, wie sie mir sagte, ich müsse einfach absolut durchgeknallt sein, Peter nicht zu vögeln, und später, während ich versuchte, aus seinem lachenden Gesicht schlau zu werden, war es, als ob der Drink, der Charme und die Behaglichkeit der Bibliothek und der Ehrenwerte Peter sich allesamt gegen mich verschworen. Ich erinnerte mich, dass ich schon sehr lange nicht mehr so betrunken gewesen war, und fragte mich, warum zum Teufel eigentlich nicht.

»Crouch End«, sagte Peter zu dem Taxifahrer, und mir wurde bewusst, dass er nicht nur mich ins Taxi setzte, sondern auch neben mir einstieg, und das erschien mir nun doch sehr vernünftig. Während der Wagen die Hügel von Nordlondon hochtuckerte, knutschte ich heiß und innig mit einem Jungen, den ich eben erst in einer Bar kennengelernt hatte, und anstatt wie ein abscheuliches Verbrechen fühlte es sich tatsächlich genau richtig an.

Lars wollte sich von mir scheiden lassen. Er hatte aufgehört, mich zu lieben, trotz allem, wovon wir einmal gemeinsam geträumt hatten. Er war aufgestanden und gegangen und hatte Anwälte engagiert, um mich loszuwerden. Ich würde mit diesem entzückenden Mann knutschen. Er wollte mich, Lars wollte mich nicht.

»Ich tue so etwas nie«, sagte ich und ließ mich gegen Peter fallen, während das Taxi den Crouch Hill hochkroch. Er hatte erstaunlich muskulöse Arme, die er um mich schlang, und sein Haargel roch nach Meer. Er hatte noch eine Flasche Champagner neben sich auf der Rückbank liegen.

»Ich bin froh, dass du mich dafür ausgewählt hast, es nie zu tun.« Peter begann, sich in mein Kleid zu wühlen, während er mich küsste.

»Oh, mein Gott«, sagte ich, denn da war es: der vertraute alte Sog des Verlangens stieg tief aus meiner Magengegend auf. »Genau so habe ich mich früher gefühlt.« Ich spürte seine Kraft, während seine Hände meine Brust umkreisten.

Erst als wir in meine Straße einbogen, wurde mir wirklich bewusst, was passierte.

»Du musst hier aussteigen«, sagte ich zu Peter, schob ihn von mir weg und klopfte gegen die Scheibe, um die Aufmerksamkeit des Fahrers zu bekommen. Er hielt am Straßenrand an.

»Sag mir nicht, du hast es dir anders überlegt.«

»Nein. Ja. Nein. Ich weiß nicht. Ich will nicht, dass die Nachbarn dich sehen«, sagte ich. Gott, ich wollte ihn, aber … »Ich bin noch immer verheiratet. Ich bin *Mutter zweier …*« Das Einzige, was ich nicht sagte, war: »Und ich versuche, mit dem verdammten Schmerz fertigzuwerden, dass ich von dem Mann abserviert wurde, den ich so lange geliebt habe.«

»Du bist eine Mummy zum Anbeißen«, sagte Peter, während er mich wieder an sich zog. »Aber ich werde hier aussteigen und dann wiederkommen und in ein, zwei Minuten an deine Tür klopfen.«

»Nein.« Ich war sehr betrunken, und sehr betrunken zu sein, führte nicht immer zu den besten Entscheidungen. Mein Ehemann war kaum ein paar Wochen weg, und …

Und er hatte mich verlassen. Er wollte mich nicht mehr.

»Das ist nicht die übliche alte Geschichte, weißt du«, sagte Peter. »Als ich dir heute Abend aus Versehen ins Gesicht geschlagen habe, waren die Götter auf unserer Seite.«

Der Taxifahrer seufzte hörbar durch die Scheibe.

»Waren sie das wirklich?« Gekicher gurgelte in mir hoch angesichts solchen Unsinns.

»Jesus will mich für einen Sonnenstrahl«, sagte er, und dann stieg er aus dem Taxi und flüsterte: »Wir sehen uns in einer Minute.«

Ich stolperte die Stufen zu meinem Haus hoch, fummelte nach meinem Schlüssel, schloss die Tür auf und ging hinein. Da war es, nur für einen Moment – ein stechendes Schuldgefühl, aber dann sagte ich laut: »Fick dich, Lars«, und ging, um Peter die Tür zu öffnen, obwohl ich schon im selben Moment wusste, dass das, was ich da tat, Rache war.

»Gott, du bist hinreißend«, sagte Peter hundertmal oder noch öfter, während er mich zwischen Küssen auszog, mir unbeholfen das Kleid über den Kopf streifte und mich Schritt für Schritt rückwärts zum oberen Treppenabsatz hoch und ins Gästezimmer schob, wo wir uns schließlich aufs Bett fallen ließen. Er entkorkte den Champagner, und wir tranken ihn zwischen tiefen, schlabberigen Küssen gleich aus der Flasche.

Er war jung, kräftig und weitaus geschickter im Bett als im Leben. Genießerisch erkundete er meinen Körper, und jedes Stöhnen von mir schien ihn noch glücklicher zu machen. Der Champagner hatte all meine Hemmungen aufgelöst. Während ich ihm die Jeans aufknöpfte und seine Erektion fand, konnte ich mich kaum noch erinnern, wer ich eigentlich gewesen war, bevor ich solch schieres, freundliches Vergnügen empfand.

Für einen kurzen Moment erinnerte ich mich an den Geruch und den Geschmack von Lars, und wie leidenschaftlich unser Liebesspiel gewesen war. Es schien so lange her.

»Du bist so hinreißend«, sagte Peter, als ich eben schon glaubte, ich würde vor Lust sterben, wenn er nicht gleich in mich eindrang. »Bist du wirklich sicher, dass du das willst?«

»Natürlich bin ich mir sicher«, sagte ich. »Bitte, bitte hör nicht auf …« Er streifte sehr geschickt ein Kondom über; ich erinnerte mich an den Geruch von vor so vielen Jahren, und ich fragte mich, wie ich diese wilden, hoffnungsvollen Zeiten je hatte aufgeben können.

»Oh, mein Gott«, flüsterte er, als er endlich in mich hineinglitt.

»Oh, mein Gott«, hauchte ich meinerseits.

Es gab einen Moment, in dem ich wusste, dass es das war: *das hier ändert alles für immer*. Ich habe mit einem anderen Mann geschlafen.

Ich atmete in tiefen Zügen und verdrängte jeden Gedanken, der über den »Jungen« hinausging, der sich atemlos auf und ab bewegte und mit jedem Stoß tiefer in mich eindrang. Ich bewegte instinktiv die Hüften und hielt ihn, bis er sich einen Moment ausruhte. »Langsam«, forderte ich ihn auf.

»Oh, verdammt, du bist sensationell.« Er bedeckte mein Gesicht von oben herab mit Küssen, bis er sich nicht mehr beherrschen konnte und wieder anfing, sich zu bewegen.

Es war nicht der längste Sex der Welt. Schließlich brach er auf mir zusammen, während ich mich ein wenig zu krümmen begann.

Ich hatte eben noch Zeit, ihn abzuwerfen und mein Gewissen mit noch einem Schluck Champagner auszublenden, bevor ich in das traumlose Vakuum eines betrunkenen Schlafs glitt.

Kapitel 24

2016

Ich war auf der Launchparty für Brand New im Sitzungssaal des Goldwyn-Vorstands. Marti hielt eine Rede, die über meinen Kopf hinweg in die Menge der Kollegen, Journalisten und Kunden zu schweben schien. Liv trug ein geblümtes Fünfzigerjahre-Vintagekleid; ich trug ein beige-kamelfarbenes Whistles-Kleid, das ich bei The Outnet gekauft hatte, und ich hatte schreckliche Angst, irgendetwas darauf zu verschütten.

Alle gratulierten mir, und ich lächelte breit. Vorstandsmitglieder schlenderten durch den Raum und klopften Marti auf den Rücken und sagten mir, wie aufregend das für den Aktienkurs sei. Ich hatte eben einem Reporter der Zeitschrift des Unternehmerinnenverbands ein spontanes Interview gegeben.

Aber das Einzige, woran ich denken konnte, war Lars und die Nachricht, die ich kurz zuvor bekommen hatte.

> *Tut mir so leid, stecke in Zürich fest – die Verhandlungen gehen noch ewig weiter, aber es ist wirklich wichtig. Bin sehr stolz auf dich und hoffe, alles geht gut.*

Ich war beim Friseur und musste mich zusammenreißen, während die Friseurin meine Locken mit einem Glätteisen bändigte, aber dann ging ich hinaus und trat vor lauter Wut gegen eine Mülltonne auf der Straße.

Thor schrieb mir eine Nachricht.

Ich glaube, in England sagt man Hals- und Beinbruch, aber bitte brich dir keines, denn du hast entzückende Beine.

Nicht einmal das vermochte es, mir ein Lächeln ins Gesicht zu zaubern. Ulrika schrieb.

Du wirst wunderbar sein.

Ich las die Nachricht und dachte, wunderbar allein, aber ich schickte ihr nur Küsse zurück.

Jetzt tauchte Liv an meiner Seite auf. Sie bahnte sich einen Weg durch eine Gruppe jüngerer Frauen, die ebenfalls bei Goldwyn arbeiteten. Eine prahlte mit ihren langen, vollen blonden Haaren, während die anderen ihren Kopf an den Stellen betasteten, wo die Verlängerungen eingeflochten waren.

»Ihr Haar hatte eine Vorbesitzerin«, zischelte Liv mir ins Ohr.

Ich kicherte, aber ich konnte die Fassade, die ich aufgebaut hatte, vor Liv nicht aufrechterhalten. »Ich dachte wirklich, diesmal würde er es schaffen. Er wusste doch, wie wichtig es mir ist.«

»Oh, Süße, und das hier ist dein Moment«, sagte Liv. »Ich bin sicher, er wäre hier, wenn es nicht um Leben und Tod ginge.«

»Aber das tut es nicht, oder? Es geht nicht um Leben und Tod.« Es war – unterm Strich – nur sein *Job*. Aber ich konnte spüren, wie irgendetwas in mir starb.

Aber am nächsten Abend war Lars wieder da. Es tat ihm unendlich leid, als er meine kalte Wut sah. »Ich mache es wieder gut«, sagte er, wie schon so oft. Ich ließ ihn meine Wange küssen und sagte nicht, dass er es unmöglich wiedergutmachen könnte, den bis jetzt wichtigsten Moment in meiner Karriere verpasst zu haben. Stattdessen schwieg ich.

Er organisierte eine Babysitterin und bestand darauf, dass wir zu dem spanischen Bistro gingen, in dem wir damals unser erstes Date hatten. Als wir ankamen, bestach er den Kellner, uns denselben Tisch unter der Markise zu geben, den wir damals hatten. Wir aßen Tapas, und er gab sich alle Mühe, zuzuhören, während ich ihm in allen Einzelheiten von dem Launch erzählte. Zwei Gläser Rioja später spürte ich, wie ich allmählich auftaute. Er konnte schließlich nichts dafür, dass sein Unternehmen ihm so viel abverlangte, oder?

Er lenkte die Unterhaltung zurück zu dem Tag, an dem wir uns kennengelernt hatten. »Erinnerst du dich noch, wie du ›ISDW: einen Ausgehabend‹ auf meinen Arm geschrieben hast?«

Ich erinnerte mich so deutlich. Ich erinnerte mich an die Möglichkeiten dieses Anfangs und an unsere naive Überzeugung, dass wir sie alle erreichen würden. Wir könnten es noch immer, dachte ich traurig. Wir könnten es noch immer.

Kapitel 25

2017

Das Telefon klingelte, und es fühlte sich an, als würde eine Blaskapelle in meinem Kopf spielen – große Schlagstöcke auf meinen Trommelfellen, Tuben in jeder Synapse. Ich schlug die Augen auf und starrte auf den ungewohnten Anblick der Decke im Gästezimmer. Ich muss hier drinnen eingeschlafen sein, dachte ich. Während das Geräusch des Telefons durchs Haus hallte, versuchte ich angestrengt herauszufinden, wo und wer ich war.

Ich musste das Geräusch abstellen. Erst als ich aus dem Bett krabbelte, wurde mir bewusst, dass ich nackt und mit jemandem zusammen war, der nicht mein Ehemann war.

»Oh, Gott, was habe ich getan?«, kreischte ich, und der Haufen neben mir, der Peter war, regte sich und richtete sich auf.

»Was denn?«

Ich schnappte mir mein Kleid vom Boden, hielt es vor meinen Körper und stürzte aus dem Zimmer. Während ich über den Treppenabsatz auf das Telefon in meinem Schlafzimmer zustürzte, sah ich vor meinem geistigen Auge Peter über mir, wie er in mich eindrang.

Ich riss den Hörer hoch. »Ja?«

»Mummy?«, kam Finns Stimme zögernd durch die Leitung. »Warum brüllst du?«

Zwei Welten kollidierten, als das betrunkene sexuelle Tier in mir auf die Reinheit des Muttertiers traf. Prompt traten mir Tränen in die Augen. Mehr Bilder von letzter Nacht schossen mir in den Kopf – wie ich in einem Taxi knutschte, wie ich Peter ins Haus ließ, wie ich Lars in dem Moment hasste und wie ich wusste und darauf pfiff, dass es kein Zurück mehr gab. Ich holte einmal tief Luft. Gott, was hatte ich getan?

»Hallo, Schatz«, sagte ich so ruhig, wie ich konnte, zu Finn. »Wie geht es dir? Bist du auch brav?«

»Daddy hat gesagt, ich könnte dich anrufen, wann immer ich will. Er hat gesagt, ich könnte dich sogar jetzt anrufen, und hat die Nummer gewählt, aber dann ist er wieder eingeschlafen.«

»Ja, natürlich. Ich vermisse dich und liebe dich sehr.«

»Oma hat krumme Finger«, sagte Finn.

»Und am Kinn ist ihr ein Haar gewachsen, aber sie hat es sich von mir ausreißen lassen.« Tessa kam in die Leitung.

»Seid ihr beide auch brav?«

»Na ja, Finn benimmt sich wie ein Furz«, sagte Tessa.

»Du bist hier der Stinker«, brüllte Finn im Hintergrund, und dann riss er seiner Schwester das Telefon wieder aus der Hand. »Willst du jetzt mit Daddy reden? Er tut so, als ob er schläft, aber ich kann ihm auf den Kopf springen.« Bevor ich protestieren konnte, hörte ich das Geräusch, wie mein Sohn genau das tat, und dann Lars' gedämpfte, schläfrige Wut.

Ich habe einen Mann in meinem Bett, während ich auf die intimen Geräusche meines schlafenden Ehemanns lausche.

»Sie wachen so früh auf«, stöhnte Lars.

»Was unternimmst du heute mit ihnen?«

»Wir fahren in die Tobehalle«, sagte er. »Tessa sagt, es wäre toll da.« Ich dachte an die klebrige, von Geschrei erfüllte, nach frittiertem Essen stinkende Hölle, die der Indoorspielplatz war, und sagte Lars, es würde ihm bestimmt gefallen.

»Was hast du vor?«

»Nicht viel. Champneys mit Liv morgen.«

»*Fy fan*, du kannst es dir nicht leisten, das Geld so aus dem Fenster zu werfen, Ami, bei allem, was im Moment los ist. Hör zu, ich sage ja nicht, dass du es nicht verdient hast, es ist nur …«

»Mein Vater hat es bezahlt. Und was ich tue, geht dich gar nichts an.« Ich knallte das Telefon hin und war schon wieder wütend auf ihn.

Die zerzauste, aber noch immer wunderschöne Gestalt des Ehrenwerten Peter tauchte im Türrahmen auf, in das weiße Betttuch aus dem Gästezimmer gewickelt.

»Geht es dir gut?«, fragte er und breitete die Arme für mich aus, sodass das Betttuch auf den Boden fiel. Im morgendlichen Licht sah er sehr jung aus.

Nach letzter Nacht gab es kein Zurück mehr.

»Ich glaube, ich bin immer noch betrunken«, sagte ich, denn ich konnte meine Gedanken nicht laut vor ihm aussprechen.

»Komm wieder ins Bett.« Er zog mich hoch, und das Kleid, das ich an meinen Körper drückte, um meine Nacktheit zu verbergen, fiel zu Boden. Er hielt mich und hauchte in meine Haare. Ich fühlte mich, als würde ich auf eine andere Frau hinuntersehen – eine Frau, die mit »Jungen« nach Hause ging, die sie in Clubs aufgabelte, nachdem sie erst seit Kurzem von ihrem Mann getrennt lebte. Ich hatte nicht das Gefühl, in meinem eigenen Körper zu sein, selbst während ich so nah vor ihm stand.

»Ich hätte dich wirklich nicht mit nach Hause nehmen sollen«, sagte ich. »Du weißt schon … Ich bin mir nicht sicher, ob ich mich noch an viel von letzter Nacht erinnern kann.«

»Dann sollten wir es besser noch mal tun, damit du dich wieder richtig erinnern kannst. Ich sage das nur in deinem eigenen Interesse, damit du nicht denkst, du hättest das Gedächtnis verloren.« Er kam herein, um mich zu küssen, und begann im selben Moment, mich zurück zum Gästezimmer zu führen. Er hob mich hoch, stellte meine Füße auf seine und trug mich über den Treppenabsatz zurück, während er mich küsste. Ich leistete ihm keinen Widerstand, obwohl mein Gewissen irgendwo tief in meiner Seele zu zittern begann.

»Ich sollte mir wirklich die Zähne putzen«, sagte ich, als er mich eben wieder zurück aufs Bett drückte.

Später kam die Reue, schwer und unversöhnlich, zusammen mit dem Kater.

»Oh, was hast du getan? Was hast du getan? Mit einem anderen Mann als Lars geschlafen«, sagte der Teufel des Zweifels.

»Aber er will dich nicht«, hielt der Engel der Angst dagegen. »Ihr lasst euch scheiden. Du hast nichts Unrechtes getan.«

Aber der Teufel war unerbittlich. Ich rollte mich im Bett herum, um seinen Vorwürfen zu entkommen. »Wie willst du Lars jetzt gegenübertreten? Was, wenn deine Kinder wüssten, was ihre Mutter getan hat?«

Ich ging hinunter und nahm etwas Nurofen, dann setzte mich mit einem Becher Tee aufs Sofa und rief Liv an.

»Weißt du noch, wie es sich angefühlt hat, deine Jungfräulichkeit zu verlieren? Genau so fühle ich mich jetzt, als ob es mir alle ansehen werden. Oh, Liv, was habe ich getan?«

»Du hast etwas völlig Normales getan und bist bei jemandem gekommen, um über jemand anderen hinwegzukommen«, meinte Liv in ihrem nüchternen Ton. »Das ist gut für dich. Du hast nichts Unrechtes getan, sondern ausnahmsweise einmal ein bisschen Spaß gehabt. Du kannst dich wohl nicht daran erinnern, wie du zu mir gesagt hast, ich würde nirgends mit dir hingehen, weil du vorhättest, eine heiße Nummer mit diesem Jungen …«

»Das habe ich nicht gesagt. Ich bin immer noch *verheiratet*.«

»Das sagst du ständig, aber du warst scharf darauf, und wie.«

»Oh, Gott, wie soll ich bloß Lars gegenübertreten, wenn er die Kinder zurückbringt?«

»Das geht ihn gar nichts an. Er ist aufgestanden und gegangen, schon vergessen? Wirst du Peter wiedersehen?«

»Na ja, er hat mich nach meiner Nummer gefragt, aber das kann ich natürlich nicht tun. Ich hätte es von Anfang an *niemals* tun dürfen.« Trotzdem erzählte ich Liv, wie sich Peter verabschiedet hatte: »Danke, dass du mich hattest«, und wie ich sehr ernst erwidert hatte: »Danke fürs Kommen«, bevor wir beide lauthals losprusteten. »Hör mich an. Ich klinge schon genau wie du.«

»Du siehst gut aus, in Anbetracht der Umstände«, meinte Liv, als ich am nächsten Morgen vor ihrer Wohnung hielt, um sie zu unserem Ausflug ins Champneys abzuholen. Sie stieg ein, eine riesige Sonnenbrille im Gesicht, mit der sie weniger wie Jackie O. sondern eher wie Jackie-oh-mein-Gott aussah.

»Die Sache ist die, ich weiß, dass Lars mich verlassen hat und das alles, aber ich fühle mich einfach so schuldig, Liv.« Ich hatte ständig ein eisiges Gefühl im Magen, das ich einfach nicht abschütteln konnte. Wie schnell ich mit der Trennung abgeschlossen hatte und weitergezogen war, würde Lars denken, und wie wenig ich mir aus ihm machen musste. Andererseits: Er pfeift drauf, ob ich mir noch was aus ihm mache. Trotzdem ließ mein kalter Bauch es mich nicht vergessen.

»Du hast absolut keinen Grund, dich schuldig zu fühlen. Das war genau das, was du brauchtest«, meinte Liv. »Hoffen wir, dass er der Erste von vielen war.«

»Sehe ich ein bisschen besser aus?«, fragte ich am Ende des Tages in der Umkleide, nachdem Liv und ich gezupft, geschrubbt, bedampft und geölt worden waren. Wir hatten eine gute Stunde im Whirlpool verbracht und waren sogar ein paar langsame Bahnen geschwommen. Am meisten Spaß hatten wir jedoch bei unserem Klatsch und Tratsch, während wir in unseren Bademänteln zu Mittag aßen und mit unseren Wassergläsern auf meinen Dad anstießen. Bedauerlicherweise hatte ich, während ich versuchte, mich bei meiner Massage zu entspannen, mich viel zu oft gefragt, ob Lars vielleicht das Gleiche getan hatte wie ich und mit jemand anderem geschlafen hatte. Ich wand mich bei der Vorstellung, während ich versuchte, unter den Händen der Masseurin ruhig zu bleiben.

»Du siehst hinreißend aus. Und ein bisschen entspannter. Aber das liegt wahrscheinlich am Sex.« Liv stopfte noch ein paar Fläschchen Champneys-Bodylotion in ihre Tasche, zusammen mit einem Paar weißer Pantoffeln.

»Vergiss nicht die Papierschlüpfer«, sagte ich. »Die sind auch umsonst.«

Kapitel 26

2016

Windpocken. Nadine hielt es für ratsam, Kinder dem Virus bewusst auszusetzen, sodass sie nur wenige Flecken bekamen und gegen eine spätere ernstere Infektion geschützt waren. Sie hielt Ausschau nach gefleckten Kindern, mit denen Jemima spielen könnte.

Offen gestanden, stand das neben meinem strauchelnden Unternehmen, zwei Kindern, um die ich mich kümmern musste, und einem Ehemann, der so gut wie nie da war, nicht sehr weit oben auf meiner Liste. Daher hörte ich zum ersten Mal, dass Tessa und Finn sie möglicherweise hatten, als mein Au-pair mich bei der Arbeit anrief und sagte, die Kinder hätten Fieber.

»In der Schule hieß es, es seien vermutlich die Windpocken«, sagte Ingrid auf ihre nüchterne deutsche Art. »Sie haben noch keine Flecken, aber Finn hat Fieber, und Tessas Temperatur ist auch erhöht. Die Schule sagt, wir sollen aufgrund der Vorschriften eine Woche lang nicht kommen.«

»Oh nein. Du hattest sie doch als Kind, oder?« Ich stopfte mir aus einem Plastikbehälter Salat in den Mund, während ich einen verspäteten Bericht für Land tippte.

»Leider nicht. Ich habe meine Mutter schon angerufen, und sie sagt, dass ich keine Windpocken hatte«, antwortete Ingrid.

»Sie hat sich dafür entschuldigt, dass es damals Mode war, Windpocken zu vermeiden.«

Ich stöhnte auf. »Meinst du, du hast dich schon damit angesteckt?«, fragte ich. Die Antwort lautete vermutlich Ja.

»Meine Mutter sagt, dass ich bei meiner Tante wohnen soll, bis die Ansteckungsphase vorbei ist«, fuhr Ingrid fort. »Es tut uns sehr leid, dass das bei dieser Krankheit in Deutschland damals Mode war, aber ich muss eine Gürtelrose vermeiden.«

Mein innerer Stresspegel schoss hoch wie Quecksilber in einem Thermometer, das in ein heißes Bad geworfen wurde; ich hatte in den nächsten Tagen so viel Arbeit zu erledigen. Ich sprang auf und stöpselte hastig meinen Laptop aus. »Ich komme nach Hause, so schnell ich kann.«

Und so wurde die arme Ingrid in einem Uber-Taxi zu ihrer Tante nach Südlondon verfrachtet, und der Rest des Tages verlief nicht allzu schlecht – ich schrieb den Bericht fertig, während die Kinder unter einer Decke lagen, die Köpfe jeweils an einem Ende des Spielzimmersofas, und sich zufrieden einen Disneyfilm nach dem anderen ansahen.

Lars war wieder einmal verreist – inzwischen hatte ich aufgehört, mich zu fragen, wohin. Ich hätte Ulrika um Hilfe bitten können, aber sie war auf einer Literaturreise im Lake District. Ich saß im Spielzimmer im Sessel, tippte vor mich hin und überprüfte immer wieder die Temperaturen der Kinder, die um die achtunddreißig Grad schwankten.

Mitten in der Nacht kam Finn ins Schlafzimmer, seinen Stoffhund, Barker, an sich gedrückt, weckte mich und weinte laut.

»Was ist los?«, sagte ich.

»Ich habe Kopfaua«, wimmerte er. »Ganz schlimmes Kopfaua.«

Ich breitete die Arme aus, und er ließ sich hineinfallen – sein Körper fühlte sich wie ein winziger Hochofen an. »Oh, mein armer Schatz.«

Am nächsten Morgen, nachdem ich ihm dreimal eine Dosis Calpol verabreicht hatte, glühte er nicht mehr ganz so sehr, war aber dafür übersät mit winzigen roten Pusteln, als würde er einen ungleichmäßig gepunkteten Anzug tragen. Tessa, die mittlerweile selbst ein paar vereinzelte Flecken auf der Brust hatte, begann fröhlich, die Symptome ihres Bruders mit ihrer Plastik-Arztausrüstung zu behandeln, bis er sich auf ihr und dem Spielzimmerteppich übergab. Finn war den ganzen Tag über immer wieder schlecht, und er erbrach mehr Essen, als man bei seinem winzigen Magen für möglich gehalten hätte.

Am Nachmittag, als er endlich eingeschlafen war, rief ich Lars an und hörte einen englischen Klingelton; das war ein gutes Zeichen – es hieß, dass er möglicherweise auf dem Weg nach Hause war.

»Ami?« Er klang, als würde er schnell gehen.

»Lars? Wo bist du? Die Kinder haben die Windpocken, und ich habe jede Menge Arbeit zu erledigen, und Ingrid hatte sie noch nicht, und …«

»Ich habe dir doch gesagt, ich hatte die Gelegenheit, ein paar Hacker zu treffen, die mich in die Geheimnisse der Website-Security einweihen werden«, sagte Lars aufgeregt. Ich erinnerte mich undeutlich an irgendetwas in Hull.

»Ich bin jetzt in Hull«, bestätigte Lars. »Bin eben aus dem Zug gestiegen. Ich komme vermutlich am Sonntag nach Hause. Geht es den Kindern gut?«

»Nein, sie haben die verdammten Windpocken!« Ich knallte das Telefon hin und ignorierte es, als er versuchte zurückzurufen.

Inzwischen war jede Entschlossenheit, mir nichts daraus zu machen, dass ich in meiner Ehe alleingelassen wurde, verpufft. Arbeit, Kinder. Arbeit und Kinder. Der unermüdliche Kreislauf. Und ich, die ständig darauf wartete, dass Lars das fehlende Stück Himmel im Puzzle meines Lebens war.

Am Samstag klebte ich Finn ein Paar Fäustlinge locker um die Hände, damit er aufhörte, an seinen Pusteln zu kratzen; als ich die Hotline des staatlichen Gesundheitsdienstes anrief, erfuhr ich nur, dass »manche Fälle von Windpocken bedauerlicherweise schwerer sind als andere«, und hysterisch nach so wenig Schlaf, flehte ich schließlich Liv an, für eine Stunde vorbeizukommen, damit ich baden konnte.

»Das ist das beste Verhütungsmittel, das ich mir denken kann«, sagte sie entsetzt, während sie zusah, wie sich Finn auf dem Sofa wand, mit den winzigen Fäustlingen gegen seinen Kopf schlug und die Art Schluchzer ausstieß, die mir das Herz aus dem Leib rissen.

Später, als ich ihn endlich dazu gebracht hatte, einzuschlafen, hielt Liv mich an sich gedrückt, während ich an ihre Schulter weinte, kaum weniger laut als Finn.

»Das kann nicht so weitergehen, dass du quasi alleinerziehend bist«, meinte Liv. »Was hast du vor?«

»Wir gehen zur Eheberatung«, antwortete ich. »Sobald er Zeit hat.«

»Weißt du was? Scheiß auf Lars«, sagte Liv etwas heftiger als sonst. Am Anfang hatte sie Lars angehimmelt, aber seit er immer öfter abwesend war, nannte sie ihn nur noch »Lars wer?«. »Er sollte sich verdammt noch mal die Zeit nehmen.«

Sie stand auf, kam mit zwei Bechern Tee wieder und reichte mir einen davon, während sie sich wieder setzte. »Du musst ehrlich zu dir selbst sein«, sagte sie. »Frag dich, ob du ohne ihn nicht besser dran wärst. Ich weiß, das ist nicht das, was du hören willst, aber ich wäre nicht deine Freundin, wenn ich es nicht sagen würde.«

Natürlich hatte ich darüber nachgedacht. In meiner allgegenwärtigen Wut dachte ich manchmal an nichts anderes. Aber die Wahrheit war, ich hoffte noch immer, dass es einen Weg zurück zu dieser unglaublichen Liebe unserer ersten Jahre gab, und ich war der festen Überzeugung, dass ich alles in meiner Macht Stehende tun musste, um unsere Familie zusammenzuhalten, für die Kinder – und für die Träume, die wir einmal geteilt hatten.

»Wenn ich die Hoffnung aufgebe«, fragte ich Liv, »wie soll es denn dann weitergehen?«

Sie seufzte. »Ich kann dich nicht länger so ansehen. Es bringt dich um. Du musst ihm klarmachen, dass er sich nicht nur um sein verdammtes Unternehmen, sondern auch um dich kümmern muss.«

»Er denkt, er kümmert sich um uns, indem er sich um die Zukunft kümmert«, erwiderte ich. »Und weißt du, manchmal, wenn er da ist, ist es immer noch okay – letzten Sonntag haben wir alle zusammen in unserem Bett gefrühstückt, und es hat mit einer Kitzelschlacht geendet.« Ich wusste, dass ich verzweifelt versuchte, ein Beispiel dafür zu finden, dass meine Ehe noch immer funktionierte. »Am Dienstag war er zu Hause, und wir haben uns nicht gestritten. Manchmal, weißt du, wenn er nach Hause kommt und eine Ewigkeit schläft, krabbele ich zu ihm ins Bett, und er legt die Arme um mich, und dann ist er wieder wie der alte Lars.«

»Ich bitte dich«, sagte Liv sehr sanft. »Mich kannst du belügen, aber belüg dich doch nicht selbst. Wovor hast du so viel Angst? Doch sicher nicht vor dem Alleinsein, denn du warst so viel allein. Du könntest nach vorn blicken, jemand anders kennenlernen, wieder glücklich sein, so wie du es am Anfang mit Lars warst.«

Ich wollte ihr noch einmal sagen, dass ich alles tun würde, was ich konnte, um meine Familie zusammenzuhalten, wenn das hieß, dass wir Tess und Finn die ungefilterte, uneingeschränkte Liebe schenken konnten, die ich mir immer von meinen eigenen Eltern gewünscht hatte. Dass Lars und ich uns einen Traum davon geschaffen hatten, wie unser Leben aussehen würde, und dass das irgendwie, irgendwie noch immer möglich sein musste.

»Ich kann mir nicht vorstellen, jemals mit jemand anderem zusammen zu sein«, sagte ich, während ich mir die Wolldecke bis zum Hals hochzog. Ich zeigte zur Zimmerdecke, wo die Kinder über uns schliefen. »Und wir sind immer noch eine Familie.«

Kapitel 27

2017

Ich stand vor dem Mann, der rechtlich gesehen noch immer mein Ehemann war, in dem Wissen, dass ich keine achtundvierzig Stunden zuvor mit jemand anderem geschlafen hatte. Ich umarmte die erschöpften Kinder fast zu Tode, hielt sie wie Babys an mich gedrückt und brachte sie ins Bett. Aber als ich herunterkam, stand da Lars – unrasiert und blass – in dem Raum, der einmal seine Küche gewesen war. Er hatte sich ein Glas Rotwein eingeschenkt und hielt mir eines hin.

»Du kannst nicht mehr einfach so hierherkommen und dir was zu trinken nehmen, weißt du«, sagte ich. »Du solltest jetzt gehen.«

»Du siehst anders aus«, sagte er.

»Ich hatte im Champneys eine Gesichtsbehandlung.« Ich wandte den Blick von ihm ab, während ich das Glas nahm.

Eine Pause trat ein, bevor er sagte: »Also, sind auf deiner Seite jetzt alle Unterlagen fertig?«

»Ich kann keiner finanziellen Regelung zustimmen, solange ich nicht weiß, ob ich noch immer ein Unternehmen habe – und wir sind pleite, Lars, schon jetzt richtig pleite. Du wirst etwas Geld aus deiner Firma entnehmen müssen.« Ich führte mein Glas zum Mund und roch die Erinnerungen an den Freitagabend. Ich stellte es auf dem Küchentresen ab.

Lars trat an den Küchentisch und setzte sich, als sollte ich kommen und ihm gegenüber Platz nehmen. Ich blieb stehen.

»Ich habe nachgedacht«, sagte er. »Weißt du, diese Geschichte, bei der die Kinder um ein Haar erstickt wären, hat mich wirklich erschüttert.«

»Mich auch«, erwiderte ich. »Jedenfalls wissen wir jetzt, was wir tun müssen. Wir müssen sie genau im Auge behalten während dieser ganzen Geschichte. Und Jenny ist toll – sie tut ihnen richtig gut –, und ich bin viel mehr zu Hause. Wie ging es ihnen dieses Wochenende?«

»Gut, aber ich habe ständig Ausschau nach Anzeichen dafür gehalten, dass es ihnen nicht gut ging.«

Ich wusste, was er sagte – ich hielt selbst ständig Ausschau nach Anzeichen eines Traumas. Tess schien es besser zu gehen, jetzt, wo sie ihre Lebensumstände verstand und Lars und ich uns nicht mehr ständig anschrien, aber ich hatte uns trotzdem auf die Warteliste für einen Kindertherapeuten setzen lassen.

»War Ulrika nicht der Ansicht, sie könnten ein Bad brauchen, selbst wenn du es nicht warst?« Ich entschied mich für ein einfacheres Thema. Die Kinder hatten muffig gerochen, als sie zurückkamen, und ihre Kleidung war voller Flecken gewesen.

»Na ja, sie hat es auf ihre Art immer wieder gesagt, aber irgendwie bin ich offenbar nie dazu gekommen – es war einfach keine *Zeit* … Ich musste aufstehen und sie anziehen und dann versuchen, sie zur Tür hinauszuscheuchen und dann zurückkommen und das alles … und dann müssen sie ständig irgendetwas essen, daher habe ich ihr gesagt, sie hätten am Samstagabend gebadet, als sie zu irgend so einem Lyrik-Dings gegangen ist.« Lars blickte gequält. »Ich weiß, du willst nur ›Ich hab's dir ja gleich gesagt‹ sagen«, meinte er mit einem schiefen Lächeln. »Ja, ich geb's zu, es ist nicht leicht, aber das liegt nur daran, dass ich nicht in meinem eigenen Haus bin. Sie sind aufgekratzt, weil alles neu ist – und die kleinen Scheißer haben das einfach ausgenutzt. Wie dem auch sei«, meinte er dann, »es hat mich zum Nachdenken gebracht.«

»Ich bin ein bisschen zu müde, um noch mehr nachzudenken«, sagte ich. Ich wollte nur noch, dass er ging, damit ich mit meinen Schuldgefühlen allein sein konnte.

»Ich muss ständig daran denken, wie du immer gesagt hast, ich sei nie für dich und die Kinder da – und dann, was ihnen hätte passieren können.«

»Okay«, sagte ich. Würden wir dieses Gespräch *jetzt* führen?

Schweigen trat ein, bevor er in einem leisen, kläglichen Ton fortfuhr: »Ich war blind. Ich hatte immer nur mein eigenes Ziel vor Augen, sodass ich um ein Haar zugelassen hätte, dass meine Kinder in Gefahr geraten. Das ganze Wochenende habe ich an fast nichts anderes gedacht, als dass Finn hätte sterben können.«

»Ja.« Das Grauen dieses Kissenbergs traf mich wieder mit voller Wucht. »Aber es war meine Schuld – ich war diejenige, die hier war und Luba hätte besser im Auge behalten müssen.«

»Nein. Bei allem, was los war – die ganzen Streitereien, die Scheidung, die Probleme mit der Firma – ich hätte hier sein und mich zusammen mit dir um die Kinder kümmern müssen. Und ich steckte wegen einer dummen Web-Konferenz in Moskau fest. Wie auch immer, ich habe über das nachgedacht, was du gesagt hast, als du betrunken auf FaceTime warst.«

Wieder spürte ich die heiße Scham, weil ich ihn angefleht hatte, bei mir zu bleiben. »Tut mir leid.«

Noch eine Pause trat ein.

»Ob wir wirklich alles versucht haben, meine ich.«

Hoffnung und Schuldgefühle prallten in mir aufeinander, bevor sie mit einem fassungslosen Rumms landeten. Er hatte dort gesessen, mit seinen Tabellen und seiner abweisenden Art, und gesagt, ich solle mir einen Anwalt besorgen. Jetzt hatte er ein Wochenende allein mit den Kindern verbracht und wollte es noch einmal versuchen? Ich starrte ihn mit offenem Mund an. »Du hast Schuldgefühle wegen der Kinder, und deshalb kommst du hier hereinspaziert und sagst das alles *jetzt?*«

»Na ja, vielleicht sollten wir, du weißt schon, ein bisschen auf die Bremse treten.« Er starrte auf das Holz der Tischplatte. Dann sagte er in sanftem Ton, mit einem Anflug des Singsangs, den ich schon sehr lange nicht mehr gehört hatte: »Ich weiß, was ich alles gesagt und getan habe, und es tut mir leid. Wir können das alles beenden, bevor es zu spät ist. Wir können es abblasen, noch einen Versuch unternehmen. Ich kann dir beweisen, dass ich nicht der Mensch bin, für den du mich gehalten hast.«

»Also wirklich, Lars.« Ich nahm das Glas Rotwein und trank einen kräftigen Schluck. Ich wusste nur, dass er es, so gern ich es auch hören wollte, wirklich ernst meinen musste, und noch schlimmer, dass ich es schon früher gehört hatte, in all den Jahren, in denen er mir immer wieder versprochen hatte, sich mehr zu bemühen. Eine kalte Träne kullerte mir übers Gesicht. »Vor ein paar Wochen hast du mich wirklich übel beschimpft, und du hast gesagt, du würdest gehen. Du kannst jetzt nicht einfach hier sitzen und sagen, dass du nichts davon ernst gemeint hast.«

Und es ist zu spät.

Ich habe mit jemand anderem geschlafen.

Ich habe das letzte Tabu gebrochen.

Ich gehöre nicht mehr dir.

»Ich war so lange richtig wütend auf dich, weil du dich geweigert hast, meinen Standpunkt zu sehen«, sagte er. »Aber dann, in den letzten paar Tagen, konnte ich nichts anderes denkenals dass du recht hattest – ich hatte nur die Firma im Kopf, und ich hatte vergessen, was wirklich wichtig ist. Du und die Kinder. Ich will das Richtige tun.«

»Ich will nicht das Richtige sein!«, brüllte ich ihn an. »Wir waren verliebt, Lars. Richtig verliebt. Das kannst du nicht dadurch ersetzen, dass du das verdammt Richtige tust.«

»So habe ich das nicht gemeint … Ich habe nie aufgehört, dich zu lieben. Ich glaube, wir haben im Laufe des letzten Jahres oder so aufgehört, uns zu mögen, und ich weiß, dass es daran lag, dass du dich im Stich gelassen gefühlt hast …«

»Willst du mir jetzt wieder sagen, dass du dich ändern wirst?«

Meine Güte, für wie bescheuert hielt er mich? Ich dachte an all die Versprechen, die er mir gegeben hatte, als wir mit dem ganzen *Reden*, wie er es genannt hatte, fertig waren. »Du versprichst mir die Welt und meinst es ungefähr zwei Minuten lang, und dann vergisst du einfach, dass wir existieren.« Eine Träne hing an meiner Wange. Schließlich setzte ich mich doch an den Tisch. »Das sagst du jetzt doch nur, weil du dich das ganze Wochenende um die Kinder kümmern musstest und nicht damit klarkommst.«

»Das stimmt nicht. Es geht nicht darum, dass die Kinder schwierig sind – das Zusammensein mit ihnen hat mir einfach klargemacht, wie sehr ich euch vermisse. Uns. Uns alle. Zusammen. Es tut mir leid, was ich gesagt habe. Wirklich leid.«

Ich hob den Blick zur Decke. »Es gibt kein ›Uns‹ mehr«, flüsterte ich.

Er versuchte, meine Hand zu nehmen, aber ich schüttelte ihn ab. »Wie kannst du so kalt zu mir sein?«

»Ich bin innerlich erfroren«, sagte ich, und meine Stimme war ebenfalls kalt.

»Komm schon, du weißt, dass wir es schaffen können.« In diesem Augenblick sah er genauso aus wie Finn, wenn er versuchte, mich dazu zu bringen, ihm etwas zu kaufen – Bonbons oder Schokolade.

»Aber nur, wenn ich bei allem Kompromisse mache und lerne, nur dann mit dir hier zu leben, wenn du auch da sein willst.« Während ich die Worte aussprach, klangen sie vertraut, da ich sie – oder ähnliche – schon so oft ausgesprochen hatte. Ich hatte inzwischen viele Wochen ohne jede Hoffnung verbracht, dass wir wieder zusammenkommen würden. Indem ich mit jemand anders geschlafen hatte, hatte ich es endgültig gemacht.

»Es wird anders sein.« Ich verspürte nur noch Erschöpfung, weil ich das alles schon mal gehört hatte.

»Blödsinn«, entgegnete ich. »Hör zu, du gehst jetzt besser. Ich will dieses Gespräch nicht wieder führen. Es ist zu weit gegangen. Es ist zu spät.«

»Es ist nicht zu spät«, flüsterte Lars. »Es hat sich nichts geändert. Wir können wieder zur Eheberatung gehen.«

»Alles hat sich geändert.« Meine Stimme war leise und traurig. »Ich kann dir jetzt nicht mehr verzeihen, ich kann einfach nicht. Und du würdest mir auch nie verzeihen, was ich getan habe.«

»Was denn?« Lars sah mich genau an. »Was genau?«

»Du hast mich so tief verletzt.« Eine leichte Röte stieg von meinem Hals über mein Kinn hoch; je mehr ich versuchte, es zu verhindern, desto heftiger und röter wurde sie. Trotzdem sagte ich mir noch immer, dass ich nichts Unrechtes getan hatte.

Lars starrte mich gebannt an, dann schüttelte er den Kopf. »Was ist los, Ami?«

»Nichts. Nichts, nur dass ich nicht einfach alles vergessen

kann, was passiert ist, und dich wieder in mein Leben lasse, nur damit du mich wieder verletzt.« Ich konnte spüren, wie mein Gesicht zu glühen begann, und führte mein Glas zum Mund, um es zu verbergen.

»*Fy fan* …« Lars begann, den Kopf zu schütteln. »Scheiße. Kann das wirklich wahr sein?«

»Was?«

»Gibt es …?«

»Gibt es was?«

»Es gibt jemand anderen, stimmt's?« Er sprang auf und begann, hinter seinem Stuhl auf und ab zu laufen.

Ich musste es nur abstreiten. »Sei nicht albern.«

»Du triffst dich mit jemandem.« Lars' Stimme war ein Flüstern.

»Nein,« entgegnete ich so entschieden wie möglich.

Sein Gesicht verzerrte sich vor Wut. »Wer ist es?«

»Niemand. Sei nicht so albern. Und hör auf herumzubrüllen – du weckst die Kinder.«

»Wer ist es? Sag mir, wer es ist.«

»Hör zu.« Ich erhob mich ebenfalls und wandte mich zu ihm um. »Es ist nichts. Du gehst jetzt besser, Lars.«

»Ich gehe nirgendwohin, bevor du mir nicht gesagt hast, was zum Teufel eigentlich los ist.«

Aber du hast kein Recht, es zu erfahren. »Du hast gesagt, dass du mich nicht willst. Das hast du immer wieder gesagt.« Ich reckte das Kinn. Jetzt hatte ich es so gut wie zugegeben.

Ich wollte ihn verletzen, begriff ich. Ich hatte meinen Körper einem anderen Mann gegeben, und vielleicht hatte ich im Gegenzug Kraft gewonnen. Ich starrte ihn trotzig an.

Er marschierte um den Tisch. »Stimmt das? Du schläfst mit einem anderen?«

Ich versuchte, ihn abzuschütteln. »Nein, das tue ich nicht. Ich schlafe nicht mit … Es war nur ein einziges Mal.« Wieder gab es mir einen Kick, das Messer tiefer in die Wunde zu bohren.

Lars wich einen Schritt vor mir zurück, als hätte ich ihn geschlagen. »Scheiße, nein.«

»Warum zum Teufel sollte ich das nicht tun?«, flüsterte ich. »Du willst mich nicht, warum sollte ich es also nicht tun?«

»Ich hätte nie gedacht, dass du …« Lars' Stimme war leise, und er entfernte sich von mir. »Ich hätte nie gedacht, dass du das tun würdest.«

Du dachtest also, ich würde immer warten: Du müsstest es dir nur anders überlegen, und ich würde hier sein? »Wie kannst du das zu mir sagen, nach allem, was passiert ist?«, sagte ich. »Nach allem, was du getan hast?« Ich kämpfte weiter, denn wenn ich aufhörte zu kämpfen, würde ich die Schuldgefühle hereinlassen, und ich wusste, dass sie nie vergehen würden.

Das war das eigentliche Ende unserer Ehe, nach so vielen Enden.

»Was immer passiert ist … egal, wie sehr wir es vermasselt haben«, sagte er, »du bist immer noch in meinem Blut, Amelia.« Er nahm sein Glas und leerte es, und dann – in seiner Eile nachzuschenken – stieß er die Flasche vom Küchenschrank auf den Boden, wo sie krachend zerschellte. Ich dachte prompt an die Kinder oben. »Wer ist es?«

Ich zog einen Küchenstuhl vor mich. »Niemand. Niemand«, sagte ich. »Du gehst jetzt besser.« Durch den Tränenfilm in meinen Augen versuchte ich, in dem Schrank unter der Spüle Kehrschaufel und Handfeger zu finden, dann gab ich auf und setzte mich einfach auf den Küchenfußboden.

»Ist es jemand, den ich kenne?«

»Nein, nur jemand, den ich zufällig getroffen habe. Es war nur ein einziges Mal. Aber ich muss mich nicht vor dir rechtfertigen.«

»Nach allem, was wir zusammen hatten? Du musst dich nicht dafür rechtfertigen, dass du losrennst und jemand anderen vögelst. Gott, ich glaub's nicht.«

»Verschwinde, Lars.« Ich rappelte mich hoch. »Verschwinde einfach. Das hier ist nicht mehr dein Haus.«

»Du bist nicht mehr meine Frau.« Er wandte sich zur Küchentür und wischte sich mit dem Handrücken die Augen.

»Nein, und du warst es, der das entschieden hat«, sagte ich langsam. »Und jetzt verschwinde.«

Als er die Küchentür aufriss, stand dort, im Begriff, nach der Klinke zu greifen, Tessa, ihre Bettdecke im Schlepp. »Ich habe Schreien und Scheppern gehört«, sagte sie mit vom Schlaf belegter Stimme.

Lars streckte die Hände nach seiner Tochter aus.

»Tess, es ist alles gut.« Ich ging zur Tür und schob Lars unsanft aus dem Weg, hob Tessa hoch und hielt sie an mich gedrückt. Wir hatten uns versprochen, uns nicht mehr vor den Kindern zu streiten. »Daddy wollte gerade gehen. Es ist alles gut. Wir haben aus Versehen eine Flasche zerbrochen, das ist alles.«

Lars wischte sich wieder die Augen und zog seine Jacke an. »Wiedersehen, Tess«, sagte er und bückte sich, um seine Tochter auf die Wange zu küssen.

Er knallte nicht mit der Tür. Stattdessen schloss sie sich sanft hinter ihm.

Kapitel 28

2016

Ich versuchte, mich nicht mit Lars zu streiten, als er das nächste Mal nach Hause kam; ich kaufte mir neue Dessous von Agent Provocateur, brachte die Kinder früh ins Bett und kochte ein Rezept aus einem Gordon-Ramsay-Kochbuch, für das man, wie es dort hieß, eine halbe Stunde brauchte, obwohl es tatsächlich zwei waren.

Er setzte sich an den Tisch und nannte mich *älskling*, und es klang wie ein Wort aus einer anderen Epoche.

Ich lächelte und versuchte, mich zu entspannen. »Es tut mir leid, wenn ich grässlich zu dir war.«

Lars griff nach Messer und Gabel. »Mir tut es auch leid, aber wir müssen nach vorn blicken.«

Ich sah auf, genau wie ich es geplant hatte. »Weihnachten. Das ist ein fröhliches Thema. Ich dachte, wir könnten vielleicht einfach hierbleiben, deine Mutter zum Mittagessen zu uns einladen, aber eigentlich nur wir vier.«

»Willst du denn nicht zu deinen Eltern fahren?«, fragte er. »Es ist nur …«

»Na ja, ich bin sicher, sie würden verstehen, dass wir ein bisschen Zeit für uns allein haben wollen. Ich könnte sie fragen, für ein paar Tage die Kinder zu nehmen, und vielleicht könnten wir beide …«

»Ich bin …« Lars hielt inne und holte einmal Luft. »Ich werde mir über Weihnachten nicht so viel Zeit freinehmen können. Ein paar Tage, aber ich muss ein großes Angebot erstellen, und es wäre vermutlich besser, wenn wir zu deiner Mutter fahren, damit du ein bisschen Gesellschaft hast.«

Heiße Tränen traten mir in die Augen, aber ich holte einmal tief Luft, wie ich es geübt hatte. »Ich will, dass du dir ein paar Tage mit uns zusammen freinimmst«, sagte ich sanft.

Lars legte seine Gabel hin. Sein Lächeln war angespannt. »Und ich werde da sein, versprochen«, sagte er. »Aber das ist die einzige Zeit, die ich habe, und ich muss diese Anwälte wirklich mit an Bord haben, und ich habe ihnen ein Angebot versprochen.«

Ich dachte daran, wie Sasha, die Dame von der Paartherapie, mir empfohlen hatte, mit meinem Mann umzugehen – »Beherrschen Sie Ihre Wut« – und ich dann prompt genau das Gegenteil getan hatte. Offenbar konnte ich einfach nicht anders.

»Verdammt, es geht um Weihnachten!«, brüllte ich. »Die Zeit der Familie. Und du willst uns einfach zu meiner Mutter abschieben, damit ich keinen Aufstand machen kann und du so viel arbeiten kannst, wie du verdammt noch mal willst … Eigentlich wünschst du dir doch, du wärst überhaupt nicht mit mir verheiratet, oder?«

»Ja«, fauchte er zurück. »Dann hätte ich wenigstens niemanden, der mich ständig fragt, wo ich bin, und jammert, wie schlecht unsere Ehe läuft …« Er brach ab, mit erschöpfter Miene. Dann sagte er sehr leise: »Das hier ist nicht mehr richtig.«

Und das war der Moment, in dem ich wusste, dass er angefangen hatte, ernsthaft darüber nachzudenken, mich zu verlassen. Trotzdem, nach allem, was wir geteilt hatten, schien es irgendwie unmöglich, dass er es wirklich tun würde.

Kapitel 29

2017

Ich fegte die Glasscherben auf dem Küchenboden zusammen, und es fühlte sich an, als würde ich mein altes Leben zusammenfegen. Ich weinte nicht mehr. Ich verspürte nur noch kalte Wut, und damit einher ging ein neues Gefühl von Entschlossenheit: ich musste mich scheiden lassen, es war das Richtige.

Am Morgen lieferte ich die Kinder vor der Schule ab und umarmte sie. Parminder winkte mir über den Parkplatz zu. »Geht es dir gut?«, hauchte sie, und ich lächelte zurück: »Ja.« Ich fühlte mich so entschlossen wie schon seit Monaten nicht mehr.

Im Büro setzte ich mich in meinen Sessel und schaltete meinen Computer ein. Die E-Mail von Ben Jones war ganz oben in meinem Postfach. Endlich, der Tag der Abrechnung. Die Betreffzeile lautete schlicht: »Auftrag.« Ich klickte sie an.

Ami, ich war beeindruckt von den Ideen, die Brand New präsentiert hat. Ich habe alle Agenturvorschläge eingehend geprüft, und es gibt nichts, was an Ihre Kampagne heranreicht. Ich würde gern an das Gespräch anknüpfen, das wir geführt haben, als Sie bedauerlicherweise gehen mussten – würde es Ihnen heute um zwölf Uhr in Ihrem Büro passen?

Herzlich

Ben

Als ob er je *irgendetwas* herzlich täte. Aber ich las die E-Mail noch einmal und schüttelte dann langsam den Kopf, um mich zu vergewissern, dass es kein Traum war. Ich winkte Bridget zu mir, damit sie die E-Mail von meinem Bildschirm ablas, nur um ganz sicher zu sein. Sie durchquerte das Büro und las sie über meine Schulter, bevor sie rief: »Ohmeingott, Ohmeingott!«

»Bitte ruf ihn an und sag ihm, dass zwölf Uhr passt.« Ich stand auf und ließ mich dann wieder in den Sessel fallen. Es gab eine Chance – eine Chance, deren Ergebnis bedauerlicherweise in den Händen eines Mannes lag, vor dem ich zusammengebrochen war –, dass heute vielleicht doch nicht der Tag war, an dem Brand New sein Portfolio für immer einpacken würde. »Und ruf Martis Assistentin an. Wir brauchen ihn heute Nachmittag, um Ben zu sagen, dass er uns unterstützen wird.«

Ich rief Liv an, die am anderen Ende der Leitung sehr selbstgefällig klang. »Siehst du, du gehst doch nicht unter.«

»Was, wenn er Marti sagt, dass ich ihn wie eine Irre angeschrien habe?«

»Begegne ihm einfach sehr professionell. Sag ihm, dass du nicht über diesen Tag reden willst. Und entschuldige dich. Und dann bring ihn dazu, auf der gepunkteten Linie zu unterschreiben.«

Ich schwieg einen Moment, und dann sagte ich: »Liv, Lars ist gestern Abend vorbeigekommen. Er hat davon geredet, das Richtige für die Kinder zu tun, und mich gebeten, es noch einmal zu versuchen – und dann hat er mir ins Gesicht gesehen, und er hat irgendetwas geahnt, und, na ja, ich wollte ihn verletzen, daher habe ich ihm letztendlich von Peter erzählt. Er war richtig wütend. Er hat gesagt, ich sei nicht mehr seine Frau.«

»Ich dachte, das wäre es, was er wollte.«

»Das ist es ja auch. Ich glaube, er war nur schockiert, dass ich wirklich, du weißt schon …«

»Aber du hast es getan, und es hat keinen Sinn, es zu bereuen. Es ist vorbei. Es hat Spaß gemacht. Du blickst nach vorn. Er hat dich jahrelang grässlich behandelt, und er hat *dich* verlassen. Du hast nichts Unrechtes getan. Und dieses Gerede, dass du zu ihm zurückkehren sollst, *na ja*.«

»Er war … Er war gebrochen, Liv.«

»Erinnere dich nur daran, wie oft er dich gebrochen hat.«

Schweigen trat ein, und dann sagte ich: »Hast du eigentlich jemals darüber nachgedacht, als Kummerkastentante zu arbeiten?«

»Ja, aber wie soll man denn originelle Ratschläge geben, wenn alle immer die gleichen Probleme haben? Und jetzt geh und schnapp dir diesen Auftrag. Sei hochnäsig, lässig und nur ein klein wenig herablassend.«

»Hochnäsig, lässig und nur ein klein wenig herablassend.« Ich legte auf und machte mich an die Arbeit.

Bridget wuselte oben im großen Konferenzraum herum und baute den Projektor auf. Um Viertel vor zwölf puderte ich mir das Gesicht, bat Bridget, Kaffee aufzusetzen, und lief dann im Sitzungssaal des Vorstands auf und ab.

»Ich bin zehn Minuten zu früh. Ich hoffe, das stört Sie nicht«, kam Bens sardonische Stimme von der Tür her.

Ich versuchte zu lächeln. Er trug sein Jackett. Seine zerzausten Haare waren frisch geschnitten, und sein Gesicht hatte die Farbe von Milchkaffee, obwohl der Sommer in England noch gar nicht begonnen hatte.

Ich trat vor, ein Lächeln ins Gesicht geklebt, und schüttelte seine riesige Hand. Dann wies ich auf einen Stuhl am Konferenztisch und sagte: »Möchten Sie Kaffee?«

»Nur wenn es französischer ist«, antwortete er.

»Und Sie trinken ihn schwarz oder weiß oder …«, fragte Bridget.

»Schwarz mit Milch«, antwortete er.

»Schwarz mit Milch … schwarz mit Milch …« Bridget verschwand in Richtung der kleinen Küche.

Er setzte sich an den Glastisch, und ich nahm ihm gegenüber Platz.

Er lächelte. »Wie geht es Ihnen? Hören Sie, es tut mir leid, wenn ich Sie aus der Fassung gebracht habe …«

»Das haben Sie nicht. Ich bin es, die sich entschuldigen muss. Ich hätte Sie nicht bedrängen sollen.« Ich klang steif und angespannt, spie die Worte mühsam zwischen zusammengepressten Lippen hervor.

»Ich habe Sie auf die Palme gebracht, als Sie völlig geschlaucht waren. Es tut mir leid. Wollen wir einfach einen Waffenstillstand ausrufen?«

»Ja«, sagte ich kurz angebunden. War das wieder eines seiner Spielchen? Ich musste mit ihm zusammenarbeiten, das war alles – die nächste Stunde ohne irgendwelche Wiederholungsaufführungen über die Bühne bringen. »Lassen Sie uns einfach zur Sache kommen, okay? Ich entschuldige mich für mein Verhalten bei der Präsentation. Ich hatte einen sehr schlechten Tag.«

»Und ich entschuldige mich dafür, dass ich auf Ihre beste Freundin gehört und Sie gebeten habe, mit mir auszugehen.«

Meine Augen verengten sich zu Schlitzen.

Bridget kam zurück, vollkommen unempfänglich für die Anspannung, und stellte Ben eine Tasse Kaffee hin. »Schwarz mit Milch ist weiß, oder?« Sie setzte sich neben ihn an den Tisch und zückte einen Notizblock. Ich erhob mich und begann, auf und ab zu laufen.

»Also«, sagte ich. »Sie sind zu dem Schluss gekommen, dass unser Vorschlag …«

»Absolut revolutionär in unserer Markenkategorie ist.«

Bridget notierte das.

»Er verwandelt Campury mit einem einzigen Streich in etwas, das die Art Ironie besitzt, die eine Engländerin sich wünscht …«, fuhr ich fort, als hätte er kein Wort gesagt.

»Das ist fabelhaft«, sagte er. »Niemand sonst ist mit solchen Ideen gekommen. Sie haben ja Claudias Gesicht gesehen, und alle anderen bei Campury denken genauso.«

»Wie geht es Claudia?« Ich konnte mir die Frage nicht verkneifen. Bridget lief purpurrot an.

»Sehr gut.« Ben zog eine Augenbraue hoch. »Soll ich sie von Ihnen grüßen?«

»Bitte.«

»Das heißt, meine einzige Sorge ist im Grunde die Stabilität Ihrer Agentur.« Er wurde sehr geschäftsmäßig.

»Ich habe Marti gefragt, ob es ihm etwas ausmachen würde, für ein paar Minuten dazuzukommen, damit Sie ihm alle Fragen stellen können, die Sie wollen.«

»Sehr gut.«

Ich ging aufs Ganze. »Wenn alles hieb- und stichfest ist, werden Sie uns den Auftrag dann geben?«

Ben stützte entspannt die Ellenbogen auf den Tisch. »Warten wir einfach ab, wie es mit Marti läuft, okay? Bridget, würden Sie vielleicht gehen und Mr. Goldwyn fragen, ob er jetzt Zeit hätte? Aber noch kein Wort zu irgendjemandem, okay?«, ergänzte er, während sie die Tür schloss.

Ein kurzes Schweigen trat ein.

»Okay«, sagte ich.

»Okay«, sagte Ben im selben Moment.

Ich prustete, und er nutzte es zu seinem Vorteil: »Ich denke, wir sollten besser die Luft klären, bevor wir noch weitergehen, meinen Sie nicht?«

»Mir scheint alles extrem klar.«

»Es wird extrem schwierig sein, mit Ihnen zusammenzuarbeiten, wenn Sie mich weiterhin so behandeln, als ob Sie mich hassen.«

»Ich habe mich dafür entschuldigt, dass ich emotional reagiert habe.« Ich konnte den abwehrenden Ton in meiner Stimme hören.

»Ja, aber damit hatte ich kein Problem. Ich denke nur, wir beide hatten keinen guten Start.«

»Sie wollten sich doch von Anfang an, seit dieser lächerlichen Geschichte mit Liv, einfach nur auf meine Kosten amüsieren.« Ich spürte, wie die Wut wieder in mir aufwallte. »Und ich hatte früher *echte Würde*, wissen Sie, bevor das alles passiert ist.«

»Sie meinen, Eulen haben nicht auf Ihre Wände geschissen, bevor Sie sich von Ihrem Mann getrennt haben?« Jetzt zwinkerte er mir zu, und ich weigerte mich zu lächeln.

»Nein, das haben sie nicht. Und potenzielle Kunden haben sich auch nicht ständig über mich lustig gemacht.«

»Hören Sie, es tut mir leid, aber ich hatte nur die besten Absichten. Das Problem war, dass Sie so hoch auf Ihrem hohen Ross saßen, und das bringt die falsche Seite von mir zum Vorschein … Noch einmal, es tut mir leid, wenn ich mich wie ein Klugscheißer benommen habe.«

»Wirklich?«

»Ich verspreche, Sie extrem ernst zu nehmen.«

»Dreckskerl«, knurrte ich, und er kicherte. Wir wechselten das knappe Lächeln von Gegnern, die den Kampfgeist des anderen respektieren.

Bridget kam wieder, und hinter ihr stolzierte Marti herein.

»Willkommen, willkommen«, donnerte er und schüttelte Ben kräftig die Hand. »Wieder zurück in England nach einer Weile auf dem Kontinent, ja? Das freut Sie doch sicher.«

»Das tut es auf jeden Fall, wenn ich Ideen wie die sehe, die ich von Brand New bekommen habe.«

»Gutes altes Mädchen, unsere Ami, stimmt's?«, sagte Marti mit einer Geste in meine Richtung. »Wir haben Ihnen unser bestes Pferd im Stall geschickt.«

»Sie ist fantastisch.« Ben zwinkerte mir zu.

»Noch irgendwelche herablassenden Bemerkungen, die Sie beide über mich machen wollen, bevor wir anfangen?« Sie lachten beide.

»Nun, Sie brauchen noch zusätzliche Informationen über uns?«, fragte Marti. »Wir sagen Ihnen alles, was Sie wissen müssen.«

Warum spuckte er es nicht einfach aus? Dass ich bei der ganzen Geschichte seine volle Unterstützung haben würde? Ich dachte an jenen entsetzlichen Abend im Ivy, und wie er seitdem im Grunde nichts getan hatte, außer mich zusammenzustauchen. Mir wurde eiskalt – was, wenn ich es so weit geschafft hatte, Marti aber immer noch vorhatte, den Stecker zu ziehen?

Ben setzte sich, und Marti nahm knarzend in dem Sessel ihm gegenüber Platz. Ich setzte mich neben meinen Boss und beschwor ihn im Stillen, mich zu unterstützen.

»Allerdings bin ich, wie Sie sicher verstehen, etwas besorgt darüber, wie Brand New läuft.«

»Nun ja«, erwiderte Marti. »LandGirls zu verlieren, war natürlich ein schwerer Schlag, aber wir würden unseren Kundenstamm sehr gern um Campury erweitern.«

Ich holte tief Luft. »Ich glaube, was Ben meint, ist, dass er uns den Auftrag gern geben will, aber vorher wissen muss, dass wir finanziell gut genug dafür aufgestellt sind.« Wirst du mich unterstützen, Marti? Oder wirst du zulassen, dass dein verletztes Ego uns in die Quere kommt?

»Ganz genau«, bestätigte Ben. »Wir wollen die Ideen, und wir wollen Ami und das Team, aber wir brauchen einen stabilen Partner.«

Ich konnte sehen, wie eine Ader an Martis Schläfe pochte. Es bestand kein Zweifel daran, dass es Prestige bringen würde, Campury zu gewinnen. Er sagte: »Bridget, vielleicht könnten Sie uns eine Kopie der Aufträge bringen, die Brand News Performance in letzter Zeit zeigen?«

»Ich habe sie schon vorbereitet.« Und schon war sie zur Tür hinaus.

Ich holte tief Luft. Ich musste das hinkriegen, und ich hatte eine einzige Chance. »Ich brauche nur einen Moment mit Marti«, wandte ich mich an Ben.

Er sah mich verblüfft an, aber dann nickte er. »Ich muss sowieso telefonieren.«

Als er in den Flur hinausgegangen war, erhob ich mich, und mein Boss tat es mir gleich. »Du musst ihm sagen, dass bei uns alles in Ordnung ist«, sagte ich.

»Aber ist es das denn?« Seine Stimme war kalt. Seine Miene enthielt keine Spur von Charme.

»Natürlich ist es das.« Ich schüttelte den Kopf. Mir wurde bewusst, dass ich nicht nur sein Ego verletzt hatte. Wenn ich so vor ihm stand, weckte ich die Erinnerung daran, was für einen Riesenfehler er gemacht hatte. Marti machte eigentlich keine Fehler. »Hör zu, ich will diese Sache einfach vergessen, wieder professionell sein, wieder mit dir befreundet sein.«

Er schüttelte langsam den Kopf. »Ich habe eine ernste Fehleinschätzung getroffen«, sagte er.

»Ich bitte dich«, beschwichtigte ich ihn. »Das passiert doch jedem mal, oder? Und denk bloß, was wir im Laufe der Jahre alles zusammen durchgemacht haben. Campury für die Agentur zu gewinnen, würde das alles toppen.«

»Es ist ein verdammt großer Auftrag«, knurrte er. Er sah aus, als wollte er noch mehr sagen.

»Aber du dachtest, ich würde ihn niemals kriegen, stimmt's?«

»Na ja, du warst in letzter Zeit nicht in der besten Gemütsverfassung, wenn ich das sagen darf. Es geht nicht nur darum, Brand New zu unterstützen, es geht darum, ob du die Dinge wieder ins richtige Gleis bringen kannst.«

Ich errötete tief. Er hatte recht, und es tat weh. Ich war im Vorfeld des Pitchs und schon davor monatelang in professioneller Hinsicht abwesend gewesen – entweder physisch wegen der Kinder oder geistig wegen Lars. Ich hätte meine Agentur um ein Haar untergehen lassen, weil ich den Ball nicht im Auge behalten hatte. Es war nicht nur so, dass ich Marti verletzt hatte. Er zweifelte daran, dass ich das Durchhaltevermögen hatte, um einen solch großen Auftrag zu managen.

»Es tut mir leid«, sagte ich. »Aber ich verspreche dir, dass ich absolut alles geben werde, um das hier zum Erfolg zu führen, wenn du es möglich machst. Und es tut mir leid, dass ich in letzter Zeit nicht in Bestform war.«

»Du hattest eine schwere Zeit.« Aber er hatte trotzdem recht – eine schwere Zeit mit Lars zu haben, war keine Entschuldigung dafür, Martis Investition in den Sand zu setzen.

»Es tut mir leid«, sagte ich noch einmal. »Aber du kannst mir vertrauen. Ich vermassele es nicht.«

»Ein verdammt tolles Comeback, Campury zu gewinnen.«

Ich schöpfte Hoffnung. »Du musst wissen, dass du dich auf mich verlassen kannst.«

Dann lächelte er – kein großes Lächeln, aber ein kleines. »Wir hatten beide einen kleinen Durchhänger, stimmt's?«

Das war vermutlich das Beste, was wir in Sachen Versöhnung zustande bringen würden. »Es wird nicht wieder vorkommen.«

»Dann rufen wir Jones jetzt besser wieder herein und sagen ihm, dass wir auf Zack sind, oder?«

Erleichterung durchflutete mich. »Du wirst es nicht bereuen.«

»Verdammt, das sollte ich besser nicht. Und jetzt lassen wir diese ganzen Unannehmlichkeiten hinter uns und liefern die verdammt beste Kampagne ab, die wir je gemacht haben.«

Ich schwitzte leicht, als ich zur Tür ging, sie öffnete und den Flur hinunter zu Ben ging, der aus dem Fenster sah. »Entschuldigen Sie das eben«, sagte ich.

»Ein paar Sachen gesagt, die gesagt werden mussten?«, war sein einziger Kommentar, als er sich umwandte.

»So könnte man sagen, aber jetzt haben wir alles geklärt und sind bereit, den Papierkram zu erledigen.«

Ben grinste. »Immer eine gute Idee, für sich selbst einzutreten. Das machen Sie sehr gut, Ami Fitch.«

Eine Stunde später schoss Bridget ein Foto von uns, wie wir Schriftstücke unterzeichneten, in denen Marti zusicherte, dass Goldwyn für Brand News Finanzen garantierte, solange wir den Campury-Auftrag hatten. Marti und Ben wirkten zufrieden. Ich sah aus wie ein kleines Kind, das eben von der Achterbahn seines Lebens geklettert war.

Dann bestand Ben darauf, mich zu einem »schnellen Drink, um die Details festzuzurren«, einzuladen.

»Ich verspreche, ab jetzt benehme ich mich anständig«, sagte er. Ich folgte ihm benommen, bis ich mich auf einer Polsterbank in einem privaten Club nur ein paar Gehminuten entfernt wiederfand.

Ben bestellte für mich ein Glas sehr kalten Sancerre. »Ich weiß, dass das Ihr Lieblingswein ist. Liv hat es mir erzählt.« Ich nahm einen kräftigen Schluck. »Also, Sie werden mir verzeihen müssen, wenn ich von Zeit zu Zeit vergesse, dass ich mich nicht über Sie lustig machen darf.«

Ich musste unwillkürlich lachen. »Können wir jetzt zum nächsten Punkt kommen und darüber reden, wie viele Taschen wir absetzen wollen?«

Meine Agentur war gerettet. Trotzdem, ich hatte nicht geahnt, wie kurz Marti davor gewesen war, das Vertrauen in mich zu verlieren. Aber ich hatte es geschafft: Ich würde etwas Geld hereinholen, während wir die Scheidungsvereinbarung aushandelten – nicht viel, da es eine Weile dauern würde, bis der Auftrag sich bezahlt machte, aber es war ein Anfang, um meine Kinder zu beschützen. Ich wollte vor Erleichterung am liebsten weinen.

Ben schien sich große Mühe zu geben. »Auf die Zukunft.« Er erhob sein Glas vor mir, und ich tat es ihm gleich.

»Dieses ganze Zeug mit Marti …?«

»Nur das, was gesagt werden musste«, erklärte ich entschieden.

Er nickte und wechselte das Thema. »Das Leben fühlt sich ein bisschen verrückt an, wenn diese ganze Scheidungsgeschichte im Gange ist, stimmt's?«

Ich zog die Augenbrauen hoch, nicht sicher, worauf er hinauswollte, aber Ben fuhr fort: »Ich hatte diesen irren Adrenalinschwall, nachdem ich mich von meiner Frau getrennt hatte. Ich habe ungefähr achtzig Stunden die Woche gearbeitet, mit den Kindern diese ganzen Ausflüge unternommen – Skifahren, Fußball, Schwimmen – alles, um die ganze Frustration in physische Energie umzuwandeln.«

»Waren Sie enttäuscht?«

»Wissen Sie, man vergisst Ausdrücke wie ›enttäuscht‹, wenn man mit italienischen Frauen zusammen ist.« Er lächelte. »Ich war mehr als enttäuscht. Ich war außerstande, es zu akzeptieren.«

»Hat sie Sie verlassen?«

»Sie hat mich dazu gebracht, sie zu verlassen«, sagte er. »Ich habe immer wieder versucht, zurückzukommen. Ich konnte nicht nach vorn blicken. Und selbst jetzt bin ich mir ziemlich sicher, dass ich ein sehr schlechter Ehemann war.«

»Kontrollfreak?« Ich zog die Augenbrauen hoch und nahm noch einen kräftigen Schluck Wein.

Er lachte. »Nein, nur verdammt ahnungslos, wie ich mit ihr umgehen sollte, sie beruhigen sollte, ihr geben sollte, was sie wollte.«

»Haben Sie ihr mit den Kindern geholfen?«

»Natürlich habe ich das«, sagte er. »Es macht mich fertig, diese paar Monate jetzt getrennt von ihnen zu sein.«

Ich konnte nicht sagen, ob er ein primitiver Klotz war, der sich wie ein egomanischer Vollidiot benahm, oder ein egomanischer Vollidiot, der so tat, als wäre er ein primitiver Klotz.

»Also, haben Sie keinen Hunger? Ich habe das Gefühl, ich sollte Ihnen Fleischpastete und gedämpften Pudding bestellen.«

Ich war am Verhungern. »Ich weiß, ich komme entsetzlich gewöhnlich rüber, aber tatsächlich bin ich absolut kultiviert, wissen Sie.«

»Wie wär's dann mit einem Filet mignon von einem achtundzwanzig Tage abgehangenen traditionellen schottischen Rind, *doucement* flambiert, begleitet von einer gitterartigen Skulptur – nein, *Installation* – handgezogener saisonaler Wurzelgemüse, serviert auf einem Beet von Blattgarnitur?«

»Ooh, ja, bitte.«

Ein Kellner tauchte an unserem Tisch auf. »Zweimal Steak mit Pommes, bitte«, sagte Ben und nahm noch einen kräftigen Schluck von seinem Wein.

Später, als die Kinder im Bett waren, rief ich Liv an und erzählte ihr die ganze Geschichte.

»Vermutlich muss dein Leben, weil es so lange so langweilig war, jetzt endlich einmal aufregend werden«, meinte Liv. »Aber damit ist die Agentur doch über den Berg, oder?«

»Na ja, das füllt die Lücke, die LandGirls hinterlassen hat, mehr als aus, aber wir werden noch eine ganze Weile kein Geld damit verdienen.«

»Er ist also doch nicht so übel, dieser Ben, oder?«

»Der Mann ist ein geistesgestörter Frauenheld, der glaubt, die Welt sei sein Spielzeugkasten.«

Nachdem ich aufgelegt hatte, sah ich nach meinen schlafenden Kindern, die gemütlich in ihren Betten lagen. Ich würde alles daransetzen, um dieses Haus für sie zu behalten. Ich würde die Kampagne entwickeln, Ben würde nach Italien zurückkehren, Marti und ich würden wieder ins richtige Gleis kommen … und die Kinder und ich würden auf eine etwas andere Art glücklich und zufrieden weiterleben. Ich schaltete das Licht aus und ging über den Treppenabsatz zu meinem Bett, um nur noch zu schlafen.

Zweiter Teil

Kapitel 30

2017

Bridget sprudelte vor Aufregung, als wir uns an die Arbeit machten, um die Kampagne mit Leben zu füllen. Marti verhielt sich distanziert – unsere alte Kameradschaft war verschwunden, und ich wusste, dass ich richtig hart arbeiten musste, um seine aufrichtige Unterstützung zurückzugewinnen.

Ben schien imstande, Meetings zu halten, ohne beleidigend zu werden, und redete eifrig von Produktionszeitplänen. Die Gerüchte über ihn und Claudia waren überschattet von der Geschichte einer Affäre, die er angeblich mit einer anderen Frau hatte, die Account-Director bei Gorgeous war.

Jetzt wurden wir von Anrufen anderer Marken regelrecht überrollt, die erpicht auf einen Vertrag mit Brand New waren; wir saßen wieder fest im Sattel. Es tat gut, beschäftigt und in gewisser Weise wieder erfolgreich zu sein. Ich verbannte Lars entschieden in den Hinterkopf.

Nach einer anstrengenden Woche stand er eines Samstags um vier Uhr morgens vor meiner Tür und schrie eine zusammenhangslose Mischung schwedischer und englischer Flüche zu meinem Schlafzimmerfenster hoch. Ich wurde mitten aus dem Schlaf gerissen, aber ich versuchte angestrengt, herauszufinden, was das für ein Lärm war.

»*Fan i helvete*, Amelia«, hörte ich eine Stimme irgendwo

unter mir, laut, aber lallend; und dann wurde mir bewusst, dass es Kieselsteine gegen mein Fenster hagelte. Ich richtete mich kerzengerade auf. »*Fy fan*, mach die Tür auf.« Dann hörte ich einen lauten Krach.

Ich sprang aus dem Bett, schlüpfte in den Morgenmantel und schlitterte über die Dielen ans Fenster. Unten, im gelblichen Schimmer der Straßenlaterne, sah ich einen sehr zerzausten Lars, in einem Hemd, das schon seit ein paar Stunden nicht mehr frisch war, der sich schwankend bückte, um noch eine Handvoll Steine aus dem Kies um die Blumenbeete aufzuheben.

»Oh, mein Gott.« Ich riss das Schiebefenster hoch und zischte, so laut ich es wagte: »Lars, was zum Teufel tust du hier? Fahr zu deiner Mutter nach Hause. Du weckst die Kinder auf.«

»*For guds skull*«, brüllte Lars von einem Kaktus zurück, auf den er eben gefallen war. »Alles, was ich getan habe, habe ich für uns getan. Für *uns*. Dich, mich, die Kinder …«

»Fahr nach Hause, Mann«, hörte ich Guy Gates' Stimme im Dunkeln aus der Richtung seines Hauses zwei Türen weiter. »Sie will dich nicht, und wir auch nicht.«

»Dreckskerl von einem Kindermädchen-Dieb«, brüllte ich, ohne darauf zu achten, leise zu sein.

»Dreckskerl«, wiederholte meine ältere Nachbarin, Mrs. Wragley.

Na toll. Wir hatten eine Straßenparty – und seit wann fluchte Mrs. Wragley eigentlich?

»Danke, Mrs. Wragley«, sagte ich in die Dunkelheit. »Lars, ich rufe dir ein Taxi.«

»Sie will dich nicht, Mann«, sagte der Fußballer noch einmal.

»Ich krieg dich dran, du Arschloch. Du hast meine Kinder in Gefahr gebracht«, lallte Lars, rappelte sich mühsam hoch und fiel dann prompt ins Gebüsch, wobei er noch mehr schwedische Flüche ausstieß.

»Das ist doch lächerlich«, sagte ich laut und stürmte die Treppe hinunter zur Haustür. Als ich sie aufriss, sah ich Lars' Beine aus dem Garten auf den Weg hinausragen.

Inzwischen hatten noch ein paar andere Nachbarn ihre Fenster hochgeschoben, um dem Schauspiel ebenfalls beizuwohnen. Ich konnte ihr Gemurmel durch die Bäume hören, die die Straße säumten. Ich biss vor Scham die Zähne zusammen, trat barfuß auf die Stufen vor unserem Haus, fröstelnd auf dem kalten Beton, und ging hinunter, bis ich vor einer kreidebleichen, halb komatösen Version meines Ehemanns stand.

»Herrgott noch mal.« Ich gab ihm einen nicht allzu sanften Tritt. »Komm schon. Steh auf.« Ich streckte eine Hand nach unten aus und versuchte, ihn hochzuzerren.

»Ich werde es dir beweisen, *älskling*. Ich werde der Ehemann sein, den du dir immer gewünscht hast.«

»Brauchst du Hilfe, Liebes?«, rief Mrs. Wragley. Sie würde als Cop nicht zu gebrauchen sein, wenn es darum ging, Männer von den Beinahe-Toten zu erwecken.

»Alles in Ordnung, danke«, rief ich.

»Ich an deiner Stelle würde die Polizei rufen«, brüllte Guy.

»Fick dich«, sagte ich, während ich es schaffte, einen schlaffen Lars aufrecht hinzusetzen.

»Fick dich selbst, Süße«, brüllte der Fußballer.

Ich stellte Lars auf die Füße – inzwischen hatte er seine Gliedmaßen offenbar wieder halbwegs unter Kontrolle. Ein langsames, freudiges Lächeln zog sich über sein Gesicht, während er mich ansah. »Siehst du«, lallte er. »Ich bin wieder da.«

»Das sieht ihm überhaupt nicht ähnlich, oder?«, meinte Mrs. Wragley. »Ich komme morgen mit einem Tonikum vorbei.«

»Besser mit einem Wodka Tonic«, sagte ich im Stillen, während ich begann, mit ihm die Stufen zur Tür hochzuhumpeln, seinen Arm um meinen Nacken gelegt.

»Kriegst du ihn überhaupt diese Stufen hoch?«, rief Guy.

»Nimm dein Testosteron wieder mit ins Bett, du Vollidiot«, brüllte ich zurück. Ich zerrte fester, bis ich es schließlich schaffte, die Haustür hinter mir zuzuknallen.

Als ich Lars endlich ins Wohnzimmer verfrachtet hatte, lag er wie ein riesiges, nutzloses Tier auf dem Sofa, schloss die Augen und begann fast augenblicklich, laut zu schnarchen. Ich zog eine Decke unter einem Kissen hervor und warf sie über den Mann, den ich so lange geliebt hatte. Sein Gesicht hatte die Farbe uralter Asche, abgesehen von den blauen Flecken um seine geschlossenen Augen.

Am nächsten Morgen stand Lars gegen zehn vom Sofa auf. Die Kinder waren schon viel früher aufgewacht, aber ich hatte ihnen gesagt, Daddy sei zufällig in der Gegend gewesen, als er sich nicht gut gefühlt und beschlossen hätte, zu uns zu kommen, um sich zu erholen. Ich hasste es, sie noch mehr zu verwirren.

Tess und Finn flüsterten im Flur miteinander und lächelten, als Lars schließlich in die Küche stolperte. Ich trank Kaffee, und wir bastelten Osterkarten.

Mit scheinheiliger Miene stand ich auf und hielt ihm eine Schachtel Nurofen und einen Becher schwarzen Kaffee hin. Er bedankte sich und ließ sich mit einem Plumps an den Tisch fallen, grau und schmuddelig in seiner Bürokleidung von gestern. Ich griff wieder nach meinen Stiften und begann, eine Karotte orange auszumalen.

»Wohnst du jetzt wieder bei uns?«, fragte Finn.

Lars gab keine Antwort, daher sagte ich – in dem Wissen, wie sehr die Kinder Klarheit brauchten: »Nein, Daddy hat sich nur nicht gut gefühlt, daher war es für ihn leichter, hier zu schlafen. Wir machen genauso weiter, wie ich es euch erklärt habe.«

»Wir wollen, dass ihr verheiratet bleibt«, sagte Finn fast beiläufig.

Ich konnte spüren, wie Lars versuchte, meinen Blick aufzufangen, aber ich sah ihn nicht an. Wie viel Verletztheit und Schuldgefühl konnten in der Bemerkung eines kleinen Jungen liegen?

In die Stille hinein sagte Tessa: »Ist das so ein Moment, wo wir DVD gucken dürfen?«

Es war die brillante, grimmige Erkenntnis von Kindern, die die Stimmung ihrer Eltern binnen Sekunden aufsaugen konnten. Lars stieß ein hohles Kichern aus. »Ja, es ist genau diese Art von Moment. Kommt mit. Wie wär's mit *Der Zauberer von Oz?*«

»Das ist doch für Babys. Der erste Teil ist ja nicht mal in Farbe«, meinte Tessa, aber sie und ihr Bruder standen auf und gingen in den Flur hinaus, und Lars folgte ihnen.

Ich begann, die Spülmaschine auszuräumen, knallte Schälchen in den Schrank. Nach ein paar Minuten kam Lars zurück in die Küche und stellte sich hinter mich.

Ohne mich umzudrehen, sagte ich: »Bitte, ich will nicht darüber reden.«

»Es tut mir leid, dass ich dich beschimpft habe, und auch alles andere, was ich gestern Nacht getan habe.«

»Dass du unseren Kindern noch mehr Leid zugefügt hast? Dass du sternhagelvoll vor unserer Tür aufgetaucht bist? Dass du gegenüber den Nachbarn ausfällig geworden bist? Dass du mitten in der Nacht die ganze Straße aufgeweckt hast?«

»Na ja, das mit den Kindern tut mir sehr leid, ja. An den Rest kann ich mich kaum erinnern. Aber vor allem weiß ich, dass alles, was passiert ist, meine Schuld ist. Ich weiß, dass du das, was du getan hast, meinetwegen getan hast. Aus *Rache*.«

Er redete davon, dass ich Peter gevögelt hatte. »Ich habe gesagt, ich will nicht darüber reden.« Ich nahm drei Kaffeebecher aus der Spülmaschine und räumte sie in einen der oberen Küchenschränke. »Aber so war es nicht.«

»Es geht mir immer wieder durch den Kopf – was wir haben und was wir wegwerfen.«

Ich schnellte auf dem Absatz herum. »Das kommt ein bisschen spät, meinst du nicht auch?«

Er sah auf seine Füße, die in den Socken von gestern steckten. »Können wir die Scheidung nicht einfach aufschieben, während wir ein bisschen nachdenken?«

»Die Scheidung hält jetzt niemand mehr auf außer dir.« Ich reckte das Kinn. »Ich habe den Campury-Auftrag gewonnen. Ich weiß, wo ich stehe.«

»Herzlichen Glückwunsch«, sagte er mit einem matten Lächeln. »Könntest du dich vielleicht einfach mit mir hinsetzen und ein bisschen reden?«

Ich schloss die Augen. »Ich habe keine Kraft mehr dafür.«

»Bitte.« Er setzte sich an den Tisch und nahm seinen Kaffeebecher in die Hand.

Ich setzte mich erschöpft. »Kein Schreien und keine Beschimpfungen.«

»Versprochen«, sagte er. »Und es tut mir leid wegen gestern Nacht – offenbar habe ich mich wie ein Arschloch benommen. Falls es hilft, ich fühle mich beschissen.«

»Gut. Und du *hast* dich wie ein Arschloch benommen.«

Er lächelte ein klein wenig. »Und, na ja, es tut mir einfach *leid*. Aber jetzt sollten wir vor allem an die Kinder denken. Was für einen langfristigen Schaden fügen wir ihnen zu?«

»*Du* hast es so gewollt.«

»Ich weiß, ich weiß.« Lars griff nach meiner Hand, aber ich schüttelte ihn ab. »Was kann es denn schon schaden, die Scheidung ein paar Monate aufzuschieben? Ich muss dir zeigen, dass ich mich ändern kann. Verdammt, Ami, diese Sache war ein echter Weckruf für mich, weißt du – ich kann an nichts anderes denken als an die Kinder.« Er stützte den Kopf in die Hände.

»Ich werde nicht mehr darüber reden.« Es war, als wollte er mir immer wieder aufs Neue das Herz aus dem Leib reißen, damit spielen wie mit einem Spielzeug und es mir dann mit einem völlig kaputten Puls zurückgeben. »Wir sind durch. *Durch*.«

Lars schüttelte den Kopf. »Es tut mir leid, was ich dir da alles angetan habe. Es tut mir leid, dass du zu einem anderen Mann gehen musstest, um dich geliebt zu fühlen. Aber ich weiß, dass das alles meine Schuld ist. Ich habe dir nicht zugehört.«

Das Chaos unserer Zukunft, die Kinder, die zwischen mehreren Häusern pendelten. »Wir haben dieses Durcheinander angerichtet. Und jetzt ist es zu spät.«

»Reich die Scheidung einfach noch nicht ein. Bitte lass es mich dir beweisen. Gib uns einfach noch ein paar Monate, den Kindern zuliebe. Uns zuliebe. Es kann nichts schaden.«

»Ich vertraue dir einfach nicht mehr, dass du mir nicht wieder wehtust.« Das war mehr als wahr.

Und es war auch wahr, dass nichts, was ich *gesagt* hatte, ihn dazu gebracht hatte, seine Meinung zu ändern: Was den Kindern passiert war, das hatte ihm vor Augen geführt, dass wir ihn in unserer Nähe brauchten. Aber was ich *getan* hatte – mit jemand anderen zu schlafen, so auszusehen, als ob ich ihn nicht mehr wollte –, das war ihm auch nahegegangen.

Aber ich war jetzt im Begriff, mein Leben zu reparieren. »Ich bin an dem Punkt, an dem es kein Zurück mehr gibt«, sagte ich zu ihm.

Lars sprang auf. »Ich beweise es dir. Ich helfe dir mit den Kindern und zeige dir, dass ich da sein kann. Ich habe mich so geirrt, Amelia. Ich dachte, es wäre so viel einfacher, allein zu sein, als sich ständig zu streiten … Aber … jetzt muss ich die ganze Zeit daran denken, wie wir alle auseinandergerissen werden. Du weißt, dass ich dich immer geliebt habe – daran hat sich nie etwas geändert.«

Finns klägliche Stimme schoss mir wieder in den Kopf: *Wir wollen, dass ihr verheiratet bleibt*. Ich versuchte, sie auszublenden. Dann das Bild von ihm auf dem Boden unter einem Kissenberg, das allgegenwärtig war.

»Lass uns sehen, ob wir wieder Freunde sein können, okay? Nicht mehr«, drängte Lars weiter. »Ob wir uns verstehen und gute Eltern sein können, und dann, wenn das klappt, vielleicht wieder mehr. Aber bitte lass unsere Familie nicht zerbrechen.«

Er klang für mich wie vor ein paar Monaten.

»Du kannst nicht wieder hier wohnen.« Meine Güte, hatte ich das eben wirklich gesagt?

»Nein, ich werde bei meiner Mutter wohnen. Aber schieb einfach die Scheidung noch ein bisschen auf.« Sein Gesicht schien fast durchsichtig. »Denk an die Kinder. Wenn wir das jetzt durchziehen, wird es kein Zurück mehr geben. Du musst ihnen zuliebe darüber nachdenken.«

Ich schüttelte kläglich den Kopf. Eine Pause trat ein, eine sehr lange Pause. Ich rang mit meinem Gewissen, und dann rang ich noch ein bisschen mehr. Schließlich nickte ich leise, fast unmerklich, auch wenn ich noch immer nicht ganz glauben konnte, dass ich es wirklich getan hatte.

»Danke«, sagte er leise.

»Du musst Mrs. Wragley Blumen kaufen und dich dafür entschuldigen, dass du sie geweckt hast«, sagte ich. »Aber wenn du diesen Fußballer aus unserer Straße siehst, gib ihm stattdessen ein paar aufs Maul.«

»Du hast *was* getan?«, fragte Liv etwas später an diesem Tag.

»Es ist nur für ein paar Monate. Nur um zu sehen, ob es klappen könnte. Wenn ich irgendetwas tun kann, um meine Ehe zu retten, dann muss ich es tun, den Kindern zuliebe …«

»Was ist mit *dir* zuliebe?«

Ich hielt das Telefon von meinem Ohr weg. »Ich bin mir nicht sicher, ob es ein ›mir zuliebe‹ überhaupt gibt.«

Ich wusste nur, dass es drei Leute in unserer Familie gab, die es offenbar hinkriegen wollten, und nur ich im Weg stand. Und zwei davon waren Kinder, deren Zukunft in meinen Händen lag. Wenn es auch nur eine winzige Chance für uns gab, zusammenzubleiben, wäre ich dann nicht verrückt, sie nicht zu ergreifen?

An einem Freitagabend fuhr ich zu Cathys Kanzlei, um ihr zu erklären, dass wir die Scheidung erst einmal auf Eis gelegt hatten. Ich war mir noch immer sehr unsicher bezüglich meiner Entscheidung.

»Na ja«, meinte sie. »Also doch kein Typ D.« Heute schien sie irgendwie bedrückter, ihre Fröhlichkeit war gedämpft, und ich fragte mich, warum.

»Vielleicht bin ich es doch. Ich muss an die Kinder denken.« Unwillkürlich huschte mein Blick zu den Fotos auf ihrem Beistelltisch: es gab nur sie und Jeremy, keine Kinder als Teil eines Schnappschusses bei einem Familienurlaub, keine mit einem Doktorhut bei ihrer Abschlussfeier.

Cathy war meinem Blick gefolgt. »Es sollte nicht sein.«

»War das … okay für Sie?«

»Eigentlich nicht.« Cathy beugte sich vor, und ihre üppige Brust ergoss sich über die Schreibtischkante. Sie sah aus, als würde sie es sich für ein bisschen Mädchengeplauder gemütlich machen; sie zeigte auf den Zeitmesser und drückte auf die große Taste auf seiner Oberseite. Dann zeigte sie auf etwas, das vermutlich ein Barschrank war: »Freitagabend-Schnäpschen?«

»Ähm, danke, gern.«

Cathy öffnete den Schrank und schenkte rasch zwei Whiskys ein, mit zwei Eiswürfeln in jedem Kristallglas.

Sie reichte mir eines davon und nahm wieder auf der anderen Seite des Schreibtischs Platz. »Nein, Jeremy konnte nicht …« Ihr kleiner Finger spannte und entspannte sich fast unmerklich, während sie ihr Glas hielt, sodass ich mir nicht sicher war, ob ich es wirklich gesehen hatte – vielleicht hatte ich es mir nur eingebildet. »Na ja, es sollte eben nicht sein. Das sagen wir uns immer, aber ich hätte gern welche gehabt.«

Sie war mit jemandem verheiratet, der keinen hochkriegte. Man konnte Geheimnisse teilen, und man konnte zu viele Geheimnisse teilen. Ich wollte sie fragen, warum sie nicht einfach eine der Spam-Werbemails für Viagra angeklickt hatte, die sie bekommen haben musste, ihm eines Abends beim Essen die Pillen in den Hals gestopft hatte und dann über einen verblüfft blickenden Jeremy hergefallen war. Ich suchte nach etwas, was ich sagen könnte. »Aber abgesehen davon, ist zwischen Ihnen und Jeremy doch alles in Ordnung, oder? Entschuldigung, ich wollte nicht indiskret sein.«

Cathy sah aus, als sei sie im Begriff, irgendetwas Positives zu sagen, aber dann schüttelte sie den Kopf. »Wir tun, was die Leute ›nebeneinanderher leben‹ nennen würden«, meinte sie.

»Seit einer Ewigkeit verheiratet. Kenne nichts anderes. Nicht so wie Ihre Generation – lauter Typ Ds, die hier immer wieder zur Tür hereinkommen und sagen, es ist einfach nicht genug.«

»Na ja, warum haben Sie denn nicht …?«, begann ich, aber dann überlegte ich es mir anders. »Ich meine, vielleicht *ist* es ja genug.«

»So wurden wir eben erzogen. Als wir geheiratet haben, dachten wir wirklich, dass man dazu stehen sollte, wenn man ›Ja, ich will‹ gesagt hat, begreifen, dass man einen katastrophalen Fehler begangen hat, und damit klarkommen.«

Ich konnte nur hervorstoßen: »Katastrophal?«

Cathy schwenkte die honigfarbene Flüssigkeit in ihrem Glas. »Dumm von mir. Meine Ehe ist keine Katastrophe, in meinem Job sieht man die *richtigen* Desaster.«

Ah, der Trinker, der nachts auf sein Kind gepinkelt hatte. Die arme Frau, die sie bei unserem ersten Treffen erwähnt hatte, deren Ex-Mann im Begriff war, zwangseingewiesen zu werden. Diese Art »richtige Desaster«.

»Muss nett sein, ihn jetzt zu Hause zu haben – Sie sagten, er sei im Ruhestand?«

Cathy sah mich an, als hätte ich gesagt, der Mond sei aus Stiltonkäse gemacht. »Na ja, ich nehme an, es ist schön zu wissen, dass jemand da ist, und er ist ein sehr freundlicher Mann. Aber ich will eigentlich nur meine Ruhe haben, um die Schuhseiten in der *Vogue* zu lesen, und stattdessen kann ich hören, wie er sich in seinem Wohnzimmer diese grauenhaften Sitcoms ansieht.«

Seinem Wohnzimmer? Ich wusste nicht, wie es war, aus einer anderen Generation zu sein, wenn das »nebeneinanderher leben« war. »Aber Jeremy muss doch ein paar Eigenschaften haben, die das wieder ausgleichen.«

»Er ist freundlich, geduldig, einfühlsam.« Cathy lachte wehmütig, als glaubte sie, diese Eigenschaften bedeuteten in Wirklichkeit *langweilig*. »Ich will nicht, dass Sie mich bemitleiden. Das habe ich in letzter Zeit selbst ziemlich oft getan. Jeremy hat immer wieder angedeutet, dass es seiner Ansicht nach an den Wechseljahren liegt, aber die sind bei mir schon eine ganze Weile her. Er hat mir eine Klimaanlage gekauft, was süß von ihm war.«

»Funktioniert sie denn – die Klimaanlage?«

»Sie hilft gegen die Hitzewallungen, aber nicht gegen meine Launen«, sagte Cathy.

»Würde ein Ausgehabend nicht helfen?« Ich hatte das Gefühl, Liv zu zitieren.

»Vielleicht. Wir könnten ins L'Auberge in der Bromley High Street gehen«, überlegte Cathy. »Da waren wir seit Jahren nicht mehr.«

»Klingt entzückend«, sagte ich, während ich mir Schickimicki-Essen mit viel zu viel Soße vorstellte. Während ich meine Tasche hochnahm, fragte ich mich, ob ich ihr auch vorschlagen sollte, ein bisschen Zaubermedizin gegen erektile Dysfunktion zu besorgen.

»Ich schlage es ihm heute Abend vor, und dann bestellen wir für morgen einen Tisch«, sagte Cathy. Sie klang schon viel fröhlicher. Falls meine Karriere in der Werbung eines Tages den Bach runterging, konnte ich vielleicht Eheberaterin werden. Ich stand auf, und ich wusste nicht, ob ich ihr professionell die Hand geben oder sie wie eine Freundin auf die Wange küssen sollte.

Cathy löste das Problem, indem sie mich fest umarmte und sagte: »Ich liebe unsere kleinen Plaudereien, Sie nicht auch?«

Kapitel 31

Tat ich das Richtige oder das Falsche? Ich wusste es einfach nicht.

Nach der Nacht, in der er betrunken vor unserem Haus aufgetaucht war, saß Lars an den meisten Abenden in der Küche, wenn ich um sechs nach Hause kam.

Er erkundigte sich bei Jenny nach der Ernährung von Kindern und der Entfernung von Nissen aus langen Haaren. Er hörte sich Finns Rechtschreibliste an und nahm sich vor, dafür zu sorgen, dass sein Sohn bei seinem Test am Freitag zehn von zehn Punkten erzielte; an seinem nächsten Kinderwochenende wusch und bügelte er ihre Kleider – Ulrika berichtete mir, sie hätte es peinlich genau überwacht, aber nicht eingegriffen. Bei uns zu Hause spielte er stundenlang mit ihnen Verstecken und tat, als würde er die sehr auffällige Ausbuchtung hinter den Vorhängen, die Tessa war, nicht bemerken, bis sie ihr Gekicher nicht länger unterdrücken konnte. Er tat es so, wie er alles im Leben tat: zum Erfolg entschlossen.

Ich wartete nur darauf, dass es sich wieder legte. Bei der ersten Krise in der Firma würde er aufgeben. Als ein paar Tage nach seinem Versprechen ein Anruf aus dem Büro kam, während er die Kinder badete, wartete ich vor der Tür, bereit, hineinzustürzen und sicherzustellen, dass niemand ertrank.

»Bill?«, sagte er stattdessen. »Ich muss dich später zurückrufen – die Kinder sind im Bad.«

»Nimm den Anruf ruhig an«, sagte ich und trat in den Dampf.

»Schon gut«, sagte er und drückte auf Beenden. »Also, wer von euch will mir sagen, welches dieser Shampoos ihr benutzt und wie schaumig es ist?«

Natürlich liebten sie es.

Bei der Handarbeitsausstellung in der Schule verblüffte Lars Mr. Carter erstens, indem er überhaupt auftauchte, und zweitens, indem er offenbar alles über Tessas Lehrplan wusste.

»Ich freue mich ja so, dass Sie als Familie kommen konnten«, sagte Mr. Carter. Julia hörte es zufällig und verdrehte die Augen. Aber Nadine stand mit ein paar anderen der Zicken-Mums in der Ecke und nickte anerkennend.

»Dreckskerl«, murmelte ich, als ich nach Hause fuhr. Ich fuhr wütend jedem zu dicht auf, der in einem für das Wohngebiet angemessenen Tempo fuhr. »Kommt nach *all dieser Zeit* anspaziert und tut so, als ob er der Dad ist. Unterzieht meine Kinder einer Gehirnwäsche. Nimmt sie mir für *ganze Wochenenden* weg. Taucht jeden Abend *um sechs Uhr* auf, während er früher überhaupt nicht nach Hause kommen konnte … Dreckskerl, Dreckskerl, Dreckskerl. Und bald wird er sich wieder verpissen, und bei uns wird alles wieder wie gehabt sein, nur dass die Kinder ihn mehr vermissen werden als je zuvor. *Dreckskerl.*« Würde er das tun? Ein riesiger Teil von mir wollte ihm glauben – und ein ebenso großer Teil konnte es nicht.

»Hör zu, es muss aufhören, dass du ständig einfach so hier hereinschneist und den Teilzeit-Dad spielst«, sagte ich am nächsten Abend zu ihm, als die Kinder schliefen und er im Begriff war, zurück zu Ulrika zu fahren. »Überleg dir mal, was du ihnen damit antust. Überkompensieren. Ihre gewohnte Routine durcheinanderbringen. Sie von dir abhängig machen, obwohl es bald wieder so sein wird, dass du nie da bist.«

»Nein. Ich habe mein Verhalten endgültig geändert«, erklärte Lars. »Ich habe einen neuen Geschäftsführer eingestellt, der die meisten internationalen Reisen übernimmt. Ich meine das alles ernst, Ami. Menschen ändern sich, und ich werde einer von ihnen sein.« Ich sah zu Boden. »Ich denke an dich in den Armen eines anderen, und …«

»Ich habe dir gesagt, dass ich nicht darüber reden werde.« Die Sache mit Peter hatte sich schon ein paar Tage später wie etwas angefühlt, das einem völlig anderen Menschen passiert war.

»Es ist nicht nur das«, fuhr er fort. »Auf einmal konnte ich klar sehen – wollte ich für ein bisschen mehr unternehmerisches Wachstum meine Familie verlieren? Wollte ich wirklich so dumm sein, das alles hier …« – er zeigte mit den Armen um sich – »… zu verlieren, weil ich nicht erkennen konnte, wie wichtig es mir war? Sieh mich an. Ich war ein Häuflein Elend.«

»Das glaube ich dir nicht«, flüsterte ich. »Du hast dich betrunken, weil du dich selbst bemitleidet hast. Weil du nicht genau das haben konntest, was du wolltest, wann immer du es wolltest.«

»*Nein*.« Er versuchte, meine Hände zu ergreifen, aber ich wich vor ihm zurück. »Hör zu, ich weiß, es gibt nichts, was ich sagen könnte. Ich muss mir einfach die Zeit nehmen, es dir zu beweisen. Und es geht auch nicht nur um die Kinder …«

Ich rieb mir wütend mit dem Ärmel meines T-Shirts übers Gesicht. »Ich will, dass du jetzt gehst.« Mein einziger Gedanke war, dass er das *jetzt* zu mir sagte und sich *jetzt* so benahm. Das ließ den ganzen Schmerz, den wir durchgemacht hatten, so unnötig erscheinen. Aber zu meiner eigenen Bestürzung wusste ich nicht, ob es wirklich zu spät war.

»Natürlich, wenn du das willst.«

Ich wartete, bis die Tür hinter ihm zugefallen war, bevor ich die Tränen hinunterströmen ließ wie Regen an einem Fenster.

Der Frühling ging blühend in den Sommer über, auf diese typisch englische Art, die mit endlosen verregneten Wochen einhergeht. Ben lud mich eines Tages zum Lunch ein, mit dem Versprechen, dass es »rein geschäftlich« sei.

»Keine Sorge, ich will nur, dass wir noch ein bisschen mehr darüber nachdenken, wie wir in Europa auf den Markt gehen«, sagte er, während wir in einer Ecke des Dean Street Townhouse Platz nahmen.

»Ich bin mir nicht sicher, ob es eine gute Idee ist, als Frau mit Ihnen in der Öffentlichkeit gesehen zu werden.«

Er lachte. »Sie meinen, wegen Claudia? Sie sollten den Gerüchten keinen Glauben schenken, Ami Fitch.«

Ich beäugte ihn mit gespieltem Misstrauen. »War sie Ihnen bei dem Imagewechsel behilflich?«

Er trug Anzug und Hemd, aber diesmal sah es aus, als hätte vielleicht ein Schneider die Hand im Spiel gehabt: Der dunkelgraue Stoff saß an den Schultern genau richtig, machte ihn schlank, und es war offensichtlich, dass unter seiner Kleidung nichts als Muskeln waren. Er hatte sich eindeutig rasiert.

»Sieht doch schick aus, oder? Aber im Ernst, nein, das hat nichts mit Claudia zu tun. Die Bosse bei Campury haben mich antanzen lassen, um mir zu sagen, ich müsse ernster wirken – offenbar habe ich die Marke enttäuscht.«

»Warum haben Sie sich entschieden, so auszusehen, so … na ja, so gegen alles, wofür die Modebranche steht?«

»Ich nehme an, weil ich denke, dass das meiste davon Blödsinn ist« antwortete er. »In Italien würde ich damit durchkommen – die Italiener halten alle Engländer für exzentrisch. Aber ich bin mir nicht sicher, ob wir tatsächlich mehr Handtaschen verkaufen werden, nur weil ich den richtigen Anzug trage.«

»Hat es in Mailand geklappt?«

»Bin mir nicht sicher, aber ich habe mich da wohlgefühlt.« Er grinste. »Claudia sagt, man kann sich auch in einem schicken Anzug wohlfühlen, daher versuche ich es mal.«

»Wird sie ihrem Parlamentsabgeordneten den Laufpass geben?«

Ben lachte. »Meinetwegen? Natürlich nicht. Da läuft nichts. Und jetzt hören Sie auf, so neugierig zu sein, Ami, und reden Sie mit mir ernsthaft über europäische Nachfragemuster.«

Und so tat ich es. Er war effizient und ruhig, während ich über Statistiken und demografische Entwicklung redete und versuchte, ihm eine erweiterte Medienstrategie zu verkaufen, was mehr Geld für Brand New bedeuten würde.

Aber bevor er sich auf irgendetwas davon einließ, ruinierte er alles mit den Worten: »Und jetzt genug von der langweiligen – wenn auch sehr aufgeweckten und professionellen – Version von Ihnen.« Er bestellte Champagner, um – mit einem leichten Augenzwinkern in meine Richtung – »auf die Allianz unserer Organisationen anzustoßen«, und wollte dann wissen, was ich gern essen würde.

»*Extrem* aufgeweckt und professionell«, sagte ich.

»Absolut extrem«, bestätigte er. »Es ist nur, meinen Sie denn nicht auch, dass wir uns jetzt, wo wir das Wichtigste aus dem Weg geräumt haben, auf die Banalitäten konzentrieren sollten?«

»Sind Sie eigentlich manchmal wirklich ernst?«

»Ich bin immer ernst. Vor allem jetzt, wo ich wieder hier bin, ohne meine Freunde und die Kinder. Es ist einfach nett, sich entspannen zu können. Ich habe das Gefühl, Sie zu kennen. Ein bisschen zumindest.«

»Na ja, wir hatten …«

»Ein paar seltsame Gespräche?«, führte er den Satz zu Ende und fuhr dann mit einem schlecht imitierten französischen Akzent fort: »Nun, hätten Sie gern *Canard à la Hoh, Heh, Hoh, Heh, Hoh* mit Sauce *à l'orange* und *patata dauphinoise?*«

»Eigentlich nicht«, sagte ich. »Ich hätte gern, was immer grüner Salat auf Französisch heißt.«

»Seien Sie nicht albern. Eine Frau kann doch nicht allein von Kopfsalat leben.«

»Ich habe nur versucht, wie die Art kultivierte Frau auszusehen, die nie vor Einbruch der Dunkelheit isst«, gab ich zu. »Ehrlich gesagt, hätte ich gern einen wirklich riesengroßen Teller mit dem, was es eben gibt.« Und so aßen wir Hackfleisch mit Kartoffeln und redeten über unsere Kinder, während wir uns den Bauch vollschlugen. Um uns herum wurden Deals ausgehandelt und Beziehungen geschmiedet – aber es tat gut, sich einfach nur witzige Geschichten über Kinder zu erzählen.

Er bestand darauf, dass wir noch ein Glas Champagner tranken. »Weil ich mich mit Ihnen entspannen kann, Amelia«, sagte er, bevor er das Gespräch auf meine Scheidung lenkte. »Geht es Ihnen jetzt gut?«

Ich berichtete ihm, dass Lars wie ausgewechselt war. »Auf einmal ist er ständig da, genau in dem Moment, in dem ich dachte, es sei zu spät. Wir versuchen herauszufinden, ob wir Freunde sein können.«

»Ist das etwas Gutes oder Schlechtes? Sie haben ja gesagt, Sie wollten nicht geschieden werden.«

»Das will ich auch nicht. Na ja, ich wollte es nicht, und dann dachte ich, es sei unvermeidlich.« Es gelang ihm immer wieder, einem Gespräch eine intime Wendung zu geben.

»Sie vertrauen ihm nicht, dass er sich längerfristig so verhalten wird?«

»Nein, das tue ich nicht, aber er gibt sich wirklich Mühe.« Ich versuchte, das Thema auf ihn zu lenken. »Aber Sie scheinen viel Spaß zu haben, für einen geschiedenen Mann.«

»Viel Spaß, aber niemanden, mit dem ich einfach mal abhängen kann«, sagte er. »Ich vermisse meine Kinder und meine Kumpel, und manchmal fühle ich mich einsam.«

Später, als er mir die Hand gab und sagte, er würde mich bei unserem Review-Meeting am nächsten Dienstag sehen, hielt er eine Minute inne. »Sie könnten das nicht, oder, Ami? Jetzt, wo wir das alles hinter uns haben.«

»Was könnte ich nicht?«

»Könnten Sie einfach mit mir abhängen? Ich will nicht bedürftig klingen, aber manchmal muss man es einfach laut aussprechen.«

»Meinen Sie, wir wüssten, wie man einfach abhängt? Wo wir schließlich Workaholics sind und das alles?« Ich lächelte.

»Vielleicht sollten wir es mal versuchen – ins Kino gehen oder so. Und dann nach Hause zurück und uns weiter einen Wolf arbeiten.«

Mein erster Gedanke – noch immer pleite – war, dass ein Kinobesuch nicht allzu teuer klang. Und es klang nach Spaß, und ich brauchte Spaß. »Okay. Nicht mehr als …«

»Ich verspreche, dass ich mich Ihnen gegenüber nie wieder so benehmen werde.« Er klang entschuldigend und aufrichtig. »Ich suche nur einen Kumpel. Nein, das klang jetzt falsch … Ich meine …«

Wir kicherten beide. Er machte noch mehr Witze. Wir beließen es bei dem Plan, zusammen »abzuhängen«.

Am Mittwochabend war Lars mit den Kindern bei Ulrika. Ben und ich trafen uns vor dem Kino in Muswell Hill, um uns eine Wiederholung von *Casablanca* anzusehen. Ich fühlte mich wieder wie ein Teenager, während wir uns Popcorn und eine Tüte Revels-Schokoladenbonbons kauften, die Ben, sobald wir auf unseren Plätzen saßen, aufriss, um die Bonbons in den Popcorneimer zu werfen und ihn kräftig zu schütteln.

»Was soll das denn?«, fragte ich, während ich ihn erstaunt ansah. Die Werbung lief.

»Das macht es spannender.« Er grinste. »Mach das mal mit den Kindern. Du weißt nie, ob du eines mit Kaffeesahne – igitt, übrigens – oder, hurra, eines mit Schokolade und Rosinen kriegst.«

»Ich mag die mit Toffee«, sagte ich, »und jetzt muss ich in dem Popcorn herumwühlen, um sie zu finden.«

Er grinste wieder. »Aber es wird ein tolles Gefühl sein, wenn du eines findest, Ami Fitch.«

Während wir in die letzten Hurras der Leute mit einstimmten, die während des Krieges in Marokko festsaßen, vergaß ich fast, mit wem ich hier war. Aber ich spürte, wie viel er von seinem Platz einnahm, wie seine kräftige Schulter an meine gedrückt wurde. Von Zeit zu Zeit wühlte ich in dem Popcorneimer und fand ein Revel mit Schokoladenfüllung. Er fand eines mit Toffee und forderte mich auf, es zu nehmen, und ich grinste zurück, aber dann wandte ich mich wieder zu dem Film um. Als Humphrey Bogart Ingrid Bergman zuliebe das letzte Opfer seiner Liebe brachte, spürte ich, wie mir Tränen übers Gesicht liefen, und er reichte mir wortlos ein Taschentuch und tupfte sich selbst die Augen.

Draußen, im Dunkel der Hauptstraße, kicherten wir. »Abzuhängen sollte mit einer Gesundheitswarnung verbunden sein«, meinte Ben. »Dabei kommen einem die Tränen.«

»Du alter Romantiker«, neckte ich ihn.

»Sind deine Augen etwa trocken geblieben, als dieses Flugzeug abgehoben ist?«

Ich lachte, und er zeigte auf seinen Wagen. »Kann ich dich den Hügel hinunter mitnehmen?«

Als wir vor meinem Haus hielten, sagte er: »Noch etwas, was Leute tun, wenn sie abhängen, ist bowlen gehen. Passt es dir nächste Woche?«

Ich lächelte. »Okay, klingt gut.«

Aber ich hatte vergessen, wie unglaublich schlecht ich im Bowlen war. Zuerst mussten die Mitarbeiter Schuhe in Größe 47 für Ben finden, und während ich meine anzog, versuchte ich zu vergessen, wie ekelhaft die Füße anderer Leute waren. Wir trugen beide Jeans, und Ben sah aus, als ob er sich darin weitaus wohler fühlte als in seinem Anzug.

Meine erste Kugel rollte einfach die Seitenrinne hinunter. Als ich mich umdrehte, sah ich, wie Ben eindeutig versuchte, sich das Lachen zu verbeißen. Er zog die Augenbrauen hoch, nahm eine schwere Kugel und erzielte prompt einen Strike.

Ich klatschte anerkennend und nahm mir eine leichtere Kugel. Diesmal gab ich mir mehr Mühe, aber sie rollte trotzdem nur die Hälfte der Bahn hinunter, bevor sie ebenfalls in der Rinne landete. Ben gab den Versuch auf, nicht zu johlen.

»Bist du eigentlich schon mal bowlen gegangen?«, fragte er.

»Nicht sehr oft«, meinte ich verlegen.

»Würdest du mich für einen Idioten halten, wenn ich dir ein paar Tipps gebe?«

»Nein, *deswegen* würde ich dich nicht für einen Idioten halten«, antwortete ich.

Er lachte. »Es tut meinem Ego ja so gut, mit dir abzuhängen.« Dann erklärte er mir sehr geduldig, wie ich die Kugel in die Hand nehmen, bei dem kurzen Anlauf etwas Schwung holen und sie dann so schleudern sollte, dass sie tatsächlich einen Kegel traf. Meine Kugeln trafen noch immer nicht – bis zum vierten Versuch, als es mir schließlich gelang, zwei Kegel umzuwerfen.

»Tolle Leistung«, bemerkte Ben, der inzwischen sechs Strikes in Folge erzielt hatte.

»Du hättest mir sagen können, dass du ein verdammter Bowling-Champion bist«, knurrte ich, während ich auf unsere Punktetafel sah.

»Barnsley Boys League 1996«, gab er zu.

»Du hast's noch immer drauf.« Ich trat mit meiner nächsten Kugel vor und warf vier Kegel um. Erst bei meinem letzten Wurf erzielte ich eine etwas respektablere Sieben.

»Siehst du? Ich geb mir die Kugel, Ami Fitch«, meinte Ben.

Ich sah ihn an. »Du lässt dich nicht gern aus der Bahn werfen, was?«

Wir zogen unsere müffelnden Schuhe aus. Er fuhr mich nach Hause. »Ich würde sagen, als Nächstes gehen wir zu einem Inder in der Brick Lane«, fuhr er fort. »Wollen wir die Kreativteams mitnehmen?«

Ich lächelte, während ich ins Haus ging. Abzuhängen hatte viel Gutes.

Liv sagte, wir würden uns an einem Samstag, an dem ich die Kinder nicht hatte, zum Lunch treffen, um »über diese ganze Lars-Geschichte zu diskutieren«. Sie nannte es einen »Krisengipfel« und sagte, es gebe keinen besseren Ort dafür als das Suicide Café. Wenn sie so drauf war, hatte es nicht viel Sinn, mit ihr zu streiten.

Im Sonnenschein der ersten Junitage wirkte das Café etwas weniger düster als sonst. Lichtstrahlen erhellten den Staub auf der Glasglocke, unter der die ausgestopften Kanarienvögel saßen. Der altersschwache Kellner zuckte die Schultern, als wir hereinkamen und auf einen Tisch in der Ecke zeigten. An einem anderen Tisch saß ein Mann mit einer Brille, die aussah, als wäre sie aus den Böden zweier Weinflaschen gemacht, und stritt sich lautstark auf Russisch mit einem Glatzkopf. Von Zeit zu Zeit hörten sie auf zu brüllen und kippten kleine Gläser mit Wodka, bevor sie wieder von vorn anfingen.

Ich war beim zweiten Glas Wein und hatte mein Essen noch kaum angerührt. Bis jetzt war es mir gelungen, das Thema Lars zu vermeiden. Liv schaufelte sich entschlossen Risotto in den Mund.

»Das heißt, du hast nie wieder von diesem entzückenden vornehmen Typen gehört? Schade, du siehst so viel besser aus als noch vor ein paar Monaten.«

Ich fragte mich, wie grauenhaft ich ausgesehen haben musste, als ich mich vor einem Typen, der zehn Jahre jünger war als ich, bis auf die Knochen entblößt hatte.

»Schönen Dank auch, jetzt geht's mir schon viel besser«, meinte ich. »Aber im Ernst, nein, ich habe nichts mehr von ihm gehört, und das ist auch gut so. Ich habe dir doch gesagt, Lars und ich versuchen, Freunde und Eltern zu sein.«

»Du erinnerst dich aber schon noch daran, wie sehr Lars dich verletzt hat, oder?« Liv aß wieder weiter.

»Ja, natürlich.« Ich hielt einen Moment inne, als der bärtige Russe aufstand und so aussah, als würde er dem Glatzkopf ein paar aufs Maul geben, aber dann setzten sie sich beide wieder hin und kippten noch mehr Wodka. »Lars kommt manchmal abends vorbei und liest den Kindern Geschichten vor, und dann fährt er nach Hause, mehr nicht. Ab und zu sagt er, wir sollten wieder zur Eheberatung oder zusammen essen gehen, aber dann sage ich ihm einfach, dass ich mehr Zeit brauche.«

»Du willst doch nicht wieder verletzt werden.«

Das werde ich nicht. Dann sagte ich laut: »Manchmal kommt es mir fast vor, als ob er die Herausforderung liebt.«

»So war er ja schon immer ein bisschen. Lass dir Zeit.«

»Eigentlich habe ich gar keine Zeit, um darüber nachzudenken. Die Kampagne startet im Juli. Ich hatte noch nie so viel um die Ohren.«

»Und mit Ben hängst du noch immer ab?«

»Wir waren mit dem Kreativteam essen, zählt das? Er braucht einen Kumpel in London, das ist alles.«

»Hmm. Das heißt, er ist doch kein absolutes Arschloch?«

»Ich glaube, er ist einfach ein Typ, der seine Kinder vermisst. An den meisten Wochenenden fliegt er zurück nach Italien, um seine Jungen zu sehen.«

Liv dachte darüber nach, und dann sagte sie: »Ruft er dich oft an?«

»Wegen der Arbeit und so. Eigentlich ist er ganz okay, weißt du.«

»Das heißt, du hast deine Meinung über ihn geändert?«

»Er ist clever und eine nette Gesellschaft.«

»Stellt Lars nicht viele Fragen?«

»Doch, aber die Wahrheit ist, Ben ist mein Kunde, und er ist allein in London.«

Liv sah mich fragend an, während ich versuchte, ihrem Blick auszuweichen. »Aber du sagst Lars nicht, dass er bleiben soll, dass du wieder richtig verheiratet sein willst?«

»Nein«, sagte ich, und das war die Wahrheit. Lars und ich gingen höflich miteinander um in den Stunden, in denen sich unsere Wege im Haus kreuzten; wir redeten über die Arbeit und die Kinder, und ich konzentrierte mich angestrengt darauf, keines der Themen anzuschneiden, die nur wieder eine unserer alten Streitereien entfachen würden. »Aber er sagt mir ständig, wie toll ich aussehe.«

»Na ja, das tust du ja auch, aber vertrau ihm nicht, Amelia. Du hast das alles schon mal erlebt, und er wird wieder ganz lieb sein, und dann wird er sich aus dem Staub machen.« Ihre Stimme wurde etwas lauter. »Und du hast dich allein so gut geschlagen.« Sie gab dem Kellner ein Zeichen, uns noch mehr Wein zu bringen, aber er schlurfte stattdessen mit noch einer Flasche Wodka zu den beiden Russen. »Glaubst du wirklich, dass das auf Dauer so bleiben wird?«

»Ich war so lange wütend auf ihn, dass es schwer ist, damit aufzuhören. Ben sagt …«

Liv entspannte sich sichtlich. »Du willst jetzt mit Ben zusammen sein, habe ich recht?«

»Nein, das nicht. Auch wenn er jetzt offenbar doch ganz okay ist, nachdem er … na ja, nachdem er sich wieder eingekriegt hat. Er entschuldigt sich immer wieder dafür, dass er sich damals so über mich lustig gemacht hat. Was immer noch allein deine Schuld ist.«

»Genau wie es meine Schuld ist, dass du den besten Werbeauftrag an Land gezogen hast, den du dir je wünschen könntest.«

»Eins zu null für dich«, lächelte ich. »Wie dem auch sei, er wird nach Italien zurückkehren. Und wenn man den Gerüchten Glauben schenken darf, vögelt er praktisch jede zweite Frau in Soho.«

»Du weißt aber schon, dass man, wenn man davon redet,

dass jemand jemand anderen vögelt, es nur tut, weil man denjenigen im Grunde selbst vögeln will?«

Ich streckte ihr die Zunge heraus.

»Wie lange ist es jetzt her?«

»Wie lange ist was her?«

»Du weißt, was ich meine. Du kriegst allmählich diesen verkniffenen Gesichtsausdruck, den alte Damen haben.«

»Na ja, abgesehen von dem Ehrenwerten Peter …«

»Ein paarmal, richtig, in einer Nacht?«

»Es war eigentlich eher am Morgen«, sagte ich, »aber abgesehen von dem Ehrenwerten Peter, nehme ich an, vielleicht ein halbes Jahr – und auch dann nicht sehr oft, ehrlich gesagt, zum Ende meiner Ehe hin.«

»Verdammt, kein Wunder, dass du völlig verspannt bist. Also, die Wahl ist, entweder wieder mit Lars zusammenzukommen oder mit Ben zusammen zu sein.«

»Ich werde *nicht* mit Ben zusammen sein.«

»Wer sind denn diese ganzen anderen Frauen, mit denen er Sex hat?«

»Er will nichts davon zugeben, aber Gerüchten zufolge ist darunter eine Frau namens Claudia, mit der er zusammenarbeitet – ungefähr fünfundzwanzig, piekfein, tolle Haare.«

»Hmm.«

»Und dann gibt es offenbar noch einen ganzen Haufen Frauen, deren Namen ganz nebenbei fallen. Ein Mädchen in Mailand, mit der er, wie er sagt, essen gegangen ist, als er vor ein paar Wochen dort unten war, um seine Kinder zu sehen.«

»Meinst du, er heizt diese Gerüchte vielleicht selbst ein bisschen an?«

»Das sagt ja die Richtige.« Ich nahm einen kräftigen Schluck von meinem Wein und reichte das Glas Liv.

Liv ignorierte den Seitenhieb und nahm einen Schluck. »Bist du deswegen ein bisschen eifersüchtig?«

»Natürlich nicht.«

»Aber du magst ihn jetzt?«

»Na ja, es hat geholfen, dass er meine Agentur gerettet hat.«

»Nein, *du* hast deine Agentur gerettet.« Dann wechselte sie das Thema. »Geht es deinem Dad inzwischen besser?«

»Mum sagt, er hat wieder angefangen zu schreiben. Sie sagt, wir müssen zu Besuch kommen. Es ist eine Ewigkeit her.«

»Die arme Frau, mit so einem Griesgram verheiratet zu sein.«

»Er ist nicht immer ein Griesgram, und wenn er es nicht ist, ist er entzückend. Und man muss Mitleid mit ihr haben, wenn sie ihn in diesen endlosen depressiven Phasen am Hals hat.«

Liv nickte. Sie hatte jahrelang zugehört, wie ich erst wütend und dann resigniert über meine Eltern redete. Als Jugendliche hatte sie sich extra viel Mühe gegeben, mich in ihre Familienfeiern einzubeziehen, später hatte sie mir jedes Mal wortlos ein großes Glas Wein eingeschenkt, wenn ich von einem Besuch bei ihnen zurückkam.

»Was wirst du ihnen über dich und Lars sagen?«

»Ich weiß es nicht, Liv. Ich weiß es wirklich nicht.«

Ich hing weiterhin mit Ben ab, bei langen und witzigen Gesprächen und Meetings, die in Lunch übergingen. Manchmal kam er auch abends vorbei, wenn die Kinder im Bett waren, und wir setzten uns zusammen aufs Sofa und sahen uns Filme an. Ich hielt ungefähr einen Meter Abstand zu ihm, aber ich entspannte mich bald. Er sagte, in meinem Haus würde er sich »wie zu Hause« fühlen, und redete viel von seinen eigenen Kindern und wie sehr er sie vermisste. Dann sprang er auf, um nach Hause zu fahren und sie anzurufen.

Am nächsten Tag, dasselbe Zimmer, aber stattdessen spielte Lars mit den Kindern. Und er spielte richtig mit ihnen: Er baute die ganzen Legobausätze zusammen, die Finn zum Geburtstag geschenkt bekommen hatte, und er hörte zu, wie Tessa laut las, mit ihren Gedanken halb bei der Sache und halb irgendwo bei den großen Fragen des Lebens. Aber sie hatte aufgehört, vom Tod zu reden, und beide Kinder schienen genau zu wissen, wann ihr Dad auftauchen würde; sie hatten aufgehört, danach zu fragen, ob wir verheiratet bleiben würden.

Lars kam und setzte sich an den Küchentisch und redete mit mir, und wir lachten über das, was die Kinder gesagt hatten; dann fühlte es sich ein bisschen so an, wie es vielleicht hätte sein können, verheiratet zu sein, wenn wir es hingekriegt hätten. Nur dass der Ehemann normalerweise nicht aufstand und wegfuhr, um bei seiner Mutter zu schlafen.

Kapitel 32

Sonntagabend. Eine Nachricht von Ben.

Bin auf dem Rückweg von Stansted – Lust auf eine Tasse Tee?

Wie einsam musste er sich fühlen, wenn er in London landete, nachdem er seine Kinder in Italien zurückgelassen hatte? Und nachdem ich selbst ein ganzes Wochenende ausschließlich mit Leuten geredet hatte, die so groß wie Oompa Loompas waren, konnte ich ein bisschen erwachsene Unterhaltung gebrauchen. Ich trug eine von Lars' Pyjamahosen, die Beine hochgekrempelt, und ein altes Festival-T-Shirt mit dem Schriftzug *Zugang zu allen Bereichen* auf der Vorderseite. Ich seufzte, denn jetzt würde ich mich noch einmal anziehen müssen. Ich schrieb ihm zurück, schlüpfte wieder in Jeans und Pullover und klatschte mir die erstaunliche Menge Make-up ins Gesicht, die erforderlich war, um so auszusehen, als hätte ich überhaupt keines aufgetragen.

Zwanzig Minuten später stand er vor meiner Tür. Er sah etwas mitgenommen von der Reise aus, in Jeans, einem weißen Hemd und einem blauen Jackett, das er ablegte und über die Lehne eines Küchenstuhls hängte. Er hielt mir eine Flasche Limoncello hin.

»Vielen Dank«, sagte ich und stellte sie mit einem anerkennenden Knurren auf den Küchentresen. »Schönes Wochenende mit den Jungs gehabt?« Er setzte sich an den Tisch und erzählte, wie sie den Großteil des Wochenendes damit zugebracht hätten, eine riesige Scalextric-Rennbahn aufzubauen, die sich in jedes Zimmer seiner Wohnung erstreckte. Ich machte Tee und nahm ihm gegenüber Platz.

»Siehst du eigentlich deine Ex-Frau, wenn du zurückfliegst?«

»Nein, nicht viel, abgesehen vom Abholen und Zurückbringen der Kinder«, sagte er, aber er lächelte liebevoll. »Sie ist jetzt mit jemand anderem zusammen.«

»Und, ist das etwas Gutes?«

»Ja«, sagte er. »Er ist ein toller Typ, ein bisschen älter als sie – Professor an der Universität, geht fabelhaft mit den Kindern um.«

»Hasst du ihn dafür, dass er so perfekt ist?«

»Kann den Dreckskerl nicht ausstehen.«

Ich lächelte. »Darf ich fragen, was in eurer Ehe schiefgelaufen ist?«

Ben lachte. »Soll ich ganz am Anfang anfangen?«

»Das ist ein sehr guter Ausgangspunkt.«

Er erzählte mir, wie er Patrizia kennengelernt hatte, kurz nachdem er nach Italien gezogen war, vor zehn Jahren, als er achtundzwanzig war und um irgendeine Art Zukunft in einer Branche kämpfte, in der Schwulsein wichtiger war als ein Gespür für Werbung. »Ich bin immer zurück zu meiner winzigen Wohnung gefahren – dort gab es ein Fenster, durch das man aufs Dach kam – und bin hinausgeklettert und habe dann dort gesessen und vor mich hin geträumt.« Er war fast wie in einer anderen Welt, während er sprach. »Ich habe auf die Stadt hinausgesehen, und da waren diese ganzen Leute – alle in Schale geschmissen. Es war Sommer, als ich das erste Mal dort war, und jeden Abend ging die ganze gottverdammte Stadt aus und lief durch die Straßen, ging zur *gelateria*, kurvte auf diesen knatternden kleinen Mopeds herum. Ich war verdammt einsam. Jedenfalls …« – er lächelte – »… Patrizia kam immer aus einer anderen Wohnung auf der anderen Straßenseite und setzte sich auf ihre Dachterrasse, und da war sie, zwanzig Meter entfernt, und wir taten, wie es Leute in der Großstadt tun, als wären wir füreinander unsichtbar. Und ich saß da und starrte auf die Leute hinunter, und sie saß da und las Bücher und rauchte.«

»Und dann hast du sie gefragt, ob sie mit dir ausgeht?«

»Ausgeschlossen. Da hätte ich völlig außerhalb meiner Liga gespielt. Sie war hinreißend.«

»Wie hinreißend genau?«

»Unglaublich hinreißend.«

Ich war froh, dass ich mich geschminkt und angezogen hatte; aber andererseits war er es vermutlich gewohnt, mit mühelos schönen Europäerinnen zusammen zu sein, die schon beim Aufwachen so aussahen, als wären sie einem Modemagazin entstiegen. »Hinreißend im Sinn von brünett und italienisch und sinnlich?«

»Lange dunkle Haare, Wangenknochen, die aussehen, als könnte man darauf balancieren könnte. Und sehr unerreichbar.«

»Unerreichbar wie die Lieblingstochter eines Mafioso, der dich mit Gewichten an den Füßen ins Wasser werfen würde, wenn er dich dabei erwischt, wie du mit seinem Töchterchen rummachst?«

»Ich wäre Krabbenfutter im Hafen gewesen«, stimmte er mir zu. »Nur dass Patrizias Vater Bauer ist.«

»Wie seid ihr ins Gespräch gekommen?«

»Oh, das kam erst viel später. Sie ignorierte mich ein ganzes Jahr lang – ein Jahr, in dem sie im Winter sowieso nicht aufs Dach hochkam. Ich war unglücklich und bis über beide Ohren verliebt in diese Frau, die verschwunden war, als es kalt wurde. Ich war der sprichwörtliche liebeskranke Lump in der Dachkammer. Nur dass ich keine Gedichte geschrieben habe. Oder schlecht auf einer Gitarre gezupft. Oder Hunger gelitten.«

»Du *musst* Jean-Paul Sartre gelesen und über Selbstmordmethoden nachgedacht haben«, warf ich ein.

»Ich war viel zu glücklich damit, unglücklich zu sein, um zu sterben.«

»Und was ist dann passiert?«

»Na ja, im nächsten Sommer fühlte ich mich ein bisschen anders – mein Job war mittlerweile etwas besser geworden, und ich dachte nicht mehr, dass ich niemals cool genug sein würde …«

»Inzwischen hast du dich selbst geliebt, meinst du.«

»Ich war Narziss in Person.« Er schlürfte seinen Tee. »Und ich dachte, na los, frag sie, ob sie mit dir ausgeht.«

»Und sie hat Ja gesagt.«

»Nein, sie hat noch mindestens ein Jahr lang Nein gesagt, aber dann, eines Tages, hat sie es sich anders überlegt. Daher nahm ich mir vor, ihr zu beweisen, dass ich anders war. Und sie hat so getan, als wäre ich in der Minute ungefähr der hundertste Typ, der sie fragt, ob sie mit ihm ausgeht.«

Ich wünschte, ich wäre vom Kontinent, hochnäsig und mit tollen Wangenknochen.

»Und?«

»Ich habe mir den Wagen eines Freundes ausgeliehen – ein schickes Cabrio –, mit einer Flasche Champagner in einer Kühlbox auf der Rückbank und reichlich Musik in der Stereoanlage, und bin mit ihr zum Comer See gefahren. Kein kurzer Ausflug, aber ich war entschlossen.«

Ich seufzte.

»Und wir haben über tiefgründiges Zeug geredet und sind im Sonnenschein spazieren und dann zum Mittagessen in dieses Restaurant gegangen, das aussah wie aus einem Hemingway-Roman …«

»Was habt ihr gegessen?«

»Ich glaube, ich hatte Carpaccio.«

»Und sie?«

»Ich glaube, vielleicht auch das Carpaccio«, sagte er.

»Gutes Zeug. Red weiter …«

»Brauchst du im Moment noch irgendwelche Menüdetails?«

»Nein. Totes, rohes Rindfleich, schon verstanden.«

»Mit ein bisschen Parmesan bestreut, natürlich.«

»Mit Olivenöl beträufelt?«

»Ja, und *Spänen* von fünf Jahre altem Parmesan und einer *Coulis* aus uraltem Olivenöl a la Romana. Dazu natürlich Focaccia mit sonnengetrockneten sardischen Rosinen.«

»Natürlich«, lächelte ich.

»Wie dem auch sei … Dann hatten wir einen Riesenkrach. Und in dem Stil ging es danach immer weiter. Bis über beide Ohren verliebt ineinander und gleichzeitig absolut empört übereinander.«

»Worum ging es bei dem Krach?«

»Absolut alles«, sagte er. »Wie wir die Kinder erziehen würden, ob wir überhaupt Kinder haben sollten, Jobs – wir hatten beide einen ziemlich anspruchsvollen –, wo wir leben würden, warum ich erwachsen werden sollte.«

»Also nur die grundsätzlichen Dinge.«

»Ja. Nur das wirklich entscheidende Zeug. Aber das Problem

war, dass wir gleichzeitig verliebt waren. Sie war leidenschaftlich und sehr fordernd – nicht nur mir gegenüber, sondern in allem. Alles, was ich an ihr mochte, war genau das, was es uns unmöglich machte zusammenzuleben.«

»Und was ist letztendlich passiert?«

»Letztendlich hat sie gesagt, es reicht. Es war alles zu destruktiv, zu viel Auf und Ab, zu viel Liebe und Hass, zu … na ja, einfach nur schmerzlich.« Eine kleine Regenwolke zog über sein Gesicht. »Sie hat gesagt, ich sollte gehen, und eines Abends, in einem Wutanfall, habe ich es einfach getan, statt mich ihr zu widersetzen. Danach hat sie das Vertrauen in mich verloren, dass ich das mit uns wirklich hinkriegen wollte –zumindest hat sie das gesagt. Dann haben wir versucht, Freunde zu sein, und das klappt irgendwie.«

»Aber genau so ist es doch auch«, meinte ich düster. »Lars hat gesagt, er will sich von mir scheiden lassen, und jetzt kann ich einfach nicht glauben, dass er es demnächst nicht wieder wollen wird.«

Ben rührte seinen Tee um. »Was mir passiert ist, ist nicht das Gleiche wie das, was dir passiert ist – das ist das Problem bei Scheidungskriegsgeschichten. Wie war es am Anfang bei euch?«

Ich lehnte mich zurück und spürte Tränen in meinen Augen brennen. Dann, langsam, erzählte ich Ben, wie Lars und ich uns kennengelernt hatten. Es fühlte sich an wie die Geschichte anderer Leute. Ich erzählte ihm, wie süß es gewesen war, wie hoffnungsvoll, wie entschlossen wir beide gewesen waren, uns eine wunderschöne Zukunft zu schaffen.

Als ich schließlich fertig war, verzog Ben teilnahmsvoll das Gesicht halb zu einem Lächeln, halb zu einer Grimasse.

»Themenwechsel?«, sagte ich, bemüht, die Tränen nicht kommen zu lassen. In den letzten Wochen war es mir so gut gelungen, all meine Gefühle unter Verschluss zu halten. Aber ein Letztes wollte ich noch wissen. »Wünschst du dir, du wärst verheiratet geblieben?«

Er dachte einen Moment darüber nach. »Ja, den Kindern zuliebe, und wegen der Beziehung, die wir früher einmal hatten. Aber wir haben es beim besten Willen nicht hingekriegt.«

»Willst du noch einen Tee?«

Er schüttelte den Kopf, stand auf und schlüpfte in sein Jackett. »Ich war eigentlich nur auf dem Weg nach Hause, aber weißt du was, Oprah?« Er schlug den überdrehten Tonfall einer Pseudo-Seelenklempnerin im amerikanischen Fernsehen an, der überhaupt nicht nach Oprah klang. »Diese kleine Erkundung in die Tiefe meines Herzens hat meiner *Seele* gutgetan.«

Ich kicherte und machte es ihm nach, wenn auch schlecht. »Und jetzt geh schön nach Hause zu deiner Mama, mein Junge, und denk an das, was du heute gelernt hast.«

Er ging nach einem flüchtigen Wangenkuss, bei dem ich unwillkürlich wünschte, er hätte länger gedauert. Würde er wirklich gleich nach Hause fahren, oder würde er sich mit Claudia oder sonst wem treffen? Ich wusste, ich sollte es mich nicht fragen, es sollte mir egal sein, aber ich konnte einfach nicht anders. Ich verzog das Gesicht, um den Gedanken zu verscheuchen, aber in jener Nacht träumte ich, dass Ben mir von einer Frau entrissen wurde, deren Wangenknochen von ihrem Gesicht abstanden wie Badregale.

An dem Abend, an dem Marti eine Party gab, um den Launch der Werbekampagne Anfang Juli zu feiern, kam Lars vorbei, um bei den Kindern zu sein.

»Viel Glück«, sagte er. »Du siehst fantastisch aus.« Ich trug ein neues COS-Kleid – ich hatte gelernt, The Outnet zu lieben, und verstand es inzwischen gut, mit den Limits der verschiedenen Kreditkarten zu jonglieren. Ich lächelte und stieg in mein Uber-Taxi.

Die Party fand in einem privaten Mitgliederclub in einer dieser Straßen in Mayfair statt, in denen die Zigmillionen Pfund teuren Häuser in Wirklichkeit Büros für zwielichtige Hedgefonds beherbergten. Der einzige Hinweis darauf, dass der Club tatsächlich ein Club war, war ein diskreter Mann mit einer steifen Melone, der vor einem Messingschild neben der Eingangstür stand; auf dem Schild stand lediglich »Nummer 7«.

Drinnen war die ganze Einrichtung von Fleur-de-Lys-Teppichen und -Vorhängen beherrscht. Ich stellte sicher, dass die orangefarbene Tasche so an meinem Arm hing, dass alle Gäste sie sehen konnten. Mein Job an diesem Abend war es, dafür zu sorgen, dass wir in *Campaign* eine fantastische Besprechung bekamen.

Ich konnte sehen, wie Ben – der erstaunlich schick aussah für jemanden, der eigentlich keinen Wert auf Schick legte – in einer kleinen Gruppe plauderte. Er prostete mir mit einem Glas Champagner zu, neigte leicht den Kopf und lächelte breit.

Ich schnappte mir selbst ein Glas von einem vorbeikommenden Kellner und wurde rasch von der Reporterin eines der Modemagazine in die Enge getrieben, die zwanzig Minuten lang so tat, als würde sie mich interviewen, während sie versuchte, eine kostenlose Tasche abzugreifen.

»Ich könnte wöchentlich in meiner Kolumne darüber schreiben«, meinte sie schließlich verzweifelt.

»Tagebuch einer Handtasche?« Ich zog eine Augenbraue hoch, und dann hatte ich auf einmal Mitleid mit ihr. »Hören Sie, wir geben sie nicht einmal den *Vogue*-Redakteurinnen, außer unter Aufsicht für Fotoaufnahmen.«

»Aber einen Versuch war's doch wert, oder?«, sagte sie und schlich davon.

Im Verlauf der nächsten Stunde saßen Ben und ich an getrennten Tischen fest, wo wir von Journalisten interviewt und von Kollegen und Aktionären gefeiert wurden, und hielten nur von Zeit zu Zeit mitten im Satz inne, um uns über den Wahnsinn um uns herum zuzuzwinkern.

Ich traf Marti, als ich wenig später vom Klo zurückkam. Er hielt in einer Hand ein Glas Wein und brüllte einem der Goldwyn-Aufsichtsräte, Lord Haydon, ins Ohr, was für ein Prestige es brachte, mit Campury zusammenzuarbeiten.

»Die Dreckskerle wollen mir noch immer keine Tasche für meine Tochter geben«, ergänzte er. »Das hier ist offenbar die einzige Frau, die wirklich eine gekriegt hat, im Auftrag inbegriffen, sozusagen.« Er sah auf das weiche Leder, das von meinem Arm baumelte.

Ich lächelte Marti an, während ich insgeheim wünschte, es könnte wieder so zwischen uns sein wie vor jenem katastrophalen Dinner – und bevor ich um ein Haar die Agentur verloren hätte.

»Haydon, Sie kennen Ami, oder?«, fuhr er jetzt fort. »Wie wär's mit einem Drink?«

Ich schüttelte den Kopf. Ich wusste noch immer nicht, ob mich nicht noch Journalisten interviewen wollten. Lord Haydon nahm meine Hand. »Zu meiner Zeit haben Mädchen mit Ihrem Aussehen so getan, als hätten sie kein Hirn.«

»Es gibt noch immer ein paar, die das tun«, erwiderte ich in dem Moment, in dem ich Liv zur Tür hereinkommen sah, Stunden zu spät und, wie ich hoffte, nicht sternhagelvoll. Ich winkte, und sie kam auf mich zu, in Cowboystiefeln und einem geblümten Siebzigerjahre-Kleid. Hinter ihr gab ein Junge mit einer großen Hornbrille die Verfolgung auf und ließ sich neben der Tür in einen Sessel fallen.

»Wer ist das denn?«, fragte ich, während ich auf sie zutrat, um ihr einen Kuss zu geben.

»Ich habe dir doch von ihm erzählt. Dominic.« Livs Atem roch nach Champagner, und ich nahm mir vor aufzupassen, dass sie sich benahm. »Toll siehst du aus.« Wir küssten uns so, dass unsere Lippen das Gesicht der anderen tatsächlich berührten.

»Komm besser mit und sag Marti Hallo«, meinte ich. »Und Lord Haydon of Humberside.«

»Was ist denn mit den ganzen Adligen passiert, die sich so gern auf glamourösen Partys herumtreiben?«, fragte Liv, während sie vortrat und beiden Männern ihr Grübchenlächeln schenkte, sodass sie sich prompt überschlugen, um ihr einen Drink zu besorgen.

»Sie habe ich ja seit einer Ewigkeit nicht mehr gesehen! Ami hat mir erzählt, dass Sie noch mächtiger geworden sind«, wandte sich Liv an Marti.

»Hmmphh«, machte Marti. »Aber nicht wie der alte Wie-heißt-er-gleich-wieder hier.«

»Alter Wie-heißt-er-gleich-wieder? Ich wäre dir dankbar, wenn du dich an den Namen eines Aufsichtsrats deiner Firma erinnern könntest.«

»Ooh, ich liebe eine Auseinandersetzung unter Männern«, warf Liv ein.

»Duell im Morgengrauen, extra für Sie, meine Liebe.« Haydon verneigte sich leicht.

»Aber ich wäre niemals früh genug wach, um es zu sehen«, stellte Liv klar.

»Sie sind eine alte Freundin von Ami?«

»Wir haben uns beim Schüleraustausch in Frankreich kennengelernt, als wir vierzehn waren«, erklärte Liv. »Wir haben nichts anderes getan, als mit den Jungen zu flirten.« Sie hielt ihren Rock im Tiller-Girl-Stil und zog die Augenbrauen hoch. »Oh, là, là!«

Ich zerrte sie weg. Während wir uns entfernten, konnte ich Haydon sagen hören: »Ich muss es dir lassen, Goldwyn, du gibst die besten Partys ... Verdammt, dieses Mädchen hat mir eben seinen Schlüpfer gezeigt.«

Ich legte beschützerisch einen Arm unter Livs Ellenbogen und zischelte ihr ins Ohr, sie solle »sich benehmen«. Wir steuerten die etwas nüchternere Ecke des Saals an, wo Ben sich weigerte, zwei *Elle*-Redakteurinnen kostenlose Handtaschen zu geben.

»Das ist unser neues Firmenmotto«, sagte er zu mir, während ich Liv zu einer Polsterbank aus rotem Samt lotste, auf die sie sich wie eine Ballerina sinken ließ, die endlich die letzte Szene von *Schwanensee* erreicht hat. »Sag einfach Nein.«

»Ich werde andauernd gefragt, was ich getan habe, um eine zu verdienen«, erwiderte ich.

Liv war inzwischen wieder in Gesellschaft des Jungen mit der Hornbrille und in hemmungsloser Knutscherei versunken. Dominics Hand war an ihren nackten Beinen weit nach oben gewandert, und ihr Kleid verrutschte immer mehr, sodass sie jeden Moment Gefahr lief, wieder ihren Slip zu entblößen.

Ich stellte mich vor die beiden, um den Leuten die Sicht auf sie zu versperren, und nahm mir vor, Liv dafür zusammenzustauchen, dass sie sturzbesoffen auf meiner Firmenparty auftauchte. »Ich denke, ich sollte sie besser in ein Taxi verfrachten«, meinte ich.

Ben gesellte sich zu mir und lächelte kurz. »Oder in ein Zimmer.« Nur für einen Moment lächelte ich zurück, aber er wandte den Blick rasch ab und ging zur Tür, um Liv und ihren neuen Typen in ein wartendes Addy-Lee-Taxi zu setzen.

Kapitel 33

Thor war »zu einem Meeting für einen Abend auf der Durchreise in London«. Das war nichts Ungewöhnliches – er kam ungefähr einmal im Jahr her –, aber ich wusste, dass er uns diesmal extra auf seiner Route eingeplant hatte. Er war, abgesehen von Lars' Mutter, der einzige Mensch, mit dem Lars über sein Gefühlsleben redete, und er würde kommen, um nach uns zu sehen.

»Natürlich übernachtet er bei uns«, sagte ich. Lars saß am Küchentisch, nachdem er die Kinder ins Bett gebracht hatte.

»Und wir versuchen, es möglichst normal zu gestalten?« Lars wies mit einer Armbewegung durch die Küche.

»Ich habe aber keine Lust, eine Grundsatzdiskussion über unsere Ehe zu führen.«

»Sollen wir Liv auch einladen?«, fragte Lars. »Zu einem gemeinsamen Dinner, wie in alten Zeiten?«

»Tolle Idee«, sagte ich. Das würde auf jeden Fall etwas den Druck rausnehmen. »Du kannst auch hier übernachten …«

Er sah mich mit einem komischen Ausdruck von Hoffnung an, und ich musste unwillkürlich lachen. »Auf dem Sofa. Thor kann das Gästezimmer haben.« Trotzdem, es fühlte sich irgendwie originell an, einen kleinen Flirt mit meinem eigenen Ehemann zu haben. Lars erhob sich zum Gehen, und diesmal gab er mir einen Kuss auf die Wange.

Thor war so stämmig und behaart wie eh und je und zog mich zu einer kräftigen Umarmung an sich. Er war ein bisschen gealtert, aber nicht sehr.

»Toll siehst du aus …«, sagte er, als er mich losließ.

»In Anbetracht dessen, was in letzter Zeit los war?« Ich lächelte. Wir hatten eine dieser Steno-Beziehungen, bei denen der Small Talk einfach übersprungen wurde.

»Aber jetzt wird doch alles wieder gut, oder?«, fragte er. In diesem Augenblick kam Lars zur Tür herein, nachdem er die Tasche seines Freundes hochgetragen hatte. Thor rieb sich die Hände und wechselte das Thema: »Also, laden wir Liv ein und lassen uns volllaufen?«

»Sie ist schon unterwegs.« Lars lächelte ihn an.

Wir leerten ein paar Flaschen, während wir uns gegenseitig mit Geschichten aus unseren jungen Jahren in Bloomsbury übertrumpften. Thor machte ein paar versteckte Anspielungen zu den Techtelmechteln, mit denen er und Liv sich damals vergnügt hatten; sie erwiderte jeden seiner Flirtversuche, stellte aber klar, dass sie sich, auch wenn sie genauso alt war wie er, inzwischen jüngeren Modellen zugewandt hatte. Lars fiel in die Geschichten mit ein und lachte am laufenden Band. Er erwähnte nicht ein einziges Mal seine Arbeit, fing aber bei bestimmten Erinnerungen mehrfach meinen Blick auf. Er schlüpfte leicht wieder in die Rolle des Gastgebers in seinem eigenen Haus, füllte Gläser nach und half mir beim Aufräumen. Nach einer Weile fühlte es sich an wie jedes andere Dinner im Laufe der Jahre, wenn Thor zufällig in der Stadt war – und als hätte es die letzten Monate nie gegeben.

»Lieber verdammte Spaghetti als den Scheiß, den wir früher hatten.« Thor war einer dieser leicht zufriedenzustellenden Männer, die aussahen, als würden sie sich am liebsten den Bauch reiben, nachdem man für sie gekocht hatte. Ich hatte rasch eine Bolognese und einen Salat zusammengewürfelt, und wir fuchtelten mit Knoblauchbrotscheiben durch die Luft, während wir alle durcheinanderredeten.

Erst als Thor nach Flasche Nummer vier griff, begann er, von unserer Hochzeit zu reden. »Erinnert ihr euch noch an die Gesichter von Amis Eltern, als Liv diese Ansprache gehalten hat?« Er sah aus, als würden ihm bei der Erinnerung vor Lachen gleich die Tränen kommen.

»Das war sehr feinfühlig«, bemerkte Liv.

»Das war absolut *nicht* feinfühlig«, lachte Lars. Ich sah zu, wie Liv und er sich zum ersten Mal seit Jahren wieder etwas näherzukommen schienen.

Thor stieß ein vornehmes Knurren aus, das wie Liv klingen sollte, als sie mich nachgeahmt hatte.

»Und Lars klang so …« Livs Stimme schwoll zu einem lauten Crescendo von leidenschaftlichem Sex mit einer schwedischen Betonung an, die auf und ab tänzelte, während sie noch lauter wurde.

Es war unmöglich, nicht zu lachen. Aber ich sah Lars dabei nicht an – es ging mir zu nahe, auch nur eine Parodie des Sex zu hören, den wir früher, aber jetzt nicht mehr hatten. Aber es war toll, mit alten Freunden beisammenzusitzen, die unsere Geschichte teilten – eine Geschichte, die in zwei Teile zerbrechen würde, wenn wir es nicht hinkriegten.

Als Thor aufhörte zu kichern, begann er, Wein nachzuschenken. »Was ist eigentlich mit diesem großen Meeting morgen?«, fragte ich und legte den Kopf auf die Seite.

»Oh, das wurde auf den Nachmittag verlegt«, antwortete er leichthin. Ich zog die Augenbrauen hoch, und er zuckte die

Schultern, als wollte er sagen: »Dann habe ich eben gelogen, na und?«, schenkte mir noch mehr Wein ein und begann dann wieder, Geschichten zu erzählen.

Liv ging gegen Mitternacht, und ich machte mich daran, ins Bett zu gehen. Ich umarmte Thor und dann, etwas leichter, auch Lars – sie sahen aus, als würden sie noch eine ganze Weile am Küchentisch sitzen bleiben. Ich schloss die Haustür ab, schaltete ein paar Lichter aus, und als ich die Treppe hochging, fiel mir auf, dass sie sich jetzt automatisch auf Schwedisch unterhielten.

Während ich die Treppe höher hinaufstieg, hörte ich Thor ein paarmal meinen Namen sagen: »Ami«, ein wenig eindringlicher und nüchterner, als er noch vor einer Weile geklungen hatte. Trotz der paar Gläser Wein, die ich intus hatte, verlangsamte ich meine Schritte auf der Treppe und reckte den Hals zu der offenen Küchentür.

Lars sagte das schwedische Wort für Familie – *familj* – und dann das für Kinder: *barn*.

Ich sollte ihr Gespräch nicht belauschen. Trotzdem, ihr Tonfall zwang mich dazu. Thor klang wütend auf Lars – es war klar, dass er von mir redete, und dann hörte ich das Wort für glücklich: *lycklig*.

Ich schlich wieder ein paar Stufen hinunter und kauerte mich hin. Durch die senkrechte Verstrebung des Treppengeländers konnte ich den Schatten von Lars an der Wand sehen. Er beugte sich vor und redete eindringlich, und dann sagte er in klarem Englisch inmitten des Schwedischen: »das Richtige«, bevor er es mit einem, wie es sich anhörte, traurigen Kichern noch einmal wiederholte: »das Richtige«.

Ich ließ mich auf die Stufe fallen. Auf einmal war mir eiskalt. Hatte ich ihn eben richtig gehört? Hatte er wirklich denselben grässlichen Satz gesagt wie vor ein paar Monaten? Vielleicht hatte ich mich verhört.

Aber jetzt wiederholte Thor meinen Namen und sagte etwas, das für mich nach »Wie könntest du sie nicht lieben?« klang.

Ich saß mucksmäuschenstill da, mit angehaltenem Atem. Ich glaubte, mich vielleicht übergeben zu müssen, während ich auf die Antwort wartete.

Dann sagte Lars: »Ich liebe sie als die Mutter meiner Kinder. Aber ich fühle einfach nicht mehr dasselbe wie früher.«

Es war in einer anderen Sprache, aber es war so klar und schmerzlich, als wäre es, bereits übersetzt, mit einem scharfen Werkzeug Buchstabe für Buchstabe in mein Herz eingemeißelt worden. Selbst in diesem Moment wusste ich, dass es für immer dort bleiben und niemals verheilen würde. Ich schlang die Arme um die Brust und versuchte, ein Aufstöhnen zu unterdrücken. Mein Atem ging schnell und abgehackt, und ich gab mir alle Mühe, möglichst still zu sein.

Während ich mich auf der Treppe wand, wurde Thor lauter: irgendetwas von »wunderschön« und »unmöglich« und »was ihr hattet, war etwas ganz Besonderes«.

Lars zischelte: »Darum geht es nicht.« Ich hörte wütende Worte: *arg* und Ärger, was in beiden Sprachen dasselbe bedeutete, dann *kan inte sluta* – kann nicht aufhören. Dann sagte er sehr deutlich: »Sie bedeutet mir sehr viel, aber ich liebe sie einfach nicht mehr auf diese Weise.«

Ich hatte gedacht, ich hätte allen Schmerz, den ich fühlen könnte, in den letzten paar Monaten gefühlt, aber offenbar hatte ich das nicht. Übelkeit stieg in mir hoch, bittere Galle in meiner Kehle. Er hatte gesagt, dass unsere Liebe tot war. Verschwunden. Um nie wieder zum Leben erweckt zu werden.

Ich machte kein Geräusch, obwohl alles in mir am liebsten schreien wollte.

Dann Empörung. Sie folgte der Verletztheit dicht auf den Fersen, kam angeschossen wie Usain Bolt beim Hundertmeterlauf. Das war der Lars, der mich anflehte, bei ihm zu bleiben! Der Mann, der sich hemmungslos betrunken und eine Szene gemacht hatte; der Typ, der versprochen hatte, mir zu zeigen – was ihm bis jetzt auch gelungen war –, wie viel die Kinder und ich ihm bedeuteten.

Aber die Kinder, nicht ich, brachten ihn dazu, so zu handeln, wie er es tat. Sie waren der Grund, weshalb er wollte, dass ich zurückkam.

»Wie lange fühlst du schon so?«, fragte Thor wütend.

»Ich weiß nicht, aber schon eine ganze Weile«, antwortete Lars mit einer Stimme, die belegt von Schuldgefühlen war. »Ich habe mir für meine Firma den Arsch aufgerissen, weil ich dachte, ich tue das alles für uns, aber nach einer Weile haben wir uns jedes Mal, wenn ich nach Hause gekommen bin, nur darüber gestritten, dass ich ständig fort war. Ami hatte recht, das war ich wirklich.«

»Was dachtest du denn, dass sie sagt, wenn du sie tage- oder wochenlang mit den Kindern zu Hause allein lässt?«, fuhr Thor fort, wie ein wütender Anwalt, der mich verteidigte. Er rief Lars in Erinnerung, wie er, Thor, früher oft nach London geflogen war und ich jedes Mal allein war, und dann sagte er: »Was zum Teufel hast du denn erwartet?«

Thor war schon immer auf meiner Seite gewesen. Trotzdem, es änderte nichts. Es gab kein Zurück: Lars hatte allen Ernstes laut gesagt, dass er mich nicht mehr auf diese Weise liebte, und ich hatte es ihn sagen hören.

Ich wiegte mich lautlos auf der Treppe.

»Und irgendwie war es letztendlich, obwohl ich die Kinder sehen wollte, leichter, wegzubleiben«, sagte Lars. »Ich konnte nach Hause fahren und wieder Streit haben, oder ich konnte mich hinter meine Arbeit klemmen und ein paar neue Aufträge an Land ziehen. Und eine ganze Weile habe ich mir eingeredet, dass das wirklich wichtig war … Aber letztendlich musste ich akzeptieren, dass ich sie als die Mutter meiner Kinder liebte, aber nicht mehr auf dieselbe Art wie früher. Ich wollte nicht mehr nach Hause zu ihr und den ständigen Streitereien fahren. Es ist alles meine Schuld, das weiß ich.«

Ich wollte vor Wut am liebsten aufstöhnen. *Jetzt* hatte er zugegeben, dass es zum Großteil an ihm lag. Aber meine Wut war nichts, verglichen mit der überwältigenden Traurigkeit, die mich überkam, während er langsam das Scheitern unserer Ehe sezierte.

»Es schien mir leichter, sich scheiden zu lassen. Fairer für uns beide. Das habe ich mir jedenfalls eingeredet. Ich würde die entzückende, lächelnde Ami nie zurückbekommen, und ich hatte es auch nicht verdient.«

Thor schnaubte. »Das ist doch alles total verkorkst«, meinte er.

Dann sagte Lars es noch einmal und streute neue Glasscherben in die offene Wunde, die ich war: »Ich fühle es einfach nicht mehr.«

Dann wieder dieses Wort: *familj* – Familie. Ich hörte zu, wie er auf Schwedisch die Geschichte erzählte, wie Finn um ein Haar erstickt wäre. Thors Ausrufe der Empörung. Dann Lars, wie ihm das alles vor Augen geführt hätte, dass er sich ändern musste, für immer ändern musste: *»ändra för gott.«*

Inzwischen war ich wie betäubt von der schlichten, einfachen Wahrheit: Lars tat, was er für das Richtige hielt. Er wollte nicht um meinetwillen bei mir bleiben. Und er tat nur so, als ob, um nicht zusehen zu müssen, wie seine Familie zerbrach.

Für die schleichende Vergiftung unserer Familie gab es kein Gegengift.

Trotzdem klammerte ich mich an Strohhalme. Ich wünschte mir verzweifelt, dass ich ihm noch immer etwas bedeutete. Wieso war er so wütend geworden, als er herausgefunden hatte, dass ich mit Peter geschlafen hatte? Zeigte das nicht, dass er mich noch immer liebte?

Nein. Jetzt fuhr er fort, redete darüber, war sich über seine Gefühle offensichtlich eindeutig im Klaren. Warum hatte er zu mir nicht so aufrichtig sein können? Ich konnte seinen Schatten an der Wand sehen, zusammengesackt wie ein Besiegter. Mit leiser Stimme erzählte er Thor von mir und einem anderen Mann: »Ich war eifersüchtig, richtig eifersüchtig«, sagte er. »Aber dann wurde mir klar, wie sehr ich sie verletzt haben musste, wenn sie so etwas so bald tat, und dass es einfach nur das war – Eifersucht, sonst nichts.«

So nüchtern, als hätte ich keinen Tropfen angerührt, wusste ich, dass ich genug gehört hatte. Langsam erhob ich mich und stieg leise weiter die Treppe hoch, wobei ich achtgab, nicht auf die Stelle zu treten, wo die Treppe knarrte.

Roboterartig putzte ich mir die Zähne, streifte ein Schlafshirt über, kroch ins Bett und legte den Kopf auf dasselbe Kissen, auf dem ich monatelang geweint hatte.

Ich hatte den Schock überwunden, dass Lars mich verlassen hatte, danach die grimmige Akzeptanz, dass ich nichts tun konnte, um ihn davon abzubringen, die Scheidung zu wollen. Aber nachdem er das mit Peter erfahren hatte, hatte ich mir gestattet zu glauben, dass er mich, mein altes Ich, wirklich wiederhaben wollte – und das hatte mich naiverweise für einen

Moment hoffen lassen, wir könnten wieder zu dem zurückkehren, was wir früher gewesen waren.

Jetzt wurde mir klar, dass das eine lächerliche, romantische Vorstellung gewesen war. Sie war aus dem Wunsch entstanden, die Träume der frühen Jahre nicht loszulassen, trotz der Albträume dessen, was danach gekommen war.

Er hatte sich mit den Kindern solche Mühe gegeben … ja, mit den *Kindern*, und er war rundherum freundlich zu mir gewesen. Abgesehen von einer gelegentlichen Bemerkung, dass wir mal »Essen gehen« sollten oder dass er »mir mehr Zeit geben« wollte, und einem etwas gezwungenen Flirten hier und da, hatte er nicht versucht, unsere Beziehung über die von Eltern hinaus wiederaufzubauen.

Cathy und Jeremy lebten »nebeneinanderher«. Die Tatsache, dass ihre Liebe schon vor Jahren erkaltet war, war für Cathy kein Grund, aufzustehen und zu gehen. Meine Eltern blieben zusammen, in irgendeinem falschen Mythos, den sie sich geschaffen hatten, obwohl Mum es offensichtlich mit einem Depressiven im Zustand der Verleugnung zu tun hatte.

Wie viele andere Ehepaare gab es dort draußen, die zusammenblieben wegen der Liebe, die sie früher verbunden hatte, weil die Familien, die sie gegründet hatten, zu kostbar waren, um sie zu verlassen?

Ich nahm an, dass Cathy und Jeremy nicht darüber sprachen. Ich wusste, dass meine Eltern es nicht taten. Ich stellte mir die kommenden Jahre vor, in denen unsere Kinder aufwuchsen; wir konnten nur hoffen, dass wir es schafften, miteinander auszukommen. Wir würden auch nicht darüber diskutieren, denn der Moment, in dem wir es taten, würde unmöglich zu ignorieren sein. Auch wenn ich ihn für seine Unaufrichtigkeit hasste, wusste ich, dass er den altbewährten Weg vieler Ehen beschritt – ein unausgesprochenes Funktionieren als Familie, aber nicht länger als Liebende.

Aber war ich selbst denn anders? Im Ernst? Ich war so verletzt gewesen, so verzweifelt bemüht, verheiratet zu bleiben, aber sobald ich mir sicher war, dass Lars nicht zurückkommen würde, war ich ruck, zuck mit einem anderen ins Bett gehüpft. Ich hatte eine Zukunft ohne ihn geplant. Ich hatte die Türen unseres Zuhauses verschlossen und, sehr schnell, zu meiner eigenen dreiköpfigen Familie gefunden.

Während der erste Schock nachließ, begann mein Gehirn, Selbstvorwürfe zu produzieren.

Liebte ich Lars überhaupt mehr als er mich? Ich träumte nicht davon, mich aufzubrezeln und mit ihm einen Abend auszugehen. Ich bat ihn nicht zu bleiben, nachdem die Kinder im Bett waren. Ich sehnte mich nicht danach, ihn zu halten und Sex mit ihm zu haben. Es gab jetzt eine zögerliche Kameradschaft, aber die Kluft zwischen uns war so tief, dass ich auch nicht den Wunsch verspürt hatte, sie zu überwinden.

Die ganze Liebe war verschwunden. Und ich trauerte um eine vergangene Zeit, wie wenn man versucht, eine Kerze neu zu entfachen, bei der der Docht abgebrannt und Wachs überall verspritzt und erkaltet ist.

»Du bist genauso falsch«, schalt ich mich. »Du tust das verdammt Richtige, genau wie er. Sei wenigstens ehrlich zu dir selbst.«

Aber war das *genug?* War der Preis dafür, dass meine Familie zusammenblieb, dass Lars und ich nur noch eine Zweckehe neuen Stils führten? Könnte ich Jahre über Jahre mit dem Wissen leben, dass er mich nicht länger und ich ihn nicht länger liebte?

Auf einmal verspürte ich einen dumpfen Schmerz hinter der

Stirn und wusste, dass ich in dieser Nacht noch lange wach liegen würde.

Aber morgen würde ich Ulrika anrufen, den weisesten Menschen, die ich kannte.

Ich wachte früh auf nach dem bisschen Schlaf, das ich gefunden hatte. Ich konnte es nicht ertragen, Lars zu sehen, ich wusste nicht, was ich sagen sollte, daher hinterließ ich ihm eine Nachricht mit der Bitte, die Kinder zur Schule zu bringen, gab den beiden einen Kuss und schlich mich hinaus in den Strom verschlafener Pendler. Der Busmotor schien den Sprechgesang in meinem Kopf rhythmisch zu wiederholen: »Das Richtige tun.«

Ich schickte Ulrika eine Nachricht, um sie zu fragen, ob ich auf dem Nachhauseweg bei ihr vorbeischauen könnte, und sie antwortete: *Ich freue mich, dich zu sehen.*

Dann schob ich die Erschöpfung, Verletztheit und Wut entschlossen beiseite und machte mich daran, mir zu überlegen, wie man Campury in den USA auf den Markt bringen könnte.

Zugegeben, es *war* ungewöhnlich, eine Schwiegermutter um Rat zu fragen, ob man mit ihrem Sohn verheiratet bleiben sollte, dachte ich, als ich in die U-Bahn stieg, aber ich brauchte jetzt ihre Weisheit – einen »Ulrika-Moment«.

Die Art, wie sie Tür öffnete, stellte klar, dass sie wusste, dass ich nicht auf eine beiläufige Plauderei vorbeikam. Sie küsste mich, ihre papierartige Wange sanft an meine gedrückt, machte mir einen Kamillentee, gab mir eine Decke, um sie über meine Beine auf dem Sofa zu legen, wickelte sich in ihr Schultertuch und wartete einen Moment, bevor sie mich zum Reden ermunterte: »Ich nehme an, du bist gekommen, um über dich und Lars zu sprechen.«

Ich errötete, nickte aber.

Sie fuhr fort. »Wir hatten ja noch kaum eine Gelegenheit zum Reden, da ich verreist war und Lars so viel hier war …« – wir lachten beide über diese Ironie – »… aber ich habe mir solche Sorgen um dich gemacht.«

»Es ging mir gut«, erwiderte ich. »Und ich wusste ja immer, dass du da bist, falls ich dich brauche.« Die unausgesprochene Feststellung war, dass ich sie jetzt brauchte.

Sie lächelte. »Aber ihr zwei wollt es noch einmal versuchen?«

»Ja«, antwortete ich, »aber …«

»Du weißt nicht, ob es klappen wird?«

»Ja.« Sie war so verständnisvoll. »Die Sache ist die, irgendwie hatte ich mich schon an den Gedanken gewöhnt, dass wir uns scheiden lassen, und dann, nachdem der ganze Schock nachgelassen hatte, war ich nur noch wütend, richtig wütend auf Lars. Es waren ein paar sehr harte Monate.«

»Jahre im Grunde?« Sie sagte es ohne Verurteilung oder Gehässigkeit – ihre Worte waren Beobachtungen zu dem, was Menschen einander antaten, sanfte Anstöße, um uns weniger weise Seelen zu ermuntern, die Dinge aus einer anderen Perspektive zu betrachten.

»Ja, Jahre.« Ich holte tief Luft und stellte meinen Becher ab. Dann erzählte ich ihr von dem vergangenen Abend: dem Dinner, bei dem wir zum ersten Mal seit einer Ewigkeit zusammen gelacht hatten, und dann dem kalten Schock, als ich mit angehört hatte, dass er nicht mehr dieselben Gefühle wie früher für mich hegte. Ulrika kam und setzte sich neben mich, während ich weinte, und hielt mich in ihren langen Armen. Ihr Schultertuch war warm.

Sie sagte nichts außer »Arme Ami, so hart«, bis ich mich schließlich beruhigte, und dann fuhr sie fort: »Das heißt, es ist jetzt nicht mehr die große Romanze, die es einmal war, aber es ist auch nicht die Teilung des Meeres.«

»Wir hätten versuchen sollen zu lernen, wieder Freunde zu sein, bevor wir sehen, ob wir wieder verheiratet sein könnten.«

»Und du dachtest, das würde klappen?«, fragte Ulrika. »Ich meine, die große Romantik zurückbringen?«

»Ich glaube, ich wollte einfach nicht wahrhaben, dass das alles vorbei ist.« Ihre hellen Augen waren Lars' so ähnlich. »Ich habe es gehofft, nehme ich an, obwohl ich wusste, dass wir im Grunde beide genauso empfinden.«

»Du wolltest es dir nicht eingestehen …«

»Genau. Und ich nehme an, dass ich es zufällig mit angehört habe, bedeutet, dass ich es jetzt *weiß* und nicht länger ignorieren kann.«

»Aber ihr versteht euch?«

Ich nickte. »Natürlich, wir leben ja nicht zusammen.«

»Hmmmm …« Ulrika dachte nach, während sie mich gleichzeitig zum Reden ermunterte.

»Schaffen es manche Ehen, diese Gefühle aufrechtzuerhalten?«, fragte ich. Ich musste an die Art denken, wie sie immer von ihrem Mann sprach.

»Manche schon«, antwortete sie. »Aber alle machen schwierige Zeiten durch, zu denen sie eher aus Gewohnheit oder wegen der Kinder zusammenbleiben und nicht wegen einander.«

Ich zog eine Augenbraue hoch, und sie lachte. »Selbst meine eigene Ehe. Auch wenn ich mich an diese Zeiten inzwischen vermutlich kaum noch erinnere.«

Ich biss mir auf die Unterlippe. »Es tut wirklich weh, nicht mehr so geliebt zu werden wie früher. Aber ich bin ja auch so grässlich geworden, Ulrika. Monatelang habe ich ihn nur angeschrien, wenn er da war, und ihn gehasst, wenn er nicht da war. Und er wollte sich von mir scheiden lassen … Und jetzt ist er aus den falschen Gründen mit mir zusammen.«

»Warum sind die Gründe denn falsch? Es bedeutet euch beiden so viel, eine Familie zu sein und für die Kinder da zu sein. Das sind doch keine falschen Gründe. Warum muss es im Moment mehr als das sein? Ihr versteht euch, und die Kinder scheinen mir glücklich zu sein … Das ist doch ein großer Fortschritt.«

Ich seufzte. »Willst du damit sagen, wir müssen das mit der großen Romantik vergessen?«

»Ich will nur sagen, dass es im Moment vielleicht einfach so ist, wie es ist.«

»Du meinst, die Liebe könnte wiederkommen?«

»Ich weiß es nicht«, antwortete Ulrika, aber nicht ohne Hoffnung – was sie meinte, war, dass sie es nicht versprechen konnte. »Aber ihr versucht, das Einzige zu tun, was ihr beide im Moment tun könnt.«

»Das ist eine gute Betrachtungsweise«, erwiderte ich. Ich nahm meinen Becher, aber der Kamillentee war in der allgemeinen Kälte des Zimmers lauwarm geworden.

Ulrika schien es nicht zu bemerken und fuhr fort: »Ihr müsst freundlich zu euch selbst und zueinander sein. Lasst euch Zeit, findet heraus, wie es weitergeht, ohne euch unter Druck zu setzen.«

Ich umarmte sie noch einmal und nickte – sie hatte recht. Es gab keinen Grund, gleich wieder zur Anwältin zu rennen.

Ulrika lächelte. »Aber wie kommt es, dass er jetzt, wo er bei mir wohnt, nicht mehr ständig wegfährt?« Sie sagte es mit all der Zuneigung einer Mum, die ihren Sohn zurückbekommen hatte.

Dann plauderten wir über die Kinder und wie gut sie jetzt zurechtkamen, und schließlich erhob ich mich zum Gehen.

»Wenn ich sonst noch irgendetwas tun kann, ich bin für dich da«, sagte Ulrika, als sie mich an der Tür noch einmal umarmte.

Gott, ich liebe diese Frau, dachte ich, als ich in den Bus stieg. Lars tat also das Richtige, aber das Richtige war verdammt viel von dem, was ich ebenfalls gewollt hatte. Die Kinder wurden allmählich stabiler. Tess hatte sich weiterentwickelt, und ich bekam das langsame Tempo, das ich mir gewünscht hatte, um zu einer Entscheidung zu kommen. Lars und ich konnten für ein paar Stunden in ein und demselben Zimmer sein, ohne ein böses Wort zu wechseln. Wir machten – wie Ulrika hervorgehoben hatte – Fortschritte.

»Im Moment ist alles okay«, sagte ich mir.

Trotzdem wusste ich, dass ich lange brauchen würde, um über diese Worte hinwegzukommen, die ich da auf der Treppe mit angehört hatte. Wir stolperten vielleicht vorwärts, aber es gab kein Zurück mehr.

Cathy rief an, um zu sagen, dass sie mir eine Rechnung über eine, wie es sich anhörte, Riesensumme schicken würde. Ich verzog das Gesicht, da ich von dem Geld, das in letzter Zeit von Campury hereinkam, erst einmal Bridget und ein paar andere Rechnungen bezahlen musste. Es würde noch eine Weile dauern, bis ich die kalten Winde der Armut nicht mehr spürte. Ich würde mir etwas Geld von meinem Dad leihen müssen.

»Klingt nach einem dicken Batzen, falls Sie es sich anders überlegt haben«, meinte sie.

»Das habe ich noch nicht«, rief ich ihr in Erinnerung. »Die Entscheidung wurde lediglich in die Warteschleife gelegt. Wie auch immer, sagen Sie, wie war denn der Ausgehabend mit Jezza?«

»Oh, Sie meinen *Jeremy*«, kicherte sie. »Das war kein allzu großer Erfolg.«

»Warum denn nicht? War das Essen nicht gut?«

»Das Essen war gut, aber ich hatte vergessen, dass Jeremy die Knoblauchbutter von den Schnecken schlürft. Als wir nach Hause gekommen sind, hat er ferngesehen. Und danach konnte ich ihn nachts schnarchen hören; er zischt sogar durch die Zähne.«

»Warum bringen Sie ihn nicht im Gästezimmer unter?«

»Das habe ich vor Jahren schon getan. Ich kann ihn vom anderen Ende des Flurs hören. Ich bin nach unten gegangen und habe mir eine Tasse Tee gemacht.«

»Tut mir leid, dass der Abend kein Erfolg war«, sagte ich, bevor ich mich verabschiedete. Aber sie hatte so fröhlich geklungen, während sie Jeremys Unzulänglichkeiten aufzählte, also hatte der Abend vielleicht doch einen Zweck erfüllt.

Ich hatte wirklich eine absolut seltsame Beziehung zu meiner Scheidungsanwältin.

Ich sagte Lars nicht, dass ich ihn auf der Treppe mit Thor reden gehört hatte. Wozu auch? An dem ersten Abend, als er zu seiner Mutter zurückfuhr, hatte ich ihn in Gedanken angeschrien: »Ist das genug für uns?«, aber ich hatte nichts laut gesagt. Stattdessen dachte ich über die Kinder nach, die oben sanft schnarchten, entspannt in dem Wissen, dass ihre Eltern sich nicht mehr stritten und ihnen stattdessen Struktur, Routine und beständige Liebe gaben.

Wir sagten uns nicht die Wahrheit über unsere Gefühle. Der Unterschied war, dass ich nicht so über meine Gefühle gelogen hatte, wie ich es von Lars gedacht hatte – der so getan hatte, als würde er mich *und* unsere Familie wollen.

Aber tatsächlich hatte er gesagt, dass er mich immer als die Mutter seiner Kinder lieben würde. Er meinte eine völlig andere Liebe als damals, als wir den Primrose Hill hochgestiegen waren und entschieden hatten, unser Leben zusammen zu verbringen. Jetzt war es Liebe zwischen zwei Leuten, die einander gut kannten, die eine gemeinsame Vergangenheit hatten – zum Teil gut und zu einem großen Teil herzzerreißend – aber vor allem zwischen zwei Leuten, die Mutter und Vater für die beiden kleinen Leute waren, die über uns schliefen.

Kapitel 34

Ben und ich lagen auf dem Soho Square im schmuddeligen Gras. Der Sommer hatte tropische Temperaturen versprochen, aber bislang nur Nieselregen gebracht. Doch heute, an einem Montag, war die Sonne endlich herausgekommen. Jeder Quadratzentimeter des Platzes war belegt von Medienleuten, die versuchten, in der Mittagspause etwas Vitamin D zu tanken. Wir hatten unsere Prêt-Sandwiches bereits aufgegessen, und ich wünschte, ich hätte mir auch noch ein Rosinen-Plunderteil mitgenommen.

»Was sagen deine Mum und dein Dad zu der Geschichte mit dir und Lars?« Die Frage kam aus heiterem Himmel. »Du redest nicht viel über sie.«

»Ich fahre sie dieses Wochenende besuchen. Ehrlich gesagt, macht mir das etwas zu schaffen«, antwortete ich. Ich setzte mich auf und blinzelte ins Licht. Ich sah auf Ben hinunter und konnte nicht erkennen, ob er die Augen hinter seiner Ray-Ban-Sonnenbrille offen oder geschlossen hielt. »Mein Vater leidet an Depressionen. Mum ist aus der Ferne extrem nett zu mir – sie könnte ihn nicht verlassen, weil er wieder in ein Stimmungstief gefallen ist, als er das von meiner Scheidung gehört hat.«

»Sie sind deine *Eltern*. Sie werden wollen, was immer dich glücklich macht.« Er hatte mir erzählt, dass seine Eltern tot waren, beide innerhalb eines Jahres, vor sechs oder sieben Jahren gestorben.

»Ich weiß. Aber ihre Beziehung ist natürlich schwierig wegen meines Dads. Aber irgendwie, weil sie trotz allem, vermutlich meinetwegen, zusammengeblieben sind, missbilligen sie es, wenn andere Leute es nicht hinkriegen. Na ja, mein Dad missbilligt es. Wie auch immer, mit dieser Einstellung bin ich aufgewachsen. Ich mache mir Sorgen, dass sie nur in einer Tour von Lars reden.«

»Kann er nicht mitkommen?«

Ich schüttelte den Kopf. »Das wäre, als würden wir sagen, dass wir wieder zusammen sind.«

Eine Pause trat ein. Ben sagte nicht: »Und, seid ihr das?« Stattdessen fragte er in einem beiläufigen Ton: »Wo leben sie eigentlich?«

»In den Cotswolds, Chipping Sodbury.«

Er schwieg einen Moment, dann sagte er leichthin: »Na ja, ich muss ein paar Leute in der Nähe von Tetbury besuchen – alte Freunde von damals, als ich am Anfang meiner Karriere stand. Ich könnte dich und die Kinder hinfahren.«

»Oh, Gott, nein. Sie würden nie verstehen, dass wir nur, du weißt schon, *Freunde* sind.«

Noch eine Pause trat ein, während ich darüber nachdachte, wie viel mir unsere Freundschaft inzwischen bedeutete. Schließlich sagte er, die Augen hinter der Sonnenbrille noch immer unergründlich: »Sag ihnen einfach die Wahrheit – ein Kunde ist auf dem Weg zu einem Sonntagsessen irgendwo in der Nähe und braucht bei ihnen ein Bett für die Nacht.«

»Das würden sie nie verstehen.« Ich zog die Knie an die Brust und schlang die Arme darum. »Sie sind absolut liebenswerte Menschen, aber mein Vater lebt inzwischen im Grunde wie ein Einsiedler – er ist Schriftsteller – und macht manchmal für Monate am Stück einfach dicht.« Über die Beziehung meiner Eltern zu reden, jagte mir einen Schauder über den Rücken, trotz der Sonne. »Ich kann die Enttäuschung in ihren Augen nicht ertragen.«

Ben setzte sich unvermittelt auf, schob seine Sonnenbrille wieder auf den Kopf hoch und sah mich mit dem Anflug eines Lächelns um die Mundwinkel an. »Ich kann sehr gut mit Eltern umgehen.«

»*Nein*. Ich muss da allein hinfahren. Lars würde es völlig falsch verstehen, wenn ich dich mitnehmen würde. Er stellt schon jetzt alle möglichen Fragen dazu, dass wir zusammen abhängen.«

»Hast du ihnen denn nicht erzählt, dass das alles völlig harmlos ist, weil ich, wie du es ausgedrückt hast, zu beschäftigt damit bin, jede zweite Frau in London zu vögeln?«

Ich musste zugeben, dass die Art, wie er es sagte, eine ganz passable Parodie von mir war. Ich blickte gespielt streng. »Und du bist auch noch stolz darauf, was?«

Er lachte schallend auf. »Du glaubst diesen ganzen Gerüchten?«

»Claudia? Die in Mailand? Und was ist mit Elizabeth von Gorgeous?«

»Sie ist nur eine Freundin, so wie du.«

»Ich weiß, aber die Leute denken, dass du sie vögelst, daher denken sie vermutlich auch, dass du mich vögelst.« Ich war empört.

»Na ja, ich vögele keine von euch, und auch sonst niemanden. Hör zu, wie wär's, wenn du aufs Land fährst und dich am Samstagabend zum Dinner mit meinen Freunden und mir triffst? Das würde die Sache ein bisschen auflockern – du könntest die Kinder bei deinen Eltern lassen.«

»Sie würden trotzdem Fragen stellen«, meinte ich, während ich dachte, was für eine tolle Idee das war. Es würde das ganze Wochenende weitaus erträglicher machen. »Aber schön wäre es schon. Wer sind denn diese Freunde?«

»Eines dieser entzückenden Paare, die sich weigern, erwachsen zu werden«, antwortete Ben. »Maurice war einer meiner ersten Bosse damals bei Paul Smith, als ich dort Praktikant war. Er hat einen Haufen Geld gemacht und Jane geheiratet – sie ist ständig mit Farbe bekleckert, weil sie diese Porträts berühmter Leute mit kleinen surrealistischen Ergänzungen im Gesicht malt. Mick Jagger mit dem Mund als Gitarre? Camilla Parker Bowles mit einer Reitgerte als Nase? So was in der Art.«

»Jane Feltman?« Mir klappte der Kiefer herunter. Sie war eine umstrittene Künstlerin, die vor zehn Jahren sehr berühmt gewesen war. »Alle fragen sich, was mit ihr passiert ist.«

»Was passiert ist, ist, dass sie Maurice geheiratet hat und aufs Land gezogen ist. Sie leben in diesem märchenhaft schönen Haus mit einem eigenen Bach im Garten. Ich muss sie unbedingt besuchen, bevor ich nach Italien zurückfliege. Ich kann sie anrufen und hören, ob sie da sind.«

»Ich würde sehr gern Jane Feltman kennenlernen. Malt sie noch?«

»Ja, aber nicht mehr das gleiche Zeug wie früher. Ist aus der Mode gekommen. Jetzt malt sie diese riesigen Leinwände, die niemand kauft, aber das ist im Grunde egal. Du weißt, dass ich bald nach Italien zurückmuss, und nächste Woche fliege ich mit den Jungen für zwei Wochen nach Griechenland. Jetzt wäre ein günstiger Zeitpunkt, um sie zu besuchen.«

Wieder verspürte ich einen schmerzlichen Stich. Wie sehr würde ich ihn und unsere leichte Kameradschaft vermissen. Wir würden wöchentliche Telefonkonferenzen mit Mailand haben – aber aus meiner unmittelbaren Welt würde er verschwunden sein.

Ben zückte sein iPhone und drückte auf das Display.

»Jane? Hier ist Ben Jones.«

Am anderen Ende der Leitung hörte ich ein aufgeregtes Kreischen.

»Ja, ich weiß, ich habe es versprochen, aber ich hatte richtig viel um die Ohren.«

Noch mehr Kreischen.

»Es ist ein bisschen kurzfristig, aber was habt ihr zwei dieses Wochenende vor? Das Kunstfestival?«

Er grinste und formte die Worte lautlos: »Sie geben eine Party.« Dann fuhr er fort: »Ich übernachte im Pub. Ausgebucht? Küchensofa klingt gut. Ist es okay, wenn ich Samstagabend jemanden mitbringe?«

Verlegen gab ich ihm ein Zeichen, sie nicht zu bedrängen. Aber Ben fuhr fort: »Nein. Nur eine Freundin. Sehr aufgeweckt …« Ich errötete. »Und hübsch …« Ich machte eine unfeine Geste mit der linken Hand, aber insgeheim freute ich mich. »Sie besucht ihre Eltern in der Nähe …«

Sie machten noch ein bisschen Small Talk, dann drückte er auf den unteren Bereich des Displays und sah mich an. »Alles klar«, sagte er. »Wir werden richtig viel Spaß haben. Ich hole dich ab.«

»Nein, meine Eltern dürfen dich nicht sehen«, kreischte ich panisch. »Ich fahre selbst hin.«

»Sei nicht albern – es ist eine dieser Partys, die viel mehr Spaß machen, wenn man ein bisschen trinkt. Ich bitte jemanden, ein Taxi zu organisieren.«

»Und auch eines für die Rückfahrt? Ich darf nicht zu spät nach Hause kommen.«

»Ich kümmere mich um alles«, meinte Ben.
Und damit war die Sache besiegelt.

Julia, Parminder und ich waren mit den Kindern in Highgate Woods. Julia berichtete uns von der riesigen weißen Tafel, die Nadine an ihrer Küchenwand hängen hatte, mit einem Stundenplan für Jemima: »Donnerstag, vierzehn Uhr: Kumon-Mathe, fünfzehn Uhr: Geige, sechzehn Uhr: Judo, siebzehn Uhr dreißig: Kochkurs, und so weiter. Sie ist es mit mir durchgegangen, als ich da war, um Toby und Brad abzuholen. Eine echte Tigermutter.«

»Zumindest was Sex angeht, ist sie auf jeden Fall ein Tier,«, warf Parminder ein.

»Vögelt jede freie Minute«, bemerkte Julia. »Beschützt die vom Aussterben bedrohten Arten der Welt zwischen zwei Blowjobs.«

»Und hält dem Rest von uns Vorträge über perfekte Erziehung«, warf ich ein.

»Ich entschuldige mich noch immer für diese Nicki-Minaj-Geschichte.« Julia begann zu lachen. »Aber manchmal ist sie doch nicht so perfekt …«

Parminder und ich schnellten zu ihr herum. »Erzähl schon«, bettelten wir.

»Na ja, sie hat davon gesprochen, dass du dich scheiden lässt und dann wieder nicht scheiden lässt …« Ich dachte, ich hätte mich inzwischen damit abgefunden, das Hauptgesprächsthema von Crouch End zu sein, aber ich spürte trotzdem, wie mein Blut in Wallung geriet.

»… und davon, was für eine perfekte Ehe sie und Freddie führen … nie ein Streit oder ein böses Wort, nur Frieden und Harmonie, bla, bla, bla«, erzählte Julia, wobei sie zwischendurch immer wieder kichernd nach Luft schnappte. »Und dann kommt Jemima herein und fängt an, davon zu reden, dass die Jungen nicht mit ihr teilen wollen, und Nadine ist ihr mit diesem ganzen Schwachsinn gekommen, dass Vergebung eine mächtige Lebenskraft sei, und Jemima hat nur gesagt, sie wolle einen Keks. ›Und zwar einen richtigen Keks, mit Zucker drin, so wie alle anderen.‹« Ich lachte – es war eine ziemlich gute Parodie von Jemima, wenn sie sich in Rage redete. »Und dann …«

»Jetzt sag schon«, drängte Parminder.

»Und dann hat Nadine ›Nein‹ gesagt, und Jemima ist aufgestanden und zur Tür gestapft und hat sie hinter sich zugeknallt und ›Fick dich‹ gebrüllt, mit einer Stimme, die einfach genau wie Freddies klang.«

Julia machte die Bewegung vor, wie Jemima die Tür zuknallte, während sie so fluchte wie ihr Vater.

Schließlich hörten Parminder und ich auf zu lachen. »Bei Nadine und Fred herrscht also doch nicht nur eitel Sonnenschein.«

»Nein«, fuhr Julia fort. »Es war ziemlich offensichtlich, dass das etwas war, was Jemima ihren Vater schon oft hatte tun sehen. Nadine war es furchtbar peinlich, sie hat sie die Treppe hochgescheucht, und dann bin ich gegangen, aber ich muss gestehen, ich habe Tränen gelacht, sobald ich zur Tür hinaus war.«

Ich kicherte ebenfalls, während ich mit den Kindern in den Bus stieg und wir zurück zu unserem nicht ganz so perfekten Zuhause fuhren.

Lars sollte an diesem Wochenende eigentlich zu einem E-Commerce-Kongress nach Amsterdam fahren, aber als er an diesem Abend ging, sagte er, er würde seinen Terminplan ändern, um mit uns zusammen zu meinen Eltern zu fahren. »Ich will, dass sie wissen, dass sich nichts geändert hat«, sagte er.

Ich schüttelte den Kopf, während ich wieder an das denken musste, was er zu Thor gesagt hatte. *Alles* hatte sich geändert. »Ich will nicht, dass Dad sich Hoffnungen macht, vor allem nachdem er so aufgelöst wegen unserer Trennung war«, meinte ich. »Diesmal fahre ich allein hin.«

Lars versuchte, etwas näher an mich heranzutreten, aber ich gab ihm mit einem Schulterzucken zu verstehen, dass ich auf Distanz bleiben wollte. *Du hast keine solchen Gefühle mehr für mich*. Egal, wie aufrichtig ich zu mir war und was ich fühlte, es tat noch immer weh.

»Ich würde ihnen auch gern sagen, dass es mir leidtut«, fuhr er fort.

»Es geht nicht nur darum, dass du gegangen bist. Es geht um das ganze Zeug davor. Wie ich am Telefon geweint habe.«

»Aber sie glauben doch an unsere Ehe, oder nicht?« Lars' Stimme hatte in letzter Zeit gelegentlich einen verzweifelten Ton, bei dem sein schwedischer Akzent wieder durchkam.

»Ja, vermutlich sogar zu sehr«, antwortete ich. »Du weißt ja, wie sie immer waren.«

Er setzte sich mir gegenüber an den Tisch und nahm meine Hand. Ich wusste, es sollte sich so anfühlen, wie nach einer langen Reise nach Hause zu kommen, aber das tat es nicht. Ich bewegte meine Hand, aber er reagierte nicht. Stattdessen sagte er: »Weißt du was? Ich habe ein neues englisches Wort gelernt.«

Ich lächelte misstrauisch.

»Es heißt ›*Bogus*‹ – Schwindel«, sagte Lars. »Nichts, was wir je wieder tun, wird ›*Bogus*‹ sein.«

»›Bogus‹ ist amerikanisch«, sagte ich. Wusste er denn nicht, dass ich wusste, dass er nur Müll redete? Nach dem, was er zu Thor gesagt hatte, war das mit uns doch wohl der größte Schwindel überhaupt.

»Außerdem gehe ich dieses Wochenende noch zu einer Firmenparty«, sagte ich, »bei ein paar Freunden von diesem Campury-Typ.«

Ein kleiner Schatten huschte über Lars' Gesicht, aber er sagte nur: »Ich hoffe, es ist nicht zu viel Schwindel.«

Kapitel 35

Als ich am nächsten Samstagmorgen auf der M4 fuhr, war ich nervös. Es war Juli, aber irgendwie fühlte ich mich jetzt, wo die Sommerhitze endlich da war, als würde er schon bald wieder vorbei sein, als würde das, was jetzt kam, das Ende von allem sein. Ich trat das Gaspedal durch, wechselte auf die Überholspur und entschied, nicht darüber nachzudenken, wie das aussehen könnte.

Ich hatte meine Mutter angerufen und sie gefragt, ob es ihr etwas ausmachen würde, auf die Kinder aufzupassen, während ich auf diese Party ging: »Es ist irgendwie für die Arbeit.« Meine Mutter hatte beeindruckt geklungen, dass ich zu Jane Feltman nach Hause fahren würde, und keine Ausflüchte gesucht.

Das Cottage meiner Eltern sah aus, als müsste es unter der Last des Efeus, der es umrankte, zusammenbrechen. Aber so hübsch es auch war, überkam mich doch jedes Mal ein Gefühl ängstlicher Beklommenheit, die Sorge, dass das, was ich darin vorfinden würde, mich aufregen und enttäuschen würde. Jetzt stand meine Ehe zur Diskussion, ich biss die Zähne zusammen.

Zwei Springerspaniels kamen aus dem Haus gestürmt. »Da sind Liver und Bacon«, riefen die Kinder und kletterten aus dem Wagen.

Dad folgte den Hunden. Er ging gebeugt, aber sein weißer Haarschopf stand in alle Himmelsrichtungen ab. Er trug Gummistiefel, eine grüne Cordhose und ein T-Shirt, das zur Farbe von Vergissmeinnichts verblasst war.

»Hallo, mein Schatz«, sagte er und küsste mich zur Begrüßung. Mit einem Stiefel schob er Bacon beiseite. »Die verdammten Köter sind völlig aus dem Häuschen.«

»Opa!«, riefen Tess und Finn, und er kniete sich ächzend hin und legte einen Arm um sie beide.

»Wer will Liver und Bacon einen Knochen geben?«

»Iiiiich.«

»Können wir mit dir zum Pub gehen?«

»Hat Oma Schokoladenkuchen gebacken?«

Er stand langsam auf. »Wollen wir mal nachsehen?« Sie rannten zu der roten Tür, und er nahm eine unserer Taschen und folgte ihnen.

Mum tauchte im Türrahmen auf. Im hellen Sonnenlicht hatten sich die Falten in ihrem Gesicht vertieft, und sie schien kleiner denn je. »Meine Lieben.« Sie umarmte uns drei.

»Ich habe dir ein paar Kleinigkeiten von Penhaligon's mitgebracht.« Ich überreichte ihr ein Päckchen, das sie zum Lächeln brachte, aber dann fing sie, typischerweise, prompt davon an, dass ich jetzt, in meiner Situation, mein Geld lieber zusammenhalten solle. Ich verspürte die vertraute Beklemmung, die mich jedes Mal bei meinen Eltern überkam, und versuchte sie abzuschütteln, während ich die andere Tasche durch die Tür zerrte.

In der Küche mit dem ausgeblichenen Eichentisch und dem AGA-Herd saßen die Kinder bereits in den Hundekörbchen, Schokoladenkuchen in den Händen.

»Das kannst du nicht den Hunden geben«, sagte Tess zu ihrem Bruder. »Das bringt sie um, Schokolade.«

»Tess, du sollst nicht mehr vom Sterben reden«, ermahnte ich sie. Dann trank ich eine Tasse Kaffee und überstand die erste Stunde des Verhörs.

»Der Agentur geht es richtig gut … Kein Grund zur Besorgnis mehr. Lars sieht die Kinder oft … Nein, er verreist nicht mehr so viel, aber dieses Wochenende musste er nach Holland, er lässt euch schön grüßen … Liv geht es gut, sie hat einen neuen Freund …« und so weiter und so fort.

Dann stand Dad auf, um mit den Hunden und den Kindern nach draußen zu gehen.

»Aber diesmal werden keine Löcher im Garten gegraben«, sagte Mum, während sie sie hinausscheuchte. »Ich habe noch nie so große Löcher gesehen wie nach dem Weihnachten, an dem ihr beide hier wart.« Das war gewesen, als Tess diese Phase hatte, in der sie ständig Gräber aushob. Als sie gegangen waren, zeigte Mum auf die Kaffeekanne, und ich nickte. Sie schenkte uns beiden noch einmal nach, setzte sich an den Tisch und beäugte mich.

Ich wartete.

»Also, was ist wirklich los mit dir und Lars?«

»Wir lassen es langsam angehen. Wir verstehen uns … Wir versuchen, wieder Freunde zu sein.«

Mum blickte hoffnungsvoll. Als Kind hatte ich mich so bemüht, den beiden zu gefallen. Später erkannte ich, dass das ein unbewusstes Eingeständnis dessen war, dass irgendetwas in unserem Haushalt nicht stimmte, und der Drang, alles in meiner Macht Stehende zu tun, um die Situation zu verbessern. Sie fuhr fort: »Aber es klingt doch, als ob er sich endgültig geändert hat, was ist denn dann das Problem? Du solltest ihn wieder bei euch einziehen lassen – diese ganze Unsicherheit beenden.«

»Wir brauchen mehr Zeit, und wir verstehen uns gut.«

»Aber du liebst ihn doch noch?«

Liebe bedeutete so viele verschiedene Dinge, dachte ich, aber stattdessen antwortete ich: »Ja, er ist der Vater meiner Kinder.«

»Na ja, wir sind der Ansicht, ihr solltet diese ganze alberne Geschichte beilegen«, meinte Mum.

Ich nickte langsam. *Steh es einfach durch*. »Du meinst, Dad ist der Ansicht.« Ich spürte dieselbe Entnervtheit wie früher in mir aufsteigen: Kannst du nicht für dich selbst eintreten? Warum sind deine ganzen Meinungen in Wirklichkeit seine?

»*Wir* sind der Ansicht. Gibt es jemand anderen?«

»Natürlich nicht.«

»Na ja, ich habe gesagt, was ich zu sagen hatte«, erklärte Mum, aber es klang, als hätte sie es mit Dad abgesprochen. »Du musst an die Kinder denken.«

»Es geht ihnen schon viel besser, Mum. Wir halten jetzt seit Wochen dieselbe Routine ein, und das hat geholfen. Das Wichtigste ist, dass sie uns nicht mehr streiten hören.« Ich nahm meinen Kaffee in die Hand und berichtete ihr ausführlich von Tess' Geschichtshausaufgaben. Dann erzählte ich ihr, wie Finn sich beim Fußballspielen machte. Und schließlich rühmte ich Jennys Qualitäten, bis sie nur noch sagen konnte: »Na ja, sie klingt auf jeden Fall viel besser als euer letztes Mädchen.«

Bei diesen Worten sprang ich auf und sagte: »Komm, ich helfe dir beim Abendessen.«

Später ließ ich sie Schüsseln zwischen den verschiedenen Herdschubladen hin und her räumen, während ich die Kinder in dem Badezimmer badete, das bei meinen Besuchen immer meines gewesen war. Ich dachte daran, wie ich mich an einem besonders schwierigen Weihnachten in meinen Zwanzigern immer wieder dort eingeschlossen und so getan hatte, als würde ich mit einem Buch ein langes Bad nehmen, nur um vor den beiden unten zu flüchten.

»Ich liebe euch über alles«, sagte ich jetzt zum Ausgleich zu meinen eigenen Kindern.

Sie starrten zu mir zurück, in riesige Handtücher gewickelt wie zwei Luxus-Elfen. »Wir lieben dich auch, Mummy.«

Aber es hatte in diesem Haus auch Spaß gegeben: Wie mein Dad, an einem anderen Weihnachten, seine Vorliebe für Pantomime-Ratespiele entdeckte, dabei aber die unerklärlichsten Bücher auswählte, sodass Lars, Mum und ich uns vor Lachen ausschütteten, wenn er uns schließlich verriet, was wir hätten erraten sollen. Oder wie Mum die Bratensoße umgerührt und dazu einen Sherry getrunken hatte, während sie den Kindern von ihrem Weihnachten erzählte, als sie ein kleines Mädchen war. Oder wie Dad mich damals, noch in dem alten Haus in London, in dem ich aufgewachsen war, wie auf einem Pferd auf seinem Rücken den Flur hinunterreiten ließ. Oder wie er mich in den Pub mitnahm, mit genau dem gleichen Gespür für den Anlass, an dem jetzt Finn und Tess ihre Freude hatten.

Ich lotste die Kinder zu meinem alten Schlafzimmer im hinteren Teil des Hauses, steckte sie ins Bett und stellte meine Tasche im Gästezimmer ab. Dann ging ich hinunter in die Küche, wo Dad Stangenbohnen schnippelte und mit Mum redete. Sie verfielen in Schweigen, als ich eintrat – ungefähr so, wie sie es immer getan hatten, als ich ein Kind war.

»Seid ihr sicher, dass es euch nichts ausmacht, auf die Kinder aufzupassen, während ich auf diese Party gehe?«, fragte ich, um die Verlegenheit des Augenblicks zu verscheuchen.

»Wir passen sehr gern auf sie auf«, antwortete Mum. »Und es wird dir guttun, auf eine solche Party zu gehen. Stell dir bloß vor, Jane Feltman! Du musst uns alles darüber erzählen, wie ihr Haus aussieht. Wie hast du sie gleich noch kennengelernt?«

»Oh, ich gehe nur mit meinem neuen Kunden hin«, antwortete ich, als würde ich so etwas jede Woche tun. »Sie sind alte Freunde von ihm, und er besucht sie, bevor er nach Italien zurückfliegt.«

»Arme Jane – es ist so verwirrend, Leute vom Mittelmeer zu Besuch zu haben. Die schlafen mitten am Tag und rauchen überall«, meinte Mum.

»Ben ist Engländer, Ma«, hob ich hervor.

»Vermutlich hat er trotzdem ein paar ausländische Gewohnheiten angenommen«, warf Dad ein. »Und, ist er hinter dir her, dieser Italiener?«

Ich gab mir alle Mühe, nicht zu erröten. »Dad, sei nicht albern.«

»Er weiß aber schon, dass du verheiratet bist, oder?« Dad versuchte, so zu klingen, als würde er mich aufziehen, aber in seiner Stimme lag ein Unterton, der mich prompt veranlasste zu sagen, dass ich wohl besser »duschen« ging, obwohl ich wusste, dass das Taxi erst in einer Stunde kommen würde.

»Mit einer Scheidung ist niemandem geholfen«, fuhr Dad fort, als wäre es das einzige Thema im Angebot. »Sieh dir diese beiden Kinder an: Sie wollen dieses ach so moderne Leben nicht, in dem sie ständig von einem Zuhause zum anderen kutschiert werden, ohne zu wissen, wo sie schlafen werden.«

»Aber so ist es gar nicht …«, begann ich. »Es geht ihnen gut, Lars gibt sich große Mühe, und wir setzen die Kinder wirklich an die erste Stelle.«

Er schien mir gar nicht zuzuhören. »Ich könnte ihn dafür umbringen, dass er dich so unglücklich macht.« Ein schwarzer Schatten huschte über sein Gesicht. »Man sollte doch meinen, es sei besser, wenn Eltern unter ein und demselben Dach wohnen.«

Ich biss mir auf die Zunge und flüchtete aus dem Zimmer.

Ich verbrachte gut fünfzehn Minuten damit, mir den Tag abzuduschen, zehn damit, meinem Gesicht einen, wie ich hoffte, gesunden Schimmer aufzumalen, und noch einmal fünf mit dem Versuch, meine Haare zu glätten.

Ich betrachtete mich in dem fleckigen silbernen Spiegel und sagte mir, dass ich mir nur deshalb so viel Mühe gegeben hatte, um mich auf der Party selbstbewusst zu fühlen.

Dad sah anerkennend auf, als ich wieder in die Küche kam, in einem hellgelben Fünfzigerjahre-Kleid, das ich gut zehn Jahre zuvor gekauft und ganz hinten aus meinem Kleiderschrank ausgegraben hatte. Es fühlte sich an, als würde ich etwas Neues tragen. »Deine Mutter hatte früher genau das gleiche Kleid«, bemerkte er.

Ein grauer Wagen bog in die Auffahrt ein, und ich schnappte mir einen Hausschlüssel, versprach, nicht zu spät nach Hause zu kommen, und ließ mich auf die Rückbank fallen. Ich machte mit dem Fahrer Small-Talk, während wir über die Landstraßen schossen.

»Das muss ja 'n Riesending sein, zu dem Sie da fahren«, meinte er. »Meine Frau, die backt nämlich, und diese Leute haben fünf große Apfelkuchen, zwei Pfirsichtorten und einen Schokoladenkuchen bei ihr bestellt.«

»Werden nur Einheimische da sein?«

»Nein. An dem Wochenende verwandelt sich das Haus jedes Jahr in einen Zirkus. Jane organisiert ein, wie sie es nennt, Kunstfestival, aber eigentlich sind es nur ein paar verrückte Kunstwerke im Gemeindesaal, und das ist dann ihre Ausrede für ein Riesenbesäufnis.«

Ich lächelte auf der Rückbank, während er fortfuhr: »Aber ich will mich nicht beklagen, wissen Sie. Sie brauchen haufenweise Taxis für die ganzen Betrunkenen, die zurück zu ihren

Hotels und Pensionen müssen. Ich habe meinen Sohn mit dem anderen Wagen losgeschickt und meinen Schwager mit seinem, weil ich das einzige Taxi im Dorf bin. Meine Frau nimmt die Anrufe entgegen – aber keine Sorge, ich bringe Sie um Mitternacht zurück. Die Frau, die mich gebucht hat, hat mir ein dickes Trinkgeld gegeben.«

Ich lächelte über Claudias Effizienz, in der Hoffnung, dass sie wieder glücklich in den Armen ihres jungen Abgeordneten und über ihre Schwärmerei für Ben hinweg war.

Schließlich durchquerten wir ein eisernes Tor und begannen, eine leichte Anhöhe hinaufzufahren. Ich konnte eine umgebaute Scheune sehen, deren eine riesige Wand vollständig durch Glas ersetzt war, aus der Tausende von Lichtern wie ein Wasserfall in die Abenddämmerung hinausströmten.

»Wow«, hauchte ich, und durch die offenen Fenster des Taxis hörte ich das Geplapper von Leuten, das zum Eingang hinaus und über die Auffahrt hallte.

Ich stieg aus dem Taxi, froh, dass ich keine Jacke mitgenommen hatte. Es herrschten noch immer um die zwanzig Grad, während sich der gelbe Ball der Sonne allmählich golden verfärbte. Auf einer Seite der riesigen Glaswand befand sich eine weitere Scheune aus hellem Stein, und auf der anderen erstreckte sich eine Wiese einen Hügel hinunter.

»Viel Glück«, rief der Taxifahrer und schoss davon, um noch ein Mitglied des Zirkus abzuholen.

Ich bahnte mir einen Weg durch eine, wie es aussah, Gruppe von Künstlern – Frauen mit langen, in der Mitte gescheitelten Haaren und Männer mit Bärten –, die im Eingang beisammenstanden. »Maurice' Partys sind ja so dekadent«, sagte einer von ihnen zu einem anderen, während sie Gläser mit Schampus kippten. Das Wohnzimmer erstreckte sich über die gesamte Länge der Scheune; an der zwei Stockwerke hohen Rückwand hingen riesige abstrakte Leinwandgemälde, und auf den Dielenbrettern ein schweres scharlachrotes Sofa stand. Eine Schlingpflanze rankte sich an einer Wand hoch bis zu einer Balustrade, die auf zwei Seiten um die obere Etage herumlief.

Ich hatte mir diese Party ein bisschen wie eine Vernissage vorgestellt – warmer Wein in Pappbechern, lauter Leute, die aus *The Guardian* zitierten. Stattdessen stand links von mir eine absolute Eurotrash-Gruppe; und eine hinreißende, statuenhafte Blondine in einem, wie ich vermutete, Valentino-Kleid trank Moët gleich aus der Flasche. Ein paar Teenager versuchten in einer Ecke, ausgelassen zu tanzen.

Aber von Ben war keine Spur zu sehen, und ich hatte keine Ahnung, wo ich überhaupt anfangen sollte, ihn – oder meine Gastgeber – zu suchen. Ein Kellner tauchte aus dem Gedränge auf und bot mir ein Tablett mit Drinks an, von denen kein einziger alkoholfrei zu sein schien. Ich nahm mir ein Glas Champagner und sah mich verlegen um. »Wissen Sie, wo ich Jane finden kann?«, fragte ich den Kellner.

»Suchst du mich?« Ich wandte mich um. Jane hatte wilde weißblonde Haare, die in alle Himmelsrichtungen von ihrem koboldartigen Gesicht abstanden. Sie trug einen goldenen Kittel, und ihre fohlenartigen Beine steckten in verwaschenen Bluejeans. Sie kam mit ausgestreckten Armen auf mich zu, und sie sah genauso aus, wie ich sie von dem ganzen Wirbel in den Zeitungen in Erinnerung hatte.

»Darling«, rief sie, als würde sie mich seit einer Ewigkeit kennen. »Ich freue mich ja so, dich zu sehen.«

Sie hatte mich eindeutig mit jemandem verwechselt. »Ich bin Amelia Fitch. Ami«, stellte ich mich vor, während Jane mich in einer Wolke von Chanel No 5 umarmte. »Ich hoffe wirklich, Sie haben nichts dagegen, dass ich gekommen bin – Ben hat mich eingeladen.«

»Ich dachte mir schon, das muss sie sein«, rief Jane zurück. »Ben ist schon den ganzen Nachmittag hier und schwärmt von dir. Also, was ist das für ein Unsinn, dass ihr nur Freunde seid?« Inzwischen führte sie mich bereits am Ellenbogen weg und bahnte sich durch das Gedränge einen Weg zu einer Tür, die durch eine brechend volle Küche auf eine riesige gepflasterte Terrasse hoch über einem steil abfallenden Tal hinausführte.

»Es ist wunderschön hier«, bemerkte ich.

»Ja, nicht wahr?« Jane bemühte sich gar nicht erst, selbstgefällig zu blicken. Sie lotste mich weiter durch die Menge, bis sie zu einem dicken kleinen Mann mit einer riesigen Zigarre kam, der mit einer Gruppe Gäste zusammenstand, die sich vor Lachen kaum noch halten konnten. Sein gerötetes Gesicht strotzte vor Lebenslust, sein Hemd, das sich über seinem Bauch spannte, stammte aus der Garderobe eines schamlosen Bonvivants.

»Maurice, das hier ist die hinreißende Frau, von der Ben den ganzen Nachmittag geredet hat.« Jane reichte mich an ihren Ehemann weiter. Er verstummte mitten im Satz, um mich dann in einem East-End-Akzent mit Fragen zu bombardieren – ob ich schon einen Drink bekommen hätte, ob ich gut hergefunden hätte und warum ich nicht bei ihnen übernachten wollte, sie hätten schließlich genug Platz.

»Vielen Dank, dass ich kommen durfte«, sagte ich. »Wissen Sie, wo Ben ist?«

»Hier bin ich.« Ben tauchte hinter Maurice auf. »Ich habe gehört, was Jane gesagt hat. Du siehst tatsächlich hinreißend aus, aber ich versichere dir, ich habe nicht den ganzen Nachmittag von dir geschwärmt.«

Ben hielt ein Glas Champagner in der Hand. Er trug eine sehr alte Jeans und ein verwaschenes rotes T-Shirt mit einem Friedenszeichen auf der Vorderseite. Der Stoff spannte sich über seinen breiten Armen, und seine Füße waren – wie die so vieler in der Gruppe – nackt. Auf seinem linken großen Zeh war ein Grasfleck.

»Du kannst später auch im Gras herumlaufen«, sagte er zu mir. »Ich hatte einen tollen Tag hier draußen. Ich war seit zehn Jahren nicht mehr auf dieser Party, aber sie ist immer noch genauso wie früher.«

Er hatte etwas abgenommen, dachte ich, als er mich auf die Wange küsste – unter dem alten T-Shirt waren nichts als Muskeln, und er roch nach Barbecue. Ich rümpfte etwas die Nase, und er lachte. »Dort unten wird ein Schwein am Spieß gebraten.« Er zeigte auf eine Seite des Hauses. »Ich war dafür zuständig, es anzusetzen, aber ich habe danach geduscht.«

Er betrachtete mich genauer. »Ich liebe dieses Kleid. Ist es schwierig bei deinen Eltern?«

Ich schnitt eine Grimasse. »Sie reden einfach ständig nur von Lars.«

»Wenigstens kannst du das alles für heute Abend vergessen.« Ben nahm meine Hand. Er fühlte sich warm an, als hätte die Sonne seine eigene Körpertemperatur noch erhöht. »Ich bringe dir noch einen Drink und ein Stück von meinem fantastischen Schwein. Sie haben es eigens für die Party großgezogen, und alle schwärmen davon, wie fantastisch Henrietta schmeckt.«

Sie schmeckte wirklich sehr gut, pflichtete ich eine halbe Stunde später bei, abgefüllt mit einer riesigen Schweinefleisch-Apfelsoße-Teigtasche und noch zwei Gläsern Champagner. Inzwischen steckte ich in der Gruppe auf der Terrasse fest, wo Maurice mit einer haarsträubenden Geschichte nach der anderen von seinen Tagen in den Modehäusern die Bühne beherrschte.

»So viel Koks habt ihr noch nie gesehen … Sie musste mit zehn Tassen Kaffee und einer kalten Dusche ausgenüchtert werden, bevor sie auf den Laufsteg konnte … Er kam einfach nie dazu, eine Kollektion zu entwerfen, daher mussten wir am Abend davor die Vorhänge im Studio zerschneiden, sie an die Models heften und sagen, wir würden mit einem Chintz-Thema auftreten. Haben bessere Kritiken bekommen als die richtigen Kollektionen …« Vermutlich würde er niemals zulassen, dass die Wahrheit einer guten Story in die Quere kam, aber er war ein solch fantastischer Geschichtenerzähler, dass es niemanden störte.

Nach einer Weile begann eine zehnköpfige Funk-Band, seelenvolle Melodien zu spielen, die jede Siebzigerjahre-Disco aufgepeppt hätten; die Menge strömte aus dem Haus, und die brechend volle Terrasse geriet in Bewegung. Die Valentino-Schönheit tanzte barfuß auf einer Bank.

Ben zog mich in die Mitte des Gedränges, und wir begannen zu tanzen, etwa einen halben Meter Abstand zwischen uns. Er war nicht unbedingt Mick Jagger, aber er war im Takt und hatte offensichtlich Spaß. Hin und wieder kam irgendjemand vorbei, und dann rief er »Hallo« und tauschte ein paar Wangenküsse aus, aber hauptsächlich schien er jede Minute zu genießen, die er mit mir zusammen zu den Hornklängen jauchzte. Ich spürte, wie ich breit grinste, während ich tanzte. Ich fühlte mich frei.

Als die Band eine Pause einlegte, tranken wir noch etwas. Jane lief über die Terrasse und rief den Leuten zu, sie sollten »den verdammten Nachtisch essen, den ich verdammt noch mal für euch gemacht habe«, und Ben kicherte, als ich ihm sagte, dass die Frau des Taxifahrers alle Desserts geliefert hätte.

»Was für entzückende Leute«, sagte ich.

»Wundervoll. Es war Maurice, der mir vor all den Jahren geraten hat, nach Mailand zu gehen.«

Die Band setzte zu einer neuen Nummer an, und die Party wurde wilder. Gegen zehn verschwand die Sonne hinter dem Horizont, und Lichter erhellten das Gold der Scheunenwände. Sterne gingen an einem Himmel auf, der die Farbe violetter Tinte hatte. Ich tanzte, und es fühlte sich an, als würde ich meine Sorgen und Ängste für immer abschütteln. Maurice wirbelte mich begeistert über die Terrasse, aber als er so aussah, als würde er gleich einen Herzinfarkt kriegen, tauchte Ben wieder an meinem Ellenbogen auf.

»Wollen wir gehen und uns den Fluss ansehen?«, rief er. »Ich muss mich abkühlen.«

Kapitel 36

Als wir die Terrassenstufen hinuntergingen und den langen, mit wildem Gras bewachsenen Abhang erreichten, schlüpfte ich aus meinen Sandalen und spürte gleich den kühlen, nachgiebigen Boden unter meinen Füßen. Schließlich verhallte der Lärm der Band, bis nur noch die Bässe zu hören waren, und wir gingen nebeneinanderher, Ben mit einer Flasche Champagner in der Hand. Anfangs leuchteten uns noch die Lichter des Hauses den Weg, wenig später nur noch die Sterne und der große runde Mond.

»Wie weit reicht das Grundstück eigentlich?«, fragte ich, nachdem wir ungefähr fünf Minuten gegangen waren.

»Am unteren Ende gibt es einen kleinen Fluss – eher einen Bach – und einen Wald.«

Ich entspannte mich. Ich hatte noch eineinhalb Stunden, bis ich mich wieder in Aschenputtel verwandeln und zurück zu meinen Eltern und den Kindern fahren musste.

Eine Kuh muhte laut von der anderen Seite des Tals, als wir eine kleine Baumgruppe erreichten, und dort, vor uns, plätscherte der Bach sanft bergab.

»Wollen wir uns setzen?« Ben machte eine Geste mit der Champagnerflasche. Er verschwand für einen Moment hinter einen Baum und kam dann mit einer alten Picknickdecke und einer, wie es aussah, Öllampe wieder.

»Wo hast du das denn her?«

»Jane und Maurice bewahren es hier in einer alten Kiste auf, falls sie selbst einmal herkommen. Sie haben mich heute Nachmittag daran erinnert.«

Diese Kuppler. »Sie dachten, du könntest auf der Party eine Frau aufreißen und mit ihr hierherkommen?«, neckte ich ihn.

»Nein. Ich habe nur davon geredet, wie schön es hier ist, und, na ja …« Er schwieg einen Moment. »Sie denken, dass ich scharf auf dich bin. Wie dem auch sei, komm her und setz dich, und dann trinken wir einen Schluck.« Er zückte ein Streichholz und zündete die Lampe an, die flackernd zum Leben erwachte und nach Vergangenheit roch.

Ich verspürte einen heftigen Stich der Enttäuschung, aber ich ging zu ihm und setzte mich auf die Decke. Immerhin hatte er nicht gesagt, dass er *nicht* scharf auf mich war. Ich nahm einen kräftigen Schluck Champagner. »Na dann, auf die Freundschaft, oder?«, sagte ich.

Eine Pause trat ein. Es kam mir vor, als würde ich mich langsam auf ihn zubewegen, ohne zu wissen, warum, daher schob ich meinen Hintern wieder zurück auf die Decke.

»Hier ist es wunderschön«, sagte Ben.

Noch eine Pause trat ein, und ich fragte mich, ob sie sich für ihn ebenso lang anfühlte wie für mich.

Nichts würde passieren. Nichts *durfte* passieren.

Ich plapperte weiter. »Du hättest jemand anderen mit hierhernehmen sollen.«

Aber er sagte nur: »Herrgott, Ami, hör schon auf damit.«

Ich konnte ihn nicht ansehen. Hatte er das eben wirklich gesagt? Laut? Wieder trat Stille ein. Es war die Art Stille, die eine Million Jahre hätte dauern können, über ein paar Formationen neuer Planeten, mindestens eine Eiszeit, eine Reihe von

Kontinentalverschiebungen und das Aussterben ganzer Tierarten hinweg.

Oder sie hätte weniger als eine Sekunde dauern können.

»Hey«, sagte er als Nächstes.

Und dann legte er seine Hand auf meine.

Ich holte Luft bei seiner Berührung, und wir hörten es beide.

»Hör zu.« Ich starrte vor mich in die Dunkelheit, anstatt ihn anzusehen – aber ich zog meine Hand nicht zurück. »Es hat keinen Sinn. Ich muss an die Kinder denken, und ... du ziehst wieder zurück nach Hause. Wir müssen zusammenarbeiten.«

»Noch irgendwelche anderen schwerwiegenden Gründe, die du anführen willst?« Er sagte es mit einem traurigen Lächeln.

Ich sah ihn an und schob die Unterlippe vor.

Er tat dasselbe, und es war unmöglich, nicht zu lachen.

Ich wollte vergessen, dass ich halb verheiratet war, und vergessen, dass er fortgehen würde.

Ich wollte, dass er mich küsste, und ich wusste, dass er es nicht durfte.

»Die Sache ist die ...«, fuhr er jetzt sehr ernst fort, und er sah mich dabei nicht an, sondern auf die Decke hinunter. »Ich glaube, es wäre ein Fehler, wenn ich dir nicht, bevor ich gehe, sagen würde, wie sehr ich dich mag, Ami.«

Passierte das hier wirklich? Hatte ich mir zu glauben oder hoffen gestattet, es könnte passieren? Natürlich hatte ich das. Aber es war richtig harte Arbeit gewesen, mir vorzumachen, ich hätte es nicht getan.

Er schien nicht einmal zu atmen, aber seine Hand war groß und warm. Meine eigene zitterte.

»Ich ... Ich ... mag dich auch«, flüsterte ich. »Wir verstehen es gut, Freunde zu sein ...«

»Aber wir hätten mehr sein können, und das wissen wir beide.« Jetzt sah er mich im Dunkeln genau an. »Lass es uns nicht länger leugnen.«

Ich nickte langsam. Ich würde nie erfahren, wie es hätte sein können, mehr als nur Freunde zu sein, und das tat mehr weh, als es sollte.

»Ich will nur, dass du weißt, wie sehr ich mir das gewünscht hätte«, fuhr er ganz sanft fort.

»Ich hätte nicht eine weitere deiner Frauen sein wollen …«

»Das wärst du nicht gewesen. Mit dir wäre es anders gewesen«, sagte er mit derselben brutalen Offenheit.

»Was ist mit Claudia?« Jedes Mal, wenn er von mir weggegangen war, um nach Hause zu fahren, hatte ich mir vorgestellt, dass er zu ihr fuhr, auch wenn er gesagt hatte, er würde nach Hause fahren. Ich hatte mir einfach noch ein Glas Wein eingeschenkt und mir eingeredet, es sei mir egal.

Ben lachte schallend auf, und nur für einen Moment legte sich die ganze Anspannung. »Oh ja, Claudia. Na ja, das Letzte, was sie zu mir gesagt hat, war, wie dumm ich sei, nicht mit dir zusammen zu sein.«

Ich schniefte, aber mit einer gewissen Befriedigung. »Wirklich? Das heißt, du warst nicht …?«

»Es gab kaum jemanden – ein einmaliger Ausrutscher mit Elizabeth …« Ich wusste, dass sie seine Ex-Geliebte und jetzige gute Freundin war, aber meine Nackenhaare stellten sich trotzdem auf. Sie war eine ziemlich spektakuläre Blondine. »Ami, wenn du nur wüsstest, wie schwer es mir gefallen ist, dich nicht zu küssen, an all den Abenden, an denen ich dich nach Hause gebracht oder mit dir zusammengesessen habe.«

»Na ja, warum hast du es denn dann nicht getan?« Ich zog meine Hand noch immer nicht zurück, aber ich wusste, wenn er früher versucht hätte, mich zu küssen, hätte ich ihn – so sehr ich es mir von ihm auch wünschte – weggestoßen und mir eingeredet, ich sei schockiert über ihn.

»Weil ich dir versprochen habe, es nicht zu tun? Wegen all der Gründe, die du eben aufgezählt hast? Weil du so verletzlich und so tapfer warst und du dich nicht wirklich von deinem Mann getrennt hast und …«

Ich dachte ein paar Augenblicke darüber nach, dass Lars so tat, als hätte er noch immer Gefühle für mich, als würde er noch immer an uns glauben – und an diesen ganzen Schwachsinn mit dem *Schwindel*. Ich wusste, ich sollte aufstehen und zurück zu der Party gehen, aber vielleicht tat ich es genau deswegen nicht. Stattdessen sagte ich: »Aber ich …«

»Und weil ich es nicht riskieren konnte, mich in dich zu verlieben.« Ben flüsterte die Worte halb, wie zu sich selbst.

Oh nein, aber *oh ja*. Ich rutschte unwillkürlich näher an ihn heran und stützte das Kinn auf seine breite Schulter. Er roch jetzt nach Tanzen, und nach dem Barbecue, und seine große Hand umfasste meine fester. »Ich könnte es nicht länger ertragen, dich noch weiter zu belügen.« Er lächelte wieder dieses große, traurige Grinsen.

»Wenn es nur nicht so kompliziert wäre.« Ich wollte so gern, dass er all die Gründe vergaß, warum es kompliziert war.

Bens Gesicht flackerte im Schein der Lampe. »Na ja, das wollte ich dir nur sagen, das ist alles. Ich weiß, ich sollte nicht, aber ich gehe zurück nach Italien, und … ich verspreche, ich werde es nie wieder ansprechen. Es war eine ganz besondere Zeit für mich, Ami, mit dir abzuhängen.«

»Für mich auch.« Es fühlte sich an, als würde er eine Lücke hinterlassen, die niemand jemals ausfüllen könnte.

»Hör zu, ich hätte nichts von alledem sagen sollen, und ich

habe mich wirklich sehr bemüht, dich in Ruhe zu lassen. Du bist einfach verdammt hinreißend.«

Ich lächelte und biss mir auf die Lippe. Unsere Blicke trafen sich, und ich fühlte mich, als sollte ich vielleicht einfach in seine Arme fallen.

Stattdessen holte Ben tief Luft. »Ich hätte nichts gesagt, wenn ich nicht was getrunken hätte, und es ist so …«

»Romantisch?«

»Ja, aber wir können es unromantisch machen. Wir können uns einfach für eine Weile hier ausstrecken, auf eine richtig unromantische Art zu den Sternen hinaufsehen und dann zurück zur Party gehen.«

Verdammt. Das war nicht, was ich von ihm hören wollte. Ich löste meine Hand aus seiner, rutschte mit dem Hintern über die Decke und streckte mich mit einem schmerzlichen Gefühl der Enttäuschung darauf aus. Die Sterne sahen aus, als könnten sie vom Himmel purzeln und um uns herum landen.

Ich spürte, wie Ben sich ebenfalls hinlegte. Er reichte mir die Flasche Champagner, und unsere Hände berührten sich wieder. Ich konnte seine Schulter spüren, die immer wieder gegen meine rieb.

»Ich darf Ami Fitch nicht verführen. Ich darf Ami Fitch nicht verführen«, murmelte Ben vor sich hin.

Mein einziger Gedanke war, dass ich mich herumrollen und ihn anflehen wollte, mich in die Arme zu nehmen und tatsächlich nach Strich und Faden zu verführen.

Er musste mich küssen. Er musste.

Schweigen trat ein.

»Ich habe eine Idee«, hörte ich mich schließlich sagen.

»Schieß los.«

»Wir könnten nur einen einzigen Kuss tauschen, nur um zu

sehen, wie es sich anfühlt. Nichts passiert. Ein einziger Kuss kann eigentlich nichts schaden.« Wusste ich überhaupt, was ich da tat? Vermutlich schon.

»Das ist eine richtig, richtig schlechte Idee«, sagte er im Dunkeln zu mir. »Dafür begehre ich dich viel zu sehr.«

Ich schnappte unwillkürlich noch einmal aufgeregt nach Luft. Ich sollte wirklich zurück zu der Party gehen. Aber was konnte ein einziger Kuss schon schaden? Und ich wollte ihn so unbedingt küssen. Ich rollte mich herum, und er tat es mir gleich, sodass wir uns genau in die Augen sahen.

»Ein einziger Kuss«, sagte ich, fast ohne zu atmen.

»Dumme Idee.« Er schüttelte den Kopf, schien aber ein klein wenig näher auf mich zuzurutschen.

»Dann würden wir einfach wissen, wie es sich anfühlt, und es uns nicht ständig fragen.« Bitte, verdammt, küss mich einfach.

»Fragst du es dich denn ständig?«

Ich hatte es mich in den letzten Wochen ziemlich oft gefragt, aber ich hatte die Gedanken verscheucht, sobald sie aufkamen.

»Ich verbringe so ziemlich jede wache Stunde damit, mich zu fragen, wie es wäre, dich zu küssen«, sagte er dann, und ich schmolz dahin wie Eis in der Sonne. Er rutschte noch näher, bis ich die Wärme seines Atems spüren konnte.

»Hör zu, Ami, die Sache ist die … Ich weiß, ich sollte das nicht tun …« Und dann senkten sich seine Lippen auf meine, und er zog mich unsanft in seine Arme.

»Nur ein einziger Kuss«, stieß ich noch hervor, dann erwiderte ich seinen Kuss entschlossen und versuchte, Ben so nah wie möglich zu kommen. Mein Rücken bog sich ihm entgegen, während er mich näher an sich zog und mich küsste, als würde er nie wieder damit aufhören. Ich wusste nicht, ob ich es je wollen würde.

»Mein Gott«, flüsterte er schließlich an meinen Nacken. »Ich habe dich so sehr begehrt, aber ich wusste nicht, ob du zu Lars zurückkehren würdest, und … ich wollte, dass du mir vertraust. In der ersten Zeit habe ich dich so aus der Fassung gebracht, aber dann habe ich wirklich angefangen, darauf zu achten, dass ich dir nicht wehtue. Ich verspreche dir, dir niemals wehzutun, und ich verspreche dir …«

»Oh, küss mich noch einmal«, flehte ich, und er tat es, und das war der Moment, in dem es schien, als würde die Waschmaschine in meinem Magen den Schleudervorgang niemals beenden.

Kapitel 37

Als ich am nächsten Morgen in die Küche meiner Eltern kam, saßen Tessa, Finn und Dad bereits am Tisch, während Mum herumwuselte und für alle Eier mit Speck briet.

»Hallo, mein Schatz«, sagte sie und wandte sich dann an Dad. »Noch ein Ei, William?«

»Ich sage immer, ein Ei ist mir eierlei.« Er zwinkerte mir zu, während er den Witz aus meiner Kindheit wiederholte.

Ich grinste und dachte daran zurück, wie ich um Mitternacht losgestürzt war, um in mein Taxi zu steigen, während ich Jane und Maurice einen Dank zurief und Ben noch immer meine Hand hielt und mir einen sehr festen Abschiedskuss gab. Er hatte versprochen, mich am Abend zu besuchen, wenn ich wieder in London war.

»Ich bin verdammt verrückt nach dir, Frau«, meinte er schroff, als er endlich die Taxitür schloss.

Das hieß, Ben würde, völlig zu Recht, seiner Kinder wegen nach Italien zurückkehren – und ich könnte jedes zweite Wochenende in ein Flugzeug steigen und ihn besuchen, vorausgesetzt, ich konnte das Geld dafür zusammenkratzen. Wir würden Hand in Hand zusammen durch Mailand schlendern, in winzigen Eckrestaurants Pizza essen und dann zurück zu seiner Wohnung stürzen – ich stellte mir vor, dass sie purer, glänzender, polierter Minimalismus war – und ins Bett taumeln, wo er mich immer und immer wieder lieben würde. Mein Magen schlug einen Purzelbaum bei der Erinnerung an diese Küsse gestern Abend, an unser Stöhnen, als sich unsere Körper durch unsere Kleidung berührten, voller Verlangen, einander noch näher zu kommen. Und er hatte mir gesagt, wie sehr er mich begehrte, wie schön ich sei … Und diese süße mitternächtliche Stunde voller Küsse war wie im Flug vergangen.

Er würde mich heute Abend besuchen, und wir würden entscheiden, dass, auch wenn uns ganze Länder räumlich trennten, nichts wirklich jemals zwischen uns kommen konnte. Er würde wegen seiner Arbeit ohnehin immer wieder nach England kommen müssen, und ich konnte ihn besuchen. Würde das genügen? Ich redete mir ein, dass dem so war.

Ich verbot es mir, an Lars zu denken, außer um mich an das zu erinnern, was er zu Thor gesagt hatte. Ich hatte kaum ein Auge zugetan – stattdessen hatte ich mir gestattet, von einer Zukunft mit Ben zu träumen. Ich biss mir auf die Lippen und erinnerte mich, wie er diese Lippen geküsst hatte, und mein einziger Gedanke war, wie er sie wieder küssen würde.

Daher umarmte ich jetzt meine Kinder und strahlte Mum und Dad an.

»Wir werden mit Opa den Teich säubern«, erklärte Tessa. »Und dann gehen wir zum Pub.«

Finn erzählte seinem Opa von der wundervollen Jemima. »Sie hat gelbe Haare, so wie Oma früher«, sagte er.

Wir saßen da und tranken Kaffee. Ich berichtete meinen Eltern die weniger schlüpfrigen Details des Abends, und Dad erklärte mir, warum genau Englands moderne künstlerische Produktion unter aller Kritik sei.

Es war alles durch und durch englisch.

Das Telefon klingelte. Mum stürzte zur Anrichte und warf Zeitungen beiseite, bis sie den Hörer fand, und dann errötete sie prompt.

»Oh, hallo, Lars«, sagte sie und sah mich an. »Wie schön, von dir zu hören.«

Es war, als würde eine Abrissbirne in mein Gewissen einschlagen. Rumms. Und noch ein Rumms.

Dad fing meinen Blick auf und griff dann nach der Farbbeilage der Zeitung.

»Ja, die Kinder und Ami, alle hier, alle gesund und munter, verbringen ein schönes Wochenende, danke«, fuhr Mum fort.

»Ist das Daddy?«, rief Tess aus dem Hundekörbchen.

Dad richtete sich auf. »Ich würde gern ein Wort mit ihm reden.«

Oh, großer Gott. »Dad, bitte, lieber nicht.«

»Los, Coco.« Er war bereits aufgestanden, und seine Miene hatte sich auf diese altbekannte Weise vor Wut verdüstert. »Gib mir dieses Telefon.«

»Dad!«

Aber es war zu spät. Mum seufzte und sagte: »Lars, William will ein Wort mit dir reden, wenn du schon am Telefon bist. Ich weiß, du hast angerufen, um mit den Kindern zu reden, aber er will zuerst mit dir sprechen.«

Dad riss ihr den Hörer aus der Hand und stürmte aus der Küche, aber seine Stimme war so laut, dass wir ihn fragen hören konnten: »Also, wird es nicht langsam Zeit, dass du mir sagst, was eigentlich los ist?« Dann hörten wir die Tür, die zum Esszimmer führte, zuknallen. Die Kinder blickten besorgt und sahen Mum und mich Beschwichtigung suchend an. Prompt kamen die alten Schuldgefühle wieder hoch.

Mum sprang mir bei. »Tess und Finn, ihr zieht besser eure

Gummistiefel an, wenn wir noch den Teich sauber machen wollen.« Als sie die Küche verließen, sah ihr Gesicht abgespannt aus. »Na ja, Opa wird es vielleicht nicht gefallen, aber wir werden das alle zusammen machen.«

Als wir allein in der Küche waren, stützte ich das Gesicht in die Hände, und Mum sagte: »Du kannst ihn nicht aufhalten. Er muss einfach seine Meinung sagen.«

Tatsächlich brauchte Dad nicht lange, um seine Meinung zu sagen. Binnen drei oder vier Minuten war er wieder in der Küche, ein Stirnrunzeln im Gesicht, und fuhr sich mit den Händen durchs Haar. Er warf das Telefon zurück auf die Anrichte.

»Er sagt, dass er in den letzten Wochen ziemlich viel Zeit mit den Kindern verbracht hat.«

»Das habe ich dir doch erzählt – er hat sich wirklich gebessert«, bestätigte ich, während ich wieder errötete.

»Er sagt, dass er zurückkommen will, du ihn aber nicht lässt«, fuhr Dad fort. Das fühlte sich sehr unfair an: Lars wusste, dass er nur wegen unserer Familie mit mir zusammen war, aber entweder hatte er Dad das nicht gesagt oder Dad hatte entschieden, nicht zuzuhören.

»So einfach ist das nicht«, entgegnete ich so ruhig wie möglich. »Wir haben uns darauf verständigt, dass wir nicht einfach wieder zusammenkommen können, ohne sicherzustellen, dass wir es diesmal richtig hinkriegen, und …«

»Du entscheidest dich, ohne den Vater deiner Kinder zu leben. Du zerstörst das Leben dieser Kinder. Ich bin mir nicht sicher, ob es dazu noch mehr zu sagen gibt.« Mit einem letzten Blick auf mich machte Dad leise auf dem Absatz kehrt und schlurfte zur Hintertür hinaus.

Später konnte ich mich nicht mehr erinnern, wie ich dieses grauenhafte Sonntagsessen überstanden hatte, als Dad sich weigerte, sich mit uns an den Tisch zu setzen, und stattdessen mit seinen Hunden verschwand. Die Kinder waren todunglücklich, weil man ihnen einen Ausflug zum Pub versprochen hatte. Mum stellte sicher, dass wir möglichst viel aßen, sprach aber kaum ein Wort. Sobald ich konnte, stopfte ich die Kleider der Kinder in ihre Taschen, und Mum winkte nur einmal kurz an der Tür, bevor sie zurück ins Haus stürzte, um zu tun, was sie konnte, um Dad vor sich selbst zu retten.

Auf der Autobahn ließ ich laut Kinderlieder laufen, während ich innerlich mit mir rang. Schließlich legte ich eine CD von *James und der Riesenpfirsich* ein, und Tessa und Finn hörten schweigend zu.

Ich dachte an meinen Vater, der im Begriff war, wieder in Tiefen zu versinken, die nur er kannte. Vom Kopf her wusste ich, dass es nicht meine Schuld war, aber ich konnte es nicht ignorieren, wenn Mum so überspannt war.

Mit den beiden zusammen zu sein, hatte mir alles wieder vor Augen geführt – wie ich mein Leben lang versucht hatte, eine Familie zu haben, die nicht so war wie die, in der ich aufgewachsen war. Aber vor allem, wie ich mir geschworen hatte, dass meine Kinder sich immer geborgen, gewollt und dazugehörig fühlen würden, dass sie nie ängstlich herumschleichen sollten, voller Sorge, irgendjemanden aus der Fassung zu bringen.

Ich stellte mir vor, wie die Kinder lächelnd zu Lars hochsahen, während er auf dem Boden des Spielzimmers saß. Wie er jetzt schon seit Monaten zu beweisen versuchte, dass er ihnen der Vater sein konnte, der zu sein ich ihn gebeten hatte.

Und dann wieder dieser Gedanke: dass nur ich es war, die

verhinderte, dass wir alle wieder zusammenkamen. Ich sah die Kinder an, und der Gedanke, ihnen das Leben wieder schwer zu machen, zerriss mir das Herz.

Ich hatte mich benommen, als wäre ich eine freie, ungebundene Frau. Einen Mann geküsst, den … nun ja, einen Mann, den ich vergessen musste.

Ich hatte die Scheidung nie gewollt – in dem Punkt war ich mir so sicher gewesen. Lars war der Vater meiner Kinder. Mein Ehemann. In Reichtum und in Armut, in Krankheit und in Gesundheit, in guten und in schlechten Zeiten.

Allen anderen entsagen.

Wieder zu Hause in Crouch End, machte ich den Kindern Ravioli. Ich rührte wie wild im Topf, stellte Teller auf den Tisch und zehn Minuten später in die Spülmaschine.

Als Tessa und Finn im Bett waren, lief ich in der Diele auf und ab, bis er endlich da war – die Gestalt von Ben hinter der Buntglasscheibe der Tür.

Bedrückt ging ich hin und machte auf. Er hielt einen riesigen Strauß zartrosa Rosen in den Händen, prall vom Sommer, und sein Lächeln war so breit, dass der Rest seines Gesichts darunter zu verschwinden schien.

Ich brach in Tränen aus.

»Mein Gott, was ist denn los?« Ben warf die Rosen auf den Dielentisch und zog mich in die Arme.

»Es ist wegen Dad«, schluchzte ich an seine breite Schulter. »Lars hat angerufen, und mein Dad hat sich das Telefon geschnappt, und Lars hat ihm gesagt, er würde alles tun, was er könnte, um uns alle wieder zusammenzubringen. Dad ist an die Decke gegangen – er hat mir gesagt, ich würde das Leben der Kinder zerstören. Oh, Ben, es war so furchtbar.«

Ben nahm meine Hand und zog mich ins Wohnzimmer. Er ließ sich aufs Sofa fallen und zog mich neben sich herunter.

»Und vielleicht hat er ja recht. Was mache ich hier? Ich küsse dich. Ich tue so, als ob ich nicht mehr verheiratet wäre. Als ob es eine Chance für dich und mich geben könnte ...«

Ben blickte betroffen. »Ich hätte nie etwas sagen sollen.«

»Aber ich ...«

»Ja, und ich auch«, unterbrach er mich. »Aber es war falsch von mir ... Ich hätte dich in Ruhe lassen sollen.«

»Es ist wegen der Kinder.« Jetzt strömten mir die Tränen übers Gesicht. »Und der Vorstellung von unserer Familie. Wenn ich sie jetzt ansehe, wie sie alle zusammen spielen, wie diese drei Paar strahlenden Augen zu mir hochstarren ... Wie kann ich ihnen das antun?« Während ich neben ihm saß, wollte ich genau das Gegenteil von dem sagen, was mir über die Lippen kam.

»Vielleicht kannst du das nicht. Hör zu, Ami, es ... es war falsch von mir, dir so nahezukommen, und es tut mir leid, wirklich leid.«

»Du meinst auch, ich sollte zu Lars zurückkehren?«

Ben schien irgendwohin in die Ferne zu starren, während er ganz leise sagte: »Wenn es auch nur eine winzige Chance gibt, dass du die Beziehung mit dem Vater deiner Kinder wieder hinkriegen kannst, dann solltest du es auf jeden Fall versuchen.«

Und es gab eine Chance. Es gab – trotz allem – noch immer eine Chance.

Er stand auf, trat an das Kaminsims und nahm ein gerahmtes Bild von Lars, mir und den Kindern in die Hand, aufgenommen kurz nach Finns Geburt.

»Ich hätte niemals ...« Ben sah kopfschüttelnd auf das Foto und stellte es zurück auf das Kaminsims.

»Aber ich … ich bin wirklich verrückt nach dir.« Ich wollte, dass er das wusste. Vor nicht einmal zwölf Stunden hatte ich davon geträumt – das wurde mir jetzt klar –, es irgendwie zu schaffen, mit ihm zusammen zu sein.

Ben zog mich hoch und hielt meine Arme an meinen Seiten fest. »Schscht. Hör zu, Ami, wir müssen gestern Abend vergessen. Ich sollte jetzt nicht hier sein. Dein Ehemann tut, was er kann, um dir zu zeigen, dass er ein besserer Mann sein kann …«

Ich fühlte mich gezwungen, ihm die Wahrheit zu sagen. »Aber er will *mich* nicht mehr – er hat nur einen massiven Weckruf gehört, weil er seine Familie verlieren könnte. Es gab einen schlimmen Zwischenfall mit den Kindern – das Au-pair hatte sie allein gelassen, und Finn wäre um ein Haar erstickt –, und erst seitdem versucht er alles, um ein besserer Dad zu sein.«

»Okay?«, sagte Ben vorsichtig.

Ich fuhr rasch fort, ihm die ganze Ungerechtigkeit zu erklären. »Sein bester Kumpel war hier, und ich habe Lars reden hören. Er hat gesagt, er würde mich nicht mehr auf dieselbe Weise lieben …« Es fiel mir noch immer schwer, es laut auszusprechen, aber ich drängte weiter. »Er hat gesagt, es ginge darum, das Richtige zu tun.«

»Gott, du Ärmste.« Ben hielt mich, und seine Größe und sein Geruch sorgten dafür, dass die Tränen wieder aufs Neue flossen. Aber dann fuhr er fort: »Du bist auch nicht bereit, nach vorn zu blicken. Es geht hier nicht nur um deinen Vater. Du hast immer gesagt, dass du die Scheidung nicht willst, dass die Kinder an erster Stelle kommen.«

»Ich hätte … Ich hätte mit dir zusammen sein können …«

»Eine Scheidung ist nie schön, Ami – das weißt du selbst. Sie schafft Komplikationen – schwere Komplikationen.« Aber er nahm meine beiden Hände, während er es sagte. Ich konnte seinen Puls spüren, der wie ein verrücktes Metronom hämmerte. »Wenn du verheiratet bleiben kannst, wenn es eine Chance gibt … dann kann ich dem nicht in die Quere kommen.«

Er hatte recht, und ich hasste ihn dafür. Es war wieder genau wie bei Humphrey Bogart, der in *Casablanca* so großmütig handelte. Er wandte sich zur Tür. »Es tut mir so leid. Gestern Abend war ein Fehler. Aber ab jetzt lasse ich dich in Ruhe.«

»Aber es war …« Ich stürzte auf ihn zu.

»Sag es nicht.« Er legte mir sanft einen Finger an die Lippen. »Es hat keinen Sinn, Ami, absolut keinen Sinn. Ich muss mich so schwer zusammenreißen, um hier das Anständige zu tun. Und, na ja, wir wissen beide, selbst wenn wir zusammen wären – Gott, das wäre so toll –, bin ich in einem Land, und du bist in einem anderen. Wir wären keine richtige Familie. Ich hätte mir den Arsch aufgerissen, um es hinzukriegen, aber …«

Ich hatte mir jedes zweite Wochenende vorgestellt, aber ich hatte mir nicht den Alltag vorgestellt, allein zu Hause, während ich ihn vermisste. Wie grausam es wäre, in ein Flugzeug steigen zu müssen, damit wir uns sehen konnten.

»Ich muss dich gehen lassen, damit du deine Entscheidung treffen kannst«, sagte er durch entschlossene Lippen, den Blick zum Boden gesenkt.

»Du meinst also wirklich, ich sollte zu ihm zurückkehren?«

»Ich bitte dich. Das Letzte, was ich dir sagen werde, ist, dass du zu einem anderen Mann zurückkehren sollst. Du bist im Moment nicht imstande zu entscheiden, was du tun willst. Aber du musst mir zuliebe auf dich aufpassen.« Er wandte sich zur Tür. »Vermutlich ist es am besten, wenn ich jetzt gehe und …«

»Aber …«, begann ich.

Er trat noch einmal auf mich zu und legte mir wieder einen Finger an die Lippen. »Nicht.«

»Aber …«, nahm ich einen neuen Anlauf.

»Nein.«

Und dann ersetzte er den Finger durch einen einzigen Kuss.

»Leb wohl.«

»Leb wohl«, sagte ich, und er ging zur Tür hinaus in seine Zukunft, während ich mit meiner zurückblieb.

Dritter Teil

Kapitel 38

»Ist das nicht wundervoll, *älskling?*« Lars strahlte, während wir uns über den Balkon lehnten und zusahen, wie das echte Blau des Meeres auf die künstliche Farbe des Swimmingpools prallte.

Tessa gesellte sich zu uns. Sie schien magerer, knochiger, älter in letzter Zeit. »Es gibt vier Swimmingpools«, sagte sie zu uns. »Ich werde jeden Tag in allen schwimmen.«

»Ich werde in keinen davon gehen«, sagte Finn, der jetzt ebenfalls herauskam. »Von dem Wasser wird einem schlecht. Das haben sie uns im Bus gesagt.«

»Sie meinten das Leitungswasser, nicht das Swimmingpoolwasser«, stellte Lars klar, und wir lachten zusammen.

Wir hatten den Kindern gesagt, wir würden alle zusammen in Urlaub fahren, weil Daddy und ich wieder Freunde seien.

»Wirst du jetzt wieder bei uns wohnen?«, hatte Tessa Lars gefragt.

Noch während er versuchte, sich eine Antwort zurechtzulegen, hatte sich Finn zu Wort gemeldet: »Früher hast du manchmal nicht wirklich hier gewohnt, weil du in anderen Ländern warst.« Lars und ich hatten beide nervös gekichert, bevor unser Sohn ergänzt hatte: »Dann ist ja jetzt alles wieder gut.«

Ich hatte Lars mit hochgezogenen Augenbrauen angesehen.

»Na ja, die Sache ist die, Daddy ist jetzt die ganze Zeit hier, und wir beide lieben euch sehr«, hatte ich gesagt, »und wir dachten, wir könnten alle zusammen einen tollen Urlaub verbringen.« Dann hatten die Kinder davon geredet, dass man in Hotelzimmern »kostenloses Shampoo und viele Cremes« bekam. Sie hatten keine weiteren Fragen gestellt.

Jetzt, während wir zurück in unsere kleine Suite gingen, meinte Lars: »Fabelhaftes Hotel, für das Geld.«

Ja, aber nicht sehr authentisch, dachte ich prompt, und dann schalt ich mich für meine negative Einstellung. Nachdem wir diesen Familien-Versöhnungsurlaub in Griechenland geplant hatten, hatte ich mich bei unserer allwöchentlichen Therapiesitzung verpflichtet, mich zu bemühen, positiver zu denken.

»Wie sollen wir uns denn eine gemeinsame Zukunft aufbauen, wenn du die Vergangenheit nicht verzeihen kannst?«, hatte Lars bei der Sitzung am letzten Mittwoch gefragt, und Sasha, unsere Paartherapeutin, sichtlich beeindruckt von dem neuen, verbesserten Lars, hatte zustimmend genickt und mich aufgefordert, mich darauf zu konzentrieren, »nach vorn zu blicken«. Ich gab mir alle Mühe, das zu tun. Ich erwähnte beispielsweise nichts von Lars' Gespräch mit Thor, nicht einmal gegenüber der Therapeutin, und konzentrierte mich stattdessen auf das, was für die Kinder am hilfreichsten war: Struktur, Routine und Eltern, die sich nicht stritten. Dieser Urlaub war der nächste Schritt nach vorn.

Aber die Wochen, seit Ben gegangen war, kamen mir vor wie Jahrzehnte. Ich freute mich fast auf die Busfahrt zum Finsbury Park, um mich in meinem Elend zu suhlen und unsere Küsse auf dem Blumenteppich unter den Sternen noch einmal nachzuerleben. Ich stieg in die U-Bahn und befahl mir, mich zusammenzureißen, sagte mir, dass es eine Verirrung gewesen war, ein kurzer Ausrutscher. Aber ich vermisste ihn auch bei der Arbeit, weil er nicht mehr Teil meiner Alltagswelt war – die beruflichen Anrufe, die Neckereien. Und ich vermisste es, mit ihm abzuhängen. Wir hatten wöchentliche Telefonkonferenzen, aber das waren förmliche Teamsitzungen, konzentriert auf die Kampagne und ihre Ergebnisse, und abgesehen von einem fröhlichen Hallo gab es dort nie einen Moment der Intimität.

Ich verkniff es mir, ihn anzurufen, indem ich mich auf meine Hände setzte. Ich schrieb ihm E-Mails, schaffte es aber nie, auf Senden zu drücken.

Wenn ich ihn doch nur nicht geküsst hätte, dachte ich, und dann: ein Glück, dass ich es getan habe. War es besser, geliebt und verloren zu haben? Ich konnte nicht sagen, ob ich mir da wirklich sicher war.

Aber an Tagen wie diesem, mit meinen Kindern und ihrem hingebungsvollen Dad an meiner Seite, während wir es uns in unserem Familienhotel gemütlich machten, wusste ich, dass es verrückt war, meinen Glückssternen nicht zu danken, die heute Nacht zweifellos über mir funkeln würden.

Tessa kämpfte sich mühsam in ihren Badeanzug, während ich die ganzen Fläschchen mit Shampoo und Bodylotion aus Finns Tasche nahm und wieder auf das Badregal stellte. Lars räumte seine Kleider in den Schrank, den wir uns in einem der Schlafzimmer teilen würden. Er zwinkerte mir zu, als er ein T-Shirt auf ein Kissen auf einem der Einzelbetten warf, die zusammengeschoben werden konnten, um ein riesiges Doppelbett zu bilden, aber er schlug noch nicht vor, die Lücke zu schließen. Wie dem auch sei, in dem Wissen, dass wir in diesem Urlaub, wenn alles gut ging, wieder zusammen schlafen würden, versuchte ich mich zu erinnern, wie es sich anfühlte, mich an Lars' festen Körper zu schmiegen. Es würde sich vertraut anfühlen, und es sollte sich richtig anfühlen.

»Was für eine entzückende Familie«, hatte die Empfangsdame ausgerufen, und da waren wir, zwei Generationen, nach Geschlechtern ausgewogen, das Wunschbild einer modernen Familie. »Sie werden einen wundervollen Urlaub haben.«

Es lag alles nur an mir. Ich blies Finns Schwimmflügel auf und lächelte zu dem Mann zurück, der vor so Kurzem um ein Haar mein Ex-Mann geworden wäre.

An jenem ersten Abend kroch Lars in sein Bett und streckte eine Hand über die Lücke nach mir aus. »Kein Stress«, flüsterte er mir zu. »Lassen wir uns Zeit.«

»Danke«, flüsterte ich zurück.

»Aber es ist schön, mit euch allen hier zu sein – gute Nacht.«

Ich hielt noch eine Weile seine Hand, und schließlich spürte ich, wie sie in meiner schlaff wurde. Noch immer warm, bewegte sie sich im Rhythmus seines Atems, während er rasch in Tiefschlaf sank. Und ich gestattete mir ebenfalls einzuschlafen.

Als ich am nächsten Morgen die Augen aufschlug, sah ich ein Tablett neben meinem Bett stehen, mit dampfendem heißem Kaffee und Gebäckstücken und einer Nachricht in seiner krakeligen Handschrift mit den typischen skandinavischen Schleifen:

Wir dachten, du willst vielleicht ausschlafen – wir sehen uns am Pool. Alles Liebe, Lars, Tessa und Finn.

Später an diesem Tag, als Lars, anscheinend bemüht zu beweisen, dass er sich keinen Fehler erlauben würde, mit den Kindern zum Minigolfspielen auf die andere Seite der Anlage gegangen war und ich auf einer Liege am Pool lag, rief Liv an.

»Liv? Schön, deine Stimme zu hören.«

»Hast du eine schöne Zeit?«

»Natürlich. Einfach fabelhaft. Fantastisches Wetter, das Hotel ist wunderschön, die Kinder sind im siebten Himmel. Lars ist entzückend – er ist mit ihnen Minigolf spielen gegangen.«

»Das hört sich ja grauenhaft an«, meinte Liv. »Ist es wirklich sexy, wieder zusammen zu sein?«

»Zu dem Teil mit dem Sex sind wir noch nicht gekommen. Ich arbeite gewissermaßen darauf hin. Vermutlich heute Abend. Wir gehen allein im Strandrestaurant essen. Lars hat eine Babysitterin gebucht.«

»Vermutlich eine gute Idee, sich gründlich volllaufen zu lassen und einfach zur Sache zu kommen. Bevor du dich versiehst, wird alles wieder wie gehabt sein«, meinte Liv.

»Liv …«

»Ja?«

»Es ist schön, deine Stimme zu hören.« Das war es wirklich. Ich wollte, dass sie mir irgendetwas Frivoles erzählte. »Was gibt's bei dir Neues?«

»Na ja …« Liv klang ausweichend. »Du bist ja erst gestern abgereist, daher nicht allzu viel.«

»Liv?« Sie verbarg irgendetwas. »Was hast du gestern Abend gemacht?«

»Ich habe mich um eines unserer gemeinsamen Interessen gekümmert«, antwortete sie.

»Was meinst du damit, ›gemeinsame Interessen‹?«

»Ähm, na ja, das ist eine ziemlich lange Geschichte, aber …«

»Ich habe nichts Besseres zu tun, als dir zuzuhören«, sagte ich, lehnte mich zurück und nahm einen Schluck von meiner Cola light.

»Hör zu«, begann Liv. »Ich nehme nicht an, dass du etwas dagegen haben wirst …«

»Falls du vorhast, dich wieder so in mein Leben einzumischen wie damals, als du Ben diesen ganzen Schwachsinn über mich erzählt hast …«, begann ich.

»Bist du jetzt nicht froh, dass ich es getan habe? Ich habe deine Agentur gerettet und einen neuen Mann für dich gefunden, nach dem du schmachten kannst.«

»Ich schmachte nicht nach ihm«, widersprach ich. »Und den Auftrag hätte ich auch ohne dich an Land ziehen können.«

»Egal«, sagte Liv. »Aber es ist nichts dergleichen.«

»Was ist es denn dann?«

»Na ja, ich war gestern Abend in einer Bar …«, begann Liv.

»Nein, wirklich, du doch nicht …«

»Hältst du jetzt bitte den Mund und lässt mich erzählen, was passiert ist? Also, da war ich, und wer kam hereinspaziert und sah sehr vornehm aus?«

»Doch nicht der Ehrenwerte Peter?« Ich kreischte fast auf. Es fiel mir schwer, mich ohne ein leises, liebevolles Lächeln an diese Nacht vor ein paar Monaten zu erinnern.

»Er wäre beinahe über meinen Fuß gestolpert, daher habe ich gesagt: ›Du solltest dich besser entschuldigen.‹ Er hat mich völlig entgeistert angeschaut, es war offensichtlich, dass er mich nicht einordnen konnte.«

»Er ist wirklich ein absolut unglaublicher Spieler, stimmt's?«

»Ich habe gesagt: ›Keine Sorge, du hast nicht mit mir geschlafen.‹ – Ami, bist du sicher, dass du das hören willst?«

»Natürlich, erzähl mir einfach, was passiert ist.« Es war eine typische Liv-Story. Ich rollte mich auf meiner Sonnenliege herum.

»Und dann habe ich zu ihm gesagt, er hätte dich gevögelt,

sich deine Nummer von dir geben lassen und dich dann nie mehr angerufen. Und er hat gefragt, ob er sich jetzt dafür entschuldigen soll, dass er beschissen im Bett war oder dass er nicht angerufen hat. Versprichst du mir, dass es dir nichts ausmachen wird? Es war einfach so witzig.«

»Er war ein absoluter Charmeur«, sagte ich.

»Und dann hat er gesagt, er könne sich erinnern, wie wir alle zusammen in der Berkeley Street etwas getrunken haben.«

Auf einmal konnte ich vor mir sehen, wie diese Geschichte ausgehen würde. Lachtränen liefen mir übers Gesicht. »Das heißt, er liegt in diesem Moment in deinem Bett?«, prustete ich. »Na los, ich möchte wetten, du hast ihn abgeschleppt.«

»Na ja, irgendwie schon«, gab sie zu. »Und ja, er ist hier, schläft noch immer tief und fest – du hast doch nichts dagegen, oder?«

»Natürlich nicht, ich finde es zum Schreien komisch.«

»Na ja, ich dachte, wo du jetzt wieder richtig verheiratet und in deinem Mittelklasseurlaub bist und ... Na ja, wir hatten ein paar Drinks. Ich hatte eigentlich nicht vor, mit ihm zu schlafen, aber er war einfach so überzeugend. Und ich sage dir noch etwas – er hat ganz schön Ausdauer.«

»Ich bin mir nicht sicher, ob ich die Details hören muss«, meinte ich, »aber ja, bei mir hat er auf jeden Fall auch lange durchgehalten.«

Liv dämpfte ihre Stimme zu einem Flüstern. »Er liegt in meinem Bett, und sein Schwanz ist schon wieder ganz steif. Er hat das Bettzeug in ein Zelt verwandelt.«

Ich sah die Kinder, die mit Lars zurückkamen.

»Oh,mein Gott, du heiterst mich wirklich auf. Ich muss Schluss machen. Wir sprechen uns in ein paar Tagen.« Ich legte auf, während ich mir vorstellte, wie Liv klar wurde, dass sie eben jemanden getroffen hatte, der, falls das überhaupt möglich war, ein noch größerer Beziehungsphobiker war als sie.

Ich beschloss, an diesem Abend für England, Europa und die ganze Welt zu trinken. Tess und Finn lagen in ihren Betten, ich sah zu, wie ihre Gesichtszüge rasch von wach zu schlafend übergingen. Im Wohnzimmer der Suite stand eine ältere griechische Dame, die sich unsere Handynummern notierte und ungeduldig darauf wartete, dass wir hinunter ins Restaurant gingen, damit sie in Ruhe fernsehen konnte.

Das palmengesäumte Restaurant war voller Paare, die die Freiheit von ihrem Nachwuchs mindestens ebenso sehr genossen wie ihr Dinner. Frauen mit von der Sonne oder dem Alkohol geröteten Gesichtern plauderten mit ihren Ehemännern, die entzückt zu ihnen zurücksahen, als würde ihnen auf einmal wieder einfallen, warum sie sie geheiratet hatten. Die Luft war erfüllt vom Zirpen von Zikaden und leisem Liebesgeflüster.

»Was möchtest du trinken?«, fragte Lars, während ich die Speisekarte studierte. »Einen Cosmopolitan?«

»Natürlich«, sagte ich, und er lachte. Als er gebracht wurde, schlürfte ich ihn rasch. Der Drink war stark.

»Also«, sagte ich.

»Also«, lächelte Lars.

»Was wollen wir essen?« Wir sprachen über die verschiedenen Optionen, bevor wir bestellten, und ich verkniff es mir, irgendwelche Witze über die Speisekarte zu reißen, während ich noch immer an Ben dachte.

»Haben wir nicht einen herrlichen Urlaub?«, fragte Lars.

Ich leerte den Rest meines Drinks. »Wundervoll.« Ich musste mich einfach nur entspannen. Ich war nervös, aber nach allem, was zwischen uns vorgefallen war, war das kein Wunder.

»Du siehst toll aus mit deiner Sonnenbräune«, fuhr Lars fort. »Und das ist kein Schwindel.«

Aber dass du so tust, als ob du mich immer noch liebst, das ist ein Schwindel. Ich verscheuchte den Gedanken und sagte stattdessen: »Du siehst auch nicht schlecht aus. Wollen wir Champagner trinken?«

»Warum nicht? Wir müssen schließlich die Zukunft feiern.«

Wir sahen zu, wie der Kellner eine Flasche Schampus des Hauses entkorkte und unsere Gläser randvoll schenkte.

»Auf uns.« Lars erhob sein Glas, um mit mir anzustoßen.

»Auf uns«, wiederholte ich und leerte dann das Glas, als wäre ich eine Studentin bei einem Bootsrennen.

»Du hast aber einen ordentlichen Zug drauf heute.«

»Schenk mir noch mal nach, bitte.« Ich lächelte zu ihm hoch.

Er füllte mein Glas und sagte dann: »Wie geht es weiter, wenn wir zurückkommen?«

»Was meinst du damit, wie geht es weiter?«

»Na ja, ich werde meine Sachen bei Mum zusammenpacken und wieder zu Hause einziehen, oder?«

»Na ja, schon«, sagte ich und bekam prompt Platzangst.

»Ich meine, jetzt sind wir doch wieder richtig zusammen, oder? Und es erscheint mir albern, dass ich in einem anderen Haus wohne. Natürlich, wir werden es den Kindern sehr vorsichtig erklären müssen. Aber meinst du nicht, wir müssen diese letzten paar Monate hinter uns lassen?«

»Das haben wir doch schon getan, oder?« Ich leerte mein nächstes Glas Schampus zur Hälfte und lächelte tapfer weiter.

»Ich packe einfach mein Zeug zusammen und ziehe wieder zu Hause ein.« Eine Pause trat ein, während der Kellner uns beiden mit Prosciutto umwickelten Spargel brachte.

»Toll«, sagte ich und griff nach Messer und Gabel.

»Ami, ich muss wissen, dass du das auch willst.«

Ich hatte gedacht, ich hätte alle richtigen Dinge gesagt. »Hör zu, müssen wir dieses Gespräch unbedingt jetzt führen?« Ich wollte nicht reden, ich wollte, dass das alles einfach verschwand. Und eine sichere Methode, um das zu erreichen, war, mich mit Lars zu betrinken, zusammen zu schlafen, damit wir es hinter uns hatten, und morgen mit einem besiegelten Deal für die Zukunft aufzuwachen.

»Aber ja, ja, das müssen wir«, antwortete Lars, und ich lehnte mich mit einem Schauder zurück. »Also, du musst mir glauben, Amelia. Es war zu verwirrend.« Er lächelte mich an. »Kein Schwindel.«

»Hör auf, das zu sagen!« Ich konnte mich nicht beherrschen. »Alles ist ein Schwindel!«

Lars zuckte zusammen, als ich lauter wurde. »Schscht«, zischelte er und sah sich um. »Was meinst du damit?«

Meine Traurigkeit fühlte sich erdrückend an. »Wir wissen doch beide, dass …« Ich holte tief Luft. Wenn wir dieses Gespräch tatsächlich jetzt führten – und ich hatte noch immer keine Ahnung, wo es enden würde –, dann musste ich aufrichtig sein. »Hör zu … Ich habe gehört, wie du mit Thor geredet hast.«

Lars blickte verwirrt, und ich fuhr rasch fort. »Ihr habt euch auf Schwedisch unterhalten … Ich war auf dem Weg ins Bett … Aber …« Lars errötete und senkte den Blick. »Du hast gesagt, du würdest bleiben, weil es das Richtige sei, der Kinder wegen … nicht wegen uns beiden.«

»Oh, Ami, ich habe nur versucht, ihm zu erklären, was los war. Ich habe es nicht so gemeint.« Seine Stimme war leise und schmeichlerisch. Er legte Messer und Gabel hin.

Ich lächelte traurig. »Lars, ich habe dich sagen hören, dass du mich nur noch als die Mutter deiner Kinder liebst.«

Sein Gesicht verzog sich schmerzlich. »Oh, das war nur der Alkohol, der das Wort geführt hat …«

Ich konnte keine weiteren Lügen mehr ertragen. »Sei ehrlich: Es hat nichts mehr mit mir zu tun.«

Lars hielt sich eine Hand vor die Augen. »Ich glaube nicht, dass …«

»Aber die Sache ist die«, fuhr ich fort, von Erleichterung durchströmt, dass ich nicht länger so tun musste, als sei alles in bester Ordnung. Er hatte es verdient, dass ich ebenfalls ehrlich war. »Es geht nicht nur um dich. Ich habe so lange versucht, dich zum Bleiben zu bewegen, weil ich auch dachte, es sei das Richtige.«

»Die Kinder hätten sterben können«, sagte Lars, und ich ergriff rasch sein Handgelenk.

»Sieh mich an«, sagte ich. »Sie sind nicht gestorben. Es war schrecklich, aber es ist zu einer Zeit passiert, als wir uns beide richtig schlecht und schuldig gefühlt haben, und es hat uns gezeigt, dass wir uns besser um sie kümmern, ihre Situation verbessern müssen, und das haben wir getan – wir haben ihnen Sicherheit und Struktur gegeben.« Ich hielt einen Moment inne. »Es muss hier auch um mich und dich gehen.«

Nach alldem, was wir geteilt hatten, würden wir jetzt eines dieser Paare werden, die nebeneinanderher lebten? Oder die mit einer riesigen, unausgesprochenen Lüge im Herzen ihrer Beziehung lebten, so wie meine Eltern? Die Gefühle für Ben hatten mir vor Augen geführt – auch wenn ich es vermutlich schon immer gewusst hatte –, dass das für mich nicht genug sein würde. Und ich nahm an, dass es auch für Lars nicht genug sein würde, trotz allem, was er selbst gesagt hatte. Es gab das »den Kindern zuliebe«, aber es musste auch ein »mir zuliebe« geben, so egoistisch das auch klang.

Er nickte langsam, und ich ließ seinen Arm los. Ich begann zu essen, als ich mich erinnerte, dass wir in einem Restaurant waren, unter anderen Paaren.

»Ich habe mich geändert«, sagte Lars. »Das musst du mir jetzt glauben.«

»Das tue ich ja«, erwiderte ich, und ich meinte es ernst. Er hatte mir bereits gesagt, dass demnächst eine kurze Reise nach China bevorstand, aber er hatte es auf eine Art getan, die es Jenny und mir ermöglichte, vorauszuplanen.

Jetzt schnitt ich durch den Schinken und die Spargelstange. »Wir sitzen jetzt beide hier und tun das alles, weil wir uns an die Hoffnung klammern, dass wir irgendeine Version von dem zurückbekommen könnten, was wir hatten, aber das ist nicht realistisch.«

Lars' Miene war düster, aber er ließ noch immer nicht locker. »Aber jetzt, wo wir gelernt haben, wie wir wieder Freunde sein können, könnte es doch klappen …«

»Du meinst, die Liebe, die wir am Anfang hatten, kommt wieder zurück?« Wie aus heiterem Himmel kullerten mir Tränen übers Gesicht.

»Ist alles in Ordnung?« Der Kellner kam ausgerechnet in dem Moment vorbei, als Lars mir seine Serviette reichte. Während ich mir die Augen tupfte, konnte ich sehen, wie andere Paare uns anstarrten, bevor sie sich wieder glücklich anblickten, froh, dass sich diese Szene nicht in ihrer eigenen Ehe abspielte.

Lars errötete. »Ja, alles bestens. Bitte nehmen Sie die Teller mit und warten Sie noch mit dem Hauptgang.«

»Sehr gern, Sir.« Der Kellner entfernte sich rasch, und ich begann, mich zu entschuldigen.

»Hör zu«, fuhr Lars fort, ohne auf meine Frage einzugehen, »ich weiß, wir haben noch immer ein gutes Stück Arbeit vor uns. Ich weiß, wir müssen wieder zur Paartherapie gehen. Wir müssen mehr Zeit zusammen verbringen. Wir müssen Fortschritte machen.«

Fortschritte. Das war das Wort, das Ulrika verwendet hatte. Indem wir es geschafft hatten, Struktur in das Leben der Kinder zu bringen und – aus einiger Distanz – miteinander auszukommen, hatten wir tatsächlich Fortschritte gemacht.

»Vielleicht gibt es noch eine andere Sichtweise«, sagte ich langsam.

»Ich wüsste nicht, was für eine. So wie du es sagst, haben wir es vermasselt, obwohl wir uns solche Mühe gegeben haben.«

»Aber wir haben es nicht vermasselt! In den letzten paar Monaten haben wir es doch gut hingekriegt – wir haben den Kindern mehr Stabilität gegeben und ihnen eine weitaus bessere Beziehung zu dir ermöglicht.« Ich trank noch mehr Champagner und versuchte, meinen Atem zu verlangsamen, während meine Tränen allmählich versiegten. »Das heißt, wir haben Fortschritte gemacht, verglichen mit damals, als wir uns gegenseitig an die Gurgel gegangen sind.«

»Ich nehm's an«, sagte Lars. »Wie sagt man auf Englisch – ›kleine Erleichterung‹?«

Ich lächelte matt. »Aber vielleicht sollten wir nicht noch weitergehen.«

»Du meinst, uns doch scheiden lassen?«, flüsterte Lars.

»Die Kinder haben jetzt eine feste Routine. Du könntest wieder bei uns einziehen, und sie würden sich daran gewöhnen – aber wenn wir so füreinander empfinden, wäre das dann nicht das Schlimmste, was wir tun könnten? Was, wenn wir es vermasseln und für sie alles noch schlimmer machen?«

»Du meinst, das könnte passieren?«

»Ich weiß es nicht, aber angesichts unserer bisherigen Erfolgsbilanz besteht durchaus die Möglichkeit. Du musst dir doch nur Tess ansehen, um zu wissen, dass sie jetzt wieder ausgeglichen ist und … Weißt du was? Ich glaube, was sie mehr denn je braucht, ist Sicherheit. Ihre Eltern in ihrem Leben, aber mit der absoluten Überzeugung, dass sie immer geliebt werden wird und dass alles beständig ist. Finn natürlich auch, aber sie hatte schwerer zu kämpfen.«

Der Kellner versuchte, unseren Blick aufzufangen. »Wollen wir nach dem Essen noch spazieren gehen und ein bisschen mehr reden?«, schlug Lars vor.

Wir brachten das restliche Dinner rasch hinter uns. Ich war erschüttert, wie unter Schock, aber mit einem neuen Gefühl von Klarheit. Wenn Lars wieder zu Hause einzog, dann konnten wir nicht garantieren, dass unsere explosiven Auseinandersetzungen sich nicht wieder aufs Neue entzünden würden. Das würde für die Kinder mit Sicherheit schlimmer sein als die jetzige Situation.

Nachdem Lars die Rechnung unterschrieben hatte, spazierten wir zwischen anderen Paaren den künstlichen Boulevard hinunter, der oberhalb des Strandes verlief. Die meisten hielten Händchen, wir nicht. Das Meer war nie dunkler gewesen, es verschmolz mit einem Himmel, der aussah, als wäre er von einer übereifrigen Haushälterin von Sternen sauber gewischt worden.

Erst als wir schließlich das Ende der hölzernen Promenade erreichten, wandte sich Lars zu mir um und zeigte auf eine kleine Bank. Sie war so aufgestellt, dass die Leute aufs Meer hinaussehen konnten und gleichzeitig etwas Privatsphäre hatten – für Paare, dachte ich.

Ich setzte mich, und Lars ließ sich neben mich fallen. »Also, du willst im Grunde sagen, dass das für dich nicht genug ist?«

»Sei doch ehrlich. Für dich ist es auch nicht genug«, antwortete ich.

Lars hielt meine Hand, und ich drückte sie. »Es tut mir so leid.« In der Dunkelheit glänzten seine Augen von Tränen.

»Und mir tut es auch so leid.«

Wie gut ich dich doch kenne. Wie gut du mich doch kennst. Ich zog ihn an mich, und wir wiegten uns sanft zusammen.

»Es tut mir leid, dass ich unsere Ehe zerstört habe«, flüsterte Lars mir ins Ohr. Aber es lag nicht nur an ihm, und das wussten wir beide. »Ich habe mir ständig eingeredet, diese ganze harte Arbeit sei nur für dich und die Kinder …«

»Ich weiß«, sagte ich. »Aber jetzt spielt es keine Rolle mehr.«

Er schüttelte mich ab, stand auf und fing an, auf den Holzplanken der Promenade auf und ab zu gehen. Ich konnte hören, wie das Meer immer wieder hereinrauschte, in der Ferne auf und ab wogte.

»Und du hast dich verändert«, sagte er, aber jetzt ohne Wut. »Du brauchst mich nicht mehr, weil ich früher nie da war, wenn du mich gebraucht hast.«

Meine Schluchzer kamen in wogenden Wellen aus meiner Magengegend. Ich stand ebenfalls auf und streckte die Arme aus. »Es tut mir so, so leid«, sagte ich, und er trat in meine Arme und hielt mich wieder.

»Weißt du noch …?«, wollte ich sagen, während ich an seine Schulter schluchzte. »Weißt du noch?«

Wir klammerten uns noch eine Weile aneinander, bis wir uns beide beruhigt hatten, dann standen wir schweigend auf und begannen zurückzugehen, diesmal Arm in Arm. Wir redeten darüber, wie wir es für die Kinder am besten hinkriegen könnten.

»Sie haben jetzt eine feste Routine, die wir nach Möglichkeit einhalten sollten. Du kommst vorbei, wenn du kannst, und bringst sie ins Bett, und du hast sie jedes zweite Wochenende.«

»Wenn ich meine eigene Wohnung habe, kann ich sie dann auch ein oder zwei Abende unter der Woche haben?«, fragte Lars.

»Okay.«

»Ich werde die Investoren bitten müssen, noch ein paar von meinen Aktien zu kaufen«, sagte Lars. »Und dann, mit allem, was du bereits auf die Beine gestellt hast, werden wir uns den Arsch aufreißen, um das Haus zu behalten. Aber wir werden nicht viel Geld haben. Ich miete eine möglichst billige Wohnung, aber mit einem Gästezimmer für die Kinder, damit sie sich dort auch zu Hause fühlen.«

»Meinst du, die Kinder verstehen das?«

»Wir sagen es ihnen irgendwann in diesem Urlaub, okay? Gib ihnen ein paar Tage Zeit für den nächsten Schritt, während wir alle zusammen sind ...« Dann brach er ab und sah mich an. »Du willst doch nicht etwa, dass ich jetzt nach Hause fahre, oder?«

»Nein, ich denke, wir können es vierzehn Tage zusammen aushalten, oder? Wenn du jetzt abfährst, denken Tess und Finn, dass wir doch nicht miteinander auskommen können.«

Lars lächelte. »Natürlich, du hast völlig recht.«

»Und wir haben unser ganzes Geld für diesen Urlaub ausgegeben«, fuhr ich fort. »Ich will wirklich, dass sie hier eine tolle Zeit haben.«

Wir kehrten zurück zu unserem Hotelzimmer und bezahlten die griechische Dame, die lächelnd verschwand. Dann gingen wir ins Kinderzimmer und betrachteten die beiden Betten mit unseren schlafenden Kindern darin.

»Eine neue Art von Familie«, sagte ich.

Lars lächelte. »Aber immer noch eine Familie.«

Ich ging ins Bad, um meinen Pyjama anzuziehen, und setzte mich für einen Moment auf den Toilettendeckel, während ich mir die Zähne putzte.

Ich verspürte eine schmerzliche Traurigkeit, aber ebenso Ruhe und ein Gefühl von Befreiung. Wir hatten es nicht geschafft, unsere Ehe zu retten, aber wir hatten es geschafft, unsere Kinder vor noch mehr Veränderung zu schützen.

Das Richtige war am Ende, diese neue Art von Familie zu erschaffen.

Kapitel 39

Als ich an meinem ersten Morgen zurück ins Büro kam, saß Bridget wieder hinter meinem Schreibtisch.

»Guten Morgen, Bridget«, sagte ich. »Besteht vielleicht die Möglichkeit, dass du deinen Hintern zurück zu deinem eigenen Schreibtisch bewegst?«

Bridget sprang auf. »Ich habe hier nur die Stellung gehalten«, meinte sie, während sie rasch auf ihre Seite des Büros huschte.

Ich zog meine Jacke aus und hängte sie über die Sessellehne. Meine Arme hatten die Farbe von Honig. »Ich bin sicher, du hast dich mustergültig verhalten, aber jetzt bin ich wieder da«, sagte ich. »Oooh.« Ich nahm eine steife, elfenbeinfarbene Karte von dem Stapel mit Post vor mir. »OOOOOOH. Oh, Bridget, warum hast du mir nichts davon gesagt? Darauf warte ich schon meine ganze Karriere.«

Sie sind eingeladen zur
Preisverleihung Internationale Luxuswaren 2017
Rom,
4. November 2017,
20.00 Uhr,
wo Sie in der Kategorie
»Beste Printkampagne für eine europäische Marke«

für die Campury-Kampagne
»Wer braucht schon einen Mann?«
nominiert wurden.

»Ist das nicht fantastisch?«, rief Bridget. »Eine Lux! Sie ist erst heute Morgen gekommen. Ich habe schon angerufen und gesagt, dass wir auf jeden Fall da sein werden.«

Wow, oh, wow. Ich umarmte sie und stürzte dann zur Tür hinaus und in den Aufzug, platzte durch die Tür von Martis Büro und brüllte von der Lux.

»Großer Gott, Ami, das ist der Ritterschlag schlechthin in der Branche«, meinte Marti. »Jeder lohnenswerte Kunde in der westlichen Welt wird dort sein. Zum Glück siehst du in einem schicken Kleid okay aus.«

Liv lag noch im Bett, als ich um elf Uhr vormittags anrief, um ihr zu sagen, dass wir nach Rom fliegen würden. Sie sagte nicht, dass sie noch im Bett lag, aber ihre gedämpfte, atemlose Stimme verriet eindeutig, dass sie sich eben noch mit jemandem – vermutlich Peter – darin herumgewälzt hatte.

»Ich habe mir gedacht, wir könnten uns eigentlich ein schönes Wochenende daraus machen«, schlug ich vor. »Marti ist so angetan von mir, dass er sagt, ich kann mitnehmen, wen ich will; Lars hat an dem Wochenende die Kinder – er macht das großartig im Moment –, und ich kann mein Kleid auf Spesen kaufen.«

»Kann ich eine Campury-Tasche kriegen?«

»Stell dein Glück nicht auf die Probe«, sagte ich. »Du hast schon genug Werbegeschenke gekriegt. Aber wir werden in einem schicken Hotel wohnen, alles von der Firma bezahlt.«

»Und ich kann *wirklich* mitkommen?«

»Als meine offizielle Begleitperson. Bridget und Marti fliegen selbst zu dem Event hin«, sagte ich. »Er hat ein paar Vorstandsmitglieder eingeladen. Vermutlich wirst du neben einem von ihnen sitzen müssen, aber das ist der einzige Haken dabei. Also, was ist los? Vögelst du immer noch Peter?«

»Hmm, ja«, meinte Liv ausweichend und wechselte dann das Thema. »Wie geht es Lars?« Ich hatte sie aus dem Urlaub angerufen, um ihr zu berichten, was passiert war.

»Es ist komisch. Wir haben eine seltsame neue Hoffnung: Ich glaube, wir schaffen es tatsächlich, gute Freunde zu sein. Wie ich bereits sagte, wir hatten danach noch einen ziemlich schönen Urlaub – haben einfach Zeit mit den Kindern verbracht und uns gut verstanden.«

»Geht es ihnen gut?«

»Wir haben uns etwa nach der Hälfte des Urlaubs zusammen hingesetzt und ziemlich lange mit ihnen geredet. Tess wollte wissen, ob sie jetzt von allem zwei haben wird – ›Zwei Betten!‹, hat sie immer wieder gebrüllt. ›Und zwei Geburtstage!‹ Sie haben beide gesagt, wie gern sie ihren Dad regelmäßig sehen, als sie davon erfuhren – ›Jede Woche nach dem Fußball bei Daddy zu Hause!‹ – in dem Stil. Verdammt, ich weiß nur, dass sie viel unglücklicher gewesen wären, wenn ich weiterhin dieses falsche Spiel gespielt hätte.«

Als wir nach Hause kamen, war Lars wieder zurück zu Ulrika gefahren und hatte gesagt, er würde die Kinder aus China anrufen. Tessa hatte gesagt, sie wolle mit ihm mitkommen, was herzerwärmend war statt herzzerreißend.

»Awwww«, sagte Liv in einem Ton, der besagte, dass sie das Interesse vollkommen verloren hatte.

Eine Pause trat ein, und ich drehte die Lux-Einladung wieder in meiner Hand.

»Ami?«, fragte Liv.

»Ja?«

»Diese Sache in Rom, zwingst du mich etwa, da mitzukommen?«

»Es tut mir ja so leid, dass ich dich damit belästigt habe.«

»Gibt es nicht wenigstens eine kleine Chance, dass Ben da sein wird?«

»Ben wer?«, fragte ich ins Telefon. Ich schüttelte den Kopf, um den Gedanken an ihn zu verscheuchen.

»Jetzt tu doch nicht so scheinheilig.«

»Eben war ich noch glücklich, und dann kommst du daher und machst mich wieder unglücklich.«

»Ist es wirklich so eine tolle Idee, dorthin zu fliegen und ihn wiederzusehen, wenn du jetzt ach so glücklich bist?«

»Oh, keine Sorge«, antwortete ich. »Mit dieser ganzen Geschichte geht es mir jetzt rundum gut. Ben hatte recht. Ich war nicht bereit, mit irgendjemandem zusammenzukommen. Das heißt, ich halte mich ab jetzt von allen Männern fern, und das schließt ihn ein.«

»Ja, aber wäre es nicht wesentlich leichter, sich von ihm fernzuhalten, ohne in ein Flugzeug steigen und nach Rom zu fliegen und bei demselben Dinner wie er zu sitzen?«

»Oh, Liv. Es wird alles gut gehen. Ich bin mir nicht einmal sicher, ob er überhaupt kommt, und selbst wenn, sind wir zwei Erwachsene, die wissen, dass es unmöglich ist, zusammenzu sein. Daher werden wir jetzt Freunde sein. Kollegen und Freunde. Wie auch immer, das ist ja alles erst in ein paar Monaten. Und jetzt sollte ich mich wirklich wieder an die Arbeit machen.«

»Du willst doch nur auflegen, weil ich mit dir über etwas rede, worüber du nicht reden willst.«

»Liv?«

»Ja?«

»Es gibt tatsächlich ein paar Leute auf dieser Welt, die für ihr Geld etwas tun müssen.«

»Ich gebe dir einen dicken Kuss, du Lohnsklavin.«

»Ich dir auch, du faules Ei.«

Mein Entschluss stand fest, als ich meine Eltern anrief: Ich würde ihnen sagen, wozu ich mich entschieden hatte, und ich würde mir von ihnen keine Schuldgefühle deswegen einreden lassen. Ich wusste, dass das, was ich zu sagen hatte, Dad wieder in ein neues Stimmungstief stürzen könnte und dass meine Mutter leiden würde; ich wollte sie beschützen, aber ich wusste auch, dass das nicht meine Verantwortung war.

Dad nahm anstelle von Mum das Telefon ab, was ungewöhnlich, aber ein sehr gutes Zeichen war. »Wie war der Urlaub?«, fragte er fröhlich.

»Gut, danke.«

»Ich nehme an, die Kinder waren begeistert«, fuhr er fort. »Wie haben uns so über ihre Postkarte gefreut.« Seine Stimmung war auf jeden Fall weitaus besser als vor unserer Abreise. Ich hoffte nur, ich würde sie ihm nicht verderben.

»Ich muss dir etwas sagen, Dad.« Ich sprach schnell und ohne Pause. »Lars und ich haben endgültig entschieden, uns scheiden zu lassen. Wir wollen auf den Fortschritten aufbauen, die wir mit den Kindern erreicht haben, und er wird ein sehr großer Teil ihres Lebens sein, aber wir lassen uns scheiden.«

Eine Pause trat ein, bevor Dad sagte: »Na ja, ich bin froh, dass ihr eine Entscheidung getroffen habt.«

»Okay.« Ich wartete.

»Ich habe sehr gründlich nachgedacht, seit ich dich das letzte

Mal gesehen habe, Amelia«, fuhr er fort. »Du warst so angespannt. In den letzten Jahren war es häufig, als lastete das Gewicht der ganzen Welt auf deinen Schultern. Lars hat dich enttäuscht, und ich weiß, dass er sich in letzter Zeit wieder sehr bemüht hat, aber ich … Na ja, deine Mutter und ich haben geredet, und wir wollen dich lieber glücklich sehen, als dass du dich mit dem Zweitbesten zufriedengibst.«

»Wirklich?«, erwiderte ich verblüfft. »Aber du hast doch immer gesagt …«

»Es war deine Mutter«, unterbrach mich Dad. »Sie hat mir vor Augen geführt, dass es vermutlich das Richtige ist, wenn du dich dafür entscheidest. Dass Kinder mit zwei glücklichen Eltern aufwachsen sollten, wenn das irgendwie möglich ist.«

Es war fast so etwas wie ein Eingeständnis, dass das in meiner Kindheit nicht immer der Fall gewesen war, und das hatte ich so von ihm noch nie zuvor gehört. Und es war auch fast so etwas wie eine Entschuldigung für diesen grauenhaften Sonntag. Ich schluckte einen Kloß in meiner Kehle hinunter – ich wusste, wie schwer es diesem stolzen Mann fallen musste, seine Schwächen zuzugeben.

Ich erklärte ihm die praktische Umsetzung, auf die Lars und ich uns geeinigt hatten – dass er sich eine Wohnung suchen und etwas Geld aus seiner Firma entnehmen würde und dass das und der Campury-Auftrag wirklich eine große Hilfe sein würde.

»Das klingt gut durchdacht«, meinte Dad. »Deine Mutter hat gesagt, dass es den Kindern gut gehen wird – und nach allem, was du mir erzählst, scheint das auf jeden Fall zu stimmen«, fuhr er fort, fast als hätte er diese Ansprache einstudiert. »Wir wollen, dass du glücklich bist, Schatz.«

»Danke«, sagte ich. Ich spürte, wie sich das allgegenwärtige

Schuldgefühl, die beiden enttäuscht zu haben, allmählich legte. »Es bedeutet mir sehr viel, deine Unterstützung zu haben.«

»Ich bin doch immer auf deiner Seite.« Mein Dad räusperte sich. »Und ich übernehme die Rechnungen der Anwältin. Aber jetzt solltest du besser mit deiner Mutter sprechen.«

Mum und ich redeten eine Weile über den Urlaub, bevor ich es ihr sagte. Sie schien nicht überrascht zu sein, aber sie wiederholte ungefähr das, was mein Dad gesagt hatte: »Wir werden alles tun, was wir können, um zu helfen«, sagte sie.

»Mum?«

»Ja, mein Schatz?«

»Was hast du gesagt, um Dad dazu zu bringen, meine Seite zu sehen?«

»Wir haben ein bisschen geplaudert, das ist alles«, antwortete sie. »Nach diesem Sonntag, an dem er sich so grässlich benommen hat, hat es eine Weile gedauert, ihn wieder in seinen normalen Zustand zu bringen, aber er hat sich auch bereit erklärt, zum Arzt zu gehen, wenn es wieder vorkommen sollte.«

»Das ist ja erstaunlich«, sagte ich, in dem Wissen, wie schwer es für sie gewesen sein musste, das Thema ihm gegenüber überhaupt anzuschneiden. »Wie bist du denn …?«

»Wie ich dazu gekommen bin, etwas zu tun, was ich schon vor Jahren hätte tun sollen?«, fragte sie energisch in einem neuen, sehr direkten Ton.

»Na ja, schon.«

»Ich glaube, es war, weil ich gesehen habe, wie unglücklich du warst und dass ich dir nicht helfen konnte«, antwortete sie. »Ich wollte nach London kommen, aber stattdessen musste ich bei deinem Vater bleiben, weil er sich weigert zu glauben, dass er krank ist. Ich war so besorgt um dich.« Sie redete noch immer auf diese ungewohnt offene Art.

»Das war schon okay«, meinte ich. »Das habe ich doch verstanden.«

»Aber du solltest es nicht verstehen müssen!« Jetzt war Mum wütend. »Und dann, als wir dich gesehen haben, dieser fürchterliche Streit, und wir dich gar nicht angehört haben … Aber ehrlich gesagt, wusste ich, wenn du zu Lars hättest zurückkehren wollen, dann hättest du es zu dem Zeitpunkt längst getan. Wir haben versucht, dich zu überreden, in einer Ehe zu bleiben, die dich unglücklich gemacht hat, und das sollte man niemandem aufzwingen.«

Wow. Mum hatte offenbar irgendeine Art von Erleuchtung gehabt. Es war, als hätte sie ihren alten Funken wiedergefunden und würde nicht zulassen, dass er wieder erlosch.

»Und den Kindern ging es gut, das war nicht zu übersehen«, fuhr sie fort. »Tessa war in einer wesentlich besseren seelischen Verfassung als an Weihnachten, als du noch mit Lars zusammen warst.«

»Danke«, sagte ich. Es bedeutete ihr sehr viel, mir zu sagen, dass wir unsere Sache trotz allem gut gemacht hatten.

»Und viele Kinder entwickeln sich auf diese Weise prächtig«, fuhr Mum fort, als würde sie jetzt, wo sie endlich ihre eigene Meinung sagen durfte, nicht mehr damit aufhören. »Und William hat sich lächerlich benommen, wie er herumgestapft ist und diesen Riesenaufstand gemacht hat. Jedenfalls, nachdem du an dem Sonntag abgefahren warst, habe ich mit ihm wirklich die Geduld verloren …«

Das hieß, während ich die M4 entlangfuhr, krank vor Sorge, dass sie sich wieder mit einem seiner Stimmungstiefs herumschlagen musste, hatte sie in Wirklichkeit einen Riesenkrach mit Dad gehabt.

»… und ihm gesagt, er müsse sich endlich mal am Riemen

reißen und seine eigene Tochter unterstützen. Und dass du alt genug seist, um selbst zu wissen, was du tust.«

»Das hättest du nicht für mich tun müssen«, warf ich ein.

»Ich habe es nicht nur für dich getan«, erwiderte sie entschieden. »Ich konnte einfach nicht mehr. Noch ein paar Monate länger mit diesem Elend hätte ich einfach nicht ertragen, und das habe ich ihm gesagt.«

Sie und Dad hatten wirklich eine offene Aussprache geführt. »Jedenfalls, danach hatten wir noch ein paar Gespräche, und schließlich hat er zugegeben, dass er möglicherweise ein Problem hat und dass es hilfreich sein könnte, mit jemandem zu sprechen.«

Mein stolzer Dad. Ich wusste, dass ihn das enorm viel Mut gekostet haben musste.

»Das heißt, wenn er wieder in ein Stimmungstief fällt, gehen wir zum Arzt«, erklärte sie mit Nachdruck.

»Das ist ja großartig«, sagte ich. »Aber im Moment scheint es ihm doch gut zu gehen, oder?«

»Komischerweise ist es, als ob ein Schalter umgelegt worden wäre. Er schreibt und ist wieder sein altes Selbst.«

»Es ist so schön, das zu hören«, erwiderte ich. »Das freut mich wirklich.«

Mum wechselte das Thema. »Und jetzt erzähl mir, gibt es irgendwelche Fortschritte in Livs Liebesleben? Es ist wirklich an der Zeit, dass sie wenigstens darüber nachdenkt, sesshaft zu werden.«

»Ich wollte etwas sagen«, begann Cathy. Wir saßen in ihrem Büro und nahmen den alten Scheidungskram wieder in Angriff. Ich wusste, dass sie im Begriff war, wieder von der Anwältin zur Freundin zu werden, als sie auf ihren Zeitmesser drückte.

Ich hoffte, sie würde mir nicht erzählen, dass sie Jezza den Laufpass gegeben hatte, ich wollte nicht schuld daran sein, die Scheidungsrate unter Rentnerehepaaren in Bromley in die Höhe zu treiben. Stattdessen sagte sie: »Ich wollte Ihnen sagen, dass ich glaube, Sie sind eine Inspiration.«

»Was? Ich dachte, Scheidungen wie meine seien langweilig.«

Cathy besaß immerhin den Anstand, leicht zu erröten. »Haha, nein, nein. Aber als Sie damals zur Tür hereinkamen, da dachte ich: die Ärmste. Und Sie waren so verletzt. Und sehen Sie sich jetzt an, nur ein paar Monate später: Sie waren es, die die Entscheidungen darüber getroffen hat, was Sie wollen.«

»Wow«, sagte ich. »Danke.« Ich wusste nicht, ob das eine Rede war, die sie all ihren Mandanten hielt, aber ich fand, ich könnte das Kompliment annehmen. »Und auch für die ganze Hilfe, die Sie mir gegeben haben – um sicherzustellen, dass ich das alles richtig hinkriege.«

Cathy kam um den Schreibtisch und drückte mich an ihren fülligen Körper. »Typ D kann eben doch befriedigend sein. Also, wie wär's jetzt mit einem Schnäpschen?«

Hier waren wir also, die Kinder und ich: eine neue Art von Familie. Lars und ich hatten uns darauf verständigt, dass er ein paarmal die Woche abends vorbeikommen würde, um die Kinder ins Bett zu bringen, und dass er sie in der ersten Zeit jedes zweite Wochenende und jeden Mittwochabend haben würde. Wir hatten uns auch darauf verständigt, alles zu tun, was wir konnten, um diese Routine einzuhalten, und dass wir uns, wenn wir sie änderten, zusammen hinsetzen und mit den Kindern reden würden.

Er mietete eine Wohnung mit einem zusätzlichen Schlafzimmer nicht weit von uns in Crouch Hill, und die Kinder halfen ihm an ihrem ersten Wochenende bei ihm aufgeregt, einen neuen Fernseher und ein Sofa zu kaufen. Er nahm seine Bücher, seine Kleider und ein paar Bilder aus unserem Haus mit, aber er sagte, er sei durchaus imstande, zu IKEA zu fahren, um den Rest der Wohnung einzurichten. Ich sah mich kurz in der Wohnung um, als ich Tess und Finn das erste Mal vorbeibrachte, und sie war wie die Wohnungen, die wir in unseren ersten Jahren hatten – provisorisch und leer, nichts, was wirklich zusammenpasste. Wir lachten beide darüber, ohne dass das Gespräch allzu traurig wurde.

Außerdem hatten wir mit Sashas Hilfe ein paar Regeln für die Zukunft festgelegt – sie beinhalteten die Absprachen für die Kinderbetreuung und eine Vereinbarung, jegliche neuen Partner, die wir vielleicht haben würden, den Kindern vorzustellen.

Es war ein schwieriges Gespräch: Trotz dem, was ich für Ben empfunden hatte – und noch immer empfand –, tat es weh, mir vorzustellen, wie Lars jemand anderen genauso ansah, wie er mich früher angesehen hatte. Aber mehr noch war es allein schon die *Vorstellung* einer anderen Frau im Leben meiner Kinder, die dafür sorgte, dass ich am liebsten aufspringen und brüllen wollte: »Finger weg von meinen Lieblingen.«

»Ich habe eigentlich gar nicht über andere Frauen nachgedacht«, sagte Lars. Das war ein kleiner Seitenhieb gegen meinen One-Night-Stand mit dem Typen, den er mit zusammengebissenen Zähnen »diesen anderen Mann« nannte; aber es war auch eine Lüge. Er war auch nur ein Mann, und selbst wenn er bislang noch nicht mit einer anderen Frau ins Bett gesprungen war, hatte er mit Sicherheit darüber nachgedacht und würde es gern tun. Aber es hatte nichts mehr mit mir zu tun, es sei denn, es betraf die Kinder, daher zog ich vor ihm nur eine Augenbraue hoch und versuchte, mich geschäftsmäßig zu geben.

»Ich würde nicht wollen, dass irgendeine Frau versucht, *allzu* mütterlich zu ihnen zu sein.«

»Natürlich nicht. Sie haben nur *eine* Mum. Ich würde mich genauso fühlen: Jeder Mann muss freundlich und liebevoll zu meinen Kindern sein, aber ich will nicht, dass irgendeiner versucht, meine Rolle einzunehmen«, erwiderte Lars.

Wir einigten uns auf einen Wortlaut, und Sasha schrieb ihn auf.

»Sechs Monate feste Beziehung, bevor einer von uns die Kinder jemand anderem vorstellt?«, fragte ich. »Bis wir uns sicher sind, dass es etwas Ernstes ist?« Ich wollte nicht, dass eine Reihe von Frauen in ihrem Leben kamen und gingen.

Lars nickte. »Klingt vernünftig. Aber wir sollten uns auch darauf einigen, dass wir, bevor die Kinder jemanden kennenlernen, der mit einem von uns mehr als nur befreundet ist, dem anderen Bescheid geben und uns vielleicht zuerst treffen.«

Sasha nickte anerkennend und schrieb das ebenfalls auf. »Ich freue mich, dass Sie beide weiterkommen«, sagte sie, als wir gingen.

Es war, als seien all die Gründe, wütend und verletzt zu sein, verschwunden und hätten uns mit dem Verständnis zurückgelassen, dass wir ein paar ganz besondere Jahre zusammen verbracht hatten, die nun aber vorbei waren. Ich steuerte auf eine neue Zukunft zu, und zum ersten Mal fühlte es sich aufregend anstatt beängstigend an.

Die Wochen vergingen wie im Flug. Tess und Finn fanden in ihren Rhythmus. In der Schule kamen sie in die nächsthöhere Klasse, und Paul Carter versicherte mir: »Sie machen sich sehr gut, Amelia.« Sie traten Vereinen bei – Fußball, Streetdance, Schwimmen.

Parminder war fast militant in ihrer Unterstützung. Sie arrangierte, dass sie und ich Zeit mit den Kindern verbrachten, um »normale Dinge zu tun – tratschen und Wein trinken, während die Kinder spielen. Das ist gut für ihre – und unsere – Gesundheit.«

Julia war die einzige Überraschung. Sie kam eines Samstagmorgens vorbei und schlug immer wieder vor, dass die Kinder in den Garten gehen sollten. Es war klar, dass sie mich unter vier Augen sprechen wollte.

Als die Kinder hinausgegangen waren, setzte sie sich an den Tisch und nahm sich ihren Kaffee. »Dann ist mit dir und Lars jetzt alles wieder gut?«

Ich berichtete ihr von unseren neuen Arrangements. »Die Scheidung wird in ungefähr sechs Wochen durch sein, hoffe ich.«

»Ich bin mir nicht sicher, ob es angebracht ist zu gratulieren«, meinte Julia, »aber es klingt doch, als ob ihr das richtig gut hingekriegt habt. Ich wollte dich etwas fragen, jetzt, wo das alles geklärt ist.« Sie blickte untypisch verlegen.

»Ach ja?«

»Du weißt doch, wie schwer es ist, Singlemänner zu treffen, die Kinder mögen …«

»Na ja, nach dem, was du mir erzählt hast«, lachte ich. Sie würde mich bitten, mit ihr durch Bars in der City zu ziehen und Typen aufzureißen. Und ich würde ihr sagen müssen, dass das nicht meine Szene war.

Aber stattdessen sagte sie: »Und jetzt, wo Lars frei ist …« Ich versuchte, nicht laut aufzustöhnen, während sie fortfuhr: »Und ich habe mich gefragt, ob du etwas dagegen hättest, wenn ich … na ja, wenn ich Lars fragen würde, ob er mal mit mir ausgeht.«

Großer Gott. Es musste *wirklich* schwer sein, einen kinderlieben Mann zu finden, wenn ein Dad aus der Nachbarschaft im selben Moment, in dem er Single wurde, ins Visier genommen wurde.

»Ich, ich … Na ja, das liegt natürlich ganz bei ihm«, stieß ich schließlich hervor. Ich versuchte, mir Lars' Reaktion vorzustellen: Julia war auf jeden Fall ehrgeizig, hochgewachsen, blond und attraktiv, aber ich hatte nie den Eindruck gehabt, dass er sie mehr als andere Frauen mochte.

Julia besaß immerhin genug Anstand, um zu erröten. »Aber ich würde es natürlich nicht tun, wenn du etwas dagegen hast …«, meinte sie.

»Ich denke nur, es könnte ein bisschen seltsam für die Kinder sein, oder? Wo sie sich so nahestehen und in dieselbe Klasse gehen?«, sagte ich, noch immer entsetzt.

»Ja. Darüber habe ich auch nachgedacht, aber es ist natürlich gar nicht gesagt, dass wir uns wirklich verstehen würden oder dass er überhaupt Ja sagen würde, und am Anfang würden sie es ja auch gar nicht wissen und …« Meine Empörung legte sich, und ich empfand stattdessen Mitleid mit ihr. Ich hatte gar nicht gewusst, wie verzweifelt sie auf der Suche nach einer neuen Beziehung war.

Trotzdem, die Kinder mussten für mich an erster Stelle kommen. Ich entschied, hart zu bleiben. »Julia, es ist nett von dir, dass du mich fragst, aber eigentlich … Na ja, ich denke, du solltest besser noch eine Weile warten. Wie du weißt, war es vor allem für Tess schwierig, mit unserer Situation klarzukommen, und sie ist noch immer ziemlich labil …«

»Natürlich, natürlich.« Sie blickte regelrecht verlegen. »Ich hätte mitdenken sollen und …«

»Schon gut«, sagte ich, bemüht, das Gespräch auf ein anderes

Thema zu lenken. »Habe ich dir eigentlich schon erzählt, was Parminder gesagt hat – dass Nadine eine Spielplatzkampagne starten will, dass sich alle die Schamhaare wachsen lassen sollen, zum Protest gegen das Patriarchat?«

Wir lachten, während wir uns wieder auf vertrautes Terrain begaben, aber ich wusste, dass unsere Freundschaft vermutlich nie wieder dieselbe sein würde.

Ulrika reagierte, wie ich es gewusst hatte, mit stoischer Gelassenheit. »Das eine ist, was damals richtig war, und das andere ist, was jetzt richtig ist«, sagte sie bei einer Tasse Kamillentee.

Ich saß fröstelnd auf ihrem Sofa und fragte mich, ob es unhöflich wäre, die Jacke wieder anzuziehen. »Bitte versprich mir, dass du immer meine Schwiegermutter bleiben wirst«, flehte ich sie an.

»Ha! Wir brauchen neue Begriffe dafür, wie sich Beziehungen heutzutage ändern«, meinte sie verblüfft. »Ich werde immer deine *Extramutter* sein.«

Und dann war da noch Ben. Ben war wieder in Mailand, und jetzt, wo die Kampagne in vollem Gange war und für Absatz sorgte, hörte ich seltener von ihm. Wenn wir uns doch einmal sprachen – zu Beginn einer Review-Telefonkonferenz zum Beispiel –, fragte er mich, wie es mir ginge, und ich antwortete: »Gut«, in dem Wissen, dass die Kollegen uns hören konnten, aber ich achtete genau auf jede Betonung jeder Silbe, die er sagte, um vielleicht irgendeine versteckte Bedeutung herauszuhören.

Es gab einen Tag, an dem er sein »Wie geht's denn so, Ami Fitch?«, besonders liebevoll auszusprechen schien, aber ich wusste, dass ich es mir vielleicht nur eingebildet hatte.

Ich träumte oft von ihm, und wenn ich aufwachte, fühlte

ich mich, als könnte ich seine Küsse schmecken, ihn riechen und seine kräftigen Arme um mich spüren. Mehrmals gegen Ende dieses Sommers und bis in den Herbst hinein griff ich zum Telefon und drückte beinahe auf seinen Namen, schaffte es dann jedoch im letzten Moment, mich zu beherrschen – ich musste an die Kinder denken, seine und meine, und dass sie immer an erster Stelle stehen würden.

Liv versuchte angestrengt, sich nicht in Peter zu verlieben. Eines Samstags, während das Wochenende in Rom allmählich näher rückte, trafen wir uns im Suicide Café. Ich war beim Friseur gewesen und genoss das Gefühl, wie mir meine neuen schokoladenbraunen Locken geschmeidig um die Schultern fielen, während Liv versuchte, dem melancholischen Kellner ein Zeichen zu geben, uns Wein zu bringen.

»Also, heute Morgen hat Peter zu mir gesagt: ›Du hast wohl nicht zufällig Lust auf eine tiefe und bedeutsame Beziehung, oder?‹«, erzählte sie mit bedrückter Miene. »Und ich habe gesagt: ›Wenn ich das je wollen sollte, Darling, dann mit dir‹, und dann habe ich versucht, es mit einem Lachen abzutun.«

»Und das ist so schade, denn …«

»Dann hat er gesagt, er hätte so etwas noch nie zu jemandem gesagt, und es sei gemein von mir zu lachen.«

»Na ja, ein bisschen gemein war es schon«, erwiderte ich, als der Kellner schließlich an unseren Tisch kam und zwei Gläser Sauvignon Blanc auf dem Resopaltisch abstellte. »Du magst ihn doch wirklich – warum gibst du es nicht einfach zu?«

»Großer Gott«, sagte Liv, aber sie hielt einen Moment inne, als würde ihr eben der Gedanke durch den Kopf gehen, dass das eine Möglichkeit sein könnte. »Und dann hat er gesagt: ›Du bist so anders, und das mag ich irgendwie.‹«

»Oooh«, sagte ich. »Das war ja praktisch eine Liebeserklärung.«

Liv schob ihr Risotto beiseite, daher wusste ich, dass die ganze Geschichte sie doch sehr mitnahm. »Die Leute sagen mir ständig, dass ich eines Tages einen Mann kennenlernen werde, mit dem ich sesshaft werden will. Aber je älter ich werde und je mehr ich über Monogamie weiß, desto mehr glaube ich, dass es die Gesellschaft ist, die falsch darüber denkt, nicht ich. Ich will nicht bis in alle Ewigkeit jede Nacht denselben Menschen in meinem Bett haben. Die Leute reden ständig von meiner biologischen Uhr, und ich glaube, ich quassele einfach zu viel, um sie ticken zu hören. Und das alles habe ich Peter erklärt.«

»Und was hat er gesagt?«

»Dass ich eine irgendwie erfrischende Mieze bin. Und dann haben wir uns Specksandwiches gemacht.«

»Sehr romantisch«, warf ich ein.

Liv lachte und wechselte das Thema, kam auf Rom zu sprechen. »Wer kommt sonst noch zu dem Dinner? Hat Marti etwas von Ben gehört?«

Noch immer durchzuckte mich jedes Mal ein warmer Schock, wenn ich seinen Namen hörte. Trotz allem hatte ich gehofft, dass er dort auftauchte, denn ihn einfach nur zu sehen, wäre fantastisch gewesen. Aber er hatte Martis Einladung mit der Entschuldigung ausgeschlagen, dass er in New York sein würde. Er hatte darum gebeten, den Platz für einen europäischen Kollegen von ihm frei zu halten, den ich nie kennengelernt hatte. Als Marti es mir erzählte, redete ich mir ein, es sei wirklich am Besten so.

»Selbst wenn etwas zwischen uns wäre, lebt er immer noch mit seinen Kindern in einem anderen Land, während ich mit meinen hier bin. Und allmählich komme ich mit den Kindern wirklich auch allein zurecht«, erklärte ich Liv nicht ohne Stolz.

»Auf dich.« Liv stieß mit mir an.

»Und auf dich, völlig vernarrt in meinen Ex-One-Night-Stand.«

»Es ist so lieb von dir, deine Reste mit mir zu teilen«, meinte Liv mit einem eindeutig sanften Blick in den Augen.

»Halleluja, wir können Teigbällchen haben«, sagte Tessa. Es war ein Samstagmittag Ende Oktober, und wir saßen im Pizza Express in Muswell Hill, einem Schnellimbiss für Mummys zum Anbeißen, Kindermädchen und Kinder. »Wir dürfen nicht vergessen, das Tischgebet zu sprechen.«

Meine Tochter war zurzeit eine wiedergeborene Seele. Ihre Lieblingsbeschäftigung war es, sich auf meinem iPad fundamentalistische christliche Prediger aus dem amerikanischen Mittleren Westen auf YouTube anzusehen, obwohl ich alles versuchte, um sie davon abzuhalten. Und sie hatte angefangen, Tamburin zu spielen.

Es hatte begonnen, als Mr. Carter mit ihrer Klasse vor ein paar Wochen einen Schulausflug zur St. Alban's Cathedral unternommen hatte. Dort gab es einen fröhlichen Mitklatsch-Chor, der vor den Kindern gesungen hatte, was alles harmlos genug zu sein schien, bis ich Tessa ein paar Tage später auf dem Spielzimmersofa antraf, wo sie in meiner sehr alten Bibel las. Sie blätterte die hauchdünnen Seiten langsam um, während sie so tat, als würde sie die winzige Druckschrift verstehen.

»Ähm, interessiert dich das, Schatz?«, hatte ich verblüfft gefragt. Lars und ich waren schon immer fundamentalistische Nichtgläubige gewesen.

»Ich würde gern mehr über Jesus erfahren und Ihn in mein Herz lassen«, hatte Tessa geantwortet. Ich hatte langsam genickt, und sie hatte mir erzählt, wie der Pfarrer in St. Alban's ihr gesagt hätte, Jesus sei für jedermann. Und dann hatte sie angefangen, »Kumbaya my Lord« zu singen.

Ich hatte ihr in Erinnerung gerufen, dass es viele Religionen gebe und sie sich eine aussuchen könne, wenn sie wolle, wenn sie etwas älter sei, und sie hatte erwidert: »Das weiß ich.« Später an diesem Abend war ich auf Amazon gegangen und hatte ein reich bebildertes Buch über die Religionen der Welt bestellt.

Lars hatte mir erzählt, dass sie ihn an einem Sonntag, an dem sie bei ihm war, gebeten hatte, mit ihr zur Kirche zu gehen. Sie waren zu der oben auf dem Crouch Hill gegangen und hatten bei den Liedern mitgesungen. Aber danach hatte Tessa darum gebeten, zu einem Gottesdienst mit mehr Gitarren, Singen und Rufen zu gehen. »Du weißt schon, die Art, wo Leute gerettet werden und weinen«, hatte sie gesagt. »Dort rufen sie oft Halleluja.« Falls diese Sache noch länger anhalten sollte, wollten wir eine kinderfreundliche Sonntagsschule für sie suchen.

Dass sie eine neue Besessenheit hatte, hatte mich natürlich beunruhigt, aber dann hatten wir mit der Kindertherapeutin gesprochen, die mir versicherte, dass Tessa ein hochintelligentes Kind und ihre Beschäftigung mit solchen Themen ein Zeichen für einen wissbegierigen Geist sei.

Ich hatte sie gefragt, ob meine Tochter ihrer Ansicht nach durch das Scheitern der Ehe ihrer Eltern beeinträchtigt worden sei, und die Therapeutin hatte genickt und gesagt: »Auf die eine oder andere Weise wirkt sich so etwas auf alle Kinder aus, aber nach allem, was Tessa mir erzählt hat, sieht sie ihren Vater jetzt sehr oft, und sie scheint froh darüber zu sein, dass Sie und er wieder Freunde sind. In Anbetracht der Umstände haben Sie das richtig gut gemacht.« Es war, als hätte ich für meine Scheidung eine Goldmedaille überreicht bekommen; und es war auch eine Riesenerleichterung.

Jetzt sahen wir uns die Speisekarte an. Wie üblich wollte Finn eine Margherita, Tessa wollte Peperoni und Teigbällchen. Ich bestellte mir ein großes Glas Wein und lehnte mich zurück, während sie mit Buntstiften die Papierbögen ausmalten, die der Kellner automatisch auf den Tisch gelegt hatte.

Aber beide sahen auf, als ihr Vater hereinkam.

Während Lars sich zwischen den Tischen hindurch einen Weg bahnte, war mein erster Gedanke, dass er gut aussah; er hatte ein bisschen mehr auf den Rippen.

Lars lächelte uns breit an, und die Kinder begannen zu winken. Er küsste beide innig, und ich stand auf. Wir umkreisten uns unbeholfen einen Moment, bevor er sich dafür entschied, mir einen Kuss auf die Wange zu geben. Er roch noch immer nach Zitronenseife.

»Alles klar, Leute?«, fragte er.

»Wir haben mit der Bestellung noch auf dich gewartet«, antwortete ich. »Was willst du trinken?«

»Ein Bier, bitte.« Lars zog seine Daunenjacke aus, hängte sie über die Lehne des Holzstuhls und setzte sich an den Tisch. Er schnappte sich Finns Buntstifte und sagte: »Ich möchte wetten, das kann ich schneller als du.«

»Wetten ist eine Sünde, Daddy«, verkündete Tessa, und er fing meinen Blick auf, während wir beide versuchten, uns das Lachen zu verbeißen.

Lars und ich redeten über meine neuen Kunden: Brand New hatte gerade die Jeansmarke Lazarus an Land gezogen, die berühmt dafür war, dass sie eine ganze Reihe Promi-Hintern bedeckte. »Gut gemacht«, meinte Lars und prostete mir mit seiner Flasche Beck's zu.

»Bridget kommandiert die neuen Leute regelrecht herum«,

berichtete ich ihm. Ich hatte sie zum Account-Manager befördert und zwei neue Account-Executives eingestellt. Marti hatte mir außerdem die Schlüssel zu einem neuen Büro direkt neben Goldwyn's überreicht, und wir waren aus unserem kleinen Keller ausgezogen. »Es ist fantastisch.«

Die Pizzen kamen. Wir hörten zu, wie Tessa ihre Version des »Tischgebets« mit einem, wie es schien, amerikanischen Akzent sprach, und begannen zu essen. Dann erzählte Lars den Kindern von einer Reise nach Schweden, die er und Ulrika mit ihnen zu Beginn der Weihnachtsferien unternehmen würden. »Es wird richtig, richtig kalt werden«, sagte er. »Alles wird mit Schnee bedeckt sein.«

»Werden wir einen Elch sehen?«, fragte Tessa.

»Oder ein Rentier?«, fragte Finn.

»In Schweden essen sie Rentiere«, sagte Tessa. »Das hat Oma mir erzählt.«

»Das reicht jetzt, Tess«, sagte ich, als sich das Gesicht ihres Bruders angesichts der Vorstellung einer Scheibe Rudolph auf seinem Teller vor Entsetzen verzog.

Später verabschiedeten wir uns neben dem Kreisverkehr. Lars umarmte beide Kinder fest und sagte, er würde sie am Mittwoch sehen. Er umarmte auch mich und flüsterte mir ins Ohr: »Toll, dass wir das können.« Was er meinte, war, an einem ganz normalen Samstag – an einem Tisch für vier Personen – mit unseren Kindern zu Mittag zu essen. Während wir durch den Park beim Alexandra Palace den Hügel hinuntergingen, waren meine Schritte beschwingt. Ich hatte dieses seltsame Gefühl, das ich jetzt jedes Mal bekam, wenn ich Lars sah – dass die schwierigen Zeiten vorbei waren und wir der Zukunft hoffnungsvoll entgegensehen konnten.

Kapitel 40

Rom, im Liv-Stil, beinhaltete exakt fünf Minuten beim Kolosseum, ein kurzes Aufstöhnen beim Anblick des kreisrunden Lichtstrahls, der auf den Pantheonboden fiel, und ganze zwei Minuten, die wir staunend auf den Trevibrunnen starrten, bevor wir die restliche Zeit damit verbrachten, von Roms aufstrebenden Designern Gratisteile einzuheimsen. Nicht nur konnte Liv sich ihre Reise von Brand New bezahlen lassen, sie war jetzt auch stolze Nutznießerin einer kostenlosen neuen Herbstgarderobe.

Es war durchaus Ehrfurcht einflößend, genau wie ihre fundierten Kenntnisse des römische Nachtlebens – die Bars, in denen man gesehen werden sollte, die Restaurants, in denen man einfach gesehen werden musste, und, was für mich am aufregendsten war, der LaidBack Club, wo man angeblich im Liegen speiste.

»Wir werden *was* tun?«, fragte ich Liv, als sie mir erklärte, was wir mit unserem Samstagabend anfangen würden. »Wir werden auf Betten liegen und uns von schönen Männern verköstigen lassen?«

Die Kellner waren nicht alle schön, aber die Leute, die, auf dicke Kissen gestützt, auf den weißen Polsterbänken lagerten, waren es auf jeden Fall. Oder vielleicht, überlegte ich, während ich mich ausstreckte und dachte, wie viel Spaß das Leben wieder machen konnte, lag es auch an dem breiten Grinsen in ihren Gesichtern, die sich in den Champagnerkübeln spiegelten, oder an ihrem lebhaften, angeregten Geplauder, dass sie wie eine absolut hinreißende angesagte Truppe aussahen. Nach dem Dinner gingen die Türen auf, und eine hochgewachsene, schlanke Jazzsängerin mit blonden Haaren, ganz in einen weißen Kunstpelz gekleidet, kam herein und brachte die Menge, angefangen mit ein paar langsamen Nummern, in Stimmung für den DJ mit seiner schwungvollen, endlosen Mischung aus tiefem Südstaatengesang und Dance-Musik. Auf einmal hatte ich selbst die Schuhe ausgezogen, reckte die Arme in die Luft und tanzte mit allen anderen auf den Polsterbänken.

»Was für ein Spaß«, lallte ich Liv zu, als wir schließlich in die ruhigeren Räumlichkeiten des Hotels zurückkehrten.

»Es ist fast vier Uhr morgens«, sagte Liv zu mir.

Ich schwankte am Nachtportier vorbei und in den verspiegelten Aufzug. Liv drückte auf den Knopf. Der Aufzug schoss nach unten, und die Türen öffneten sich zu einem dunklen Korridor.

»Oh, mein Gott, wir sind in der Hölle gelandet«, rief Liv.

»Drück auf fünf, nicht auf Keller«, sagte ich, und sie fummelte eine Weile an den Knöpfen herum, bis wir uns schließlich wieder nach oben in Bewegung setzten. »Vermisst du Peter?«

»Heute Morgen hat er mir eine Nachricht geschickt, die lautete: ›Ein Morgen ohne dich ist einfach nicht dasselbe‹«, sagte Liv, als wir unsere Etage erreichten und den Flur entlangschwankten. »Ich meine, wie süß ist das denn?«

»Ziemlich süß.« Ich fuchtelte angestrengt mit der Schlüsselkarte vor der Tür herum. »Ihr könnt euch gemeinsam durchs Leben schnorren.« Ich stolperte ins Zimmer, dicht gefolgt von Liv. »Das ist mein Bett, verdammt noch mal. Runter da. Und du solltest wenigstens versuchen, dich auszuziehen, bevor du dich schlafen legst.«

Für die Lux-Preisverleihung hatte ich mich für ein knallrotes Schlauchkleid von Prada entschieden. Auf den ersten Blick sah es aus wie ein Kleid, in dem man sich nicht setzen oder etwas essen konnte, aber es war aus einem fantastischen elastischen Stoff gemacht, der genau die richtigen Stellen betonte und alle anderen kaschierte.

»Das ist hinreißend«, meinte Liv, als sie aus dem Bad kam. »Marti wird in Ohnmacht fallen.«

»Du siehst selbst ziemlich verdammt fantastisch aus.« Liv trug ein silbernes Etuikleid – eines ihrer neuesten Gratisteile –, das sich an ihren Körper schmiegte, während sie sich bewegte.

»Das ist alles Teil meines Plans, deine Karriere voranzutreiben«, sagte Liv. »Wenn ich neben Lord Haydon sitzen muss, werde ich ihm den ganzen Abend viel Bein zeigen und ihn ermuntern, richtig fette Speisen zu essen.« Sie streckte den Arm aus. »Bist du so weit, hinreißendes Mädchen? Wollen wir auf den Ball gehen?«

Wenn das Prinzessinnenschloss im Disneyland einem echten Schloss nachempfunden war, dann hätte es der Palazzo sein sollen, in dem die Lux-Preisverleihungsfeier stattfand. Unser Taxi schoss wie eine Rakete im Halbkreis eine Straße hoch, und mein Magen rumorte nervös. Vor dem offenen Tor hängten wir uns an eine gewundene Schlange pechschwarzer Limousinen an, die im ersten Gang angestrengt versuchten, sich an die Straße zu klammern.

»Da ist Marti«, rief Liv, als unser Wagen vor der Doppeltür zum Stehen kam. Frauen in Couture und Federn schwebten auf einer Brise von Reichtum auf den Eingang zu. Auf den Marmorstufen standen Leute in Abendgarderobe, gaben ihren Mitbewerbern eifrig die Hand und taten, als würden sie nicht am liebsten sehen, wie ihr Gegenüber in der Werbehölle verrottete. Unter ihnen war Marti, strahlend in einem weißen Dinnerjackett und mit Krawatte, eine Zigarre in der Hand, während er mit seiner Donnerstimme Grüße schmetterte.

»Da bist du ja!« Wir erlebten unseren ersten Moment echter Nähe seit mehreren Monaten, als er auf mich zutrat, um mir die Wange zu küssen. Dann ging er zu Liv: »Nun, hier dürfen Sie aber vor niemandem Ihren Schlüpfer entblößen.«

»Spielverderber.« Sie gab ihm einen Begrüßungskuss. »Und, werden wir gewinnen?«

»Das will ich verdammt noch mal hoffen, aber die Konkurrenz ist hart«, erwiderte Marti. »Wir treten gegen die Valentino-Kampagne und die von Jimmy Choo an.« Er streckte die Arme aus, und Liv und ich schmiegten unsere Hände in seine Armbeugen. Wir gingen durch die plaudernde Menge bis zur Mitte eines glitzernden Ballsaals, in dem Tausende weißer Lichter aufgehängt waren, wie Schneeflocken, die im Wind tänzelten. Marti stellte mich und Liv einem Kreis von Leuten vor, bestehend aus Bridget – die in einem blauen Samtkleid von der TopShop-Boutique, bei dessen Auswahl ich ihr geholfen hatte und das ihr tatsächlich passte, entzückend aussah –, City-Investoren, hochkarätigen Kunden und einem Mann von Rigby & Peller, den Marti mit aller Macht als solchen zu gewinnen versuchte. Lord Haydon war ebenfalls da und lief rot wie Chianti an, als er Liv auf sich zukommen sah.

»Champagner?« Marti reichte Gläser herum und machte Leute miteinander bekannt. Liv flirtete in alle Richtungen, während ich angestrengt versuchte, professionell auszusehen.

»Wie stehen Ihre Chancen?«, wandte sich Haydon an mich.

»Wir fühlen uns geehrt, nominiert zu sein.«

»Absolut«, erwiderte Haydon, »aber ein Sieg würde Wunder für den Aktienkurs bewirken, wissen Sie.«

Bridget und ich tauschten Reisegeschichten aus, und dann fragte ich sie: »Hast du inzwischen herausgefunden, wer an Bens Stelle kommt?«

»Luca Berloni«, erwiderte sie eifrig. »Campurys italienischer Partner. Ich habe ihn neben dich gesetzt. Das heißt, falls er überhaupt auftaucht. Seltsam, dass er so spät kommt.«

Marti scheuchte uns die Wendeltreppe hinunter zu einem Meer aus weißen Tischdecken, die mit antikem Tafelsilber dekoriert waren.

»Muss ich wirklich neben dem alten Bock sitzen?«, zischelte Liv mir ins Ohr.

»Es sind alles alte Böcke. Ich muss neben einem leeren Stuhl sitzen. Bens Kollege ist noch nicht aufgetaucht.«

Haydon zog mit einer schwungvollen Bewegung Livs Stuhl zurück, und sie setzte sich mir gegenüber. Wir waren insgesamt sechzehn Personen, den freien Platz neben mir eingerechnet. Alle ließen sich den Champagner schmecken, und ich versuchte, Liv zu belauschen, während sie Haydon eine, nach ihrer subversiven Miene zu urteilen, sehr unanständige Geschichte erzählte.

»Großer Gott«, sagte er immer wieder. »*Wirklich?*«

»Sag ihr einfach, sie soll sich benehmen«, sagte Marti, bevor er sich wieder zu dem potenziellen Rigby & Peller-Kunden umwandte, den er zu seiner Linken ins Gespräch zu ziehen versuchte.

Ich konzentrierte mich darauf, ein Stück Brot mit Butter zu bestreichen. Wenigstens war Ben so freundlich gewesen, mir die Peinlichkeit zu ersparen, den ganzen Abend neben ihm zu sitzen und höflichen, bedeutungslosen Small-Talk zu machen. Stattdessen würde ich höflichen, bedeutungslosen Small-Talk mit seinem Kollegen machen, falls der sich jemals die Mühe machen sollte, hier aufzutauchen.

Das Problem, wenn man allein und ohne Gesprächspartner, essen muss, ist, dass man immer vor allen anderen fertig ist, die die ganze Zeit munter drauflosplappern. Ich sah mich um und wünschte, ich hätte das Gefühl, dazuzugehören.

Ich hatte das Gefühl, zu den Kindern und mir selbst zu gehören. Das war die Entschlossenheit, die mich durch den letzten Monat geleitet hatte. Wie eigenständig wir jetzt waren, auf unserer von Frettchen bevölkerten Straße.

Ich hörte Liv zu Haydon sagen: »Sagen Sie, essen Sie den Rest von Ihrem Lachs nicht auf? Wenn nicht, nehme ich ihn.« Ich wusste nicht, ob ich kichern oder vor Scham im Boden versinken sollte, während ich zusah, wie sie sich die Reste von seinem Teller in den Mund schaufelte.

Als der Kaffee serviert wurde, bildete ich aus den Petits Fours auf meinem Dessertteller kleine Muster und betete im Stillen, der Abend möge endlich zu Ende gehen.

»Wo steckt eigentlich Bens Kollege?«, fragte Liv auf der Toilette, während wir darauf warteten, dass die Preisverleihung begann.

»Er kann unmöglich noch kommen«, meinte ich, während ich halbherzig meinen Lippenstift nachzog. »Es geht gleich los. Der erste Preis wird lauter Glas für den Assistenten des Beleuchters des Großcousins des Regisseurs sein.«

Als wir zu unserem Tisch gingen, fiel mir auf, dass hier und da ein paar Leute bereits die Tische gewechselt hatten. Zwei unserer Kundinnen waren uns abhandengekommen – vermutlich flirteten sie mit anderen Agenturbossen, um ihre Weihnachtsstrümpfe aufzustocken –, dafür hatten wir eine Blondine namens Camilla hinzugewonnen, die schon seit Langem für Goldwyn arbeiten wollte und sich gerade mit Bridget unterhielt. Außerdem saß jemand auf meinem Platz – ich konnte nicht erkennen, wer. Vermutlich noch jemand, der meinen Job wollte, dachte ich.

»Der Campury-Typ ist also noch immer nicht aufgetaucht«, fragte ich fröhlich in die Tischrunde, während ich mich auf den leeren Stuhl neben meinem sinken ließ. »Na dann, hoffen wir verdammt noch mal, dass wir nicht gewinnen.«

Schweigen trat ein, und dann schnellte der Körper neben meinem zu mir herum.

»Da ich den ganzen Weg von New York hergerast bin, um hier dabei zu sein, hoffen wir, dass wir es verdammt noch mal doch *tun*, Ami Fitch.«

»Hallo, du.« Er lächelte in das folgende Schweigen.

Mein Magen legte einen regelrechten Jive hin, aber alles, was ich hervorstoßen konnte, war: »Aber, aber, aber …«

»Ich hoffe, du wirst etwas wortgewandter sein, wenn du eine Rede halten musst«, meinte Ben. Er sah müde aus, aber sonnengebräunt und glücklich, und sein Mund verzog sich schelmisch, während sich an seinen Augenwinkeln Fältchen kräuselten.

Ich versuchte, ein höfliches Lächeln aufzusetzen, um mir nicht anmerken zu lassen, wie fantastisch ich es fand, ihn wiederzusehen. »Was tust du denn hier?«

»Verdammt toll, dass Sie es geschafft haben«, sagte Marti. »Das Dinner haben Sie verpasst, aber wir können Ihnen bestimmt noch etwas bringen lassen.« Er ruderte mit den Armen durch die Luft, um einen Kellner auf sich aufmerksam zu machen.

»Ein Drink genügt mir völlig.« Ben wandte sich an mich. »Du siehst hinreißend aus.«

»Danke«, erwiderte ich. »Ich bin schockiert, dich zu sehen. Wir haben jemanden aus Italien erwartet, mit dem du zusammenarbeitest.«

»So war es geplant. Aber der Deal in New York war einfacher, als ich dachte, und als mir klar war, dass ich es noch schaffen konnte, habe ich den Kerl in die Wüste geschickt – er war nicht sonderlich glücklich darüber, war offenbar schon im Dinnerjackett.« Sein Mund verzog sich zu einem sehr glücklichen Grinsen. Ich lächelte unwillkürlich zurück. »Ich hatte gerade noch genug Zeit, selbst in einen Frack zu schlüpfen.«

Der Knoten seiner schwarzen Krawatte saß ein wenig schief, aber er sah toll aus. »Ehrlich gesagt, siehst du ziemlich gut aus.«

»Und ich bin befördert worden«, sagte er. »Nicht dass ich irgendwie angeben will oder so.«

»Ernsthaft erwachsen«, meinte ich. »Was ist das denn für eine Nummer?«

»Vor dir sitzt Campurys neuer europäischer Markenchef. Das habe ich nur deiner brillanten Arbeit zu verdanken.«

Ich errötete und verkniff es mir, ihm um den Hals zu fallen. »Herzlichen Glückwunsch. Ich freue mich sehr für dich. Das ist einfach fantastisch.« Ich hielt einen Moment inne, bevor ich fortfuhr: »Dann hast du jetzt wohl nicht mehr viel Zeit zum Abhängen, oder?«

»Gott, ich habe dich so vermisst«, flüsterte Ben, und mein Magen verwandelte den Jive in einen Rock and Roll.

Die Moderatorin betrat die Bühne und wandte sich erst auf Italienisch und dann in einem melodischen Englisch an uns. Schließlich verebbte die tosende Flut des Networkings zu einem leisen Geplapper und dann Schweigen. Ein Kellner stellte jedem an unserem Tisch ein neues Glas Champagner hin. Ben wandte sich an Marti, und Liv zog staunend die Augenbrauen hoch. Ich versuchte, ihr mithilfe von Gesichtsausdrücken klarzumachen, dass es verwirrend, aber positiv verwirrend war.

Zahlreiche Auszeichnungen wurden verliehen, und jedes Mal verfiel der Saal für einen Moment in angespanntes Schweigen, während die nominierten Kandidaten auf die Ergebnisse warteten. An den Tischen der Gewinner wurde in vielen europäischen Sprachen gekreischt, immer wieder klickten Kameras, während die Lux-Preisträger ihren Kollegen in nicht enden wollenden Reden überschwänglich dankten.

Und während dieser ganzen Zeit war mir mit jedem meiner Sinne bewusst, dass Ben nur wenige Zentimeter entfernt von mir saß.

Marti und mehrere andere Gäste sahen inzwischen etwas mitgenommen aus. Liv hickste, und ihre Brüste wippten dabei in dem silbernen Kleid auf und ab – ein Anblick, den Lord Haydon sichtlich genoss. Dann verkündete die Moderatorin, dass es vor dem zweiten Teil, der Verleihung der wirklich wichtigen Preise, eine Pause geben würde.

Das war der Moment, in dem ich Bens große Hand auf meiner spürte und ihn in mein Ohr flüstern hörte: »Lass uns hinausgehen und reden«, sagte er. »Das heißt, wenn du willst.«

Kapitel 41

Ich taumelte, während Ben meinen Arm nahm und mich hinaus zu einem violetten Sofa in der Plüschbar führte. Leute begannen, uns zu umringen, und schirmten uns in einer privaten Ecke ab.

Die schiere Sinnlosigkeit des Gesprächs, das wir vermutlich gleich führen würden, traf mich mit voller Wucht. »Ich weiß nicht, was es noch zu sagen gibt«, meinte ich. »Abgesehen davon, dass es schön ist, dich wiederzusehen.« Die tiefe Freude darüber, ihn zu sehen, würde sich bald in das entsetzliche Gefühl verwandeln, ihn wieder aufs Neue zu vermissen.

»Du musst das Reden mir überlassen.« Er sprach schnell und entschlossen.

Ich zog die Augenbrauen hoch. »Muss ich das?«

»Ja, das musst du.« Er setzte sich wieder und nahm meine beiden Hände in seine. Er fühlte sich sehr warm an.

Schweigen trat ein, und dann sagte er: »Ich glaube, ich mag dich vielleicht ernsthaft, Ami. Ohne dich bin ich zu nichts zu gebrauchen.«

Ich sah ihn an, und meine Augen füllten sich mit Tränen. Uns trennten noch immer die Bedürfnisse unserer jeweiligen Kinder. »Das würde niemals klappen, mit dir in einem Land und mir in einem anderen …« Das Beste, was wir je haben würden, waren gestohlene Wochenenden und mitternächtliche Skype-Gespräche.

»Aber es wird klappen. Wir können es versuchen – das ist es, was ich dir sagen muss. Schscht. Nur ganz kurz. Wirklich. Du musst mich reden lassen.«

»Du hast mich schon wieder gestalkt – diesmal bis nach Rom.« Ich lächelte ein breites Grinsen, das traurig und glücklich zugleich war.

»Mir wurde langweilig, ohne dich zu stalken«, erwiderte er.

»Im Ernst?«

»Ich kann einfach nicht mehr klar denken, seit ich dich an jenem Abend verlassen habe. Vielleicht hätte ich dich anflehen sollen, nicht zu deinem Ehemann zurückzukehren. Und dann warst du auf einmal … wieder mit ihm zusammen. Bist mit ihm in Urlaub gefahren.« Er spie diesen letzten Satz aus.

»Woher weißt du das?«

»Bridget hat es mir erzählt.«

»Du hast Bridget gefoltert, bis sie dir gesagt hat, wo ich war?«

»Sie hat gesungen wie ein Kanarienvogel, sobald ich sie gefragt habe. Aber darum geht es nicht …«

»Was ich nicht verstehe, ist, warum du mir gesagt hast, ich solle zu ihm zurückkehren, wenn du das gar nicht ernst gemeint hast«, unterbrach ich ihn.

»Du warst über deine Ehe noch nicht ganz hinweg. Ich habe dich kennengelernt, und du warst …«

»Gestört?«

»Ehrlich gesagt, ja, ein bisschen. Aber das hat mich nicht davon abgehalten, dich einfach nur anzuhimmeln. Ich konnte mich in deiner Nähe nicht einmal betrinken, denn dann wäre ich …«

»Über mich hergefallen?«

»Weißt du, man vergisst hochgestochene Ausdrucksweisen wie diese, wenn man …«

»Mit hochnäsigen italienischen Miezen abhängt?«

»Genau. Jedenfalls, deshalb habe ich Bridget weiter in die Mangel genommen, und sie hat immer wieder gesagt, du seist wieder mit deinem Mann zusammen. Bis zu einem Tag vor ein paar Monaten. Da hat sie gesagt, du seist aus dem Urlaub zurückgekommen und würdest den ganzen Tag mit einer Scheidungsanwältin reden, statt zu arbeiten.«

»Damit ist ihre Beförderung vom Tisch«, erklärte ich. »Und weiter?«

»Aber hauptsächlich ging es um die Kinder. Ich *muss* in ihrer Nähe sein, Ami.« Da war es. Wir könnten zusammen sein, aber es würde immer eine Jedes-zweite-Wochenende-Beziehung sein, und auch das nur, wenn ich es mir leisten konnte.

»Natürlich musst du das«, sagte ich ganz leise.

»Aber dann sind zwei erstaunliche Dinge passiert. Und irgendwie war es, als ob sie … Na ja, ein bisschen war es, als ob sie passieren sollten … Hör zu, ich weiß, ich klinge wie Liv …«

»Spuck's einfach aus.«

»Erstens einmal habe ich diesen neuen Job bekommen – europaweiter Vertrieb. Ich könnte mich überall niederlassen, wo es für mich günstig ist, und ich muss sowieso oft in England sein.«

»Gut gemacht, wieder einmal«, warf ich ein.

»Aber das genügte nicht. Meine Kinder waren noch immer in Mailand, daher würde ich nirgends hinziehen, aber dann …«

»Dann *was?*«

»Dann hat Patrizias Mann einen Dreijahresvertrag am University College London bekommen. Die Kinder ziehen mit ihnen nach London, und ich komme auch zurück.«

»Was?« Ben würde nach London zurückkehren, um hier zu leben? Seine Kinder würden hierherziehen, was hieß, dass er es auch tun konnte? »Hast du eben wirklich gesagt, dass du für eine Weile in London leben wirst?«

»Ob du willst oder nicht«, antwortete er.

Ich beugte mich vor zu einem sanften Kuss zweier Seelen, die zusammenkamen, einem Kuss voller Potenzial, voller Entschlossenheit, und er hielt immer länger an.

»Oh, Gott, ich kann das alles gar nicht fassen. Ich habe dich so vermisst. Wann ist das alles denn passiert?«, flüsterte ich schließlich.

»Letzte Woche. Aber dann musste ich nach New York, und ich wollte dich eigentlich anrufen und dir sagen, dass es mir leidtut, dass ich nicht zu der Preisverleihung kommen kann. Aber dann dachte ich, dass du mich inzwischen bestimmt vergessen hast. Abgesehen davon, dass es ohnehin unmöglich gewesen wäre, dachte ich auch, dass du es nicht mehr wolltest … Aber ich war ein verdammtes Wrack, seit ich dich verlassen habe.«

»Wirklich ein Wrack?« Mein Grinsen zog sich über mein ganzes Gesicht.

»Ein Schiffswrack. Von Rankenfußkrebsen bedeckt auf dem Grund des Meeres.«

»Wirklich?«

»Und dann schien sich auf einmal alles wunderbar zu fügen. Der New-York-Deal war früher unter Dach und Fach, und mein einziger Gedanke war, ob ich zurückkommen und dich bei der Lux-Veranstaltung sehen und … herausfinden könnte, ob …«

»Du weißt, wie ich fühle«, flüsterte ich. Und dann küssten wir uns immer und immer wieder.

»Jetzt kommt unser Preis«, sagte Ben in die Dunkelheit, als wir schließlich wieder auf unsere Plätze rutschten. Er lächelte mich an.

Der Preis schien mir völlig unwichtig. War es wirklich möglich, dass ich mit diesem lächerlich gut aussehenden, lachenden Mann zusammen abhängen und vielleicht sogar mit ihm schlafen könnte? Ich konnte an nichts anderes mehr denken, als aus diesem Palast zu verschwinden und endlich zur Sache zu kommen.

Liv warf mir über den Tisch hinweg fragende Blicke zu. Alle City-Leute und Vorstandsmitglieder schienen aufzuwachen, als die Moderatorin die Nominierungen für die »Beste Printkampagne für eine europäische Marke« verlas.

»Was zum Teufel ist das denn eigentlich?«, konnte ich Liv Haydon leise fragen hören.

»Keine Ahnung, absolut keine Ahnung.« Sein Gesicht war gerötet von starkem Whisky, nur mit einem Schuss empörendem Verlangen verdünnt.

Versionen der verschiedenen Werbekampagnen erschienen auf den großen Leinwänden zu beiden Seiten der Bühne, während die Nominierungen erst auf Italienisch und dann auf Englisch bekannt gegeben wurden.

»Wow, hey, wow«, brüllten Liv und Bridget, als »Brand New mit der ›Wer braucht schon einen Mann?‹-Kampagne für Campury« aufgerufen wurde.

Ich rutschte auf meinem Stuhl tiefer nach unten. Der Gewinner würde garantiert Jimmy Choo sein.

Der Gewinner wurde zuerst auf Italienisch verlesen. »*E il vincitore è Brand New per la campagna di Campury ›Chi ha bisogno di un uomo?‹*«, verkündete die Moderatorin. Ben sprang auf, stampfte mit den Füßen und klatschte.

»Heißt das, wir haben gewonnen?«, fragte Marti.

»Wir haben gewonnen. Verdammt, wir haben gewonnen!«, rief Ben. Er packte mich und drückte mir fast die Luft ab, aber ich wusste noch immer nicht genau, was eigentlich los war.

Der Ansager wiederholte: »Und der Gewinner ist Brand New für die ›Wer braucht schon einen Mann?‹-Kampagne für Campury.«

Liv sprang auf und stürzte auf mich zu. »Das sind deine fünfzehn Minuten«, zischelte sie. Wir hatten tatsächlich gewonnen. All diese langen panikerfüllten Nächte, bis wir endlich die richtige Idee hatten. So viele Stunden, seit wir den Auftrag bekommen hatten, in denen wir über der Ergebnisanalyse eingeschlafen waren. Und jetzt hatten wir tatsächlich gewonnen.

Die Menge jubelte und klatschte, und alle City-Leute sprangen auf und kamen herüber, um Marti auf den Rücken zu klopfen. Er umarmte mich fest.

Ich gab Bridget einen dicken Kuss. »Das ist unser Preis. Unserer und Jakes und Luis'.« Sie weinte vor Stolz.

»Komm schon.« Ben schubste alle anderen aus dem Weg. »Du musst eine Rede halten.« Er schob mich sanft zur Bühne. »Gott, ich bin so stolz auf dich.«

Benommen schlängelte ich mich zwischen den Tischen hindurch zur Bühne, während der Jubel noch immer anhielt und laute, pulsierende Musik im Takt zu meinen Schritten erklang. Dann stieg ich die wenigen Stufen zur Bühne hoch. Die glamouröse Menge schien zu schrumpfen, als wäre ich in einem Flugzeug, das immer höher hinaufstieg. Ich blinzelte in das grelle Licht, aber ich stellte fest, dass ich nicht stürzen konnte. Mir war undeutlich bewusst, dass ich Livs Jubelrufe noch immer hören konnte, selbst während die restliche Menge allmählich verstummte, und ich konnte Ben erkennen, der auf seinen Stuhl gestiegen war und laut klatschte. Ich warf der Moderatorin einen Luftkuss zu, nahm den Glaspokal mit der schnörkeligen italienischen Inschrift entgegen und stellte mich hinter dem Pult auf.

Das Publikum verfiel in Schweigen. Von der Bühne aus gesehen, war es ein Meer erwartungsvoller Gesichter, die darauf warteten, dass ich das Wort ergriff.

Ich wusste, was ich sagen wollte, auch wenn ich keine Rede vorbereitet hatte. »Meine Damen und Herren, vielen Dank für diese wundervolle Auszeichnung! Campury-Handtaschen wurden bisher immer von Männern für Frauen gekauft.« Meine Stimme begann unsicher, aber dann wurde sie fester. »Aber heutzutage kaufen Frauen ihre Handtaschen selbst, wie sie ihre Zukunft selbst gestalten oder selbst über die Form ihrer Familien entscheiden. In unserer Kampagne zeigen wir lediglich: Es sind Frauen mit oder ohne Mann, die selbst über ihre Zukunft entscheiden.« Die weiblichen Bestandteile der Menge jubelten als Erste, doch dann fielen die Männer mit ein, daher wurde es besonders laut. Ich vergaß auch nicht, dem Team bei Goldwyn, insbesondere Bridget, zu danken, und Campury dafür, dass sie »der Kunde waren, der meiner Agentur und unseren Ideen eine Chance gegeben hat«. Dann, unter noch mehr frenetischem Beifall, verließ ich die Bühne.

An der untersten Stufe wartete Ben. Er zog mich in einer festen Umarmung an sich.

»Ich bin ja so stolz auf dich«, flüsterte er mir noch einmal ins Ohr, während die Moderatorin begann, den nächsten Preisträger anzukündigen. Ich lächelte zu ihm hoch, und er grinste. »Ich weiß, du brauchst mich verdammt noch mal nicht, Ami Fitch, aber besteht vielleicht die Chance, dass du mich trotzdem willst?«

Danksagung

Ich danke jedem, der dieses Buch gelesen hat. Ich liebe euch alle.

Ganz besonders danke ich der entzückenden Diana Beaumont, einer fantastischen Agentin und Cheerleaderin, Lucy Gilmour, Lektorin bei Aria, die dafür gesorgt hat, dass ich durchs Zimmer gehüpft bin, als sie *The Story After Us* als »feministischen Text« bezeichnet hat, und allen, die tatsächlich eine Feministin sind, einfach dafür, dass sie es sind.

Und ich danke dem restlichen Team bei Aria für eure ganze Hilfe dabei, mein Baby zur Welt zu bringen.

Vor ein paar Jahren hatte ich das Glück, an dem Curtis-Brown-Kurs in Kreativem Schreiben teilzunehmen – ich danke Chris Wakling und Anna Davis für ihren fantastischen, inspirierenden Unterricht. Aber vor allem habe ich dabei die Leute kennengelernt, die sich zu unserer Spin-off-Schreibgruppe zusammengefunden und sich jahrelang jeden zweiten Montag getroffen haben. Maria Realf, Lisa Williamson, James Hall, Christina Pishiris, Sara-Mae Tuson und Paul Golden: Ich habe jede hitzige Debatte über Kommata und darüber, warum es in Kapitel sechs nicht mehr Sex gibt, geliebt.

Außerdem danke ich meiner alten Lesegruppe im Bull-Pub, die von meiner wundervollen Freundin Louisa Notley geleitet wird. Ich werde den Abend schwänzen, an dem ihr über mein Buch diskutiert, aber bitte seid gnädig – und hebt mir etwas Essen auf. Und Lou, danke, dass du es auch gelesen und dir deine Witze für das nächste aufgehoben hast, und Mandie, danke für deine ganze fantastische Hilfe.

Ich danke Fanny Johnstone, die es mehrmals gelesen und meine Verzweiflung und Hoffnung geteilt hat, während ich versuchte, eine Autorin zu werden: Wir armen Mädchen vom Land, wir lassen es langsam angehen, aber letztendlich erreichen wir unser Ziel.

Natalie Emanuel, danke, dass du an mich glaubst, mir zuhörst und mich ermutigst – und dich dazu verdonnern lässt, meine Entwürfe zu lesen. Der Champagner hat wirklich geholfen, weißt du – er war wie Medizin.

Rachel Lichtenstein, danke für deine ganze Ermutigung, Lektüre, Liebe und Weisheit.

Ich danke Diane Johnstone, der freundlichsten und frühesten Leserin, die mich angespornt hat, weiterzuschreiben. Außerdem danke ich Famke Vanluffelen, die eine frühe Version gelesen hat, weil meine Mum so aufgeregt darüber war – dein Feedback war von unschätzbarem Wert.

Mum selbst (Jan Hallam), die es ungefähr hundertmal (jeweils innerhalb von 24 Stunden) gewissenhaft gelesen und mir Feedback und Unterstützung gegeben hat. Sie sammelt mit ihrem Bücherstand in Porthleven, Cornwall, jede Woche einen Haufen Geld für die örtliche Lebensmitteltafel. Und ich entschuldige mich im Voraus, falls sie Sie genötigt hat, dieses Buch zu kaufen, als Sie nur zum Stöbern vorbeigekommen sind.

Jeder, der Perrin heißt oder mit einem Perrin verheiratet ist oder auf irgendeine andere Weise mit einem Perrin verbunden, Nachfahre eines Perrin oder Ähnliches ist – danke, dass ihr meine Familie seid. Und zum Gedenken an meinen Dad, Robert Perrin, der wusste, dass dieses Buch auf dem Weg war.

Ich danke außerdem David Emanuel, der sich als ziemlich guter Ex-Mann und sehr guter Freund erwiesen hat (aber nein, es geht nicht um dich). Und ich danke all meinen anderen Freunden – ihr alle seid einfach umwerfend.

Und ich danke den Kindern: Elyse und Sienna, meinen größten Unterstützern und der ursprünglichen Familie. Tom und Laura, meinen entzückenden Stiefkindern. Und den Haustieren – Soppy Wagster und Ducky von Fluffy – danke, dass ihr überall dort gesessen habt, wo ich tippen wollte, und mich als Futterspenderin betrachtet. Dank euch allen waren die letzten Jahre, in denen ich an diesem Buch geschrieben habe, ziemlich verrückt, aber auch so überaus witzig. Ich liebe euch alle und danke euch allen.

Und ich danke Alan dafür, dass er der Mensch ist, mit dem ich auf einer Bank sitzen, Händchen halten und über einen albernen Witz lachen will, wenn ich alt bin. Du hast mich auf dem ganzen Weg angefeuert. Danke.

»Ein Lacher pro Minute – perfekt für einen Nachmittag am Pool!« Hello!

Eigentlich war Lil sich sicher, dass sie den Richtigen längst gefunden hat. Zumindest bis er sie für eine blonde Kollegin Mitte zwanzig sitzen lässt. Also tut Lil, was jede Single-Frau mit einem letzten Fünkchen Selbstachtung tun würde: Sie hört auf den Rat ihrer besten Freundin, kramt ihren besten BH ganz hinten aus der Schublade und findet sich auf einem Date wieder. Ganz ehrlich, was soll schon passieren? Eine ganze Menge, wie sich ein paar Wochen und einen positiven Schwangerschaftstest später herausstellt. Doch Lils Date ist seit ihrem einzigen Treffen wie vom Erdboden verschluckt. Lil macht sich auf die Suche – denn sicher sah er nur rein zufällig genau so aus wie dieser Max Rushbrooke, Sohn von Lord und Lady Rushbrooke und begehrtester Junggeselle Englands, der die Titelseiten sämtlicher Klatschmagazine beherrscht?

PENGUIN VERLAG